요셉과 그 형제들

6

요셉과 그 형제들

먹여 살리는 자, 요셉 下

토마스 만 지음
장지연 옮김

살림

목차

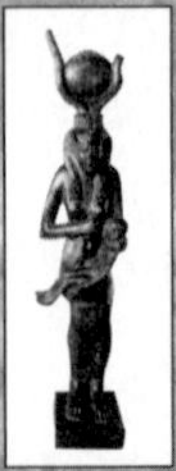

Sechstes Hauptstück

Das heilige Spiel

6부

거룩한 놀이

물

이집트의 자녀들은 너나없이, 학식 높은 현인까지 포함하여 먹여 살려 주는 신의 본성에 관해 어린아이 같은 생각을 가지고 있었다. 이처럼 사람들을 먹여 살려 주는 신을 가리켜 아브람의 사람들은 '엘 샤다이', 곧 양식을 주시는 주인님이라 불렀고, 검은 땅의 나라에서는 '하피'라 불렀다. 이 낱말은 끓어오르고 불어나는 것을 뜻한다. 사막 가운데에 기적 같은 오아시스를 만들어 자신들의 목숨을 연명할 수 있게 해주고 또 경건한 마음으로 죽음을 숭배하는 풍습에 만족하며 살 수 있도록 해주는 이 신, 바로 나일 강의 본성을 두고 이집트 사람들이 어떻게 생각했는지 살펴보자.

그들은 이 강물이, 즉 그 신은 정확히 어디인지는 신께서만 아실 그곳에서, 다시 말해서 아랫세상에서 등장하여 '거대한 초록', 그러니까 무한한 대양(이들에게는 지중해가 대양이었다)으로 나간다고 믿었고, 또 자손들에게도 그렇게 가르쳤다. 그리고 강물이 불어나서 땅이 결실을 맺게 한 후에는 다시 마찬가지로 아랫세상으로 되돌아간다고 믿었다. 간단히 말해 이 문제에 관한 한 일종의 미신 같은 무지가 지배적이었던 것이다. 하지만 당시 주변 세상도 눈을 못 뜬 것은 마찬가지이고, 아니 오히려 이들보다 더 몽매한 수준이었기 때문에 이들은 살아남을 수 있었다. 또 여기서 한걸음 더 나아가 사방의 찬사를 받으며 수천 년 간 막강한 제국으로 버텨오며 수많은 아름다운 것들을 만들어내고, 특히 먹여 살려 주는 자, 곧 강의 본성에 관해 뭘 모르긴 했어도 강물을 슬기롭게 이용한 것이 이집트인이기도 하다. 이는 분명한 사실이다. 그렇지만 당시 이들 곁에 우리처럼 이에 관해 훨씬 잘 아는 자가, 아니 거의 완벽하게 아는 자가 없었다는 점이 애석하다는 것도 사실이다. 그랬더라면 그들의 어두운 정신에 빛을 비추어 이집트 강물의 진정한 본성을 일러주고 보다 명쾌한 답을 알려주었을 텐데. 아마 이 나라의 사제학교와 학자들 모두 다음과 같은 해답을 듣고는 엄청 놀랐을 것이다.

하피는 아랫세상에서 흘러나오는 것이 아니며, 아랫세상이라는 것 자체가 하나의 선입견으로서 거부되어야 한다. 이 하피는 열대 아프리카의 큰 바다에서 흘러나온 지류에 불과하며, 자신이 양식을 주는 신이 되기 위해서는 자기부터 먹을 것을 얻어야 한다. 그래서 이디오피아 알프스로부터 서쪽으로 흘러가는 모든 물들을 받아들여야 한다. 우기가 되면 산 속의 시냇물은 가늘게 부스러진 돌멩이와 함께 산에서 내려와 두 줄기로 모여 장차 만들어질 강물을 먹여 살린다. 이 두 줄기는 청나일(나일 강은 백나일과 청나일로 되어 있음—옮긴이)과 아트바라인데, 동쪽으로 조금 더 내려가서 나중에 카르툼과 베르버에서 합쳐져 나일의 하상(河床)을 이룬다. 이 창조적인 하상이 여름 중반에 서서히 많은 물과 거기에 실려온 진흙으로 채워지고 나면, 강물이 밖으로 넘쳐나게 된다. 그래서 이 강이 넘쳐난다는 뜻의 이름을 갖게 되는 것이다. 그러다 몇 달이 지나면 서서히 다시 원래 자리로 되돌아간다. 이렇게 물이 넘쳤다가 빠지면서 남겨두고 가는 강가의 진흙땅이 바로 사제학교의 학자들도 알 듯이 케메의 옥토를 이루는 것이다.

이 사제학교의 학자들은 나일 강이 이렇게 아래에서 오는 것이 아니라 위에서 온다는 소리를 들었더라면 놀라움을 금치 못했을 것이다. 아니 어쩌면 진리를 전하는 자에게 역정을 냈을지도 모른다. 따지고 보면 이 나라처럼 복잡하지 않은 평범한 다른 나라에서는, 땅의 결실을 가져오는 비역시 위에서 내려왔다. 그러나 이집트 사람들은 그런 곳에는, 다시 말해서 그런 고난의 땅에는 나일 강이 하늘에 있다고 말했다. 물론 그건 비를 의미한 것이다. 이집트인의 이런 발언은 거의 계몽된 시각을 미사여구로 표현한 것으로 인정해 줘야 한다. 다른 말로 하자면 이는 땅과 물의 관계를 바라보는 놀라운 통찰력인 것이다. 나일 강의 범람은 아베시니엔의 고산지대에 내리는 강우량에 따라 결정된다. 그러나 이 강우량을 좌우하는 것은 터질 것 같은 구름이다. 이 구름은 지중해 위에서 형성된 구름으로 바람을 타고 이곳으로 인도된다.

복된 나일 강의 수위에 따라 이집트의 번영이 좌우되듯이, 가나안, 곧 케나나 땅, 위쪽 레테누, 혹은 팔레스타인 (계몽된 우리는 요셉과 그 선조의 고국을 지리학적으로 표기할 때 팔레스타인이라고 부른다)에 있던 그곳의 번영도 비가 좌우했다. 질서가 제대로 유지되면 그곳에는 1년에 비가 두 번 내린다. 늦가을 이른 비와 이른 봄의 늦은 비가 그것인데, 이 나라에는 샘이 부족하여 깊이 가라앉아 있는 강물로는 별로 할 수 있는 것이 없다. 그러므로 모든 것은 비에 달려 있다. 특히 늦은 비가 중요하다. 그래서 옛날부터 사람들은 이 빗물을 모으곤 했다. 그런데 이 비가 내리지 않고, 즉 서쪽의 습기찬 바람 대신 동쪽과 남쪽의 사막 바람이 지나가면 수확은 기대할 수가 없다. 그러면 모든 것이 메마르고 흉작과 기근이 자리잡게 된다.

그리고 비단 여기뿐이 아니다. 가나안에 비가 내리지 않으면 이디오피아 고지대에도 비가 오지 않으므로 당연히 흘러나올 물도 없다. 그러면 숲 속의 시냇물이 아래로 내려오지도 않게 되고, 먹여 살리는 자, 곧 나일 강의 전신인 두 지류도 충분한 음식을 얻지 못해 이집트 사람의 표현처럼 스스로 '커지지' 못한다. 이렇게 되면 운하를 채운 후 높이 있는 경작지로 넘쳐나지도 못하고, 따라서 나일 강이 하늘에 있지 않고 땅에 있는 나라에도 흉년과 결핍이 지배하게 되는 것이다. 이것이 서로 연결된 세상의 물 이야기다.

이 문제에 어지간히 눈을 뜬 상태라면 기근이 동시에 '모든 나라'에 닥쳐왔다는 현상에, 그것이 아무리 끔찍하더라도 놀랄 이유는 없을 것이다. 그러니까 비단 진창의 나라뿐 아니라 시리아와 블레셋 땅과 가나안, 그리고 한걸음 더 나아가 홍해의 나라들과 메소포타미아와 바빌론까지 기근이 닥쳐 '모든 나라에 대기근'이 들었다는 것에도 놀랄 필요는 없으리라. 비가 내리지 않아 수확에 실패하는 해가 한 해쯤 있을 수도 있다. 그런데 이 비가 심술을 부리듯 변덕스럽게 한 해가 아니고 그 다음 해까지 나타나지 않고 그것도 모자라, 그 불행의 다발이 여러 해로 엮어져, 동화처럼 한두 해도 아니고 무려 7년 동안이나 고난이 이어진다면, 아니 7년까지는 안 되고, 5년이라고 해도, 이처럼 심각한 일이 어디 있겠는가.

사는 게 즐거운 요셉

5년 동안 바람과 물은 제 몫들을 다했고, 덕분에 모든 생물이 다 잘 자랐다. 사람들은 고마워서 5년을 7년으로 불렀다. 그렇게 불릴 만도 했다. 그런데 이제 잎사귀가 뒤집어졌다. 파라오가 검은 나라를 근심하는 어머니 입장에서 꾼 불분명한 꿈, 하지만 요셉이 분명하게 해석해 준 그 꿈처럼. 나일 강은 앞에서 말한 상호 연관 때문에 생성되지 않았다. 가나안에도 겨울비와 늦은 비가 오지 않았다. 한번 걸러도 슬픈 일인데, 두번을 거르면, 이때는 절규한다. 그런데 세번씩이나 거르면 아예 얼굴이 창백해져서 손바닥을 싹싹 빈다. 그리고 또 그 다음 해에도, 또 그 다음 해에도 안 내릴 수 있다. 이때는 건기와 기근이 7년이나 이어졌다고 말할 수 있게 된다.

우리 인간들은 자연의 이러한 특별한 행동 앞에서는 너나없이 똑같은 반응을 보인다. 처음에는 우리의 습관적인 생각대로 이 사건의 성격에 관해 착각하고는 이것이 어떻게 이어질지 이해하지 못한다. 그래서 너그러운 마음으로 일상적인 중간 사건 정도로 여긴다. 그러다 나중에 그것이 엄청난 시련이며 어느 것과도 비교할 수 없는 첫째가는 고난임을 알게 되면, 처음에 눈이 멀어서 그런 오해를 했던 것이 어이없게 느껴진다. 이런 일이 생기리라고는 꿈에도 생각하지 못했고, 살아생전 이런 일을 겪을 줄은 상상도 못하지 않았는가. 이집트의 자녀들도 마찬가지였다. 이들도 '7년 간의 기근'을 이해하기까지는 오랜 시간이 필요했다. 이 기근 현상은 이때뿐 아니라 그전에도 있었던 듯, 이에 얽힌 무서운 우화도 남아 있다. 그러나 기근이 시작되었을 때 보인 이집트 자녀들의 이런 태도는, 우리가 그런 경우를 당했을 때 보일 수 있는 근시안적인 행동과는 달리 너그럽게 용서해 주기 어렵다. 그들은 이미 알고 있었으니까. 파라오가 꿈을 꾸고 요셉이 해석을 하여 이미 그렇게 되리라 예언된 일이 아니던가. 7년 간 풍년이었으면 그것은 앞으로 7년은 기근이 찾아온다는 증거라고 할 수 있지 않은가? 그런데도 이집트 자녀들은 풍요로운 7년을 보내는 사이 이 사실을 까맣게 잊어버렸다. 악마의 계산 따위는 머리에서 지워버리듯이 말끔히 떨쳐낸 것이다. 그런데 이제 결산의 시간이 다가왔다. 먹여 살리는 자가 초라할 정도로 모습이 줄어들기를 두번, 세번 되풀이하자, 이들도 이제는 이를 시인하지 않을 수 없었다. 그리고 이들이 사태를 이해하게 되는 만큼 요셉의 명성은 더없이 올라갔다.

모든 것이 넘쳐나는 해가 시작되었을 때도 이미 명성을

얻은 그였다. 그런데 이제 가뭄이 이어지고, 요셉의 대비책이 더할 수 없이 지혜로운 시책이었음이 여실히 증명되었으니, 그의 명성은 또 얼마나 하늘 높이 치솟았겠는가! 농경 재상은 가뭄과 기근이 이어지면 어려운 상황에 처하기 마련이다. 우둔한 백성은 애초부터 이성과 공정함을 모르는 자들이라 천재지변이 생겨도 검은 나라에서 일어나는 일을 책임지는 가장 높은 분의 탓으로 돌리고 싶어한다. 그런데 그 지고한 분이 이 시련을 미리 예언하고, 게다가 마법과 같은 방어책까지 준비해서, 모든 걸 앗아갈 수 있는 엄청난 재난으로부터 바로 그 재난의 성격을 없애줄 경우에는 상황이 반전된다. 그리하여 그의 명성은 더없이 올라가고 백성들 모두 우러러 존경하게 된다.

낯선 곳에서 건너온 자들(히브리인—옮긴이)이 토착민들과 비교할 때 살림을 잘 하는 백성의 자질이 훨씬 더 강하고 이의 모범적인 형태를 보여주는 경우가 많다. 가족이 있는 고향으로부터 떨어져 나와 멀리 이집트 땅으로 옮겨진 요셉은 20년 동안 그곳에서 살면서, 거의 이집트 사람이 다 되었다. 그래서 자기방어와 자기보존에 관련된 이집트의 독특한 이념들도 그의 살과 피 안에 스며들었다. 그러다 보니 이런 이념을 행동의 근거로 삼긴 했으되, 무의식적으로, 쉽게 말해서 이집트 사람처럼 그렇게 자연스럽게 한 것은 아니고 충분한 거리감을 두었다. 그렇게 하여 이런 이념이 백성들의 인기를 얻는다는 사실에 미소를 보내며, 이러한 백성의 호응을 염두에 두고 행동한 것이다. 말하자면 이는 진솔함과 유머의 결합으로서 일정한 간극과 미소가 없는 진솔함보다 훨씬 매력적이라 할 수 있다.

이제 요셉은 자신이 뿌린 씨를 거둘 때가 되었다. 여기서 씨란 풍년이었을 때 거둬들인 세금을 말한다. 이 말은 신의 시대가 시작된 이래 지금까지 어떤 레의 아들도 해본 적이 없는, 대규모의 구휼과 곡물장사를 할 때가 되었다는 뜻이다. 책에 기록되어 있는 '온 세상에 기근이 들지 않은 나라가 없었다. 그러나 이집트 땅에는 양식이 있었다'(창세기 41장 54절—옮긴이)라는 노래처럼 그런 상황이 된 것이다. 물론 이집트에는 기근이 들지 않았다는 뜻이 아니다. 결핍이 수요에 어떤 영향을 미치는지, 곧 곡식 가격을 어떻게 만들었을지 각자 그려볼 수 있을 것이다. 만일 국민경제의 법칙에서 뭔가 주워들은 것이 있는 사람이라면, 얼굴이 하얗게 질릴 수도 있을 것이다. 그러나 앞서 풍년의 과잉을 꾸려갔던 바로 그 손이 이 기근도 꾸려갔다는 점도 잊어서는 안 된다. 그 손은 친절하면서 한편으로는 약삭빠른 남자의 손이었다. 그는 기근도 손안에 넣고 마음대로 주무를 수 있었다. 파라오에게도 신의를 다해 최선의 결과를 안겨 주었고, 아무 대책 없는 가련한 낮은 백성들에게도 마찬가지였다. 그들에게는 공짜로 선사했던 것이다.

이는 장사 수완과 자비, 나라의 고리대금업과 국고보조를 잘 활용하는 그야말로 아직 한번도 시도한 적이 없던 시스템이었다. 그리하여 가혹함과 자비가 한데 어울린 이것은 접한 사람 모두에게 동화처럼, 신처럼 거룩하게 여겨졌다. 신성은 바로 이처럼 양면적인 모습으로 나타나기 때문이다. 다시 말해서 가혹하다 해야 할지, 아니면 자비롭다

해야 할지 모르는 것이다.

이는 극한적인 상황이었다. 농업의 현황을 묘사하는 데는 꿈에 나온 일곱 개의 다 타버린 이삭만한 비유가 없다. 그런데 이제 그 꿈은 더 이상 비유가 아니라 현실 그 자체였다. 이삭은 동풍에 다 타버렸다. 뜨거운 남동풍 함신(Chamsin)은 여름과 추수철 내내, 즉 2월부터 6월까지 이어지는 수확기 쉐무 동안, 거의 쉬지 않고 난로에서 막 쏟아지는 듯한 뜨거운 폭풍으로 돌변하여 미세한 먼지가루로 공기를 가득 채우고 식물을 재처럼 뒤덮었다. 그 바람에 자신도 제대로 먹지 못해 힘을 쓸 수 없었던 '먹여 살리는 자'가 간신히 자라게 해준 것까지도 사막의 입김에 그대로 타버렸다.

이삭이 일곱 개라고? 그렇다. 그렇다고 할 수 있다. 그 이상은 아니었다. 달리 말하자면, 이삭과 추수는 없었다. 그러나 있는 것도 많았다. 세어 보지는 않았지만, 아니 어쩌면 제대로 세어보고, 또 기록도 했을지 모르는데, 그건 바로 곡식이었다. 종자와 빵가루로 쓸 곡식은 왕의 창고와 저장고에 있었다. 이것은 강 상류와 하류의 도시마다 그리고 주변에, 한마디로 이집트 전역에, 또 오로지 이집트에만 있었다. 다른 곳에서는 준비를 하지 않았고, 노아처럼 홍수를 대비하여 방주를 만들지 않았으니까. 그렇다. 이집트 전역에, 오로지 이곳에만 빵이 있었다. 이 곡식은 국가의 손 안에 있었고, 이 모두를 감독하는 요셉의 손 안에 있었다. 그는 하늘이 주신 모든 것을 감독하는 자였다. 이제 그는 하늘 같은 존재가 되었다. 그래서 이 모든 것을 주시는 하늘처럼, 그리고 먹여 살려 주는 자, 곧 나일 강이 되었다.

요셉은 자신의 창고 문을 열었다. 활짝 열어젖힌 것이 아니라, 조심스럽게 조금 열었다가 때때로 닫기도 했다. 그리고 빵과 곡식을 필요로 하는 모든 사람들에게 나눠 주었다. 그것은 실은 모두에게 필요했다. 이집트 사람은 물론이거니와 곡식을 파라오의 나라에서 가져가려고 들어온 이방인들도 예외가 아니었다. 이집트는 이전부터 세상의 곡창으로 불렸지만 이번에는 정말 그 명성이 부끄럽지 않았다. 요셉은 곡식을 주었다. 정확히 표현한다면, 팔 사람에게는 팔았다. 가격은 사는 자가 아니라 요셉이 결정했다. 전대미문의 상황에 걸맞게 아주 비싼 값으로 팔았음은 물론이다. 이렇게 하여 파라오를 금과 은으로 치장해 주었다. 한편 그는 다른 방식으로 곡식을 주기도 했다. 피골이 상접한 작은 자들, 신분이 낮은 백성에게는 굶어죽지 않을 정도로 무상 분배하여, 애타게 절규하는 그들에게 최소한의 양을 준 것이다. 소작농과 수로 옆의 좁다란 골목에 사는 서민들이 그 대상이었다.

이는 신과 같은 거룩한 행위였다. 그리고 칭송받아 마땅한 인간의 모범적인 행적이기도 했다. 훌륭한 관리들은 항상 있었다. 이들의 공적비에 새겨진 비문을 읽어보면 감동할 만하다. 이 관리들은 굶주린 시절 왕의 신하들을 먹여 살리고 과부들에게 먹을 것을 주고 대인과 소인을 특별히 우대하는 법 없이 공평하게 대했다. 그리고 나중에 나일 강이 다시 커졌어도 '농부에게 남아 있는 것을 거둬가지 않았다'. 즉 밀린 세금을 달라고 강요하지 않았다는 뜻이다. 백성들은 요셉이 하는 일을 보고 이 비문을 떠올렸다. 그러나 이처럼 막대한 권한을 넘겨 받아, 거의 전권을 인정받고, 이렇게 거룩한 조처를 시행한 관리는 아직까지 없었다. 세트 이래, 요셉처럼 이렇게 탁월하게 자신의 소임을 다한 관리는 없었다.

곡식 장사는 이집트 전역에서 이루어졌다. 이 일에 종사하는 서기와 조수만 해도 만 명이나 되었다. 그러나 상·하 이집트 전역에 나가 있는 이들은 모두 멘페와 연결되어 있었다. 이곳에 해당관청이 있었고, 곡식을 팔지, 빌려줄지, 혹은 선물할지를 최종적으로 결정하는 자가 있었다. 시원한 그늘을 선사하는 자, 곧 파라오의 하나뿐인 친구인 요셉은 땅을 많이 가진 부자들이 종자를 달라고 고함을 지르면 은과 금을 받고 팔았다. 물론 관개시설을 시대에 맞춰 개선하여 더 이상 봉건주의의 낙후된 상태에 머물지 않겠다는 약속을 받은 후였다. 그리고 이 부자들의 금은보화를 지고 한 분, 곧 파라오의 창고로 흘러 들어가게 하여 자신의 신의를 증명했다. 그리고 빵을 달라고 애원하는 가난한 자들에게 요셉은 창고에 있던 곡식을 아무 대가 없이 나눠 줌으로써 굶어죽지 않도록 배려했다. 여기서는 그의 호감이 증명된다. 그의 기본적인 성격이 바로 호감이었다. 이에 관해서는 위에서도 여러 번 이야기한 적이 있으므로 반복할 필요가 없을 것이다. 굳이 한마디 짚고 넘어가자면, 이 호감은 유머와 연결되어 있다. 그리고 실제로 한편으로는 싹싹 긁어내고 다른 한편으로는 그저 보살펴 주는 그의 장사 시스템에는 뭔가 유머러스한 것이 있어서, 그는 이 시절 과중한 업무에도 불구하고 항상 명랑했다. 그래서 아스나트, 곧 집에 있는 부인인 태양의 딸에게는 늘 이렇게 말하곤 했다.

"아가씨, 나는 사는 게 즐겁다오."

그리고 외국에는 다 알다시피 물자가 부족한 상황에 걸맞게 아주 높은 가격으로 팔았다. 또 '고난의 땅 레테누의 귀족들에게' 공급한 곡식 목록을 꼼꼼히 읽었다. 왜냐하면 가나안의 많은 도시 영주들, 곧 도시의 소왕들도 곡식을 가지러 사람을 보냈던 것이다. 거기에는 메기도와 샤후렌 같은 곳도 끼어 있었다. 그리고 아스칼루나의 사신도 곡식을 얻어갔다. 당연히 값은 치러야 했다. 싸지 않았음은 물론이다. 그러나 여기서도 경기에 맞는 엄격한 계산에 친절을 더하여 저울의 균형을 잡아 주었다. 그래서 배고파 굶주리는 모래밭의 토끼들, 시리아와 레바논의 목자 부족들, 그의 서기들의 표현을 따르자면 '어떻게 살아야 할지 모르는 야만인'들에게는 가축떼를 이끌고 나라 안으로 들어오도록 허락해 주었다. 그래서 철저하게 감시되고 있는 국경을 통과해 강의 동쪽을 따라, 돌이 많은 아라비아 쪽으로 가서 타니트 지류 옆의 촉촉한 초원 조안에서 살 수 있도록 해주었다. 물론 이 지정된 구역을 벗어나지 않겠다고 미리 서약을 받았다.

그래서 요셉은 이와 관련하여 국경에서 올라온 보고서도 읽곤 했다. 그것은 대략 이런 식이었다.

'우리는 에돔에서 온 베두인들을 메르네프타흐 요새를 지나 메르네프타흐 호수 쪽으로 가도록 허락했다. 그들이 두 나라의 아름다운 태양 파라오의 넓은 초원에서 자신과

가축을 먹여 살릴 수 있도록 배려한 것이다.'

　요셉은 정확하게 읽었다. 이런 보고서는 하나도 빼놓지 않고 꼼꼼하게 읽었다. 그리고 서기들에게는 세세하게 기록하라고 명령했다. 동쪽에 있는 국경을 넘어 귀한 나라, 지금은 더 귀해진 나라 이집트로 들어오는 자들에 관한 한, 그리고 고난의 땅에서 파라오의 곡식창고에서 곡식을 가져가려고 오는 자에 대해서는, 한 명 한 명 정확한 신상 기록을 남기라 했다. 이에 대한 요셉의 명령은 민망할 정도로 엄격했다. 이전에 요셉을 이스마엘 사람들과 함께 젤 요새로 통과시켜 주었던 호르-와츠처럼 국경을 지키는 군관들은 이제 정성을 들여 정확하고 상세히 기록해야 했다. 단순히 입국자의 고향과 직업과 이름만 쓰는 것이 아니라, 그의 아버지와 아버지의 아버지의 이름까지 올라 있는 이 명단은 매일 정확한 시간에 파발을 통해 멘페로 보내야 했다. 그곳에 시원한 그늘을 선사하는 자와 이 대규모 거래를 총괄하는 본관이 있었다.

　이곳에서 이 보고서들은 다시 한번 곱절이나 좋은 파피루스 위에 깨끗하게 붉고 검은 잉크로 씌어진 다음, 먹여 살리는 자 앞에 전달되었다. 그러면 그는 다른 업무에 시달리면서도 하루도 거르지 않고 위에서부터 아래까지 샅샅이 훑었다. 기록할 때 들어간 정성과 마찬가지의 정성을 들여 그렇게 꼼꼼하게 읽은 것이다.

아, 그들이 온다

때는 여윈 암소가 등장하는 두번째 해였다. 에피피 달, 우리 식으로 오월의 중순경이었다. 날이 무척 뜨거웠다. 이집트의 여름철 중 처음 3분의 1이 원래 뜨겁듯이. 그러나 평년 수준보다 웃도는 더위였다. 태양은 하늘에서 불화살을 날렸다. 그늘도 40도였다. 멘페의 골목길에는 모래 바람이 몰려와 사람들의 곪은 눈에 사막의 모래들을 불어넣었다. 우글거리는 파리들도 사람들이나 마찬가지로 맥이 빠져 있었다. 반시간만이라도 북서쪽에서 산들바람이 불어오게 해준다면, 아마 부자들은 서슴없이 많은 돈을 내놓았을 것이다. 돈도 안 낸 가난한 자들까지 덕을 본다 해도, 아마 한번쯤은 눈을 감아줄 용의도 있었을 것이다.

그러나 정오경 관청에서 집으로 돌아오는 요셉은, 왕을 대변하는 최고 입은 얼굴이 모래가루와 땀으로 범벅인데도 뭐가 신이 나는지 생기가 넘쳐흘렀다. 그리고 이런 표현이 맞을지 모르겠는데, 여하튼 사지가 팔팔 살아 움직이는 듯 흥분을 감추지 못했다. 그의 가마 뒤에는 늘 그렇듯 관청의 대인들을 태운 가마도 따라왔다. 이들은 요셉과 함께 점심 식사를 들 참이었다. 신의 대리인인 요셉을 태운 가마는 늘 하던 습관대로 오늘도 화려한 가로수 길을 가로질러 피골이 상접한 사람들이 사는 골목길을 여러 개 지나왔다. 그를 본 백성들은 인사하기 바빴다. 거짓이 아니라 진정에서 우러나온 다정한 찬사였다.

"드예프누테에포네흐!"

이렇게 외치면서 사람들은 손에 입을 맞춘 후 요셉을 바라보며 마구 흔들었다.

"하피, 하피! 만수무강하소서! 먹여 살리는 자여! 만수무강하소서!"

그리고 자신들은 죽어서 사막으로 실려 나갈 때, 그저 돗자리 하나에 둘둘 말릴 신세인 백성들이 요셉에게는 이렇게 빌어 주었다.

"그대의 내장을 담을 멋진 항아리 네 개, 그대의 미라는 설화 석고관에!"

이로써 백성은 요셉에 대한 호감을 보여준 셈이고, 요셉 또한 이에 호감으로 응답했다.

그를 태운 가마가 은혜로운 대저택에 이르렀다. 사람들은 그 가마를 그림을 그려놓은 문을 통과해 앞쪽 정원으로 날랐다. 거기에는 기름나무와 후추나무 그리고 무화과나무와 실측백나무, 부채 같은 야자수가 집의 전면에 놓인 테라스의 울긋불긋한 파피루스 기둥과 함께 사각 모양의 수련

꽃 연못에 그림자로 어른거렸다. 이 연못을 지나 넓은 모래 길을 따라가니 본채가 나왔다. 가마꾼들이 걸음을 멈췄다. 이제 달려가며 소리를 지르는 자들이 무릎과 목덜미를 내밀어 디딤돌로 삼게 했다. 요셉은 우선 거길 밟고 땅바닥으로 내려섰다. 마이-사흐메 집사가 평온한 모습으로, 그리고 아주 점잖은 자세로 테라스 위에서 그를 맞아 주었다. 측면에 있는 계단의 맨 위쪽이었다. 그리고 옆에는 푼트 땅에서 온 헤피와 헤체스라고 불리는 두 명의 노예가 바람을 만들어 주는 부채를 들고 서 있고, 황금 목걸이로 치장한 짐승들도 신경이 곤두서서 떨고 있었다.

파라오의 친구는 낮은 계단을 다른 때와 달리 바쁘게 뛰어 올라왔다. 이집트의 대인이 관중 앞에서 보여주기에는 너무 빠른 속도였다. 그는 뒤따르는 자들은 쳐다보지도 않았다.

"마이."

다급한 목소리였다. 그는 반갑다고 인사하는 개들의 머리를 쓰다듬어 주면서 소리를 낮췄다.

"단둘이 할 이야기가 있소. 어서 나를 따라 내 방으로 오시오. 그리고 저들은 기다리라고 하오. 식사야 급할 게 없소. 그리고 나부터도 지금은 뭘 먹을 입장이 아니오. 그것보다 급한 일이 있소. 지금 내 손에 들고 있는 이 두루마리에 관련된 일이오. 아니 이 두루마리가 바로 더 급한 일이오. 무슨 말인지 곧 알려줄 테니, 어서 날 따라 내 방으로 오구려. 우리 둘만 있게 되면, 다 말해 주리다."

"진정하십시오."

마이-사흐메의 대꾸였다.

"왜 그러십니까. 아돈? 왜 그렇게 안절부절 못하십니까! 그리고 지금 당장 식사를 못하시겠다니요. 제가 잘못 들은 게 아닙니까? 식욕이 대단한 분께서, 그런 말씀을 하시니. 생수로 땀을 씻지 않으시겠습니까? 땀구멍에 땀이 남아 있게 해서는 안 됩니다. 거친 먼지와 섞여 있는 오래된 땀은 살갗을 상하게 하고 자극을 주는 법입니다."

"그것도 마찬가지요. 그것도 나중에. 마이, 씻고 먹는 것은 전혀 급할 게 없소. 마이, 내가 알고 있는 사실을 그대도 어서 알아야 하오. 관청을 나서기 전에 내 앞에 당도한 이 두루마리가 내게 알려 주었다오. 이제 때가 왔다고. 아니 그들이 왔다고 해야 옳겠지. 실은 그게 그거지만. 그들이 올 때가 온 것이오. 이제 어떻게 하느냐가 문제요. 그리고 우리가 이 일을 어떻게 시작하느냐, 그리고 내가 어디로 가야하는지 그게 문제요. 아, 얼마나 흥분되는지!"

"아니 왜요? 아돈? 진정하십시오! 때가 왔다면, 이미 각오하고 기다리고 있던 일이 닥쳤다면 깜짝 놀랄 필요가 없지요. 주인님께서 누가 그리고 무엇이 왔는지 말씀해 주시면, 이 일이 그렇게까지 놀랄 일이 아니며 오히려 평안 그자체로 맞아야 한다는 사실을 증명해 드리겠습니다."

두 사람은 이런 말들을 주고받으며 빠른 걸음으로 걸어갔다. 그 가운데에서도 늘 태연한 자는 속도를 늦추려 했다. 요셉은 마이-사흐메와 함께 안뜰을 가로질렀다. 헤피와 헤체스가 양쪽에 부채를 들고 따라왔다. 요셉은 천정이 화려한 색으로 치장된 방으로 들어섰다. 공작석으로 된 문미

(門楣)와 벽을 따라 아래위로 둘러진 밝은 색의 띠 장식을 두른 이곳은 그의 서재였고 커다란 영접실과 침실 사이에 있었다. 방 안에는 이집트의 온갖 아름다운 장식품들로 가득했다. 거기에는 대리석을 붙인 침상에 모피와 방석이 있고 다리가 달린 매혹적인 궤짝들이 있었다. 거기엔 조각도 되어 있고 글자도 새겨졌는데 두루마리 책을 보관하는 궤짝들이었다. 또 사자 발 모양인 의자의 앉는 부분은 갈대로 만들어졌고 팔걸이는 가죽을 압축하여 금을 입혔다. 파이엔차 꽃병과 무지개 빛 유리그릇에 꽃을 꽂은 화대(花臺)도 보였다. 요셉은 집사장의 팔을 눌렀다. 발을 동동 구르는 그의 눈이 젖어 있었다.

"마이!"

탄성을 누른 소리, 혹은 탄성과 비슷한 소리였다. 갑갑해진 목구멍 밖으로 황홀한 느낌을 내보낼 때 그런 음성이 되지 않을까 싶다.

"그들이 오고 있소. 그들이 왔소. 이 나라에 왔소. 젤 요새를 통과했소. 난 이미 알고 있었소. 기다리고 있었지. 그런데도 믿을 수가 없소. 심장 박동이 목까지 올라왔소. 얼마나 홍분이 되는지, 내 발밑의 장소를 알 수가 없소. 내가 어디 서 있는지."

"오, 아돈, 전 보통 사람입니다. 주인님의 속도를 따라갈 수가 없습니다. 제발 분명하게 말씀해 주십시오. 오기는 누가 왔다는 겁니까?"

"내 형님들! 마이, 내 형님들!"

요셉은 소리를 지르며 발을 굴렀다.

"형제들? 주인님의 옷을 찢고 구덩이에 집어던져 세상에 팔아치웠다는 그 형제들 말씀입니까?"

요셉에게 이야기를 이미 들어 알고 있는 그였다.

"그렇다니까! 그렇소! 그들이 왔소. 이곳 아랫세상에 와서 내가 이렇게 큰 사람이 되어 행복해진 것도 모두 그들 덕분이오!"

"아돈께서는 그들에게 좋은 쪽으로 뒤집어서 말씀하시는 군요."

"집사, 뒤집어놓은 건 내가 아니라 주님이라네! 그분께서 모두에게 좋도록 선한 쪽으로 뒤집어놓으셨지. 그러니 그분의 목표가 무엇인지 그 결과를 보아야 한다오. 결과가 나오기 전에는 행위가 있을 뿐이고 그것은 악해 보일 수도 있소. 하지만 결과가 나오면 행위도 결과에 따라 판단해야 한다오."

"그래도 의문은 남지요, 은혜로운 주인님. 현인 임호테프는 아마 다른 의견이었을지도 모릅니다. 그들은 주인님의 아버지께 짐승의 피를 주인님의 피라고 들이밀었습니다."

"그랬지. 그건 끔찍했소. 아버지는 아마 틀림없이 뒤로 자빠지셨을 게요. 하지만 그럴 수밖에 없었다오. 당시로서는 다른 방법이 없었으니까. 아버지는 워낙 감정이 풍부하고 마음이 여린 분이었지. 게다가 나는 또 얼마나 철부지였던지! 그때의 나는 그야말로 풋내기에 철부지였소. 벌받아 마땅한 맹목적인 신뢰로 사람들에게 무리한 요구나 했으니, 얼마나 수치스러운지. 그렇게 뒤늦게 철이 들다니 부끄러운 일이 아닐 수 없소! 이건 내가 지금은 철이 들었다고 가정하고 하는 말이오. 어쩌면 제대로 철이 들고 성숙해지려면 평생이 걸릴지도 모르오."

"그럴 수도 있지요. 아돈. 아직도 주인님께는 앳된 소년 티가 여전히 남아 있을 수도 있지요. 그런데 주인님께서는 그들이 정말로 주인님의 형님들이라고 믿으시는 겁니까?"

"믿느냐고? 거기엔 의심의 여지가 없소! 내가 공연히 보고서를 상세하게 올리라고 엄명한 줄 아오? 그 조처는 쓸 데없는 것이 아니었소. 내가 맏아들에게 마나세라고 이름을 지어 주었지만, 그건 형식적으로 그렇게 한 것일 뿐이오. 실제로 나는 아버지의 집을 잊은 적이 없소. 아, 그런 적은 단 한번도 없었소. 나는 그 오랜 세월 동안 하루도 빼놓지 않고, 매일 매순간 집 생각을 해왔소. 나는 막내 동생 벤야민에게 갈기갈기 찢긴 자의 정원에서 이렇게 약속했었소. 그들 모두를 데려올 것이라고. 내가 높은 곳으로 들어 올려져 책임이 무거운 자리에 오르게 되면, 꼭 그들을 데려올 거라고 말이오. 정말 그들이라고 믿느냐고? 보시오. 여기 이 보고서에 다 써 있지 않소. 급사가 들고 온 이 보고서는 하루나 이틀 전에 작성된 거라오. 자, 보시오. 여기. 곡식을 사려고 온 자들은 마므레 숲의 이사악의 아들 야곱의 아들들, 헤브론에 거하는 자들로 르우벤, 시므온, 레위, 유다, 단, 납달리. 자, 이런데도 의심을 운운하오? 바로 그들이오. 보시오, 꼭 열 명이오! 곡식을 사려고 오는 다른 나라 백성들과 함께 이들도 곡식을 사러 이 나라에 들어 온 것이오. 서기들은 자기들이 누구의 기록을 작성하는지 몰랐을 것이오. 그리고 형들도 몰랐을 거요. 아니 짐작도 못했을 것이오. 자신들을 누구 앞에 데리고 갈지. 그리고 이 나라에서 왕의 최고 입으로서 누가 이 장터의 주인 노릇을 하는지, 저들은 꿈에도 알지 못할 것이오. 오, 마이! 그대는 내 기분이 어떤지 모르오! 하지만 실은 나 자신도 모르오. 내 가슴엔 지금 토후와 보후가 들어 있어 말 그대로 혼돈 그 자체라오. 이 단어가 바로 그런 뜻이지. 그러면서도 나는 또 알고 있었소. 지난 세월 동안, 그 오랜 세월 동안 매일 매순간 이때를 고대하고 있었소. 그렇소, 난 알고 있었소. 그때 파라오 앞에 처음 섰을 때 이미 나는 알았소. 그분의 꿈을 해석해 드리면서 나는 알았소. 주님께서 어디로 나아가시려는지, 그분이 이 이야기를 어떻게 끌고 나갈지 이미 해석을 내렸었소. 아, 얼마나 대단한 이야기요! 마이, 우리가 들어 있는 이 이야기는, 정말이지 가장 훌륭한 이야기들 중의 하나라오! 문제는 이야기를 우리가 어떻게 마무리를 짓느냐, 얼마나 세련되게 끝내느냐, 바로 그거요. 아주 경쾌하고 산뜻한 결말이 되도록 우리가 가진 유머를 총동원해서 주님을 만족시켜 드리는 것, 그게 가장 중요한 일이오. 자, 시작은 그럼 어떻게 해야겠소? 그리고 어떤 식으로 전개해야겠소? 생각만 해도 흥분된다오. 참, 그리고 어떻소? 그들이 날 알아볼 거라고 생각하시오?"

"아돈, 제가 그걸 어떻게 알겠습니까? 하지만 아닐 것 같습니다. 주인님께서는 그들이 주인님을 찢은 이래 성장하셨습니다. 그리고 무엇보다도 그들은 아무것도 모르므로 눈이 멀 수밖에 없을 것입니다. 따라서 그런 생각은 꿈에도 하지 못할 것이며, 설령 주인님의 모습에서 뭔가 눈치를 채더라도 자신들의 눈을 믿지 못할 것입니다. 또 눈치를 채었다 해도 거기서 알아보고 인식하는 데까지는 한참 걸립니다."

"맞소, 그대의 말이 맞소. 그런데도 혹시 그들이 날 알아볼까봐 겁이 나서 가슴이 뛴다오."

"주인님을 알아보기를 원치 않으십니까?"

"금방은 아니라오. 마이, 금방 알아보는 건 원치 않소! 시간을 조금 끌면서 천천히 알아차렸으면 좋겠소. 그런 다음에 내가 '접니다'라고 말하는 거요. 우선 이 신의 이야기를 장식하는 의미에서도 그렇고, 두번째는 그 전에 미리 확인하고 정리할 것들이 있어서요. 그들의 의향을 떠보고 싶소. 특히 벤야민을 생각해서라도……."

"벤야민도 그들과 함께 있습니까?"

"아니오. 열한 명이 아니라 열 명이 왔다고 하지 않았소. 우리는 모두 열둘인데! 붉은 눈을 가진 자들과 하녀들의 아들들만 오고, 내 어머니의 아들인 막내는 같이 오지 않았소. 이게 무슨 뜻인지 알겠소? 그대는 평온한 사람이니 알아차리는 데 시간이 좀 걸릴 거요. 벤이 함께 오지 않았다는 것은 이중으로 해석할 수 있소. 어쩌면 이것은, 오, 제발 그랬으면 좋으련만! 이건 아버지가 아직 살아 계시다는 증거일 수 있소. 아버지가 살아 계시다니, 생각을 해보오! 그래서 그 근엄한 자가 막내를 지키고 계시느라 먼길에 내보내지 않은 것이오. 혹시 여행 중에 불행이 닥칠까봐 집안에 붙들어둔 거라는 뜻이오. 라헬도 여행길에서 잃어버렸고 나도 여행길에서 죽은 신세요. 그러니 여행이라면 겁이 나서 사랑하는 여인이 남긴 마지막 것을 놓치지 않으려고 집에 붙들고 있는 것도 당연하지 않겠소? 그렇소. 그래서 벤이 안 왔을 수도 있소. 하지만 다른 한편으로는 아버지가 돌아가셨을 수도 있소. 그래서 형들이 형제의 우애를 무시하고 저항도 할 수 없는 불쌍한 동생한테 거칠게 굴어 멀리 내쫓았을 수도 있소. 그 아이는 정실부인의 소생이니까, 아, 불쌍한 것."

"그를 가리켜 늘 아이라고 부르시는군요, 아돈. 주인님의 친동생도 벌써 성숙한 나이가 되었을 텐데, 그 점은 계산하지 않으셨습니다. 이 점을 고려한다면 그는 벌써 중년의 나이일 것입니다."

"그럴 수 있겠지. 맞는 말일세. 하지만 그는 막내라네, 친구. 열둘 중에서 나이가 가장 어리니 어떻게 아이라 하지 않을 수 있겠나? 막내는 항상 더 사랑스럽고 귀여운 법이지. 이들은 주위에 마법이라도 두르고 있는 듯 늘 혜택을 받는다네. 그래서 이걸 못마땅해 하는 나이든 형제한테 거친 대우를 받기 일쑤라오."

"주인님의 이야기를 들어보면, 주인님께서 막내처럼 보이는데요."

"맞소, 맞는 말이오. 그럴 수도 있소. 나도 부인할 생각은 없소. 이 이야기가 그다지 정확하게 이어지지 않고, 약간 벗어난 느낌이 드는 것도 사실이오. 그래서 양심의 가책이 생기오. 그런 의미에서라도 막내가 정당한 대우를 받고 막내로서의 영예를 얻을 수 있도록 해줄 생각이오. 그리고 만일 열 명의 형들이 그 아이를 내치고 함부로 다루었다면,

생각하고 싶지도 않지만 만일 전에 나한테 한 것처럼 그 아이를 덮쳤다면, 마이, 아, 만약 아이한테 그랬다면, 그들은 엘로힘의 은혜를 받을지는 몰라도, 나한테서는 은혜를 기대할 수 없을 것이오. 다들 고약한 꼴을 당할 테니까. 이 경우 나는 그들에게 나를 알아볼 기회도 주지 않을 거요. 그리고 '접니다'라는 말은 저 탁자 아래로 감춰버릴 것이오. 만일 그래도 나를 알아본다면, 나는 이렇게 말할 거요. '아니다. 나는 아니다. 이 못된 자들아!' 그러면 그들은 내게서 오로지 낯설고 준엄한 심판관밖에 발견할 수 없을 것이오."

"오, 아돈! 어느새 표정이 바뀌어 딴 사람이 되셨군요. 이제는 오로지 온화한 마음으로 따뜻하게 화해할 생각은 없고, 주인님에게 덤벼들어 주인님을 덮쳤던 일을 기억하고, 행위와 결과를 별개의 것으로 구별하는 사람으로 변하신 것 같습니다."

"마이, 나도 모르겠소, 내가 어떤 사람인지. 인간은 아마도 자신이 자신의 이야기에서 어떤 태도를 취할지 미리 알지는 못하는 것 같소. 오히려 일이 닥쳐서 행동을 취하게 되면 그때서야 자신을 알게 되는 것 같소. 내 자신에 대해 호기심이 생긴다오. 내가 어떻게 나올지, 그들에게 뭐라고 말할지. 지금은 어떻게 해야 할지 아무 생각이 없소. 내가 안절부절못하는 것도 이 때문이라오. 이전에 파라오 앞에 서야 했을 때는 조금도 흥분하지 않았소. 그런데 이번 경우는 내 형들인데도, 아니, 바로 그래서요. 지금 내 가슴은 울렁울렁한 것이, 정신이 하나도 없소. 기쁨과 호기심과 두려움이 마구 뒤섞여서, 뭐라고 표현해야 할지 모를 정도로 혼란 그 자체라오. 명단에서 형들의 이름을 읽었을 때 얼마나 놀랐는지 모르오. 이미 알고 있었고, 이렇게 될 날을 기다렸는데도 말이오. 물론 그대는 상상도 못할 것이오. 그대야 워낙 놀랄 줄 모르니까. 그런데 내가 놀란 건 그들 때문이겠소? 아니면 나 때문이겠소? 그걸 모르겠소. 하지만 내 형들이 가슴이 철렁 내려앉으며 놀랄 이유는 충분히 있다는 점은 인정하는 게 좋을 것 같소. 이건 당연한 것 아니오? 당시에 벌어진 일은 작은 일이 아니었으니까. 이미 오래 전의 일이고, 이렇게 숱한 세월이 흘렀어도 거기에는 변함이 없소. 내가 형들에게 일이 모두 다 잘 되고 있는지 보러 왔다고 말했던 것은, 정말이지 성숙하지 못한 행동이었소. 그건 나도 인정하오. 모든 걸 인정하오. 특히 형들에게 꿈 이야기는 들려주지 않았어야 했다는 것도, 그리고 만일 형들이 나를 다시 구덩이에서 꺼내 주었다 하더라도, 내가 아버지께 모두 다 일러바쳤으리라는 점도 인정하오. 그러니 형들은 나를 그 안에 내버려둘 수밖에 없었소. 아무리 그렇다 하더라도, 친구, 다른 건 어찌되었든, 내가 깊은 곳에서 아무리 비명을 질러도, 얻어맞고 묶인 채 아버지에게 그런 짓을 하지 말라고 절규하고, 내가 구덩이에서 멸망하지 않게 해달라고 그렇게 애원하고, 제발 아버지한테 짐승의 피를 들이밀지는 말아달라고 했는데도, 형들이 끝까지 귀머거리 시늉을 하고 날 그대로 내버려 둔 것은 너무 심했소. 꼭 나한테 심했다는 게 아니오. 그 이야기가 아니오. 아버지한테 심했다는 거요. 만일 아버지가 상심한 나머지 돌아가셨다면, 그리고 고통을 못 이겨 저 아래 지옥으로 내려가셨다면, 정말 그런 일이 일어났다면, 그런데도 내가 그들과 사이좋게 지낼 수 있겠소? 모르겠소, 이 경우 내가 어떻게 나올지는 나도 모르겠소. 하지만 두렵소. 그들과 사이좋게 지낼 수 없게 될까봐 그게 두렵소. 형들이 머리가 허옇게 센 연로하신 아버지로 하여금 가슴에 한을 품고 구덩이에 떨어지게 했다면, 이 또한 결과에 속하는 일이오. 마이, 어쩌면 그것이 다른 모든 것보다 가장 중요한 결과일지도 모르오. 만일 그렇다면, 결과에 비추어 행위를 판단하게 하는 그 빛은 더 없이 흐려질 것이오. 그렇지만, 아무튼 어떤 행위든 결과와 나란히 세워놓고 서로 대면시켜야 한다는 점에는 변함이 없소. 그래야 행위가 자비로운 결과 앞에서 자신의 고약한 심보를 부끄러워할 것 아니오."

"그들을 어떻게 할 생각이신지요?"

"그걸 어떻게 알겠소? 나도 모르니까 이렇게 그대에게 도움을 청하는 게 아니겠소. 내가 그들 앞에서 어떻게 해야 할지 그대의 충고를 듣고 싶소. 그대를 이 이야기 속으로 끌어들인 것도 그대의 평안을 빌리고 싶어서라오. 그대는 너무 평안하니, 흥분한 내게 조금은 나눠 줘도 될 것이오. 그대는 지나칠 정도로 평안하여 태연하게 서서 눈썹만 조금 치켜뜨고 작은 입을 그대로 다물고 있지 않소. 지금 그대에게 아무 생각이 나지 않는 것도 그대가 놀라는 법이 없는 사람이기 때문이라오. 하지만 지금의 이 이야기는 여러 가지 생각이 떠올라야 마땅하오. 상상력을 동원하여 여러 가지를 보태줘야 할 이야기라는 뜻이오. 행위와 결과의 만

525

남처럼 특별한 축제가 어디 있겠소? 이 이야기는 한 판 멋진 축제를 벌여주기를 원하는 이야기라오. 그러려면 멋진 장식품이 필요하오. 거룩한 장난 같은 것을 더해 줘야 하는 것이오. 그러면 온 세상이 울다가 웃을 거요, 5000년도 더 넘게!"

"아돈, 평안보다 결실이 더 적은 것이 바로 흥분하고 놀라는 겁니다. 제가 재료를 섞어 흥분과 놀라움을 가라앉힐 수 있는 것을 만들어보겠습니다. 물에 가루 하나를 풀어 넣으면 차분히 가라앉습니다. 그러나 여기에 다른 것을 넣으면 부글부글 끓어오릅니다. 이렇게 혼합한 것을 마시면 주인님의 가슴에 안정이 찾아와, 진정하실 수 있습니다."

"그건 나중에 마시겠소, 마이. 때가 되면, 정말로 필요할 순간이 되면 마시겠소. 하지만 지금은 내 말을 들어주시오, 내가 어떻게 했는지. 우선 비호처럼 달리는 파발을 보냈소. 형들을 다른 입국자와 분리시킨 다음 국경 도시에서 곡식을 내주지 말고 멘페에 있는 대 서기관으로 보내라고. 그리고 이곳으로 여행하는 동안 이들과 짐승들이 좋은 숙소에 묵게 하고 낯선 곳에서 고생하지 않도록 잘 보살펴 주라고 일렀소. 형들에게 이곳은 참으로 낯설고 특이하게 보일 거요. 내가 열일곱 살에 죽어서 이곳으로 왔을 때도 그랬으니까. 그래도 그때 나는 어려서 유연하기나 했지, 이들은 벌써 40대 후반까지 되었을 테니. 물론 벤야민은 제외하고 하는 말이오. 하지만 그 아이는 어차피 이들과 같이 오지 않았소. 내가 지금 알고 있는 건, 이 아이를 이곳으로 데려와야 한다는 것이오. 그 아이를 보는 게 제일 먼저 해야 할 일이오. 그리고 마이, 두번째는 그분이 아직 살아 계신다면, 아버지도 오셔야 하오. 간단히 말해서 사람들을 시켜 은밀히 형들의 발길을 편하게 보살펴 주라고 했소. 그대가 이런 표현을 이해할지 모르겠는데, 걸림돌에 넘어지지 않도록 배려하라고 일렀다는 뜻이오. 그런 다음 이곳에 도착하면 내가 직접 이들의 이야기를 들어볼 테니 청사로, 내 집무실로 안내하라고 했소."

"집이 아니고요?"

"아니오. 아직은 아니오. 처음에는 서기관에서 공식적으로 맞을 것이오. 우리끼리 하는 말이지만, 그곳 접견실이 더 크니 더 큰 인상을 남기지 않겠소."

"그런 다음 어떻게 하실 작정입니까?"

"글쎄, 아마도 그대가 조제한 진정제를 마셔야겠지. 형들 앞에서 어떻게 해야 할지 대책이 서지 않을 테니까. 그들도 어쩔 줄 몰라 할 테지만. 생각을 해보오, 내가 그들에게 '접니다' 하면 어찌 되겠소? 하지만 이렇게 재치 없이 무턱대고 그 말을 해서, 꾸며 주는 장식도 없는 밋밋한 축제를 만드는 일은 없을 것이오. 문을 활짝 열고 집안으로 뛰어들어가 '접니다' 라고 곧장 토해 내지는 않겠다는 뜻이오. 오히려 문 뒤에서 한참 동안 산뜻하게 머물러 있으면서 형들 앞에 낯선 사람처럼 나설 것이오."

"적대적으로 대하겠다는 뜻인지요?"

"적대적인 것까지 포함해서 하는 말이오. 아, 마이, 그렇지 않고는 오랫동안 낯선 사람처럼 행동하지 못할 거요. 그러니 적대감을 드러내는 게 훨씬 편할 게요. 그렇다면 뭔가 생각해 내서 형들을 엄하게 다뤄 기겁하도록 만들어야 하오. 그들의 경우가 의심스럽고 애매해 보여서, 철저하게 조사할 필요가 있는 것처럼, 뭐 그런 식으로 말이오."

"그렇다면 그들의 언어로 대화하실 겁니까?"

"오, 마이! 고맙소! 그대의 평온이 선사한 첫번째 선물이구려!"

요셉은 손바닥으로 이마를 쳤다.

"그건 꼭 필요한 말이었소. 난 여태껏 머릿속으로 가나안 말로 대화하고 있었소. 이런 멍청이가 있나. 내가 가나안 말을 할 줄 안다는 게 말이 되오? 이렇게 미련할 데가! 그렇지만 내 아이들과는 가나안 말을 한다오. 이집트 억양이 섞인 가나안 말을 배우는 셈이긴 하오. 하지만 이 문제는 맨 나중에 걱정해도 될 거요. 평온한 상태라면 충분히 언급할 만하지만, 지금은 이런 한가한 이야기를 할 때가 아니니까. 자, 나는 가나안 말을 알아서는 안 되오. 그러니 중간에 통역관을 세워야 할 것이오. 관청에 지시해서 아주 뛰어난 자를 구하라 하겠소. 양쪽 언어에 통달한 사람으로 내 말을 정확하게 전달할 수 있어야 하오. 말을 부드럽게 만들어도 안 되고 단순하게 바꿔도 안 되고, 적당히 옮겨서도 안 되니까. 형들이 하는 말은, 예를 들면 키가 큰 르우벤 형이 하는 말은, 아, 르우벤! 오, 주님! 형은 텅 빈 구덩이에 날 찾아왔었소. 날 구하려고. 파수꾼한테서 들었다오. 이 이야기는 그대에게 한 것 같지 않은데, 이건 나중에 들려주리다! 아무튼 형들이 직접 하는 말은 내가 다 알아들을 수 있으니까 문제될 게 없소. 하지만 난 알아들어도 못 알아듣는 척해야 하오. 조심해야지, 안 그랬다가는 다 알아듣고 대답하는 실수를 저지를 게요. 그러니 아무리 지루해도 잘난 척하는 통역관이 자기 일을 끝낼 때까지 기다려야 하오."

"아돈, 일단 그렇게 하시기로 작정하셨다면, 주인님은 잘하실 겁니다. 그리고 주인님이 그들을 첩자로 여기는 것처럼 하는 게 어떨지 제안하고 싶습니다. 그들에게 나라의 빈틈을 알아보려고 온 게 아니냐고 트집을 잡는 겁니다."

"오, 마이! 제안은 그만두구려! 동그란 눈으로, 그렇게 선량한 눈으로 이렇게 불쑥 제안하면 나더러 어쩌라는 거요?"

"전 제가 뭔가 제안을 해야 하는 줄 알았습니다. 너그러우신 주인님."

"처음에는 나도 그렇게 생각했소. 하지만 이제 난 축제와 같은 이 고귀한 일과 관련해서 아무도 내게 제안할 수 없고, 또 그래서도 안 된다는 사실을 알게 되었소. 오로지 영감이 떠오르는 대로 나 혼자 꾸며야 하오! 세 가지의 사랑 이야기를 가장 즐겁고 자극적으로 꾸미는 일은 그대가 생각해 내고, 내 이야기는 내가 꾸미도록 해주오! 내가 벌써부터 그런 생각을 하지 않았다고 누가 장담할 수 있소? 형들을 첩자로 여기는 척해야겠다는 생각은 나도 이미 하고 있었소."

"그렇다면 우리는 같은 생각을 한 것이군요."

"물론이오. 그것만이 올바른 생각이기 때문이오. 이건 이미 씌어져 있는 것이나 마찬가지라오. 마이, 이 이야기 전체는 벌써 씌어져 있소, 신의 책에. 그래서 우리는 이 이야기를 함께 읽으며 웃기도 하고 울기도 할 것이오. 그렇지 않소? 그대도 내가 형들을 맞을 때 내 곁에 있지 않겠소? 형들은 내일이나 모레쯤 내 앞으로 불려올 거요. 먹여 살리는 자가 있는 서기관의 큰 홀로. 그 방의 벽에는 온갖 그림을 그려놓았을 것이오. 그대도 이때 서기관으로 와서 내 옆에 있지 않겠소? 그대는 당연히 내 배경이니까. 형들을 맞는 자리니 만큼 배경을 잘 꾸며야 하오. 아, 마이."

높은 자리로 들어 올려진 자는 이렇게 외치며 얼굴 앞에서 손을 마주쳤다. 벤온이, 그 꼬마 소년은 주인님의 숲 속에서 이 손이 미르테 화환을 엮는 모습을 지켜본 적이 있다. 지금은 한쪽 손에 파라오가 '나와 같다'라는 의미로 그에게 선사한 파란 하늘색 보석 반지를 끼고 있었다.

"형들을 보게 되다니! 오, 내 형제! 그들은 언제나 내 형제였소. 서로의 잘못으로 안 좋은 일도 겪었지만, 그들은 항상 내 형제였소! 오, 난 그들과, 야곱의 아들들, 내 형제와 대화할 거요. 그리고 형들로부터 듣게 될 거요. 아버지가 살아 계신지, 내가 오랫동안 죽은 척하고 아무 연락도 안 드린 아버지께서 내가 이렇게 살아 있다는 소식을, 신께서는 정말로 짐승을 아들 대신 받아주셨다는 사실을 들을 수 있는지! 또 벤야민이 살아 있는지, 형들이 같은 형제로 잘 해주는지, 이 이야기도 전부 듣게 될 거요. 아, 벤야민도 데려오고 아버지도 이곳으로 모셔와야 하오! 아, 왕년에는 감옥의 태수였던 집사! 이건 너무 흥분되는 일이오! 이런 축제가 또 어디 있소? 그러니 신나는 축제처럼 재미있게, 모든 것을 가장 경쾌하고 산뜻하게 만들어야 하오. 유쾌함은 말이오, 친구. 그리고 약삭빠른 농담은 주님이 주신 가장 좋은 선물이며, 이것들이야말로 혼란스럽고 의문스러워 보이는 삶을 대하는 진정한 태도이기 때문이오. 신께서 우리들의 정신에 이것들을 선사하신 이유는 아무리 준엄한 삶이라도 미소를 짓게 만들라는 뜻에서라오. 형들은 날 잡아찢고 구덩이에 던졌소. 그런데 이들이 이제 내 앞에 서게 되었소. 이것이 바로 인생이오. 또 인생은 행위를 결과에 비춰 평가해야 하는가라고 물어보는 질문이기도 하오. 좋은 결과를 위해 꼭 필요한 악이었으니, 한마디로 필요악은 그러면 선이라 해야 하는가, 이것이 인생이 제기하는 질문이라오. 이런 질문들은 진지함으로는 대답할 수가 없소. 인간 정신은 오로지 유쾌한 가운데에서나 이 질문들 위로 올라갈 수 있다오. 이 경우 어쩌면 대답이 없는 신에 대해서도 장난기를 부려, 바로 대답이 없는 그 막강한 분까지도 미소 짓게 만들지 모르오."

심문

요셉은 정말 파라오 같았다. 머리 위로는 잠방이를 걸친 단발머리 소년들이 양각으로 세공한 황금 부챗살에 하얀 타조깃을 꽂은 부채를 들고 있었다. 그리고 유난히 콧대가 높은 관청의 큰 서기들로 둘러싸인 '먹여 살리는 자' 는 자신의 의자에 앉아 있었다. 그 아래로 좌우에 창을 든 보초들이 서 있고, 글씨로 장식한 오렌지 색 기둥이 두 개씩 나란히 두 줄로 늘어서서 멀리 홀의 입구까지 이어졌다. 기둥의 밑동은 하얀 색이며 머리 부분은 초록색 수련으로 장식됐다. 문 위의 장식은 유약을 칠해 놓았다. 넓은 홀의 양쪽 벽에는 주각 위로 하피, 곧 넘치는 자를 여러 개 반복해서 그려놓았다. 인간의 모습인데, 성기는 가려서 보이지 않고 한쪽 가슴은 남자, 다른 쪽은 여자이며, 턱에는 왕의 수염, 머리에는 진흙에서 자라는 식물, 즉 연꽃을 달고 손바닥에는 선물을 올리는 쟁반이 있고, 그 위에 정글의 꽃과 날씬한 물병이 있다.

여러 번 재현된 이 신의 그림 사이에 굵은 선과 밝은 색으로 묘사한 다른 생명도 있었다. 높이 위치한 창문의 돌창살 사이로 들어오는 햇살 아래 곡식 종자와 탈곡한 곡물이 환하게 웃고 있었다. 그리고 파라오가 직접 황소를 앞세워 밭을 갈고 낫으로 황금 이삭을 자르는 모습도 있었다. 또 일곱 마리의 오시리스 암소가 차례차례 걸어가고 있었다. 그 옆에 요셉이 이름을 잘 알고 있는 종우(種牛)가 있었다. 거기에 멋지게 새겨진 글씨도 있었다. 예를 들면 이런 것이다.

"오, 나일 강! 내게 먹을 양식을 주어 모든 작물이 제때 생육하기를!"

대리-호루스가 종자로 쓰고 빵으로 먹을 곡식을 달라고 외치는 자들의 절규를 듣고 혼자서 최종 결정을 내리는 집무실은 이런 광경이었다. 호루스의 대변인은 마이-사흐메 집사와 대화를 나누고 사흘째 되던 그날도 이곳에 있는 자신의 의자에 앉아 있었다. 그리고 뒤에 서 있는 집사로 하여금 실제로 약을 조제하게 하여 안정제부터 마신 후였다. 그는 지금 막 댕기머리에 수염을 기르고 부리 모양의 신발을 신고 들어오는 대사들을 맞았다. 이들은 무르실리 왕의 나라, 즉 하티에서 온 자들인데 거기에도 기근이 휩쓸고 있었다. 이들을 대하는 그의 태도는 사람들의 눈에 띌 정도로 산만했다. 히타이트 족이 사는 도시 영주들에게 이들의 제안보다 더 많은 밀과 수수와 쌀을 싼값에 주라고 '실제 서기'에게 받아 적게 한 것이다. 이걸 보고 몇몇은 국가의 이익을 계산한 지혜에서 비롯된 조처라고 여겼다. 이유는 몰라도 여하튼 무르실리 왕에게 호의를 베푸는 것이 대외정치상 중요해서 그러려니 한 것이다. 다른 사람들은 파라오의 하나뿐인 친구가 몸이 불편한 탓으로 여겼다. 그는 업무를 시작하기 전에 먼지 때문에 점막에 염증이 생겼다고 말했고, 지금도 계속해서 수건으로 입을 가리고 있었기 때문이다.

또 그는 히타이트 사람들이 물러 간 뒤에 다음 차례인 자들이 홀로 들어오자 눈을 둥그렇게 뜨고 바라보는 것이었다. 이들은 아시아 남자들이었다. 그중 하나는 키가 유난히 컸다. 그리고 한 사람은 사자머리에 우울한 표정이었다. 또 한 사람은 힘이 세고 단단해 보였다. 그리고 또 다른 자는 길고 날렵한 다리를 가졌다. 두 명의 다음 남자들은 아주 거칠어 보였는데 어떤 싸움도 마다할 것 같지 않았다. 다른 한 사람은 쏘아보는 듯한 매서운 눈초리, 또 다른 사람은 눈과 입술이 젖어 있고, 그리고 한 사람은 유별나게 뼈대가 굵고, 다른 한 사람은 곱슬머리와 둥근 수염에, 자주색 염료의 재료로 쓰이는 조개에서 추출한 빨간색과 파란색이 그득한 옷을 입었다. 이렇게 각기 뚜렷한 특징을 가진 자들은 홀의 중앙에 이르자 그 자리에 멈춰 서서 바닥에 입을 맞췄다. 파라오의 하나뿐인 친구, 이 유일한 분은 그들이 일어날 때까지 기다린 다음 가까이 다가오라고 부채를 끄덕였다. 남자들은 가까이 다가와 다시 한번 바닥에 엎드려 절을 했다.

"이렇게 많이?" 그는 베일로 가린 음성으로, 조금 꾸민 목소리로 물었다. 신이나 아실까, 왠지 도로 기어들어 가는 듯했다.

"한꺼번에 열 명이나? 아예 열한 명 오지 그랬느냐! 통역관, 저들에게 왜 열한 명이 아니고, 혹은 열둘이 아니고 열 명만 왔는지 물어보거라. 혹시 너희는 이집트 말을 이해하느냐?"

"그러고 싶지만, 그랬으면 얼마나 좋겠습니까, 우리의 피난처이신 주인님."

그중 하나가 자기 나라의 언어로 말했다. 달리기 선수의 날렵한 다리를 가진 자였다. 아마도 다리만 빠른 게 아니라 혀도 그러한 듯했다.

"주인님께서는 파라오 같으십니다. 그리고 달과 같은 자비로운 아버지이십니다. 귀한 옷을 입고 길을 떠나는 자비로운 아버지이신 주인님께서는 자신의 장식을 가진 처음 태어난 황소 같습니다. 오, 모셸, 명령하는 분이여! 우리 모두 가슴으로 주인님을 찬양합니다. 시장의 주인님, 나라들을 먹여 살리는 분, 오, 세상의 양식! 주인님이 아니 계시면 숨 쉴 자가 없습니다. 1년에 들어 있는 날짜 수와 같은 해만큼 사십시오! 그러나 아돈, 주인님의 종들은 안타깝게도 주인님과 거래를 할 수 있을 만큼, 주인님의 혀가 하는 말을 잘 이해하지는 못합니다. 그러니, 부디 은혜를 베풀어 주십시오!"

"주인님께서는 파라오 같으십니다."

그들이 합창했다.

통역관이 납달리의 말을 빠르게, 그러나 사무적인 단조

로운 말투로 옮기는 동안, 요셉은 자기 앞에 서 있는 자들을 눈으로 모조리 삼켰다. 그는 모두를 알아보았다. 세월이어떤 흔적을 남겼건 간에, 한 명 한 명 힘들이지 않고 구별할 수 있었다. 거인 르우벤의 머리카락은 벌써 회색이었다. 기둥 같은 두 다리, 곰처럼 사납게 생긴 우락부락한 얼굴. 오, 섭리의 주님! 증오에 굶주린 늑대 무리가 하나도 빼놓지 않고 전원 다 출석했다. 요셉을 덮쳐 "옷을 벗겨, 벗겨!"라고 외쳤던 자들, "제발 찢지 말아요, 찢지 말아요!", 아무리 애원해도 못 들은 척, 영차영차 구령까지 붙이며 구덩이로 질질 끌고 갔던 성난 무리들! 요셉은 그때 영문을 몰라 그들과 자신에게 그리고 하늘을 향해 물었었다. "아, 이게 웬일인가요!" 또 이들은 자신을 '어이, 야' 와 '개자식'으로 부르며 이스마엘 사람들에게 팔았다. 단돈 은 20에. 그리고 요셉이 보는 앞에서 옷조각을 짐승을 잡은 피 속에 담갔던 자들이었다. 아, 이제 그들이 이 시간에 등장했다. 야곱 안에서 한 형제인 이들은 꿈 때문에 그를 살해했고, 이제 또 꿈 때문에 그에게로 인도되었다. 사실 모든 게 꿈 같았다.

거기 붉은 눈을 가진 여섯 형들이 있었다. 그리고 네 명은 하녀들의 소생이었다. 빌하의 독사(단─옮긴이)와 형제들의 소식통(납달리─옮긴이), 그리고 질바의 장자로 갑옷을 입은 건장한 남자, 곧 직설적인 가드와 군것질쟁이 동생(아셀─옮긴이). 먹는 것이나 밝히는 그는 당나귀 잇사갈과 역청을 바른 즈불론과 마찬가지로 형들 중에서 제일 어린축에 속했는데도 벌써 얼굴에 주름이 패였고 수염과 기름을 바른 매끄러운 머리카락에도 은색이 짙었다. 오, 영원히 사는 분이시여! 형들이 이토록 늙다니! 원래 생명 자체가 그러하듯, 그건 하나의 감동이었다. 요셉은 이들을 바라보다가 놀라고 말았다. 형들이 이처럼 늙었는데, 연로하신 아버지가 살아 계실 수 있을까?

웃음과 눈물과 두려움으로 벅차 오르는 가슴으로 요셉은 이들을 바라보았다. 그리고 예전에는 없었던 수염을 기르고 있는 형들까지 하나도 빼놓지 않고 모두 다 알아보았다. 그러나 형들도 요셉을 바라보고 있었지만, 그들은 요셉을 알아보는 것 같지 않았다. 그들의 눈은 장님이었다. 그가 요셉일 수도 있다는 가능성은 전혀 보지 못했다. 그들은 이전에 뻔뻔스러운 동생을 세상에 팔아치웠다. 지평선 너머, 안개 자욱한 낯선 곳으로. 이 사실만은 그들도 여전히 알고 있었다. 그건 지금도 알았다. 그러나 지금 부채 아래 옥좌처럼 높은 의자에 앉아 있는 이 이방인 귀족이 그일 줄은 꿈에도 몰랐다. 이마와 팔은 짙은 갈색이었지만 입은 옷은 꽃잎처럼 하얀 색이라 정말 이집트 사람처럼 보였다. 그리고 자신들이 궁한 나머지 찾아온 장터의 주인이자 막강한 권력가는 목에 황금 줄 하나를 걸고 있었다. 어쩌면 이렇게 만들 수 있을까 놀라울 정도로 정교한 세공품이었다. 그리고 이 줄에 마찬가지로 금을 세공한 가슴 장신구가 걸려 있었다. 매와 장수풍뎅이와 생명의 십자가가 어우러진 것으로 더할 수 없이 고상한 취향을 보여주었다. 또 그는 일종의 장신구인 화려한 파리채를 들고, 허리띠에는 은으로 된 장식 줄을 매달고, 머리에는 이곳 방식으로 어깨까지 내려오는 빳빳한 날개가 달린 두건을 두르고 있었다. 그런데 바로 이 남자가, 자신들이 이전에 없애버려서 아버지 가슴에 한을 쌓게 한 바로 그 자, 늘 꿈이나 꾸던 그 동생일 수 있다는 생각은 그들로서는 할 수 없었다. 이 생각에 이르는 길은 막혀 있었고 훗날에나 열릴 예정이었다. 또 이 남자가 얼굴의 아랫부분을 계속 수건으로 가리고 있었기 때문에 그런 생각에 이르기도 어려웠다.

남자가 다시 말을 했다. 그리고 일단 말을 멈추면 옆에서 있던 통역관이 그들에게 서둘러 가나안 말로, 단조로운 말투로 옮겨 주었다.

"여기서 거래가 이루어져서 곡식을 공급할 수 있는지는," 서두부터 언짢게 들렸다.

"그건 두고 봐야 한다. 우선 그래도 되는지 증명이 필요하다. 어쩌면 엉뚱한 게 증명될 수도 있다. 너희들이 인간의 말을 할 줄 몰라도 전혀 문제될 게 없다. 하지만 너희가 여기서 파라오의 최고 입과 너희의 알아듣기 힘든 말로 협상할 수 있으리라 기대했다면, 그건 안됐지만 오산이다. 나같은 사람은 바벨 말도 할 줄 알고 히타이트 말도 할 줄 안다. 그러나 히브리 말이나 그런 종류의 아울라사울라라쿠알라 같은 말은 가까이 하지 않는다. 혹시 예전에 할 수 있었다 하더라도 잊어버리려고 애쓰는 법이다."

휴식과 통역.

그는 대답을 기다리지 않고 다시 말을 이었다.

"너희는 나를 유심히 바라보면서 야만인답게 속으로 이렇게 생각하고 있을 것이다. 저렇게 수건으로 얼굴을 가리고 있는 걸 보니 몸이 불편한 게 틀림없다. 그래, 맞다. 너희의 짐작대로 나는 지금 몸이 좀 불편하다. 이런 일로 유심히 관찰하고 결론을 내릴 게 무엇이 있느냐? 나는 먼지 때문에 점막에 염증이 생겼을 뿐이다. 나 같은 남자도 이런 것에는 어쩔 수 없다. 내 의사들이 나를 낫게 해줄 것이다. 이집트 의사들의 지혜는 그 수준이 대단히 높다. 또 내 집의 집사도 의사다. 그러니 그가 나를 고쳐줄 테니 걱정할 필요없다. 내가 걱정하는 건 오히려 다른 사람들이다. 나와는 여전히 멀리 떨어져 있다 해도, 이처럼 비정상적인 몹쓸 날씨에 어쩔 수 없이 사막 여행을 할 수밖에 없었던 사람들이 안됐고, 여행이 얼마나 고단했을까 생각하면 가슴이 아프기 때문이다. 자, 너희는 어디서 왔느냐?"

"가나안 땅의 헤브론, 키럇 아르바, 테레빈 나무가 우거진 마므레 숲에서 양식을 사려고 이집트로 왔습니다, 위대한 아돈. 저희 모두는,"

"잠깐! 누가 이야기하는 거냐? 반짝이는 입술로 이야기하는 저 작은 자가 누구냐? 어째서 그가 말하느냐? 예를 들면 저기 저 탑처럼 생긴 거인이, 내가 보기에 붉은 자들 중에서 가장 나이가 많고 사려 깊어 보이는 저 자가 이야기할 수도 있을 텐데."

"살펴 주십시오, 주인님. 대답을 한 자는 아셀입니다. 주인님의 종의 이름이 그러합니다. 우리 형제 중의 한 명입니다. 저희는 모두 한 형제로 한 남자의 아들입니다. 또 형제라는 점에서 우리는 하나입니다. 그리고 하나로 묶여 있는 우리 모두에게 관련된 문제가 대두되면, 주인님의 충성스러운 종 아셀이 형제를 대신해서 이야기하곤 합니다."

"흠, 그래. 그렇다면 너는 형제끼리 뭉친 동맹을 대변하여 수다를 떨고 대표 발언을 하는 자로구나. 좋다. 하지만 예리한 내 눈에는 너희가 한 형제라고 하지만 서로 달라 보인다. 비슷해 보이는 자들도 있지만 다른 공통점을 가진 자들과는 달라 보인다는 말이다. 예컨대 너희 형제동맹을 대표해서 말하는 자는 저기 청동을 박은 짧은 전투복을 입은 자와 비슷해 보이고, 저기 뱀의 눈을 가진 자는 그 옆에 가만히 서 있지 못하고 가는 다리를 번갈아 움직이는 자와 어딘지 모르게 비슷해 보인다. 그러나 다른 여러 명은 눈 다래끼가 나서 눈썹 부위가 빨갛다는 게 공통점이다."

이제 마음을 단단히 먹고 르우벤이 입을 열었다.

"오, 주인님께서는 정말 모든 걸 다 보십니다."

요셉은 르우벤의 음성을 들었다.

"허락하신다면 주인님께 그 점을 밝혀 드리겠습니다. 우리들이 비슷하기도 하고 다르기도 한 것은 저희가 다른 어머니의 소생이기 때문입니다. 넷은 두 어머니의 자식이며, 여섯은 한 어머니의 자식입니다. 그렇지만 저희 모두 한 남자의 아들입니다. 저희를 생산한 그분은 야곱입니다. 양식을 사오라고 저희를 주인님께 보낸 것도 주인님의 종 야곱입니다."

"너희를 내게 보낸 게 그란 말이냐?"

요셉은 같은 말을 되풀이하며 코 수건을 올려 얼굴 전체를 가렸다. 그리고 다시 그 너머로 상대방을 바라보았다.

"어쩜 목소리가 그렇게 얇단 말이냐. 탑처럼 생긴 몸에서 그렇게 가는 소리가 나오다니 놀랍구나. 하지만 더욱 놀라운 것은 네 말의 뜻이다. 너희 모두 세월 탓에 이렇게 머리와 수염까지 은빛으로 변했는데, 그리고 너희 중 가장 나이 든 자는 수염은 없는 대신 머리가 더 허옇게 세었는데, 이렇게 믿을 수 없는 이야기를 하면 너희만 곤란해진다. 너희를 보면 아버지가 살아 계실 것처럼 보이지 않기 때문이다."

"주인님, 맹세합니다. 아버지는 살아 계십니다."

유다였다.

"부디 허락해 주십시오! 소인이 어머니가 같은 형제의 말을 증명하겠습니다! 저희가 하는 말은 진실입니다. 저희 아버지는, 주인님의 근엄한 종은 살아 계십니다. 아직 그렇게 늙지도 않았습니다. 이제 여든 살이나 아흔쯤 될 것입니다. 이것은 저희 부족의 경우 그리 특별한 게 아닙니다. 저희 증조부께서는 진정한 아들, 곧 저희의 아버지를 생산한 분을 생산하셨을 때, 백 살이셨으니까요."

"이런 야만적인 이야기가 있나!"

이렇게 외치는 요셉의 목소리가 꺾였다. 그는 집사를 돌아보았다. 그리고 다시 얼굴을 앞으로 돌렸지만 한동안 아무 말도 하지 않았다. 그러자 사방이 술렁거렸다.

그러다 마침내 다시 입을 열었다.

"엉뚱한 이야기로 빠지지 말고 내 질문에나 구체적으로 대답할 것이지. 내가 너희에게 물어본 것은, 여행이 힘들지나 않았는지, 혹시 물이 모자라서 갈증으로 고생이나 하지 않았는지, 또는 도적떼나 아니면 먼지 폭풍이 덮친 것은 아닌지, 아니면 행여 폭염에 일사병에 걸린 자는 없었는지,

그걸 알려고 했다."

"여행은 아무 문제 없었습니다, 아돈. 자비롭게도 이런 것까지 물어주시니 감사할 따름입니다. 저희는 도적을 이길 만큼 충분히 강한 여행객이었고, 물도 충분히 준비했고, 당나귀 한 마리도 잃지 않았으며 모두 건강했습니다. 그리고 그저 중간 정도의 먼지 폭풍만 견디면 되었습니다."

"그렇다면 다행이군. 내 질문은 자비로운 게 아니라, 냉엄한 현실을 물어본 것이다. 너희들의 여행은 그럼 일상을 벗어나는 여행은 아니었다는 말이군. 세상에는 많은 여행이 있다. 열이레가 걸리는 여행도 있고, 열이레씩 일곱번이나 가야하는 여행도 있다. 이런 여행은 예전에도 있었고 오늘날에도 있다. 그리고 어떤 여행이든 한걸음 한걸음 앞으로 나아가야 하는 법이다. 축지법을 쓰듯이 땅이 발밑에서 솟구쳐 오르기는 어려우니까. 저기 길르앗에서 온 상인들은 바이산 성소로부터 에닌을 거쳐 거기 그 골짜기, 아, 잠깐! 예전에는 알았는데, 아, 그래, 이제 알겠다. 그곳은 도단 골짜기다. 상인들은 이 골짜기를 지나 다마시키로부터 레윤으로 나아가는 큰 대상로(隊商路)로 접어든다. 그리고 람레를 지나 카자티 항구로 나아가지. 이에 비하면 너희의 여행은 수월한 여행이다. 너희는 헤브론에서 가자로 곧장 내려왔을 테니까, 간단하지. 거기서 그럼 해안을 따라 걸었느냐? 아래로, 이 나라를 향해?"

"말씀하신 대로입니다. 주인님은 모든 것을 아십니다."

"나는 아는 게 무척 많다. 일부는 타고난 예리한 통찰력 덕분이고, 그밖에 다른 수단도 있기 때문이다. 나 같은 사람에게는 당연히 이런 수단들이 있다. 아무튼 너희는 가자에서 다른 여행객들과 합류했겠지. 거기서부터 가장 고약한 행로가 시작되니까. 그곳은 저주받은 해저 바닥으로 해골이 가득한 철의 도시지."

"저희는 두리번거리지 않고 주님과 함께 끔찍한 곳을 지나왔습니다."

"다행이군. 불기둥이라도 나타나서 너희를 인도해 주었더냐?"

"가끔은 그랬습니다. 그러다 불기둥이 무너지면, 보통 수준의 불쾌한 먼지 폭풍이 닥쳤습니다."

"너희가 자만하지 않았기를 바란다. 너희가 그 위력을 몰라서 그렇지 너희를 죽일 수도 있었을 것이다. 그런 무서운 괴물이 버티고 서서 이곳 이집트로 내려오는 여행자들을 위협하고 있으니 심히 걱정스럽다. 나는 냉엄한 현실을 말하는 것이다. 그러나 그런 다음 우리 나라의 능보와 성루를 통과한 다음에는 기뻐하며 축배를 들었더냐?"

"저희는 기뻐서 우리를 보호해 주신 주님께 큰소리로 감사를 드렸습니다."

"그럼 젤 요새와 그 병사들 때문에 깜짝 놀랐더냐?"

"저희는 높은 요새를 우러러본다는 의미에서 깜짝 놀랐습니다."

"그러면 거기서는 어떤 일이 있었느냐?"

"저희가 우리 아내와 자식들이 굶어죽지 않도록 이곳에 곡식을 사러 왔다고 하자 사람들은 저희를 막지 않고 통과시켜 주었습니다. 그런데 우리를 다른 사람들과 떼어놓았습니다."

"그 이야기를 듣고자 했다. 그래서 이상하다고 생각했느냐? 너희는 떼어놓는 일을 당한 적이 한번도 없었겠지. 너희 스스로 누군가를 떼어놓은 적도 없고. 그렇지 않으냐? 그래도 사람들은 너희를 제각기 떼어놓지 않고 하나의 무리로 엮었겠지. 열 명 다 하나로 모이도록 말이다. 열을 다 모인 숫자라고 볼 수 있다면 그렇다는 뜻이다. 어떠냐? 내 말이 맞느냐? 너희 중 누구도 따로 떼어놓지 않고, 다른 여행자들과만 떼어놓더냐?"

"그렇습니다, 주인님. 사람들은 저희에게 아무리 돈이 있어도 다른 곳에서는 곡식을 살 수 없다면서 멤피로 가라고 했습니다. 이 나라들의, 곧 이곳 두 나라의 저울에 와야만 양식의 주인님이시며 신께서 주신 수확을 관리하는 친구인 주인님으로부터 직접 살 수 있다고 말입니다."

"아무렴! 사람들이 길을 안내해 주더냐? 국경에서 붕대로 칭칭 감긴 자의 도시까지 여행은 편했느냐?"

"아주 편안한 여행이었습니다, 아돈. 사람들은 저희를 지켜주었습니다. 남자들이 오가면서 우리가 묵을 곳과 짐승들이 쉴 곳을 알려 주었습니다. 그리고 아침에 일어나 숙박비를 내려고 하면 여인숙 주인이 돈 받기를 거절했습니다."

"먹고 자는 것이 무료인 사람은 두 종류가 있다. 귀빈이거나 아니면 포로다. 이집트가 마음에 드느냐?"

"이곳은 기적 같은 나라입니다, 큰 베지르. 님로드의 나라처럼 대단한 권세와 웅장함을 자랑하는 대국입니다. 그리고 높이 솟은 것이든, 누워 있는 것이든 치장한 장식과 형상은 참으로 화려합니다. 또한 신전들도 위압적입니다. 그 무덤들이 하늘에 닿습니다. 그래서 우리는 번번이 눈이 휘둥그레지곤 했습니다."

"완전히 휘둥그레지지는 않았기를 바란다. 본연의 임무를 잊어서야 되겠느냐. 너희는 여기저기 낌새를 살피고 정보를 알아낸 다음 은밀하게 결론을 내려야 하지 않느냐."

"무슨 말씀이신지요, 주인님. 주인님의 말씀이 무슨 뜻인지 못 알아듣겠습니다."

"그럼 너희는 사람들이 너희를 다른 사람들로부터 떼어놓은 후 계속 주시하면서 내 앞으로 데리고 온 이유를 몰랐단 말이냐?"

"저희도 알고 싶습니다, 주인님. 하지만 저희는 모릅니다."

"정말 아무것도 모르는 표정을 짓는구나. 그렇다면 너희는 심각한 혐의를 받고 있다는 것도 몰랐단 말이냐. 사람들이 너희에 대해 무겁고 어두운 의심을 하고 있는데도 너희의 양심은 아무것도 일러주지 않더란 말이지? 이건 의심 정도가 아니다. 너희들의 못된 짓은 우리 눈앞에 그대로 드러나 있다. 그런데 전혀 짐작 못했단 말이냐?"

"무슨 말씀이십니까? 주인님! 주인님은 파라오 같으십니다. 저희를 의심하시다니요? 무엇을 말입니까?"

"너희는 첩자야!"

요셉이 외쳤다. 그리고 손으로 팔걸이를 내리치며 사자 의자에서 일어났다. 그는 '다이알루'라고 말했다. 이는 스파이라는 뜻의 악카드 말로 매우 수상쩍은 것을 뜻하는 단

어였다. 요셉은 이 단어를 내뱉으며 손에 든 부채로 그들의
얼굴을 가렸다.

"다이알루."

통역관이 메아리처럼 되뇌었다.

놀란 그들은 천둥소리에 겁을 먹은 한 남자처럼 동시에
뒤로 멈칫 물러났다.

"무슨 말씀을!"

그들은 합창을 하듯 중얼거렸다

"내가 한 말 그대로이다! 너희는 첩자다. 너희는 나라가
숨기고 있는 허점을 알아내어 우리 나라에 잠입하여 약탈
할 수 있는 통로를 찾아내려고 온 자들이다. 난 그렇게 확
신한다. 어디, 내 말을 반박할 수 있거든 해보거라."

그러자 르우벤이 나섰다. 다른 자들이 자신들을 대표하
여 변명하라고 모두 고개를 끄덕였던 것이다. 르우벤은 천
천히 고개를 가로저었다.

"명령하시는 분이시여, 반박하고 말고 할 것이 어디 있습
니까? 하지만 오로지 주인님의 말씀이기 때문에 거론할 가
치가 있는 것입니다. 그렇지 않다면 어깨나 으쓱하곤 넘겨
버릴 것입니다. 대인들도 착각할 수 있는 법입니다. 주인님
의 의심은 잘못된 것입니다. 저희는 그 의심 앞에서 아래로
눈을 내리깔지도 않습니다. 오히려 보시다시피 똑바로 주
인님을 바라보고 있습니다. 주인님께서 어쩌면 우리를 이
렇게 잘못 아실 수 있는지 그저 서운한 눈빛으로 말입니다.
저희는 주인님의 위대하심을 잘 아는데, 주인님께서는 저
희의 정직함을 몰라주시기 때문입니다. 저희를 보십시오,

그리고 눈을 뜨십시오! 우리는 한 남자의 아들입니다. 이 남자는 보통 남자가 아니라 아주 뛰어난 인물로 가나안 땅에 사는 신의 친구이며 가축을 기르는 왕입니다. 저희가 이 나라로 온 것은 다른 자들과 마찬가지로 우리 아내와 자식들을 먹여 살릴 양식을 사기 위해서입니다. 그 양식 값으로 훌륭한 은가락지를 가지고 왔습니다. 주인님께서 정확한 저울에 달아보시고 곡식 값으로 받으시면 됩니다. 그런데, 다이알루라뇨, 신중의 신께 맹세코, 주인님의 종들은 단 한번도 첩자였던 적이 없습니다."

"너희는 첩자야!" 요셉은 샌들로 바닥을 굴렀다.

"나 같은 남자가 한번 머리에 떠올린 것은 변할 수가 없다. 너희는 나라의 치부를 발견하여 낫으로 베려고 온 것이다. 너희 열 명은 동방의 나쁜 왕들로부터 이런 임무를 전해 받았음이 틀림없다. 할 수 있다면, 어디 이런 내 확신을 반박해 보아라. 그러나 저기 저 탑처럼 서 있는 거인 자신의 말로 나의 확신을 무너뜨렸다고 생각하면, 그건 큰 오산이다. 오히려 그의 주장은 허공을 쳤을 뿐이다. 그 주장은 맞지도 않고 나 같은 남자를 만족시킬 수 있는 변명이 되지 못한다."

"은혜로우신 주인님, 저희가 반박하기 전에 저희를 첩자라고 몰아세우시는 증거를 한번 대 보십시오!"

누군가 말했다.

"어디서 그런 교활한 말을 하느냐? 그리고 노려보기까지 하다니! 넌 누구냐? 아까부터 뱀같이 생긴 눈이 눈에 띄었었다. 네 이름은 무엇이냐?"

"단이라 합니다, 아돈. 저는 단이라 불려왔습니다. 하녀가 여주인님의 품에서 낳은 아들입니다."

"만나서 반갑군. 그래, 단 마이스터. 네 말의 교활함으로 보아 너는 자신이 판관감이라고 착각하는 것 같구나. 적어도 네 일에서는 말이다. 그렇지만 여기서 옳고 그름을 결정하는 것은 나다. 그리고 내 앞에서 변명을 해야 하는 것은 의심을 받는 자이다. 사막의 주민이며 고난의 아들들인 너희가 혹시 다치기 쉬운 고귀함이라는 개념을 아는지 모르겠다. 이는 고상하고 세련된 이 두 나라를 가리키는 것이다. 이 나라들의 위에 서서 나라를 구제하고 궁궐에 계신 신의 아들 앞에서 책임을 져야 할 사람이 바로 나다. 그런데 나라의 고귀함은 항상 탐욕스러운 무뢰한의 위협을 받고 있다. 그 빈틈을 살피는 자들은 베두인, 멘티우, 아니투, 페츠티우 사람들이다. 그런데 이제 히브리인까지 기웃거려야겠느냐? 그리고 저기 파라오의 영역 밖에서 했던 것처럼 여기 와서도 못된 짓거리를 벌이게 내버려둬야겠느냐? 나는 그들이 덮친 도시들을 알고 있다. 그들은 마치 미친 자들처럼 분을 참지 못하고 사람을 죽이고 야만인처럼 겁 없이 황소까지 쓰러뜨렸다. 자, 보다시피 나는 많은 것을 알고 있다. 너희가 생각하는 것보다 훨씬 많이 안다. 너희 모두는 아니더라도 적어도 두세 명은 족히 그런 몹쓸 짓을 하고도 남아보인다. 그런데 나더러 너희의 말을 믿으란 말이냐? 뭐, 못된 생각도 없으며 이 나라의 비밀에 대해서는 전혀 관심 없다고?"

흥분을 감추지 못한 그들은 서로 왔다갔다하며 의견을

나누더니, 유다에게 대답을 하라고 고개를 끄덕였다. 그는 시험당하는 자로서 위엄을 잃지 않았다.

"허락해 주시면 제가 주인님께 말씀 드리겠습니다. 저희의 상황을 정확하게 진실대로 설명을 드리겠습니다. 그러면 주인님께서도 저희의 말이 진실임을 아시게 될 것입니다. 보십시오. 저희는, 주인님의 종들은 모두 열두 형제입니다. 모두 한 남자의 아들들입니다. 저희가 사는 땅은,"

"잠깐! 뭐라고?" 요셉이 외쳤다.

그는 앉았던 자리에서 벌떡 일어날 뻔했다.

"이제 갑자기 열둘이 되느냐? 그러면 아까 열이라고 한 것은 진실이 아니지 않느냐?"

"가나안입니다."

유다가 못 들은 척하고 하던 말을 마저 끝냈다. 어찌 보면 이제 모든 것을 다 말하려는데, 그래서 정말로 순수한 포도주를, 순도 백 퍼센트짜리 진실을 말하려는데 성급하게 막으려 하는 것이 못마땅한 표정이었다.

"저희 주인님의 종들은 모두 열두 아들입니다. 또는 이전에는 그랬습니다. 저희는 주인님 앞에 서서 저희가 모두 모였다고 말씀 드린 적은 한번도 없습니다. 그저 우리 열 명모두 한 남자의 아들이라고 말씀 드렸을 뿐입니다. 원래 저희는 열둘입니다. 그러나 어린 막내 동생은 우리들과 다른어머니, 그러니까 네번째 어머니의 아들입니다. 그 어머니는 그 아이의 나이만큼이나 오래 전에 돌아가셨습니다. 그리고 그 아이는 아버지 곁에 남아 있습니다. 또 우리들 중하나는 더 이상 존재하지 않습니다."

"그게 무슨 뜻이냐? 더 이상 존재하지 않다니?"

"없어졌습니다, 주인님. 옛날에 아버지와 저희 곁에서 없어졌습니다. 그는 세상으로 사라졌습니다."

"그렇다면 모험을 좋아하는 소년이었겠군. 하기야 나하고 상관도 없는 아이 이야기를 할 필요는 없지. 그럼 너희의 막내라는 제일 어린 동생은 너희 손에 의해, 아니 너희 손 밖으로 없어지지는 않았느냐? 그 아이는 아직 너희 손 옆에 있느냐?"

"그는 집에 있습니다, 주인님. 항상 아버지의 손 옆에, 집에만 있습니다."

"그렇다면 너희의 늙은 아버지는 아직 살아 있고 건강도 어지간한 모양이군. 그러하냐?"

"주인님께서는 조금 전에도 그 일을 물으셨습니다, 아돈. 그래서 주인님의 은혜로운 질문에 저희는 그렇다고 대답했습니다."

"아니다! 내가 너희 아버지가 살아 있느냐고 심문했을 수는 있지만 그가 건강한지 물은 것은 이번이 처음이다."

"저희 아버지는, 주인님의 좋은 건강이 어지간하십니다. 물론 상황에 따라 조금 다르기도 합니다. 그런데 지금 상황은 주인님께서도 아시다시피 날이 가고 해가 가는 동안 점점 더 갑갑해지고 있습니다. 하늘이 축복의 물을 내리지 않은 게 벌써 한번하고 또 한번이니, 기근이 심해질수록 상황도 더 어려워졌습니다. 다른 나라도 모두 그렇듯 저희도 마찬가지입니다. 그리고 이 재앙은 물자 결핍으로 값이 올라가는 정도가 아닙니다. 곡식알이 한 톨도 없으니 돈이 아무리 많아도 소용이 없기 때문입니다. 종자로 쓸 것은 고사하고 먹을 것도 없습니다. 저희 아버지는 부자이며 편안하게 사십니다."

"얼마나 부자이며 또 얼마나 편안하게 산다는 뜻이냐? 예를 들면 물려받은 무덤이라도 있느냐?"

"주인님께서 말씀하신 대로입니다. 조상이 쉬고 계신 막벨라, 곧 이중 굴이 있습니다."

"그러면 너희 아버지에게는 예컨대 늙은 종이라도 있느냐? 내가 의사인 동시에 집안일을 감독하는 집사를 데리고 있듯이 그런 종을 거느릴 만큼 그렇게 편안하게 사느냐?"

"그렇습니다, 주인님. 그는 지혜롭고 경험이 많은 나이 많은 종을 거느리고 있었습니다. 이름은 엘리에젤인데 그는 지금 저승의 품안에 있습니다. 그러나 그는 고개를 숙이고 죽었지만, 두 명의 아들을 남겼습니다. 다마섹과 엘리노스가 이들입니다. 그중 맏이인 다마섹이 고인의 뒤를 이었습니다. 그래서 지금 그의 이름은 엘리에젤이 되었습니다."

"그래."

요셉의 대꾸였다.

"그래."

그리고 잠깐 동안 그의 눈빛이 그들의 머리를 지나 넓은 홀의 저 멀리 허공으로 흘러 들어갔다.

"그런데 사자머리, 너는 어째서 변명을 하다가 멈추느냐? 그 다음은 모르겠느냐?"

유다는 너그러운 미소를 보였다. 상대방이 계속 말을 끊지 않았냐는 말은 안했다.

"주인님의 종은 주인님께 저희들의 상황을 말씀 드리려던 중이었고, 지금도 그러합니다. 저희가 여행을 하게 된 경위를 솔직하게 주인님께 말씀 드리면, 주인님께서도 저희가 진실을 말한다는 것을 아시게 될 것입니다. 저희 집에는 식구가 아주 많습니다. 물론 바다의 모래알처럼 많은 것은 아닙니다만, 거의 70명이나 됩니다. 아버지께서 저희 가장이시지만, 저희 또한 가장이기 때문입니다. 저희 모두 결혼을 하여 축복을 받아,"

"너희 열 명 모두?"

"열한 명 모두입니다, 주인님. 그리고 축복을 받아,"

"뭐라고? 막내도 결혼한 가장이라고?"

"말씀하신 그대로입니다, 주인님. 그는 두 명의 아내로부터 여덟 명의 자식을 얻었습니다."

"그럴 수가!"

요셉이 외쳤다. 통역해 줄 때까지 기다리지도 않고 사자 팔걸이를 치며 큰소리로 웃음을 터뜨렸다. 이집트의 관리들도 덩달아 웃었다. 형제들은 마지못해 미소를 지었지만 불안한 기색이었다. 마이-사흐메 집사가 요셉의 등을 슬쩍 꼬집었다.

"고개를 끄덕이는 걸 보니 정말이군."

요셉은 이렇게 말하며 눈을 닦았다.

"너희의 막내 동생도 결혼을 하여 아버지가 되었다니 대단하군. 대단해서 웃는 거다. 우스울 만큼 대단하니까. 막내 하면 꼬마를 떠올리는 게 보통인데. 그런 아이가 결혼을 한 가장이라니 웃은 것이다. 그리고 보다시피 이제 웃는 것은 끝났다. 지금 내 앞에 놓인 일은 웃기에는 너무 진지하고 의심스럽다. 그리고 사자머리를 한 네가 변명을 하다 말고 또다시 말을 중단한 것도 좋지 않은 징조로 보인다."

"허락하신다면 중단하는 법 없이 차근차근 말씀 드리겠습니다. 나라에 물가가 뛰어올랐습니다. 아니, 실은 뭐가 있어야 값이 뛸 수도 있는 것이지, 아무것도 없는 상황에서는 배고픈 굶주림이 나라를 덮쳤다고 해야 옳을 것입니다. 이 공포의 괴물이 온 나라를 짓눌렀습니다. 가축떼가 쓰러지고 우리 귀에는 빵을 달라고 보채는 자식들의 울음소리가 끊이지 않았습니다. 오, 주인님, 인간의 귀에 이보다 더 가슴 아프고 참기 어려운 소리가 어디 있겠습니까? 게다가 거룩한 노인의 하소연도 있었습니다. 점잖은 습관을 지킬 수 있는 일상용품이 곧 떨어질 것이라고 말입니다. 그건 얼마 안 있으면 등잔불이 꺼져서 어둠 속에서 주무셔야 한다는 아버지의 말씀이었습니다."

"아니, 그럴 수가 있나."

요셉이 말했다.

"그런 고약한 일이 있나! 끔찍하다고는 못하겠지만 여하튼 그렇게 고약한 일을 내버려둘 수 있단 말이냐? 이런 시련을 맞을 준비도, 대책도 없었더냐? 세상에 널린 것이 시련이어서 언제라도 닥칠 수 있거늘! 상상력도 없고 두려움도 없어서 비축한 것도 없었다니! 짐승처럼 아무 생각도 없이 저 너머에 있는 것은 쳐다보지도 않고 느긋하게 살다가 아버지가 노년에 익숙한 것까지 없이 지내게 하다니, 부끄러운 줄 알아라! 너희는 배운 것도 없고 예전부터 전해 내려온 이야기도 없더란 말이냐? 어느 특정한 상황에 이르면 새싹이 모두 묶여서 아무것도 자랄 수 없다는 사실을 몰랐단 말이냐? 그렇게 되면 들판이 소금만 낳아서 곡식은커녕 풀 한 포기 자라지 못한다는 것을 정녕 몰랐더냐? 이런 때는 생명이 슬픔 속에 굳어버리고, 황소가 암소를 올라탈 수 없고 당나귀도 암탕나귀 위로 몸을 숙이지 못하지 않느냐? 너희는 홍수 이야기도 못 들었느냐? 땅을 모조리 집어삼킨 대홍수가 왔을 때 어떤 일이 있었느냐? 방주를 만든 지혜로운 자만 살아 남지 않았더냐? 그는 또다시 찾아온 홍수를 만났을 때 그렇게 방주를 타고 있어서 무사했었다. 이렇게 단순히 얼굴만 돌리고 있을 뿐 언제라도 다시 닥칠 수 있는 일들을 주시하고 거기에 준비하고 대비할 줄 모르고, 그래 그 소중한 등잔불을 켤 기름 걱정을 하게 만들었단 말이냐?"

그들은 고개를 떨구었다.

"계속해라! 계속 말해 보아라! 하지만 너희 아버지가 어두운 곳에서 주무신다는 소리는 더 이상 하지 마라!"

"아도나이, 그저 그림처럼, 비유로 말씀 드린 것입니다. 그분도 이 괴물의 피해를 보셨고 제사에 올릴 빵 조각 하나 없다는 것을 말씀 드리려 한 것입니다. 많은 사람들이 길을 떠나는 것을 저희는 보았습니다. 그리고 이들은 이 나라에 이르러 파라오의 창고에서 곡식을 사서 양식을 가지고 왔습니다. 이집트에만 곡식이 있고 시장이 있으니까요. 그러나 저희는 오랫동안 아버지께 말씀을 드릴 수가 없었습니다. 저희도 여행길에 올라 이곳으로 와서 곡식을 사오겠다고 할 수가 없었습니다."

"어째서?"

"그분은 노인이 되도록 나름대로 갖고 있는 생각이 있으십니다, 주인님. 말하자면 사물에 대한 선입견을 가지고 계신 것입니다. 주인님의 신들이 다스리는 이 나라, 곧 미즈라임에 대해서도 아버지는 독특한 생각을 가지고 있습니다. 이러저러한 풍습과 관련된 선입견인 셈입니다."

"그렇다면 한쪽 눈을 질끈 감고 모른 척해야지."

"아마도 우리가 말씀 드렸어도 아버지는 여행을 허락하지 않았을 것입니다. 그래서 저희는 그분이 물자 결핍을 더 이상 견디지 못하고 저희를 보내기로 스스로 결정을 내리실 때까지 차라리 기다리기로 했습니다."

"아버지를 두고 자식들이 그런 식으로 의논을 하고 꾀를 부리는 건 옳지 않다. 그건 노인을 우롱하는 것처럼 보이지 않느냐."

"저희에게는 다른 방법이 없었습니다. 아버지는 곁눈질도 하시고 말씀을 하시려고 입을 절반쯤 여시기도 했지만 곧 입을 다물었습니다. 그러다 마침내 입을 여셨습니다. '왜 그렇게 서로 눈치만 보고 있느냐? 나도 소식을 다 들었다. 저 아래 나라에 곡물 시장이 열려 있다는데, 어서 일어들 나거라! 그렇게 엉덩이를 붙이고 앉았지 말고! 이렇게 우리가 망하는 꼴을 보고만 있을 참이냐! 너희 중에 한 명이나 둘을 제비로 뽑아서, 예를 들면 시므온이나 단이 다른 사람들과 함께 아래 나라로 떠나서 너희의 아내들과 자식들을 위해 양식을 사오너라! 우리가 먹고 살아야지, 굶어 죽어서야 되겠느냐!' 그래서 저희 형제는 아버지께 이렇게 대답했습니다. '물론입니다, 아버님. 하지만 우리 중 두 명만으로는 부족합니다. 수요가 워낙 급증하여 우리 모두가 함께 가서 우리 머리 숫자를 보여줘야 하기 때문입니다. 그래야 이집트 자녀들은 우리가 에파, 곧 몇 되 수준이 아니라, 코메르, 곧 몇 가마니의 곡물이 필요하다는 것을 알 것입니다.' 그러자 아버지께서는 '그렇다면 열 명만 가거라!' 하셨습니다. 그래서 저희는 '우리가 모두 다 가는 게 나을 것입니다. 아버지의 열한 명의 아들이 각자 식구를 거느리고 있는 가장임을 보여주는 것이 좋을 겁니다. 그렇지 않으면 곡식을 충분히 얻지 못할 겁니다' 라고 대답했습니다. 그러나 아버지께서는 이렇게 말씀하셨습니다. '너희는 인정도 없느냐? 나를 아이 없는 아버지로 만들고 싶단 말이냐? 벤야민은 내 곁에 있어야 한다는 것을 정말 모르느냐? 만일 길을 떠났다가 이 아이한테 사고라도 생기면 어쩌겠느냐? 너희 열 명만 가든지, 아니면 앞으로 어두운 데서 자든지, 마음대로 하거라.' 그래서 저희만 오게 된 것입니다."

"그게 변명이냐?"

요셉이 물었다.

"주인님, 제가 이렇게 진실을 말씀 드렸어도 주인님의 의심이 풀리지 않았다면, 그래서 주인님께서는 우리가 진실을 섬기며 사는 사람들이며 전혀 위험하지 않은 자라는 사실을 여전히 인정하실 수 없다면, 저희가 어떤 변명을 하더라도 소용이 없을 겁니다."

"그렇게 될 것 같아 걱정이구나. 너희가 위험한 자인지 아닌지에 대해서는 나도 나름대로의 생각이 있다. 그러나 너희에 대한 의심은 여전히 확고하다. 좋다. 너희가 첩자라는 의심과 관련하여 너희를 시험해 보겠다. 너희는 너희의 말이 진실이니 너희가 악한 자들이 아니고 진실을 섬기는 자라고 했다. 그러면 좋다! 그렇다면 너희의 막내 동생을 이리로 데려오너라! 그를 내 눈앞에 데리고 와서 나한테 보여주면, 너희의 말에 추호의 거짓도 없으며 너희의 상황도 진실임을 확신할 수 있을 것이다. 그렇다면 처음에 가졌던 의심이 옳은 것이었는지 다시 의심해 보게 될 것이고, 그렇게 되면 천천히 혐의를 풀어주게 될 것이다. 그러나 그렇지 않다면, 이것은 맹세코! 파라오가 살아 계신 것이 진실이듯이, 맹세코(이 나라에서는 이보다 더 큰 맹세가 없다) 되든 가마니든 곡식은 어림도 없다. 이때는 너희가 다이알루, 곧 첩자라는 게 분명해질 것이다. 그리고 만일 너희에게 이 이름이 붙여질 경우, 어떤 대우를 받게 될지도 미리 생각해 봐야 할 것이다."

그들의 얼굴이 하얗게 질리며 울그락 불그락해졌다. 다들 어쩔 줄 모르고 멍하니 서 있기만 했다.

"저희보고 길을 되돌아가 아흐레나 아니면 열이레 걸리는 길을 (왜냐하면 저희들에게는 땅이 치솟지 않으니까요) 되돌아가 주인님 앞에 저희 막내를 대령시키라는 말씀이십니까?"

그들은 통역관을 시켜 그렇게 묻게 했다.

"그러면 좋겠지!"

그가 대답했다.

"하지만 아니다. 결코 아니다! 나 같은 남자가 한번 잡은 첩자를 그냥 되돌려보낼 줄 믿었더냐? 너희는 포로다. 너희를 이 집의 옆 건물에 가두겠다. 오늘부터 따져서 내일 그리고 모레 정도까지 사흘 동안 말미를 줄 터이니, 너희 중에서 한 사람을 뽑도록 해라. 제비뽑기든 아니면 추천으로 뽑힌 자든, 그자가 여행을 떠나서 너희 막내를 이리로 데려올 동안, 다른 자들은 여기 인질로 잡혀 있어야 한다. 파라오가 살아 계신 것이 진실이듯이, 맹세코, 그를 데려오지 않고는 내 얼굴을 다시는 못 볼 것이다."

그들은 발치만 내려다보고 입술을 깨물었다.

그러다 이윽고 나이가 가장 많은 자가 나섰다.

"저희는 주인님의 명령대로 할 수 있습니다. 하지만 저희 중의 누군가가 집에 도착하여 아버지에게 고백하는 순간부터는 문제가 달라집니다. 저희가 막내를 이곳으로 데려오기 전에는 곡식을 얻지 못한다고 고백하면 아버지가 어떤 반응을 보일지, 주인님께서는 전혀 아시지 못합니다. 저희 아버지의 생각은 고집스럽습니다. 그리고 다른 것도 아니고 이 점에서는 더더욱 완고하고 고집불통이십니다. 아버지는 어떤 일이 있어도 막내를 집에 붙들어두시려고 결코 여행을 보내지 않으십니다. 그래서 저희의 막내는 둥지 안에만 머무는 병아리입니다."

"말도 안 되는 소리!" 요셉이 외쳤다.

"느긋하게 생각해 보면, 막내라고 해서 무조건 둥지의 병아리나 꼬마라는 법은 없다는 결론에 이르게 된다. 그건 선입견일 뿐이다. 그런 선입견은 두둔할 필요도 없다. 그보다 나이가 많은 자들이 이미 꽤 나이가 들었다면 아무리 어린 막내라도 여행을 떠날 만한 중년일 것이다. 너희는 아버지가 어린 아들을 너희한테 딸려 보내는 것보다는 차라리 너희 모두 첩자라는 누명을 쓰고 포로로 잡혀 있게 할 거라고 생각하느냐?"

그들은 한동안 눈빛을 주고받으며 어깨를 들썩였다. 그리고 르우벤이 대표로 말했다.

"그럴 가능성이 있다고 봅니다, 주인님."

"너희가 아무리 그렇게 생각해도,"

요셉이 자리에서 일어났다.

"나는 그럴 가능성이 없다고 생각한다. 그런 말로는 나 같은 남자를 설득할 수 없다. 내 말은 변하지 않는다. 내 앞에 너희의 막내를 데려오너라. 이것은 변함이 없다. 파라오가 살아 계시는 것처럼, 진실로 맹세하니, 그렇게 하지 않으면 너희는 첩자로 끌려갈 것이다!"

그는 보초병들을 감독하는 군관에게 손짓했다. 그러자 군관의 말 한마디에 창을 든 자들이 양쪽으로 호위하면서 깜짝 놀란 남자들을 홀 밖으로 끌고 나갔다.

"보상하라는 거야"

남자들을 집어넣은 곳은 감옥이 아니었다. 구덩이도 아니었다. 그냥 외딴 방이었다. 이들은 본채와 떨어져 있는 꽃잎을 두른 주랑을 따라가다가 계단을 몇 개 내려가 사용하지 않는 서가에 이르렀다. 그곳은 오래된 서류들을 보관하는 문서창고처럼 보였다. 열 명이 있기에 충분한 공간이었다. 그리고 주위에 의자들이 즐비했다. 장막을 치고 사는 목동들에게는 거의 고상해 보일 정도로 사치스러운 숙소였다. 빛이 들어오는 창문에 창살이 있었지만 그건 특별한 의미가 없었다. 이런 방에는 창살이 있기 마련 아닌가. 물론 문 앞에서 보초들이 왔다갔다하기는 했다.

야곱의 아들들은 웅크리고 앉아서 머리를 맞댔다. 그들에게는 시간이 많았다. 집으로 먼저 돌아가서 아버지에게 무리한 요구를 전할 사람을 뽑으라고 내일 모레까지 말미를 얻었다. 그래서 우선은 전반적인 상황부터 의논하기로

했다. 자신들은 아주 고약하고 위험한 궁지에 몰렸다는 데
에는 모두 같은 의견이었다. 다들 걱정이 태산 같았다. 이
런 무서운 혐의를 뒤집어쓰다니, 이런 악령의 조화가 있나!
아니 어쩌다가 이런 일을 당한 거야! 이들은 재앙이 다가오
는 줄 몰랐다는 데 대해 서로 비난했다. 국경에서 사람들이
자신들을 다른 여행객들과 떼어놓은 것도 그렇고, 그렇게
굳이 멘페로 데리고 온 것이, 모두 수상쩍은 일이 아닌가.
게다가 이것저것 보살펴 주면서 계속 감시한 셈인데, 자신
들을 의심해서 그런 줄도 모르고 엉뚱하게 호의로 받아들
였다니, 한심하기 이를 데 없었다. 이곳은 한마디로 친절과
위험이 뒤섞인 곳이었다. 어떤 게 어떤 것인지 분간이 어려
웠다. 그래서 혼란스러우면서도 다른 한편으로는 묘하게도
기분이 좋았다. 자신들에게 첩자라는 오명을 뒤집어씌우려
는 것이 심히 걱정스럽고 한편 속이 부글부글 끓었지만, 이
상하게도 가슴이 들떴던 것이다. 우선 자신들이 앞에 섰던
그 남자만 해도 도무지 종잡을 수 없는 남자였다.

　그는 자신들에게 무서운 혐의를 뒤집어씌우고, 만일 아
니라면 당당히 부인해 보라고 요구한 장본인이었다. 말도
안 되는 의심으로 공연히 엉뚱한 사람을 잡으려는 자가 아
닌가. 자신들은, 열 명의 형제는 아무 죄도 없고, 단지 곡식
을 사러온 해로울 게 없는 자들이 아닌가. 그런데 나라의
치부를 염탐하러 온 첩자라니! 그러나 자신들의 목숨이 달
려 있는 이 생각이 그 남자한테는 머리 깊숙이 박혀 있으니
유감이 아닐 수 없었다. 시장의 주인이라는 이집트 대인이
개인적으로 마음에 들었던 것이다. 죽고 사는 문제는 일단

뒤로 제쳐두고, 다른 사람이 아닌 바로 그 남자가 자신들에 대해 그렇게 고약한 생각을 하고 있다는 것이 못내 가슴이 아팠다.

그는 참으로 호감 가는 남자였다. 눈으로 보면 마음에 들 수밖에 없는 자였다. 매력적이고 아름다운 남자라고 해도 될 것 같았다. 또 장신구를 달고 첫번째 태어난 황소에 비교해도 무리는 아니리라. 그리고 이 남자는 한편으로는 친절했다. 그러나 바로 그게 문제였다. 그에게 친절과 고약함이 하나로 녹아 있다는 것, 그것이 바로 이 상황의 특징이었다. 그는 '탐' 한 사람이었다. 형제들은 이 표기에 동의했다. 이 단어는 이중의 의미를 가졌다. 얼굴이 동시에 둘이었다. 아름다우면서도 위압적인 존재, 용기를 주면서도 한편으로는 겁을 주는 자, 자비로우면서도 위험한 존재, 도대체 그를 어떤 자로 판단해야 할지 막막했다. 그의 특징으로 표기한 '탐' 이란 단어 자체가 그랬다. 이 낱말은 위쪽의 세상과 아랫세상이 만나는 곳이다.

그 남자는 자신들이 탈없이 여행을 했는지 관심을 가져주었다. 게다가 아버지가 살아 계신지, 편안하신지, 그런 것도 물어보았다. 그리고 막내가 결혼했다니까 홀이 떠나가도록 큰소리로 웃기도 했다. 그러나 이렇게 친절한 행동으로 사람들을 안심시킨 다음, 느닷없이 태도를 바꿔 첩자라는 터무니없는 누명을 씌워, 사람의 목숨을 위태롭게 만들지 않는가. 그리고는 자신들을 인질로 잡아버렸다. 열한 번째 형제를 증거물로 데려오면, 정말 자신들의 결백이 증명되기라도 하듯! 이건 분명 '탐' 이었다. 여기에는 다른 말이 있을 수 없었다. 성격이 어느새 바뀌는 남자, 위와 아래 두 곳 모두가 집인 자. 그는 또한 상인이 아닌가. 그런데 물건을 사고파는 장사에는 벌써 남을 속이는 도둑질도 포함되어 있다. 이것이 바로 '탐'이라는 낱말이 가지고 있는 이중 의미였다.

그러나 이렇게 뒷말들을 해봤자 무슨 소용이 있는가. 그 매력적인 남자가 어째서 자신들을 이렇게 고약하게 보는지 한탄한들, 달라질 게 뭐 있는가? 하소연도 한탄도 궁지를 벗어나는 데는 아무 도움이 되지 않는다. 형제는 입을 모아 말했다. 지금 자신들을 옭아매고 있는 궁지는, 빼도 박도 못하는 이 궁지는 지금까지 당한 일 중에 가장 위험한 것이라고. 그러다 이 이집트 남자가 자신들에게 뒤집어씌우고 있는 말도 안 되는 의심은, 자신들이 저지른 일로 말미암아 덮어쓰게 된 지당한 의심과 만나고야 말았다. 이 이집트 남자의 의심은 집에서 평생 안고 살면서 익숙해질 대로 익숙해진 바로 그 의심과 무관하지 않은 게 아닐까, 아니 오늘 이 순간 엉뚱한 누명을 쓰게 된 이 시련은 간단히 말해서 이전에 저지른 죄 값이 아닐까, 그런 의심이 든 것이다.

그들이 요셉 앞에서야, 즉 두번째 그와 대화하는 장소에 가서야 자기들끼리 이러한 추측을 주고받았으리라고 믿는 것은, 또 본문을 보고 그렇게 결론을 내리는 것은 오류일 것이다. 그렇지 않았다. 이와 관련된 추측은 이미 이 서가에서 입술에 올려졌다. 그리고 모두 요셉 이야기를 하게 된 것이다. 그건 참으로 묘한 일이었다. 이집트 곡물 시장의 주인을 보고 예전에 묻어버리고 팔아치운 자를 막연하게나

마 연결시킨다는 것은 도저히 있을 수 없는 일이었다. 그럼에도 이들은 동생 이야기를 했다. 그것은 단순히 자신들의 잘못을 돌이켜 보는 도덕적인 과정이 아니었다. 한 가지 의심을 받다보니 곧장 다른 의심으로 이어진 것도 아니고, 죄에서 벌로 이어진 게 아니다. 이것은 만남의 문제였다.

늘 평온한 마이-사흐메가 눈치를 채었다 해도 거기서 알아보고 인식하는 데까지는 꽤 걸린다고 한 말은 옳았다. 형제의 피를 알아보지 않고는 그 피와 만날 수도 없다. 특히 그 피가 자신이 이전에 직접 흘린 피라면 더더욱 그러하다. 그러나 이 사실을 스스로 시인하는 것은 다른 문제이다. 야곱의 아들들이 이 순간 벌써 시장 주인에게서 동생을 알아보았다고 주장한다면 이는 재치 없는 표현이 될 것이다. 이경우 다음과 같은 결정적인 반문이 나올 게 뻔하다. 그렇다면 요셉이 나중에 자신이 누군지 밝혔을 때 어떻게 그렇게 놀랄 수 있었겠는가? 그들은 아무것도 모르고 있었다! 적어도 그 점에 대해서는 전혀 예측하지 못했다. 지금 이들은 그저 매력적이며 동시에 아주 위험한 시장 주인과 만나면 그때마다, 혹은 나중에 왜 그렇게 요셉의 상이 떠오르고 예전에 저지른 죄가 저 가슴 밑에서 슬금슬금 기어나오는지, 영문을 알 수 없을 뿐이었다.

자신들을 하나로 엮어주는 느낌을 말로 표현하기 좋아하는 자가 아셀이었다. 워낙 맛있는 것만 밝히는 자라 그런 공동의 느낌을 맛보는 일이라면 누구보다 앞장섰을 그였으나 이 일에는 자격지심이 생겼는지 뒤로 물러나고 양심의 남자 유다에게 자리를 양보했다. 유다는 자신이 이런 말을 할 적임자라고 여겼던 것이다.

"우린 아버지 야곱 안에서 한 형제야. 그런 우리가 지금 이방인의 신분으로 이 낯선 나라에서 큰 위기에 처했어. 어찌 된 영문인지 이해할 수 없지만 우리는 이 위험한 의심의 구덩이에서 멸망할 수도 있어. 이스라엘이 우리가 보내는 형제에게 벤야민을 딸려 보내지 않으려 하면, 아마 십중팔구 그렇게 되지 않을까 미리부터 걱정되는데, 여하튼 이 경우에 우리는 모두 죽게 될지도 몰라. 우리를 이집트 사람들이 말하는 것처럼 고문대와 처형대로 끌고 가거나, 무덤을 파든지, 저 끔찍한 곳에서 황금을 씻어서 건지는 부역을 하는 노예로 팔아치울 수도 있어. 그렇게 되면 자식도 평생 못 보고, 이집트 관리가 내려치는 채찍에 등짝이 갈라지겠지. 어쩌다가 우리한테 이런 일이 생겼어? 자, 생각들을 좀 해봐, 우리한테 왜 이런 일이 생겼는지! 이건 주님이야! 우리 선조의 주님이신 그분은 복수의 신이지. 그분은 우리를 잊지 않으신 거야. 또 우리에게도 잊으라고 허락한 적 없어. 그리고 무엇보다도 자신을 잊지 않고 계셔. 예전에 그때 당장에 성난 분노의 입김을 불 것이지, 이렇게 오랜 세월 그냥 살아가도록 내버려두더니 왜 새삼스럽게 이제야 심판을 내리시는지, 그건 나한테 묻지 말고 그분께 직접 여쭤봐. 당시 그 일을 했을 때, 우리는 모두 소년이었어. 또 그는 아주 어린 꼬마였지. 이제 그 벌은 소년이 아닌 다 큰 어른들에게 내려왔어. 난 한마디 해야겠어. 우리는 우리 형제에게 죄를 지었어. 아이가 아래에서 무서워서 애원하는데도 우리는 들으려고 하지 않았어. 우리한테 지금 이런 고난이 닥친 것은 그 일 때문이야."

그들은 모두 고개를 떨구었다. 모두 같은 생각을 하고 있었던 것이다. 그리고 다들 이렇게들 중얼거렸다.

"샤다이, 야후, 엘로아."

그러나 르우벤은 주먹으로 머리가 하얗게 센 머리를 감싸 쥐고 있다가 버럭 소리를 질렀다. 벌겋게 상기된 얼굴에 이마에는 핏줄이 불거졌다.

"그래, 그래. 생각들 많이 해봐! 어디 중얼거리고 한숨이나 푹푹 쉬어봐! 내가 안 그랬어? '소년을 욕보이지 마!' 라고 그렇게 경고했는데, 들은 척도 안했던 게 바로 너희들이야. 그러니 이제 봐, 아이의 피를 보상하라는 거야!"

르우벤은 물론 그때 꼭 이렇게 분명하게 말하지는 않았다. 그러나 여하튼 그는 여러 가지 불상사를 막은 장본인이기는 했다. 요셉의 피를 흘리지 않게 한 것도 그랬다. 아니 아름다운 껍데기, 곧 피부에서 흘러나온 것보다 더 많은 피가 흘러나오지 않도록 막았던 것이다. 그러니 엄격하게 따진다면 그들에게 요셉의 피를 보상하라는 요구라고 말하기는 어려웠다. 그렇지 않다면 혹시 르우벤은 짐승의 피를 말하는 것이었을까? 형제들이 요셉의 피라고 아버지 앞에 내놓았던 그 피? 여하튼 다른 형제들은 마치 그가 당시에 그들에게 경고를 했고 이런 벌을 받게 되리라고 예언이라도 한 것처럼 느껴져서 다시 고개를 끄덕이며 중얼거렸다.

"맞아, 맞아. 보상하라는 거야."

사람들이 그들에게 먹을 것을 갖다주었다. 아주 훌륭한 음식이었다. 롤빵과 맥주였는데 이 또한 친절과 위험의 혼합이었다. 그리고 밤이 되자 그들은 의자 위에서 잠을 잤다. 머리를 받치도록 베개까지 주었다. 다음 날은 남자의 뜻에 따라 집으로 돌아가서 막내 동생을 데리고 와야 할 자를 뽑아야 했다. 아니 한번 갔다가 어쩌면 영원히 되돌아오지 않을 수도 있었다. 아버지 야곱이 안 된다고 하면 다른 방법이 없지 않은가. 이 일은 하루 종일 걸렸다. 다들 제비 뽑기에 자신의 운명을 맡기고 싶지 않아서 머리를 맞대고 이성의 도움을 구하다보니 시간이 오래 걸린 것이다. 이 문제는 보통 심각한 것이 아니었다. 그리고 여러 각도에서 따져봐야 했다. 그들 중에서 과연 누가 아버지에게 가장 큰 영향력을 행사할 수 있는가? 아버지는 누구 말에 귀를 기울여줄까? 그리고 여기 이 어려운 상황에서 그래도 없어도 큰 문제가 되지 않을 사람은 누구인가? 또 가문을 생각할 때 없어서는 안 될 인물은, 다시 말해서 여차해서 모두 멸망한다 할 때 꼭 살아남아야 할 자는 과연 누구인가? 이 모든 것을 고려하여 한 가지 대답으로 모아야 했다. 그러다 보니 저녁 때까지도 결론에 이르지 못했다.

저주받은 자들, 또는 절반은 저주받은 자들은 자신들을 천거할 수 있는 입장이 아니었으므로, 유다가 여러모로 적임자였다. 유다를 보내고 싶지는 않았어도 여하튼 그가 물망에 오른 것은 사실이다. 아버지를 설득하는 일에도 가장 적합하고, 또 가문의 대를 잇고 부족을 지켜나가는 데에 없어서는 안 될 인물이라는 점에서는 모두 의견을 모을 수 있었다. 물론 당사자는 예외였다. 그는 사자머리를 흔들며 자신은 죄인이며 종으로서 살아남을 가치가 없는 자라면서 끝끝내 고사했다.

그렇다면 도대체 누구를 지목해야 한단 말인가? 머리가 빨리 돌아가니까, 단을 보내야 하나? 신경이 예민하니까, 가디엘을? 촉촉한 주둥이로 모두를 대표해서 말하기를 좋아하니까, 아셀을? 그리고 자신들은 전혀 고려 대상이 될 수 없다고 아예 발을 뺀 즈불룬과 잇사갈을 건너뛰면, 빌하의 아들 납달리가 적격일까? 어차피 그는 빨리 달려가서 정보를 알려주는 전령이 되고 싶어 안달하는 자니 이 일에 적격이 아닐까? 당장이라도 달리고 싶어서 떨고 있는 다리에, 어느새 앞으로 쭉 내민 혀를 봐서라도 그를 보내는 게 좋을까? 물론 혀도 혀 나름이라, 그의 혀가 그다지 의미 있는 이야기를 내놓지는 못할 듯 싶었다. 또 정신적인 면으로 볼 때 다른 사람에 비해 그다지 두각을 나타내지도 않았다. 또 스스로도 신화의 껍데기 정도면 모를까, 그보다 조금 더 깊이 들어가는 역할에는 자신이 없었다.

결국 그래서 사흘째 아침까지도 적임자를 확실하게 결정하지 못했다. 그러나 어쩌면 최악의 경우에는 납달리를 지목할 수도 있었을 것이다. 이렇게 머리를 싸매고 고민한 것이 모조리 허사였다는 사실이 밝혀지지 않았더라면 말이다. 준엄한 시장 주인을 다시 만났더니 그는 다른 생각을 하고 있었던 것이다.

요셉은 형제들을 맞아들였다가 밖으로 내보내고 얼마 지나지 않아 마이-사흐메 집사와 단둘이 남게 되자마자 탄성을 질렀다. 뜨겁게 달아오른 얼굴이었다.

"들었는가? 마이? 자네도 들었지? 그분이 살아 계셔. 야곱께서 살아 계시다네. 내가 죽지 않고 살아 있다는 소식을 들으실 수 있어. 그러실 수 있어. 그리고 벤야민은 가장이 되었고 자식들도 여럿 있다네!"

"아돈, 그 소리를 듣자마자, 통역관이 말을 옮겨 주기도 전에 웃다니, 그건 실수하신 겁니다!"

"그 생각은 그만하자구! 깜빡했네. 그처럼 흥분되는 일을 두고 매순간 이성을 간직한다는 게 어디 그리 쉬운가. 하지만 다른 건 어땠는가? 내가 한 행동이 괜찮았는가? 그럴싸했냐는 말일세? 신의 이야기를 고상하게 꾸몄는가? 어땠나? 축제의 세부 사항을 잘 채워 넣었는가?"

"아주 멋있게 만드셨습니다, 아돈. 아주 멋있었습니다. 그리고 축제를 멋있게 꾸미는 것은 보람 있는 일이었으며 감사할 만한 임무였습니다."

"그래, 감사할 만하지. 하지만 감사할 줄 모르는 자는 바로 자네일세. 자네는 평온에서 벗어나지 않았고, 그저 눈만 동그랗게 뜨고 있으니까. 내가 자리에서 일어나서 그들을 책망했을 때, 어때, 꽤 위압적으로 보였는가? 미리 그렇게 하려고 준비했어. 어느 정도 예상했으면서도 위압적으로 느끼도록 만들었지. 그리고 덩치 큰 르우벤이 하는 말 좀 보게. '저희는 주인님의 위대함을 알고 있는데, 주인님께서는 저희의 무죄를 아시지 못하십니다.' 이런 황금과 은이 어디 있는가? 이 얼마나 화려하고 멋진 표현인가?"

"그건 주인님 때문에 그렇게 말한 게 아닙니다."

"아냐, 그렇게 말하도록 만든 건 바로 나야! 그리고 이 축제의 세부 사항은 하나하나 내 책임이야. 아냐, 마이. 자네는 감사할 줄 모르는 사람일세. 자네는 놀랄 수 없는 사람이니까. 그건 그렇고, 지금 마음이 편치 않네. 실은 내가 어리석은 짓을 범했네."

"어째서요? 아돈? 주인님께서는 멋지게 해내셨습니다."

"한 가지 중요한 문제를 어리석게 처리했어. 다음 순간 아차 했지만 이미 늦었지. 아홉 명의 형들을 여기 인질로 붙들어두고 나머지 한 명을 막내를 데리러 보내려 하다니, 이런 서투른 짓이 있는가. 이건 내가 금방 웃음을 터뜨린 것보다 더 고약한 실수였어. 이건 다시 바꿔야 해. 여기 아홉 명이나 데리고 있어야 뭘 하겠나. 벤야민이 오지 않은 상태로는 주님께서 하시는 일에 아무 도움도 되지 않을 텐데. 그리고 저들은 벤야민을 데려올 때까지 내 앞에 나올 수도 없지 않은가? 내가 생각이 너무 짧았어. 집에는 빵도 없고 아버지께서는 제사에 올릴 빵도 없는데 형들이 할 일 없이 인질로 구덩이에서 빈둥거리고 있어야겠는가? 아냐. 반대로 해야 해. 한 명만 인질로 잡아두는 거지. 아버지가 별로 아쉬워하지 않을 자로 골라야 해. 예를 들면 쌍둥이 중의 한 명을—우리끼리 하는 말이지만, 내 옷을 잡아뜯었을 때 제일 거칠게 굴었던 게 바로 쌍둥이였거든—남기고 다른 형들은 양식을 가지고 굶주리고 있는 자들에게 돌아가게 하는 걸세. 그래야 끼니를 때울 것 아닌가. 물론 값은 치르게 해야지. 선물로 준다면 공연히 의심만 사게 될 테니까. 그들은 꼭 돌아올 걸세. 첩자라는 누명을 쓰고 인질로 잡힌 자를 버릴 리가 없어. 어떻게든 막내를 데리고 올 걸세. 그건 의심할 필요도 없네."

"하지만 주인님, 일이 오래 걸릴 수도 있습니다. 주인님의 아버지께서 그들에게 그 가장을 여행길에 딸려보내지 않을 수 있으니까요. 양식이 다 떨어질 때까지는 말입니다. 주인님께서 저들에게 팔려고 하시는 그 양식이 다 떨어지고, 기름도 다시 떨어져서 등잔불이 꺼지려고 하기 전에는 안 보낼 수도 있지요. 그렇다면 주인님께서는 이 이야기를 위해 시간을 많이 내시는 셈입니다."

"그럼, 마이. 이런 신의 이야기에 어떻게 시간을 넉넉히 내지 않을 수 있는가! 그리고 이것을 정성스럽게 꾸미는 일에 어찌 인내를 바치지 않을 수 있겠는가! 설령 벤야민을 데리고 올 때까지 1년이 걸린다 해도, 내게 그건 아무것도 아닐세! 이런 이야기에서 1년이 대체 뭐 그리 긴 시간인가! 자네를 여기 끌어들인 것도 자네가 평안 그 자체여서 만에 하나 내가 초조해 하면, 자네의 평안을 내게도 조금 나눠 줬으면 해서였네."

"기꺼이 그리 하겠습니다, 아돈. 이 일을 옆에서 지켜볼 수 있게 되어 영광입니다. 주인님께서 어떻게 이 이야기를 꾸미실지 몇 가지는 알 수 있을 듯 합니다. 제 생각으로는 일단 그들에게 양식 값을 지불하게 하신 다음, 그들이 여행을 떠나기 전에 사료 자루 위에 돈을 몰래 넣어두시려 하실 것 같습니다. 그래서 나중에 가축에게 사료를 주려다가 자신들이 지불한 돈을 다시 발견하도록 하는 겁니다. 그러면 이들은 수수께끼 앞에서 어리둥절하겠지요."

요셉은 눈이 둥그레졌다.

"오, 마이! 훌륭해! 이건 황금이고 은이군! 참으로 화려하고 멋진 생각일세! 자네의 예측은 정말 대단하이! 물론 생각해 낼 수 있었을 걸세. 워낙 잘 어울리는 세부 사항이니까. 하지만 거의 못 보고 지나칠 뻔했네. 놀랄 줄도 모르는 자네가 이처럼 놀라운 일을 생각해 낼 수 있으리라고는 꿈에도 생각하지 못했네."

"저는 놀라지 않겠지만, 그들은 놀랄 것입니다."

"그래, 묘한 수수께끼 같겠지. 그리고 무슨 예감 같은 것도 있을 수 있네. 여하튼 자신들에게 친절하게 대해 주면서 놀려먹는 자가 여기 있다는 것은 눈치 채겠지. 일을 조심스럽게 처리하게. 이 일은 이미 씌어져 있는 것이나 마찬가지라네! 자네한테 모두 맡길 테니, 그들한테서 받은 곡물 값을 사료 자루에 잘 넣게나. 각자 사료를 주다가 자루에서 자기가 지불한 금액을 다시 찾도록 만들게. 그러면 여기에 또 발목이 붙들리는 셈이지. 인질도 인질이지만 이 때문에라도 돌아올 수밖에 없을 거야. 그럼 모레까지! 우리는 모레까지는 살아야 해! 그래야 그들의 조건을 개선해 줄 수 있네. 하지만 하루와 1년, 1년과 하루가 이 이야기에서 도대체 무슨 의미가 있는가!"

자루 안의 돈

사흘째 되던 날 형제들은 다시 먹여 살리는 자의 홀로 인도되어 요셉의 의자 앞에 섰다. 아니 오히려 누웠다고 해야 옳으리라. 물론 드러누운 건 아니고 엎드린 걸 말한다. 이들은 이마를 바닥에 갖다댄 후 절반쯤 몸을 일으켜 손바닥을 위로 들어 올리고는 다시 몸을 숙였다. 다음은 이들이 중얼거린 합창이다.

"주인님은 파라오 같으십니다. 주인님의 종들이 죄 없이 주인님 앞에 서 있습니다."

"그래, 너희들은 열매가 달리지 않은 속이 빈 이삭을 묶은 곡식단이다. 그리고 이렇게 몸을 숙여 나를 매수하려 드는구나. 통역관, 저들에게 내 말을 전하라. 그들은 속이 빈 곡식단이라고! 그러나 속이 비었다 함은 저들의 말이 헛소리라는 뜻이다. 날 기만하려는 나쁜 속셈에서 나온 빈 말이냐, 그것으로는 나를 속일 수 없다. 저들은 겉으로는 몹시 예의 바르게 몸을 굽히지만, 그런 것으로는 나 같은 남자의 눈을 멀게 할 수 없다. 그리고 눈을 찡긋해 보여도 내 의심을 지울 수는 없다. 너희가 말한 막내 동생을 내 앞에 데려오기 전까지는 너희는 내 눈에 첩자 노릇이나 하는 못된 작자들에 불과하다. 자, 이제부터 내가 하는 말을 잘 들어라. 너희는 신을 두려워하지 않지만 나는 신을 두려워하는 사람이므로 너희의 자식들이 굶주리는 건 원치 않는다. 그리고 너희의 연로한 아버지가 어둠 속에서 잠을 자는 것도 원치 않는다. 너희는 머리 숫자대로 곡식을 얻게 될 것이다. 지금의 물가가 엄청 올랐으므로 거기에 상응하는 값을 물론 치러야 한다. 곡식을 거저 얻을 수 있으리라고 생각하지는 않았으리라 믿는다. 너희가 한 남자의 아들들이며 실제로는 열두 형제라는 사실은 나 같은 남자가 물가고를 적절히 활용하지 않아야 할 이유가 못된다. 게다가 다른 자들도 아니고 아마도 첩자일 가능성이 많은 자들과 마주하고 있을 경우에는 더더욱 그러하다. 아무튼 너희는 값을 치를 수 있다면 열 집에 해당하는 곡식을 얻게 될 것이다. 그러나 너희 중 아홉만 돌아갈 수 있다. 한 명은 내 곁에 인질로 잡혀 있어야 한다. 너희가 다시 돌아와서 내 앞에서 너희가 실제로 열한 명이라는 사실을, 참, 예전에는 열둘이라 했더냐? 아무튼 너희가 지금은 열하나라는 점을 직접 증명해 보일 때까지 인질을 한 명 붙잡아둘 것이다. 그리고 인질로 가장 적당해 보이는 자는 바로 저자이다."

그는 부채로 시므온을 가리켰다. 시므온은 아무렇지 않다는 듯 뻔뻔스러운 표정이었다.

그는 밧줄에 묶였다. 병사들이 포박하는 동안 형제들은 그를 둘러싸고 달래 주었다. 그리고 지난번에 거론했던 이야기로 돌아가서 자기들끼리 말을 주고받았다. 물론 요셉이 들으라고 하는 소리는 아니었지만, 요셉이 어찌 못 알아들었겠는가.

"시므온, 용기를 내! 네가 걸렸어. 너를 데리고 있겠다니 남자답게 받아들여. 단호한 라메흐가 되는 거야! 무슨 수를 써서라도 꼭 돌아와서 너를 풀어줄 테니, 걱정하지 마. 너도 그렇게 고생하지는 않을 거야. 넌 워낙 힘이 세잖아. 그러니 그 힘이 다 없어질 정도로 고생이야 하겠어. 저 남자는 절반만 나쁠 뿐이지, 부분적으로는 자비로운 자야. 그러니 너를 공연히 광산에 끌고 가지는 않을 거야. 우리들이 잡혀 있을 때 거위구이를 갖다주기도 했잖아? 그가 어떻게 나올지 예상할 수 없는 자이긴 해도 제일 고약한 자는 아니야. 그리고 어쩌면 계속 이렇게 묶여 있지 않을지도 몰라. 하지만 설령 그렇다 해도 금을 씻어서 건지는 일보다는 낫지! 여하튼 안됐지만 어쩌겠어, 저 남자의 변덕이 너한테 떨어졌으니. 우리 중 누가 당해도 당했을 일이야. 그리고 한 대씩 얻어맞은 건 우리 모두 마찬가지야. 그래도 너는 야곱 앞에 서서 '우리들 중 하나는 맡겨놓고 왔습니다. 막내를 데려가야 합니다'라는 말은 안해도 되니까 다행이잖아. 이 모든 일은 시련이야. 복수하시는 자가 우리한테 보낸 운명의 굴레야. 유다가 한 말을 기억해 봐. 그는 진심에서 우러나온 목소리로 우리한테 지난 일을 상기시켜 줬지. 동생이 깊은 곳에서 그렇게 간절하게 애원했어도 우리는 듣지 않았어. 그의 울음소리에 귀머거리처럼 굴었던 거야. 아버지를 위해서 제발 그러지 말라고, 그러면 아버지는 뒤로 자빠질 거라고 그렇게 울면서 매달렸는데 우리는 못 들은 척했었지. 그런데 너도 이건 부인 못할 거야. 아이를 두들겨 팰 때도 그랬고, 아래로 가라앉힐 때도 그랬고, 너희 둘이, 레위와 네가 제일 신나 했지!"

그러자 르우벤이 보탰다.

"용기를 내, 쌍둥이. 네 자식들은 먹을 걸 얻을 거야. 이건 우리 모두에게 벌어진 일이야. '아이에게 손대지 마!', 내가 그렇게 경고했는데도, 그때 아무도 내 말을 듣지 않아서야. 아, 너희를 막을 수가 없었어. 내가 구덩이에 갔을 때는 이미 텅 비어 있었어. 그리고 아이는 온데간데없이 사라졌어. 그래서 이제 주님께서 우리한테 물으시는 거야. '네 형제 아벨은 어디 있느냐?'"

요셉은 들었다. 코끝이 시큰했다. 안에서 뭔가 울컥 솟구치는 바람에 코를 풀어야 했다. 곧 눈에도 눈물이 넘쳤다. 그는 의자에서 몸을 돌렸고 마이-사흐메는 그를 가볍게 두드려 주었다. 그러나 얼른 수습이 되지는 않았다. 가까스로 그들 쪽으로 바로 앉은 그의 눈은 반짝거렸고, 말투는 감기가 걸린 듯 젖어 있고 음정도 높았다.

"너희들에게 세펠과 당나귀 한 짐 값으로 물가가 요구하는 최고 가격을 내라고 하지는 않겠다. 너희가 너희 아버지한테 가서 파라오의 친구한테 고리대금을 뜯겼다고 말하는 것은 원치 않기 때문이다. 그리고 양은 너희의 자루에 담을 수 있을 만큼 가져가거라. 그렇게 해주라고 지시하겠다. 밀과 보리도 줄 텐데, 아래 이집트의 보리를 원하느냐? 아니면 위쪽 이집트의 보리를 원하느냐? 우토 나라, 곧 뱀의 나라에서 자란 보리를 권하고 싶다. 그게 더 좋다. 그리고 또너희에게 충고하고 싶은 게 있다. 곡식은 빵을 만드는 데쓰고 종자로 쓰지 말아라. 가뭄이 오래 갈 수도 있다. 이때는 종자로 쓰면 헛수고다. 자, 잘들 가거라! 내가 너희들에게 진실한 사람을 대하듯 이렇게 잘 가라고 인사하는 것은, 혐의가 짙긴 해도 너희가 아직은 첩자로 판결이 나지는 않았기 때문이다. 그리고 너희가 열한번째 형제를 내 앞에 데려오면 너희를 믿겠다. 그러면 머리가 열한 개 달린 혼돈의괴물로 여기지 않을 것이다. 오히려 성스러운 십이궁의 열한 개로 여기겠다. 그런데 열두번째는 어디 있느냐? 그건태양이 가리고 있구나, 남자들이여. 그래야 마땅하지 않겠느냐? 자, 여행 잘 하거라! 너희는 참으로 기이하고 의심스러운 족속이다. 여하튼 조심하라. 지금 가는 것도 그렇고다시 돌아올 때도 조심들 하라! 이제 너희는 아쉬운 대로양식을 가지고 가게 되었다. 충분치는 않아도 이것만 해도어디냐. 그러나 다음에 이곳으로 돌아올 때는 꼭 막내를 데리고 오너라. 너희 선조의 신이 너희의 방패가 되고 제방이되기를! 그리고 이집트를 잊지 말아라. 이곳은 우시르가 관속으로 유인당한 곳이다. 그의 몸은 여러 토막으로 잘렸지만, 그러나 그는 죽은 자들의 나라에서 제일가는 자가 되어땅 아래의 양 우리를 밝혀 주었다!"

그는 이 말만 남기고 의자에서 일어나 그들만 남겨둔 채자리를 떴다. 그러나 아홉 명은 어느 서기의 방으로 인도되어 곡식 배급표를 받았다. 그리고 세펄과 말터와 당나귀 한 짐에 해당되는 곡물 가격이 정해졌다. 이제 짐승들을 끌고 나왔다. 짐을 실을 나귀와 타고 갈 나귀였다. 형제는 관리들이 가지고 온 저울에 자신들이 가지고 온 돈을 달았다. 각자 은가락지 열 개씩이었다. 은과 저울추가 평형을 이루자, 곡물수급 구멍에서 밀과 보리알이 우르르 쏟아졌다. 형제들은 신이 나서 커다란 이중 자루에 담은 다음, 나귀에 실어 양쪽 옆구리로 매달리게 했다. 그러나 사료자루는 타고 갈 나귀들의 안장 앞에 실었다. 형제는 즉시 길을 재촉할 생각이었다. 오늘 당장 멘페를 출발해서 국경을 향해 빨리 떠나고 싶었다. 그러나 관리들이 붙잡았다. 여행을 하려면 속이 든든해야 하니 돈은 받지 않을 테니 식사나 하고 가라고. 그렇게 짐승들은 뜰에 세워 둔 채 기다리고 있자니 건포도가 들어간 맥주 수프와 양고기가 나왔다. 허벅지 부위였다. 그리고 처음 며칠 동안 먹으라고 비상식품까지 얻었다. 장식까지 한 보관용기에 담겨 있었다. 원래 그것이 관습이라 했다. 음식 값도 곡물 값에 포함되어 있으며, 이집트, 이 신들의 나라는 이 정도는 충분히 감당할 수 있다고 했다.

그들에게 이 말을 해준 것은 마이-사흐메 집사였다. 그는 짙은 눈썹을 치켜뜨고 곡물을 배급해 주는 것부터 음식을 갖다주는 것까지 처음부터 끝까지 유심히 살폈다. 그의 평온한 태도가 마음에 들었다. 특히 시므온과 관련하여 위로해 줄 때 그랬다. 자기 생각으로는 시므온은 별 탈 없이 지낼 것 같다고 했다. 형제의 눈앞에서 밧줄로 묶은 것은 인질로 잡아둔다는 표시로 그랬을 뿐이니, 앞으로 계속 포박한 상태로 두지는 않을 것이다. 다만 다른 형제들이 시므온을 이대로 내버려 둔 채 1년 기한이 끝나기 전에 막내 동생과 다시 돌아오지 않는다면, 그때는 마이 자신도 그의 안전을 보장할 수 없다. 자신의 주인님은 명령을 내리는 자로서 친절한 분이지만, 한번 하신다 하면 어떤 일이 있어도 관철하는 분이다. 그러므로 형제들이 주인님의 조건을 이행하지 않을 경우, 시므온은 아주 불편한 일을 겪을 수도 있다. 그렇게 되면 형제는 열둘에서 벌써 둘을 잃게 되는 셈인데, 이는 형제의 연로한 아버지의 뜻은 아닐 것이다.

"절대로 아닙니다!"

형제들이 말했다. 그리고 이런 말도 했다. 자신들은 최선을 다할 것이다. 그러나 양쪽에 고집을 끼고 있으니 무척 힘들다. 자신들의 아버지도 고집이 대단하시지만 이곳의 주인님은 한마디로 '탐' 한 분이다. 한편으로는 자비롭고 다른 한편으로는 무서운 분이라 마치 신과 같다.

"그렇게 말할 수도 있겠지. 자, 이제 배를 채웠느냐? 그렇다면 여행 잘 하거라! 그리고 내가 한 말을 잊지 말아라!"

마이의 대꾸였다.

형제들은 여행길에 올랐다. 다들 아무 말이 없었다. 시므온 일도 그렇고 아버지한테 자초지종을 어떻게 설명해야 할지 난감했다. 그렇게 고민만 하다보니 말할 겨를이 없었다. 시므온을 인질로 맡긴 채 왔고 또 그를 다시 풀어낼 수 있는 방법이 무엇인지, 아, 그 이야기를 아버지한테 어떻게 말씀 드린단 말인가? 하지만 아버지한테 도달하려면 아직 멀었다. 그래서 일단 그 이야기는 접어두고 잡담을 나누기도 했다.

이집트의 맥주 수프가 맛있더라. 곤경을 겪기도 했지만, 비교적 싼값으로 곡식을 얻었으니 아버지 야곱도 기뻐할 것이다. 그 집사는 몸집이 작고 조금 느려 보이지만 사람이 참 편안하고 좋더라. 그는 '탐'한 남자가 아니고 가시 같은 것 없이 정말 친절한 자다. 하지만 집사도 가장 높은 종의 신분이 아니라 주인이었다면, 그러니까 그 또한 시장의 주인님이었다면, 그때는 그의 행동도 달라졌을지 모른다. 평범한 자들은 별 다른 갈등 없이 쉽게 자비로울 수 있다. 그러나 어디 하나 걸리는 데 없이 큰 자리에 앉게 되면 어쩔 수 없이 변덕스러워지고 예측을 불허하게 만든다. 신이, 지고한 분이 바로 그 예가 아니냐. 그분도 얼마나 자주 이해할 수 없는 무서운 행동을 보이느냐. 그런데 모셸, 곧 명령하는 분은 오늘은 그래도 거의 친절만 보여주었다. 시므온을 밧줄로 묶으라고 한 것만 빼면 그랬다. 조언도 해주고 축복까지 해주지 않았던가. 어디 그뿐인가. 자신들을 거의 엄숙하게 십이궁의 짐승들과 비유하지 않았던가. 그들 중 하나는 감춰져 있다고 했지 아마. 그 남자는 별에 관한 지식이 풍부한 듯했다. 여하튼 별을 읽을 수 있고 해석을 할 수 있는 자가 틀림없었다. 그래서 그 높은 수단들이 자신의 예리한 통찰력을 보충하는 데 도움이 되는 것처럼 암시했다. 물론 그가 별들을 읽고 점을 치는 것이라면 그건 뭐 별로 놀랄 일은 아니다. 그러나 만일 별들이 그에게 자신들이 첩자라고 일러준 것이라면, 그건 얼토당토않은 어리석은 것을 읽은 것이다.

형제들은 대강 이런 식의 이야기를 주고받으며 그날 하루 꽤 많이 이동했다. 날이 어두워지자 이들은 쉬어갈 생각으로 아늑한 장소를 한군데 골랐다. 절반은 점토 암석으로 둘러싸였고 옆으로는 휘어진 야자수 나무가 우뚝 솟은 곳이었다. 거기에는 우물과 숙소로 쓸 수 있는 움막도 하나 있었다. 그 앞의 땅바닥이 모닥불을 피운 듯 검게 그을린 것으로 보아 이따금 야영장으로 쓰인 곳 같았다. 이 이야기에서 이 장소는 나중에도 등장하여 나름대로 역할을 계속하게 되므로, 이곳을 야자수와 우물 그리고 움막이 있는 곳으로 표기하겠다.

이제 아홉 명은 편안하게 자리를 잡았다. 몇은 나귀의 짐을 풀어 한군데 모으고 다른 사람들은 물을 길어와 불을 피우려고 잔가지를 쌓아올렸다. 그러나 이중 하나인 잇사갈은 짐승들 먹이 주는 일부터 서둘렀다. 당나귀라는 별명을 가진 자답게 이 피조물들에게 유난히 호감이 많았던 그였다. 또 그를 태우고 왔던 나귀는 벌써 여러 번 헐떡이며 배고프다고 울었었다.

그래서 레아의 아들은 얼른 사료자루를 풀었다. 그리고는 느닷없이 소리를 질렀다.

"어! 이것 봐! 대체 어떻게 된 거야! 야곱의 아들들아, 형제들! 이리 와 봐, 내가 뭘 발견했는지, 좀 봐!"

사방에서 달려온 형제들이 목을 빼고 쳐다보았다. 잇사갈의 사료자루에, 바로 위쪽에 돈이 있었다. 양식 값으로 치렀던 돈, 은가락지 열 개.

모두 어리둥절한 표정으로 그 자리에 선 채 재앙을 쫓는 표시로 고개를 세차게 흔들었다.

"어, 뼈대 굵은 잇사갈, 이게 무슨 일이야?"

그러다 갑자기 각자의 사료자루로 달려갔다. 그리고 모두 찾았다. 아니 오래 찾을 것도 없었다. 맨 위에 물건 값이 놓여 있었으니까.

다들 바닥에 털썩 주저앉았다. 이게 어찌된 영문인가? 돌무게를 정확히 재고 평형 상태를 이루게 하여 그쪽에 주고 왔는데, 어떻게 자신들에게 되돌아왔단 말인가. 이게 어찌된 조화란 말인가? 다들 가슴이 철렁했다. 세상에 이게 웬일인가? 물건도 생기고 돈까지 되찾으니 기분도 괜찮고 웃음이 나올 법도 했다. 그러나 한편으로는 섬뜩했다. 아니 맨 먼저 무서운 생각부터 들었다. 이것 아니고도 고약한 혐의를 뒤집어쓰고 있는 판인데, 이건 의심스럽기 짝이 없는 혜택이었다. 그 의도가 의심스럽고, 다른 한편으로는 자신들에 대한 혐의를 더 짙게 만드는 것이 아닌가 또 의심스러웠다. 한편 기분이 좋고, 다른 한편으로는 계략 같은 게 느껴지니, 누가 갈피를 잡겠는가? 그리고 과연 누가 말할 수 있겠는가? 주님께서 왜 이런 일을 내리시는지.

"주님께서 왜 이런 일을 내리시는지 알아?"

커다란 르우벤이 굳은 얼굴로 고개를 끄덕이며 물었다.

형제들은 그의 말을 잘 이해했다. 그는 옛날 이야기를 암시한 것이다. 그리고 이 곤란한 습득물은 그들에게로 눈을 돌린 불운의 말갈기였다. 모두 그의 경고를(정말 경고하기라도 했던가?) 무시하고 소년한테 손을 대었기 때문이라는 것이다. 그들은 르우벤의 말뜻을 이해했다. 정도의 차이는 있으나 너나없이 두 일 사이의 연관성을 막연하게나마 느꼈기 때문이다. 주님을 이 문제와 연관시키고, 그분이 이러시는 까닭을 서로 묻는다는 자체가 그들이 같은 생각을 하고 있다는 증거였다. 그러나 이 생각으로 그들은 충분했다고 여겼다. 그러니 르우벤이 새삼스럽게 또 한번 고개를 끄덕일 필요는 없지 않은가.

아버지 앞에 서는 게 더 어려워졌다. 고백해야 할 일이 또 하나 생기지 않았는가. 시므온과 벤야민 그리고 또 이 골치 아픈 일까지 합쳐서 도무지 고개를 똑바로 쳐들고 집으로 돌아갈 수 있는 상황이 아니었다. 아버지는 물론 곡물을 공짜로 얻어 온 걸 보고 빙그레 웃을 수도 있다. 그러나 상인으로서의 명예 때문에 찜찜해 할 게 뻔했다. 그렇게 되면 이제 아버지 앞에서도 자신들은 엉뚱한 의심을 받기 십상이었다.

이들은 모두 약속이라도 한 듯이 동시에 벌떡 일어났다. 얼른 나귀가 있는 곳으로 달려가 물건 값을 되돌려주러 갈 생각이었다. 그러나 동시에 맥이 빠져 다시 자리에 주저앉았다. 되돌아가는 건 포기한 것이다.

"그건 의미없는 일이야."

다들 그렇게 말했다. 돈을 되돌려주는 것은 의미가 없다고, 아니 돈을 다시 얻은 것보다 더 의미없는 일이라고.

그들은 고개를 도리질 쳤다. 잠을 자면서도 계속 그랬다. 한 사람은 지금, 다른 사람은 나중에, 그리고 그 다음에는 여럿이 동시에. 그들은 자면서도 한숨을 내쉬었다. 자신도 모르는 사이에 밤 동안 두어번씩 한숨을 토하지 않은 자는 한 명도 없었다. 그러나 잠이 깊이 든 후에는 한두 명의 입술 위로 미소가 번지는 일도 이따금 있었다. 그랬다. 그리고 잠에 취한 여러 명이 한꺼번에 행복한 듯 미소를 짓기도 했다.

숫자가 채워지지 않은 자들

아! 그건 좋은 소식이었다. 아들들이 돌아온다 했다. 나귀에 짐을 싣고 아버지의 장막으로 다가오고 있다는 것이었다. 나귀들이 미즈라임의 곡식을 잔뜩 실어 걸음이 더디다 했다. 아들들이 갈 때처럼 열이 아니고, 아홉뿐이라는 것은, 아버지에게 소식을 전한 자들의 눈에 뜨이지 않았다. 아홉이라는 수도 나귀까지 있어서, 열이나 마찬가지로 대단한 행렬이었던 것이다. 따라서 거기에 한 명이 빠졌어도 대충 훑어보면 그 차이를 모르는 법이다. 그래서 아버지 옆에서 털로 만든 장막 앞에 서 있는 벤야민 역시—노인은 마할리아와 아르바트의 남편이 어린 소년인 것처럼 그의 손을 잡고 서 있었다—이를 눈치 채지 못했다. 그는 아홉도, 열도 보지 못했고, 그저 그 숫자가 엄청 많은 형제를 보았을 뿐이다. 그러나 야곱은 금방 알아보았다.

이 가장은 거의 아흔에 접어들었음에도, 그리고 아래쪽

에 살이 처져 있는 갈색 눈도 연로한 탓에 시력이 무뎌져서 더 이상 날카로운 시선이 아니었는데도 그랬으니 참으로 놀라운 일이었다. 연로한 노인의 눈은 별 상관이 없는 것에 대해서는—그리고 사실 이 나이에 크게 상관 있는 일이 또 뭐 있겠는가!—그다지 예리한 시각을 갖지 않았다. 그러나 나이의 결과는 신체적인 것이라기보다 영혼에 관련된 것이다. 이런 것은 충분히 보고 들어왔다. 나이가 들면 감각이 무뎌질 수 있다. 그러나 뜻밖에도 감각이 사냥꾼처럼 예민해지는 일들이 있다. 이때는 가축의 숫자를 헤아리는 목자의 신속함을 되찾게 된다. 야곱에게는 그것이 바로 이스라엘의 온전한 숫자였다. 그래서 다른 어느 누구보다도 그의 눈에는 대번 들어온 것이다.

"아홉뿐이야."

단호하면서도 떨리는 목소리로 야곱은 손가락으로 앞을 가리켰다. 그리고 금방 이렇게 덧붙였다.

"시므온이 없구나."

"그렇군요. 시므온 형이 아직 안 보이는군요."

벤온이가 잠시 찾아본 후에 말했다.

"형이 안 보여요. 하지만 곧 뒤따라오겠지요."

"그랬으면 좋겠다."

노인은 단호한 목소리로 말한 후 다시 막내아들의 손을 잡고 그 자리에 선 채로 다가오는 아들들을 맞았다. 그리고 그들에게 미소도 짓지 않고, 인사말도 건네지 않고 대뜸 묻기부터 했다.

"시므온은 어디 있느냐?"

이제 시작이었다. 아마도 아버지는 어떻게 하든지 그들을 곤란하게 만들 작정인 듯했다.

"시므온 이야기는 나중에 말씀 드리겠습니다."

유다가 대답했다.

"아버님, 그동안 안녕하셨습니까! 시므온 이야기는 곧 해드릴 것이니 걱정하지 마십시오. 보십시오. 저희가 물건을 사 가지고 이렇게 저희 주인님 곁에 돌아왔습니다."

"하지만 모두가 아니다."

그는 자리에서 꼼짝도 하지 않았다.

"그래, 다들 어서 오너라. 하지만 시므온은 어디 있느냐?"

"예, 뒤에 조금 처져 있습니다."

그들이 대답했다.

"지금 당장은 없습니다. 거래 때문에, 거기 시장을 연 남자의 변덕 때문입니다."

"내 아들을 양식 값으로 팔았다는 말이냐?"

"그건 절대 아닙니다. 하지만 양식은 주인님께서 보시다시피 이렇게 가지고 왔습니다. 한동안 먹을 수 있는 충분한 양입니다. 그리고 품질도 뛰어납니다. 밀과 하이집트의 우량 보리입니다. 그러니 주인님께서도 제사에 올릴 빵을 얻으실 겁니다. 이것이 주인님께 올리는 첫번째 보고입니다."

"그러면 두번째 보고는?"

"두번째 것은 조금 기이하게 들릴지도 모릅니다. 아니 어쩌면 '놀랍게' 들릴 수도 있습니다. 그리고 원하신다면 비정상적이라고 하셔도 좋습니다. 하지만 저희는 이 소식이 아버님께 기쁨을 드리리라 생각했습니다. 저희는 양질의 곡식을 공짜로 얻었으니까요. 처음부터 공짜로 얻었다는 뜻은 아닙니다. 우리는 양식 값을 지불했습니다. 그래서 우리들이 낸 돈과 그 나라의 무게 추가 평형을 이뤘습니다. 그런데 길을 떠난 후 처음 쉬는 자리에서 잇사갈이 그의 사료자루에서 돈을 다시 발견했습니다. 그래서 각자 자루를 뒤져보니 거기에도 돈이 있었습니다. 결국 우리는 물건은 물건대로 얻고 그 위에 돈까지 얻은 셈입니다. 이 이야기는 아버님께서도 박수를 쳐주시리라 믿습니다."

"내 아들 시므온은 데리고 오지 않았다. 너희들이 양식과 내 아들을 바꾼 게 틀림없다!"

"어떻게 그런 생각을 벌써 두번이나 하십니까! 우리는 그런 장사를 할 남자들이 아닙니다. 이제 그 걱정은 그만하시고 저희와 함께 여기 좀 앉으시지 않겠습니까? 그러면 저희 형제 때문에 걱정하실 필요가 없다는 것을 차근차근 설명해 드리겠습니다. 그리고 또 아버님을 안정시켜 드리기 전에, 먼저 아버님의 손가락 사이로 황금빛 곡식알이 흘러가게 해드리고, 또 돈을 보여 드려서 금과 은이 그대로인 것을 확인시켜 드리면 안 되겠습니까?"

"나는 내 아들 시므온 이야기부터 듣고 싶다."

그들은 야곱과 벤야민과 함께 빙 둘러앉았다. 그리고 자초지종을 털어놓았다. 사람들이 그 나라의 입구에 이르자 자신들을 따로 떼어놓더니 멤피로 보냈다. 그곳은 참으로 번잡한 도시였다. 그리고 인간짐승들이 죽 늘어서 있는 길을 가로질러 커다란 관청으로, 그리고 그 안에 있는 가슴이 벅찰 정도로 아름다운 홀로 인도하더니, 마침내 한 남자가 앉아 있는 의자 앞으로 데려갔다. 그 남자는 그 나라에서 주인님이며 파라오 같은 존재였는데, 그가 바로 시장의 주인이었다. 온 세상이 찾는 시장의 주인인 그는 참으로 특별난 남자였다. 대단한 권세를 누리며 사는 대인인 그는 참으로 잘생기고 매력이 넘치는 남자인 반면에 나쁜 사람 같은 면도 있었다. 그 남자, 곧 파라오의 친구 앞에 몸을 숙여 절을 올리고 나서 거래를 하자고 청했더니, 그 먹여 살리는 자는 이중적인 태도를 보여주었다. 한편으로는 친절하면서 한편으로는 악의를 드러내었다. 그는 처음에는 따뜻하게 대해 주더니 갑자기 딱딱해지면서 도무지 되풀이하고 싶지 않은 주장을 했다. 자신들이 나라의 숨겨진 약점을 캐러 온 첩자라는 것이었다. 이 열 명의 성실한 남자들에게, 이게 말이나 되는 소리인가! 이런 충격이 어디 있겠는가? 자신들이 누구인가? 그래서 이렇게 말했다. 우리는 모두 신의 친구인 한 남자의 아들이며 가나안 땅에서 살고 있는 자들로서 실은 열이 아니라 엄숙하게도 열둘이다. 하나는 일찍이 없어졌고 막내는 집에서 아버지 곁에 머무르고 있다. 그랬더니, 그 나라의 주인인 남자는 아버지가 아직 살아 계시다는 것을 믿으려 하지 않았다. 자신들이 젊지 않다는 이유에서였다. 그 남자는 두번씩이나 묻고 또 다짐을 받았다. 이집트 나라에서는 자비로우신 아버님처럼 그렇게 오래도록 장수하는 일이 없다는 것이었다. 거기서는 아마도 원숭이처럼 방탕하게 살아서 그렇게 빨리 멸망하는 것 같다.

"그 이야기는 그 정도면 충분하다. 내 아들 시므온은 어디 있느냐?"

야곱은 또 물었다. 그러자 아들들은 이렇게 대답했다.

그 이야기는 지금, 혹은 조금 있다가 곧 하게 될 것이다. 하지만 우선은, 어찌 되었거나 다른 형제 이야기부터 먼저 해야 한다. 자신들의 소원도 그랬고, 또 그렇게 제안도 했는데 그 형제가 처음부터 함께 여행을 못 간 것이 탈이었다. 만약 같이 갔더라면 오늘 형제들이 온전한 숫자로 되돌아왔을 것이다. 그랬더라면 화가 난 그 남자가 요구한 증인을 그 자리에 세울 수 있었을 것이다. 그 남자는 자신들이 첩자라는 엉뚱한 생각을 버리려 하지 않았을 뿐 아니라, 자신들의 출생에 관련된 말도 못 믿겠다면서 자신들이 죄가 없다는 증거로 막내를 자기 앞에 데리고 오라고 했다. 그렇게 하지 않으면 형제들은 첩자라는 것이었다.

벤야민이 웃음을 터뜨렸다.

"날 데려가!" 그가 말했다.

"그 호기심 많은 남자가 어떤 사람인지 호기심이 생기네요."

"입 다물어라, 벤온이."

야곱이 엄하게 꾸짖었다.

"아이처럼 웃기는! 당장 웃음을 거둬라. 이런 중요한 의논을 하는 자리에 너 같은 꼬마가 끼어들 수 있다고 생각하느냐? 나는 여태 내 아들 시므온 이야기는 한마디도 듣지 못했다."

"아닙니다, 주인님. 아버님께서 들으려고만 하셨으면 벌써 들으셨습니다. 그리고 저희들로 하여금 민망한 이야기를 꼬치꼬치 다 털어놓게 만드실 작정이 아니시라면 이미 들으셨습니다. 그랬더라면 아버님께서는 이미 다 아실 것입니다."

그렇게 첩자라는 의심을 받게 된 상황이었는데 곡식까지 싣고 그냥 떠나올 수야 없었지 않겠느냐. 그러니 당연히 담보를 맡겨야 했다. 그 남자는 원래 모두 잡아두고 한 명만 보내서 의심을 씻게 하려 했지만 자기들의 재치 있는 설득으로 남자의 생각을 바꾸게 만들었다. 그래서 한 명만, 즉 시므온만 남겨두고 다른 사람들은 양식을 가지고 먼저 떠나올 수 있었다.

"그렇다면 너희의 형제이며 내 아들인 시므온은 죄를 지은 노예가 되어 이집트의 부역장에 떨어졌다는 것이냐."

야곱은 가까스로 화를 눌렀다.

아들들은 그 나라의 주인님의 집사가 한 말을 들려주었다. 그 집사는 아주 자비롭고 평온한 남자인데 그곳에 남겨진 형제는 편안하게 지낼 것이라 했으며, 밧줄에 묶은 것은 일시적인 조처라고 장담했다.

"너희를 떠나보내면서 왜 그렇게 망설여지던지 이제야 알겠구나. 가능하면 여행을 안 보내려고 했건만, 너희가 그저 이집트로 가고 싶어서 귀에 못이 박이도록 졸라대는 바람에 하는 수 없이 내가 양보하고 너희의 결정에 동의해 줬더니, 너희 중에 제일 좋은 자는 폭군의 갈퀴 발톱에 맡기고 돌아왔단 말이냐!"

"시므온을 그렇게 좋게 말씀하시니 뜻밖입니다. 그에 대해서 늘 그런 식으로 좋게 말씀하시지는 않으셨으니까요."

"오, 하늘에 계신 주님! 이들은 이제 저더러 레아의 두번째 아들을 나 몰라라 하고 마음에 두지 않았다고 책망합니다. 마치 내가 밀가루 한 되에 그를 팔기라도 한 것처럼, 그리고 자기 자식들을 살리려고 그를 바다괴물 레비아탄의 목구멍에 처넣기라도 한 것처럼! 자신들이 아니고, 내가 그런 것처럼! 주님께 참으로 감사 드릴 것은 제게 최소한 저들의 돌격에 마음을 강하게 먹고 그들의 만용에 담대하게 대처할 수 있게 해주셨다는 점입니다. 저들은 열한 명 모두 떠나려고 막내까지 데려가려 했지만 이를 끝까지 허락하지 않게 해주셔서 감사합니다! 그랬더라면 막내도 데리고 오지 않고 이렇게 대답했을 것입니다. '아버님은 그를 그렇게 소중하게 여기지도 않지 않았습니까!' 라고 말입니다."

"그 반대입니다! 만약 우리가 열한 명 모두 갔더라면, 그래서 막내까지 함께 있었더라면, 그 나라의 주인이 막내를 보자고 요구했을 때, 그 남자의 면전에 즉각 보여줄 수 있었을 것입니다. 그랬더라면 우리도 온전한 숫자로 돌아왔을 겁니다. 하지만 우리는 잃은 게 아무것도 없습니다. 그저 벤야민을 먹여 살리는 자의 홀에 데려가서 파라오의 시장 주인 앞에 보여주면 되기 때문입니다. 그러면 시므온도 풀려나고 아버님은 둘 다, 아이와 영웅을 다 찾으시는 겁니다."

"다른 말로 하자면, 시므온을 날린 것으로도 모자라 이제는 벤야민까지 빼앗아서 시므온이 있는 곳으로 데려가겠다는 것 아니냐."

"저희가 원해서 하는 게 아니라 모두 거기 있는 남자의 변덕 때문입니다. 증인을 데려가서 의심도 씻어내고 담보를 풀려는 것입니다."

"에이, 늑대 같은 놈들! 너희는 내 아이들을 빼앗아서, 이스라엘을 십일조로 바칠 생각뿐이구나. 요셉도 없고 시므온도 없는데, 그것도 부족해서 벤야민까지 빼앗으려 하느냐. 너희가 뿌린 씨를 왜 모두 내가 거두어야 한단 말이냐? 그 일을 왜 모두 내가 짊어져야 하느냐!"

"아닙니다, 주인님. 그 말씀은 옳지 않습니다! 벤야민을 시므온 있는 곳으로 보내서 잃어버리시라는 게 아닙니다. 그 두 명이 아버님께 되돌아오게 하려는 것입니다. 그저 막내를 그 남자 앞에 보이기만 하면 됩니다. 그러면 우리가 한 말이 진실인 줄 알 것이니 문제가 해결되는 겁니다. 그러니 제발 벤야민을 데리고 떠날 수 있도록 허락해 주십시오. 그러면 시므온도 풀어오고 이스라엘은 다시 온전한 숫자가 될 것입니다!"

"온전한 숫자? 그러면 요셉은 어디 있느냐? 너희는 지금 나더러 이 아이까지 요셉이 있는 곳으로 보내라는 것이냐? 길을 떠나보내? 어림없다. 너희의 요구는 못 들어준다."

이제 르우벤이 나섰다. 그는 마음을 단단히 먹은 듯했다. 명색이 형제의 맏이가 아닌가. 그리고 끓어오르는 물처럼 와르르 쏟아냈다.

"아버님, 제 말을 좀 들어보십시오! 제 말만, 형제의 맏이인 제 말만 들으십시오! 이들에게 아이를 딸려 보내는 것이 아닙니다. 저한테 딸려 보내시는 겁니다. 제가 나중에 아이를 아버님께 데려오지 못한다면, 제게 어떤 일을 하셔도 좋습니다! 만일 제가 아이를 다시 데려오지 않으면, 제 두 아들 하녹과 발루를 목 졸라 죽이십시오. 제가 보는 앞에서 제 아들들을 직접 죽이십시오. 약속을 어기고 제가 인질을 못 풀어오면, 제가 보는 앞에서 제 아들들을 죽이십시오, 저는 속눈썹 하나 까딱하지 않겠습니다!"

"그래, 마음대로 지껄여라! 마음대로! 그럼, 멧돼지가 아름다운 아이를 짓밟을 때 너는 어디 있었느냐? 네가 요셉을 지켜줄 수 있었더냐? 그리고 네 아들들로 내가 얻을 것이 무엇이란 말이냐? 내 손으로 이스라엘을 십일조로 바치라니, 내가 죽음의 천사란 말이더냐? 너희와 함께 내 아들을 아래로 내려보낼 수는 없다. 너희의 생각은 허락할 수 없다. 이 아이의 형은 이미 죽었다. 이제 나한테는 이 아이밖에 없다. 그에게 도중에 무슨 일이 생긴다면, 세상은 내 회색 머리카락이 근심과 상심으로 구덩이에 빠진 꼴을 보게 될 것이다."

그들은 입을 꾹 다물고 서로 쳐다보았다. 아버지는 벤야민을 가리켜 자신들의 형제라 하지 않고 계속 '내 아들'이라 운운하는 것으로도 모자라 자신에게는 이 아이밖에 없다고 하지 않는가. 해도 해도 이건 너무했다.

"그러면 시므온은? 아버님의 영웅은 어떻게 합니까?"

그들이 물었다.

"나 혼자 있고 싶다. 그리고 그의 걱정도 혼자 하겠다. 그러니 너희는 물러가거라!"

"저희와 대화도 해주시고 이제 물러가서 쉬라고 하시니 저희 자식들은 그저 감사할 뿐입니다!"

그들은 이렇게 인사를 남기고 그를 내버려둔 채 자리를 떴다. 벤야민도 따라나섰다. 그리고 이 사람 저 사람의 팔을 짧은 손가락으로 어루만지며 부탁했다.

"아버지 말에 속상해 하지 마십시오. 그리고 서운해 하지도 마세요! 아버지께서 나를 자기 아들이라 부르고 나밖에 남지 않았다면서 형님들을 못 따라가게 한 게 절 위로해 주고 높여 준 것이라고 생각하십니까? 아닙니다. 전 잘 압니다. 아버지는 어머니 라헬이 절 낳다가 돌아가셨다는 사실을 잊지 않고 계십니다. 그래서 절 절대로 용서해 주지 않지요. 그래서 전 아버지의 보호를 받긴 해도 늘 슬프지요. 그리고 이걸 생각해 보십시오. 형님들을 저 없이 아랫세상으로 길을 떠나보내실 때까지 얼마나 오래 걸렸습니까? 아버지께 형님들이 얼마나 소중한지 형님들도 아시지 않습니까! 그러니 이번에도 시간이 좀 걸린다 뿐이지 아버지께서는 마음을 누그러뜨리시고 형님들과 함께 저를 그 남자가 있는 곳으로 보내 주실 겁니다. 아버지는 우리 형제를 이방인의 손에 놓아둘 분이 아닙니다. 그분은 그럴 수 없습니다. 게다가 양식이 또 얼마나 가겠습니까? 영리한 형님들께서 아래쪽에서 공짜로 얻어온 식량으로 얼마나 오래 버티겠어요? 그러니 걱정들 마세요! 어린 저도 분명히 함께 여행을 떠나게 될 겁니다. 이제는 그 시장 주인 이야기나 좀 해주세요. 그 준엄한 자 말입니다. 형님들을 가혹하게 다루고 그런 엉뚱한 죄를 뒤집어씌우고, 또 엉뚱한 변덕을 부려서 막내를 보자 했다니, 그 생각을 하면 공연히 제가 우쭐해집니다. 제가 증인이 된다니 말입니다. 그는 어떤 사

람입니까? 아래쪽에 있는 제일 높은 자라 했던가요? 그리
고 모든 사람들 위에 있다고요? 어떻게 생겼습니까? 말은
또 어떻게 하던가요? 그 사람이 나한테 그렇게 호기심이
많다니 저도 절로 호기심이 생기는군요."

얍복 여울에서 씨름하는 야곱

그렇다. 이 이야기에서 1년이 대수이겠는가! 이 이야기 때문에 시간과 인내심이 아까울 자가 어디 있으랴! 요셉도 꾹 참고 인내하면서 이집트 땅에서 고위 관료로서 곡물을 파는 상인 노릇에 충실했다. 그리고 형제들 역시 인내심을 가지고 야곱의 고집을 견뎌야 했다. 그리고 벤야민도 그러 했다. 그는 여행에 대한 호기심을 누르고, 호기심을 생기게 만드는 시장 주인에 대한 호기심도 눌렀다. 그래도 우리가 이중에서 제일 편안하다. 그것은 우리가 일의 귀추를 모두 알고 있어서가 아니다. 오히려 이는 단점으로 작용한다. 이 이야기 속에 살고 있는 자들은 몸으로 직접 이야기를 체험 하지만, 우리는 이미 알고 있어서 호기심이 생길 수 없는데 도 호기심을 만들어내야 하기 때문이다.

그러나 우리에게는 유리한 점도 있다. 시간의 척도를 마음대로 늘였다 줄였다 할 수 있기 때문이다. 그래서 우리는 야곱이 7년 간 메소포타미아에서 해야 했던 것처럼 이 기다림의 세월을 하나하나 채워갈 필요는 없다. 그저 이야기를 들려주는 입으로서 이렇게 간단하게 말해도 그만이다. 1년이 지났노라고. 그리고 1년이 지나니 야곱도 지쳤다.

당시 물이 제때 등장하지 않아 우리 이야기의 무대인 나라들에 가뭄이 더 심해졌다는 건 모두 다 알 것이다. 이 세상에 악마의 장난이 시리즈로, 줄줄이 이어지는 게 어디 한두번인가. 그래서 다른 때는 변화라면 사족을 못 쓰는 우연인지라, 좋은 것과 나쁜 것 사이를 펄쩍펄쩍 뛰어넘어 간격을 유지하다가도, 한번 마음이 뒤틀리면 미친 듯이 악마처럼 낄낄거리며 계속 같은 것이 이어지게 만들지 않는가! 물론 그러다 결국에는 다시 풀쩍 뛰어야 한다. 그러지 않고 계속 이런 식으로 가게 되면 우연이라는 명분도 사라져 자멸할 테니까. 하지만 그 전까지는 미친 듯이 장난을 계속할 수 있다. 그리고 일곱번이나 이 짓을 했다 해도 크게 보면 이런 일은 결코 드물지 않았다.

나일 강물이 흘러나오는, 무어 족이 사는 나라의 산맥과 바다 사이의 구름 문제와 관련하여 앞에서 설명한 적이 있다. 그러나 거기서 우리는 솔직히 말해서 어떻게 그렇게 되는지 설명했을 뿐, 왜 그런지에 관해서는 이야기한 바 없다. 사물의 '왜'라는 질문 앞에서 대답에 이르는 자는 아무도 없기 때문이다. 모든 사건의 원인은 바닷가의 해곳처럼 일종의 무대 장치 같은 것이다. 그리고 하나의 무대 장치는 다른 무대 장치 앞에 세워져 있을 뿐이다. 그리고 더 이상 앞으로 나갈 필요없는 궁극적인 '왜'는 저기 무한한 곳에 놓여 있다.

먹여 살리는 자, 곧 나일 강은 더 이상 커지지 않았고 넘치지 않았다. 그곳 무어 족의 땅에 비가 오지 않았기 때문이다. 거기에 비가 오지 않은 이유는 가나안 땅에도 비가 내리지 않았기 때문이다. 이것은 또 바다가 구름을 낳지 않았기 때문이다. 그것도 7년 동안, 아니 최소한 5년 동안. 왜? 거기에는 위쪽에 해당하는 이유가 있다. 이 이유들은 우주로 나아가 별들에 이른다. 이들은 의심의 여지없이 우리가 있는 아래쪽의 바람과 날씨를 지배한다. 이들이 태양의 흑점들로 아주 멀리 떨어져 있는 이유들이다. 그러나 태양이 최종적인 것이요, 가장 높은 것이 아니라는 사실은 어린아이도 다 안다. 그리고 아브람도 태양을 궁극적인 원인으로서 숭배하기를 거부했는데, 우리가 태양에서 멈춘 데서야 말이 되겠는가? 그건 참으로 부끄러운 일이 될 것이다.

우주에는 상위 질서가 있다. 행성들 위에 왕처럼 군림하여 가만히 있는 듯한 태양도 이 질서보다는 하위에 속하는 것으로 스스로 움직이는 존재이다. 그리고 태양의 방패에 있는 영향력이 강한 여러 가지 흑점들이 각기 하나의 '왜'이지만, 더 이상은 다른 곳으로 나아갈 필요가 없는 최종적인 마지막 왜도 아니며, 그것이 앞에서 말한 이 상위 시스템에 있다거나 혹은 그보다 더 높은 곳에 있다고 말할 수도 없다. 궁극적인 왜는 그보다 더 먼 곳의 옥좌에 앉아 있는 게 분명하다. 지금 먼 곳이라 했지만, 어쩌면 가까운 곳이라 해도 무방할 것이다. 거기서는 먼 곳과 가까운 곳, 원인과 결과가 같은 것이기 때문이다. 길을 잃었다고 생각될 때 이미 가 있는 곳이 그곳이며, 우리가 어떤 계획, 혹은 섭리가 있다고 여기는 곳이 바로 그곳이다. 그 계획은 또한 자신의 목적을 이루기 위해 한번쯤은 자신에게 제물로 바쳐진 빵을 내치기도 한다.

가뭄과 기근이 사방을 짓눌렀다. 그리고 야곱이 지치기까지는 1년까지도 필요없었다. 아들들이 한편으로는 기쁘지만 다른 한편으로는 영 석연치 않은, 아니 조금 무서운 느낌과 함께 공짜로 얻어온 양식을 벌써 다 먹어 치운 것이다. 많은 식솔에 비하면 이집트에서 가져온 양식은 그다지 많지 않았다. 그리고 새로 사려면 아무리 비싼 값을 준다 해도 이 땅에서는 살 수가 없었다. 작년보다 몇 달 앞선 시점에 이스라엘은 드디어 아들들이 기다리고 있던 대화를 먼저 시작했다.

"너희는 어떻게 생각하느냐? 뭔가 모순이라고 생각하지 않느냐? 그리고 이건 어딘가 맞지 않는 일이 아니냐? 나는 라반의 나라에서 먼지 자욱한 빗장을 부수고 나온 이래 그때 가졌던 재산을 지금까지 보존했을 뿐만 아니라 더 늘려 왔다. 그런데 지금 우리는 종자로 쓸 곡식과 과자를 만들 밀가루가 필요하고, 또 너희 아이들은 빵을 달라고 조르고 있다. 내가 부자인데도 이런 곤란을 겪고 있다니 이건 뭔가 잘못된 게 아니냐?"

그렇다. 그들의 대답이었다. 시간이 흐르다 보니 그렇게 되었다.

"참으로 기이한 때이다. 장성한 아들들이 있는데, 그것도 신의 도움으로 모자라지 않을 정도로 충분히 생산하여 숫자가 꽤 많건만, 이들은 부족한 것을 구해올 생각은 않고 엉덩이를 붙이고 앉아 꼼짝 않고 있으니, 이런 묘한 데가 어디 있느냐."

"어찌 그렇게 말씀하십니까? 저희더러 뭘 어떻게 하란 말씀입니까?"

"뭘 어떻게 하다니? 사람들 말이 이집트에 가면 곡물 시장이 있다고 한다. 너희가 여행을 떠나 그 아래 나라에서 양식을 좀 사오면 어떻겠느냐?"

"그럴 수만 있다면 당장이라도 내려가겠습니다. 하지만 아버님께서는 지금 그 아래쪽에 있는 남자가 저희에게 벤야민과 관련하여 어떤 조건을 내걸었는지 잊고 계십니다. 저희가 막내를 데려가서 우리가 진실한 사람임을 증명하면 모를까 그 전에는 그의 얼굴도 볼 수 없습니다. 남자는 별을 공부한 학자인 것 같았습니다. 그는 열둘에서 하나는 태양에 가려져 있으나 둘을 동시에 가리지는 않는다 하였습니다. 그래서 열한번째를 그의 앞에 대령해야 우리를 볼 것이라 했습니다. 저희가 벤야민을 데려가게 해주십시오. 그러면 저희도 여행을 떠나겠습니다."

야곱은 한숨을 쉬었다.

"내 이럴 줄 알았다. 너희가 또 그 아이 문제로 날 괴롭히는구나."

그리고 그는 큰소리로 나무랐다.

"지지리 복도 없고, 생각도 없는 것들! 무엇 때문에 그 남자 앞에서 쓸데없는 소리를 지껄였더냐? 공연히 동생이 하나 더 있다는 말을 꺼내서 그 남자가 내 아들을 요구하게 만든 게 아니냐? 그냥 거래나 하고, 엉뚱한 소리를 떠벌리지 않았더라면 벤야민이 있는 줄도 몰랐을 것 아니냐. 그랬더라면 제사에 올릴 빵을 얻는 대가로 내 가슴이 사랑하는 자식을 바치지 않아도 될 것을! 너희는 내가 너희 모두를 저주해도 할 말이 없을 것이다!"

그러자 유다가 나섰다.

"그러지 마십시오, 아버님. 그렇게 되면 이스라엘이 어떻게 되겠습니까? 우리가 처한 고난을 생각해 보십시오. 우리를 의심하는 남자가 우리 관계를 묻는데 저희가 어떻게 진실을 말하지 않을 수 있었겠습니까? 그 남자는 정확하게 알려고 꼬치꼬치 캐물었습니다. '너희 아버지는 아직 살아 계시냐?', '너희에게 형제가 또 있느냐?', '너희 아버지는 편안하시냐?', 그래서 아버지께서 그다지 편치 않으시다고 말했습니다. 마땅히 편안하셔야 하는데 그렇지 못하다고. 그랬더니 큰소리로 우리를 꾸짖었습니다. 어떻게 그 지경이 되도록 내버려 두었느냐고."

"흠."

야곱은 수염을 쓰다듬었다.

그러자 유다는 말을 이었다.

"저희는 그의 근엄한 태도에 겁을 먹었지만, 한편으로는 그의 따뜻한 관심에 감동했습니다. 그런 자가 우리에게 관심을 보이는 것은 작은 일이 아니기 때문입니다. 그리고 모든 열쇠를 쥐고 있는 막강한 자가, 세상에서 위대한 자가 이렇게 친근한 사람처럼 깊은 관심을 보여주는데, 어떻게 마음의 문을 열지 않을 수 있겠습니까? 이런 경우에는 떠벌리는 것은 아니라 하더라도, 이야기는 하게 되는 겁니다."

그리고 유다는 자신들이 그 남자가 곧장 형제를 보겠다며 "그를 데리고 오너라!"라고 할지 어떻게 예측할 수 있었겠느냐고 했다.

유다의 말은 아주 그럴싸했고 고상하게 들렸다. 형제들은 야곱이 지친 기색을 보이면 유다가 이야기하기로 미리 정해 놓았다. 르우벤은 너무 서투르게, 아니 멋대가리없이 야곱에게 자기 아들 둘을 죽이라고 성급하게 내뱉은 탓에 제쳐놓았다. 그리고 레위는 쌍둥이 형제를 잃어 반쪽짜리 남자처럼 실의에 빠져 있는 데다, 세겜 일 때문에라도 앞에 나설 입장이 못 되었다. 그러나 지금 유다는 남자로서의 따뜻함도 보여주면서 설득력 있는 이야기를 하고 있었다.

"이스라엘이시여, 지금은 야곱의 시간입니다! 예전에 다른 자와 싸우신 것처럼, 이번에는 내일 아침 동이 틀 때까지 아버님 자신과 싸워 승리하십시오! 그리고 주님을 섬기는 영웅답게 야곱의 시간을 멋지게 장식해 주십시오! 보십시오. 아래에 있는 남자의 생각은 바뀔 수가 없습니다. 저희가 그를 찾지 않으면 레아의 셋째 아들은 부역 노예로 전락할 것이며, 빵은 생각도 못합니다. 하지만 벤야민이 우리와 함께 간다면 모든 건 달라집니다. 주인님의 사자인 저 유다는 라헬의 담보물을 여행에 떠나보내는 것이 주인님께 얼마나 힘든 일인지 잘 압니다. 그리고 어째서 그 아이가 '항상 집에 있는지'도 압니다. 게다가 그냥 여행도 아니고 저 아래로, 진창의 나라, 죽은 신들의 나라로 보내는 여행이니, 얼마나 곤혹스러운 결정일지도 잘 압니다. 그리고 아마도 주인님께서는 저 아래에 있는 남자를 믿기 어려울 것입니다. 그리고 그 나라의 주인이 우리에게 함정을 파서 막내는 물론이고 다른 담보물도 내놓지 않고 어쩌면 우리 모두를 내놓지 않을까봐 염려하시는 것도 잘 압니다. 그러나 그건 걱정하지 마십시오. 전 사람들을 잘 압니다. 신분이 높든 낮든 인간이란 그렇고 그런 존재라 저는 그다지 좋은 것을 기대하지 않습니다. 그런 제가 감히 말씀 드리자면, 그 남자는 결코 그런 사람이 아닙니다. 제가 본 바에 따르면 그런 사람은 절대 아닙니다. 이 점에 대해서는 불에 손을 넣고라도 맹세할 수 있습니다. 그 남자에게는 우리를 함정에 빠뜨릴 생각은 전혀 없습니다. 그는 조금 놀랍고 약간 이상하긴 해도 한편으로는 사람의 마음을 잡아끄는 구석이 있습니다. 그러니까 뭔가 착각할 수는 있지만 거짓은 없는 자입니다. 이 점은 저 유다가 보증합니다. 그리고 이 자를 위해 보증을 서듯이 아버님의 아들, 저희의 막내 동생을 위해서도 제가 보증을 서겠습니다. 아버님의 아들을 제 곁에 세워서 함께 여행하도록 해주십시오. 아버님께서 그러하시듯 제가 막내에게 아버지인 동시에 어머니가 되겠습니다. 그리고 가는 동안에나, 그 나라에 가서나, 그의 발이 돌부리에 걸어 채이지 않고 이집트의 패륜이 그의 영혼에 때를 묻히지 않도록 돌보겠습니다. 동생을 제 손에 넘겨주십시오. 그래서 저희 모두 길을 떠나게 되면, 죽지 않고 살 것입니다. 우리 모두, 아버님과 저희와 저희 자식들도! 만일 제가 아버님의 아들을 데려오지 못한다면 제게 그 죄를 물으십시오. 제가 그를 아버님께 다시 데려오지 못한다면 평생 그 죄를 지겠습니다. 아버님께서는 지금 그를 데리고 계신 것처럼 그를 다시 얻을 수 있으십니다. 아니 이렇게 지체하지 않았다면 아버지는 이미 오래 전에 아이를 다시 얻으셨을 겁니다. 그랬더라면 벌써 두번이라도 담보물과 함께 되돌아왔을 것입니다. 담보물과 증인 그리고 빵과 함께!"

"내일 새벽까지 생각할 시간을 다오!"

야곱의 말이었다.

그리고 아침이 되자 드디어 고집을 꺾고, 며칠 거리인 세겜이 아니라, 열이레나 걸리는 저 아래 땅으로 가는 여행에 벤야민을 데려가라고 허락했다. 그는 눈이 빨갰다. 감정을 억누르고 그런 용단을 내린다는 것이 얼마나 힘든 일이었을지 충분히 짐작하게 하는 표정이었다. 그러나 일부러 그런 척한 것이 아니라, 실제로 그는 피할 수 없는 결정과 싸웠던 까닭에, 고통스러운 표정은 위엄이 넘쳐 대단히 인상적이었다. 이에 감동한 사람들이 이렇게 말하는 것도 무리는 아니었다. "저것 좀 봐, 이스라엘이 간밤에 자신과 싸워서 이겼어!"

야곱은 고개를 비스듬히 어깨 쪽으로 기울인 채 말했다.

"꼭 이렇게 해야 한다면, 내가 이 모든 일을 당하도록 이미 청동으로 쓰여져 있다면, 아이를 데리고 가거라. 허락하마. 갈 때 이 나라에서 나오는 최고의 것이라고 사람들이 노래하는 좋은 물건들을 넣어가서 거기 있는 남자에게 선물하도록 해라. 향유와 구기자나무의 고무와 사람들이 나한테 포도를 졸여서 갖다주는 된 꿀도 좋다. 이건 물에 타

서 그냥 마시거나 후식을 달콤하게 만들 수 있다. 그리고
또 피스타치오 땅콩과 테레빈 나무 열매도 가져가서, 별것
아닌 것처럼 말하고 환심을 사도록 해라! 그리고 돈도 곱절
로 가져가거라. 새 물건 값과 지난번 곡식 값도 줘야 하니
까. 그때 너희는 은화를 도로 받아오지 않았느냐. 자루 위
에 돈이 얹혀 있더라고 했지. 그건 아마 실수였을 것이다.
그리고 벤야민을 데려가거라. 그래, 그래, 하지만 날 제대
로 이해해야 한다. 벤야민을 데려가서 그 남자 앞으로 인도
하거라. 허락하마! 너희 얼굴을 보니 내 결정이 놀라운 모
양이구나. 하지만 이미 결정했다. 그리고 이스라엘은 아이
를 다 빼앗긴 자처럼 되고자 한다. 하지만,"

그는 하늘을 향해 손을 쳐들었다.

"오, 엘 샤다이, 전능하신 주님! 부디 이들에게 은혜를 내
리셔서 그 남자가 이들에게 다른 형제와 벤야민을 돌려주
게 해주십시오. 제가 아이를 이들에게 딸려 보내는 것은 되
돌려 받기로 약속하고 잠시 빌려주는 겁니다. 부디 오해 마
십시오! 주님과 저 사이에 오해가 있어서는 안 됩니다. 주
님께 아이를 제물로 바치는 게 아닙니다. 그러니 다른 아이
처럼 집어삼키지 마십시오. 저는 아이를 돌려 받고 싶습니
다! 주님! 부디 언약을 기억하십시오! 주님께서는 인간과
약조하셨습니다. 인간은 주님 안에서, 그리고 주님은 저희
인간 안에서 보다 세련되고 거룩한 존재가 되자고 하셨습
니다. 그러니 인간보다 처지시면 안 됩니다. 전능하신 분이
시여, 제발 간청하오니 이 소년을 여행 도중에 제게서 빼앗
아 짐승 먹이로 던지지 마십시오. 아무리 그러고 싶더라도

자제하시고, 제가 그저 빌려준 것을 되돌려주십시오. 그러면 주님 앞에 조아려 가장 향기로운 것들을 태워 주님의 코를 황홀하게 해드리겠습니다. 가장 좋은 것들로 골라서 태우겠습니다. 정말입니다!"

야곱은 이렇게 높은 곳에 기도를 올린 후 엘리에젤(실은 다마섹)과 함께 죽음의 아들을 떠나보낼 준비를 시작했다. 하나하나 세세하게 챙겨주는 그의 모습은 마치 어머니 같았다.

출발은 다음 날 새벽으로 예정되어 있었다. 일찍 출발해야 가자에서 다른 여행객들과 합류할 수 있었다. 난생 처음 집에서 벗어나게 된 벤온이가 얼마나 기뻤을지 상상해 보라. 그는 지금까지 자신의 무죄를 상징하는 의미에서 항상 집안에 갇혀 있었다. 이제 비로소 빗장을 열고 세상 구경을 하게 되었으니 벤오니로서는 조바심이 날 만도 했다. 그러나 그는 야곱 앞에서 누구처럼 팔짝팔짝 뛰지도, 발뒤꿈치로 춤을 추지도 않았다. 예전의 요셉처럼 열일곱 살이 아니라 벌써 30대여서도 그랬지만, 자기가 신난다고 걱정이 태산 같은 아버지의 마음을 상하게 할 뜻이 없었던 것이다. 그리고 어차피 어머니를 죽인 자로서, 있는 듯 없는 듯 살아온 그로서는 좋아서 펄펄 뛸 수는 없었다. 그러나 아내들과 자식들 앞에서만큼은 가슴을 제법 펴고 으스댈 수 있었다. 이제 자신은 마음대로 나다니게 되었다. 그뿐인가. 미즈라임으로 가서 그 나라의 주인님을 설득하여 시므온을 풀어올 사람은 자신뿐임을 은근히 과시하기도 했다.

여행 준비는 간단했다. 어차피 사막 여행에 필요한 물건들은 가자에 가야 구입할 수 있었다. 지금은 그저 시므온을 인질로 잡고 있는 그 남자, 이집트 곡물시장 주인님의 환심을 살 수 있는 선물만 챙기면 되었다. 창고에서 물건을 꺼내 준 건 젊은 엘리에젤이었다. 향기로운 건과류와 포도시럽, 수지 향고와 땅콩과 과일 등이었다. 나라의 특산물로 사방에서 칭송이 자자한 이 선물들을 실을 나귀도 따로 준비했다.

날이 밝았다. 아침 햇살 아래 형제는 두번째 여행길에 오를 준비를 끝냈다. 지난번과 같은 숫자였다. 원래의 한 사람은 줄었지만 다른 사람이 그 자리를 메웠던 것이다. 열 명이 짐승 고삐를 잡고 서 있었다. 주변에 사람들이 늘어섰다. 한복판에 야곱이 있었다. 사랑했던 여인이 남긴 마지막 흔적, 막내아들을 얼싸안은 채였다. 사람들은 야곱이 늘 끼고 살던 아들과 작별하는 장면을 구경했다. 이처럼 인상적인 이별의 아픔이 또 있던가. 사람들은 모두 가슴이 뭉클해졌다. 야곱은 오랫동안 막내아들을 안고 있었다. 그리고 자신이 걸고 있던 부적 목걸이를 아들에게 걸어주고 볼을 비비며 하늘을 우러러 뭐라고 중얼거렸다. 그러나 다른 형제는 씁쓸한 마음을 간신히 누르며 머쓱해져서 바닥만 내려다보았다. 이윽고 야곱의 입이 열렸다.

"유다, 넌 아이를 꼭 데려오겠다고 장담하면서 네가 보증하겠다고 했지. 일이 잘못되면 네게 책임을 물으라고 했지. 하지만 네 책임을 면제해 주마. 난 널 의지하지 않을 것이다. 신이 하시는 일에 어떤 인간이 보증을 설 수 있단 말이냐. 그분의 분노 앞에서 네가 뭘 할 수 있겠느냐? 난 오로지 그분만 의지할 것이다. 반석이시며 목자이신 그분이 아이를 내게 다시 돌려주시리라 믿고 너희에게 아이를 딸려 보내려는 것이다. 모두들 듣거라. 그분은 인간의 연약한 마음을 비웃고 모래폭풍을 날리는 사막의 괴물이 아니시다. 그분은 위대한 신이시다. 그분은 깨어 있으며 정결해진 분으로 함께 동맹을 맺은 언약의 신이시며 신뢰할 만한 분이다. 그분을 위해 누군가 보증을 서야한다면, 유다, 그건 네가 하지 않아도 된다. 그분의 신의라면 내가 보증하겠다. 그분은 내가 너희에게 잠시 빌려 준 내 아이에게 아무 탈이 생기지 않도록 지켜주실 것이다. 자, 가거라."

야곱은 벤야민을 떠밀었다.

"자비롭고 신실하신 주님의 이름으로! 하지만 너희도 아이를 잘 보살펴다오!"

간신히 그 말만 하고 야곱은 집 쪽으로 몸을 돌렸다.

은잔

먹여 살리는 자 요셉은 가나안 땅에서 열 명이 국경을 넘었다는 소식을 듣고 관청에서 헐레벌떡 집으로 달려왔다. 이번에 마이−사흐메 집사는 금방 상황을 눈치 챘다.

"아돈, 아마 기한이 다 차서 때가 되었나 봅니다."

"그렇소. 때가 되었소. 기한이 다 찼다오. 그들이 왔소. 오늘부터 계산해서 사흘째 되는 날 이곳에 당도한다오. 아이와 함께! 아이도 왔소! 이 신의 이야기가 한동안 잠잠한 바람에 우리는 기다려야 했소. 하지만 이야기가 아닌 것처럼 보여도, 아무 일도 일어나지 않는 것처럼 보여도, 일은 계속 일어난다오. 그러면서 태양의 그림자가 조금씩 앞으로 움직인다오. 사람은 만사를 느긋하게 시간에 맡겨야 하오. 시간에는 거의 신경을 쓰지 않는 게 좋소. 이건 이 나라로 날 인도해 준 이스마엘 사람들이 가르쳐 준 거라오. 시간은 모든 걸 무르익게 하여 때가 되면 다 가져다준다오."

"그러면 아주 많은 것을 고려하여 정확하게 연극을 연출해야겠군요. 제가 몇 가지 제안을 해도 되겠습니까?"

마이-사흐메가 말했다.

"아, 마이. 미리 생각해 둔 게 없을까봐 그러시오? 내가 마치 하나하나 꼼꼼히 준비하지 않기라도 했듯이 그런 말을 하다니 좀 서운하오. 모든 건 이미 기록되어 있는 것처럼, 그저 글자를 읽고 그대로 따라하듯이 그렇게 이루어질 것이오. 여기서는 놀랄 일도 없소. 오로지 익숙한 것이 현재로 되살아나는 감동이 있을 뿐이오. 나 또한 이번에는 흥분하지 않았소. 오히려 엄숙한 기분으로 임하고 있소. 다만 내가 '접니다'라고 말할 순간을 생각한다면 가슴이 뛴다오. 그건 내 형들 때문이오. 다들 깜짝 놀랄 테니까. 이번에는 내가 아니라 그들에게 안정제를 만들어줘야 할 게요."

"그렇게 하겠습니다, 아돈. 그렇지만 주인님께서 진정 조언을 원치 않으신다 해도 이것만은 말씀 드리고 싶습니다. 동생한테는 특별히 주의하십시오! 그는 주인님과 반쪽만 같은 혈육인 이복 형제가 아니라 친동생입니다. 게다가 제가 아는 주인님께서는 워낙 정이 많은 분이라 동생으로 하여금 눈치를 채게 만들기 십상입니다. 그리고 또 막내란 원래 가장 영리한 법입니다. 그래서 그는 어쩌면 주인님께서 '나다'라고 하시기 전에, '형님이군요'로 앞질러 가서 연극을 망칠 수도 있습니다."

"그래도 할 수 없네, 마이! 이야기가 바뀌어도 상관없소. 그러면 다들 한바탕 웃을 수도 있을 게요. 어린아이들이 실컷 쌓아올렸다가 와르르 무너뜨리면서 깔깔거리고 웃는 것

처럼 말이오. 하지만 그대가 걱정하는 일이 벌어질 것 같지
는 않소. 그런 꼬마가 파라오의 친구이자 호루스의 대변인
인 대상인의 면전에 대고 '하하, 누군가 했더니 요셉 형이
군요!' 라고 할 리가 없소. 그 아이가 그렇게 뻔뻔스럽게 나
올 수는 없을 것이오! 아니오. 내 정체를 밝히는 말은, 분명
히 내 몫이 될 것이오."

"형제를 다시 청사에서 맞을 생각이십니까?"

"아니오. 이번에는 여기서 맞을 것이오. 그들과 함께 점
심을 들 생각이니 열한 명의 손님을 대접할 수 있도록 고기
도 잡고 음식을 준비하시오, 집사. 오늘부터 계산해서 사흘
째 되는 날이오. 모레 초대된 다른 손님들이 누구요?"

"도시에 사는 몇몇 명사들입니다."

마이-사흐메가 장부를 들여다보며 말했다.

"프타흐 신전의 경전 봉독 사제 프타흐호트페와 통치자
의 전사, 곧 신의 이곳 주둔군 대장 엔테프-오커, 그리고 땅
을 측정하고 경계석을 세우는 최고 책임자 파-네세입니다.
그는 바위무덤을 한 개 가지고 있습니다. 그리고 또 식량관
리국에 있는 몇몇 마이스터들이 식사에 초대된 사람들입니
다."

"좋아, 다들 이방인들과 식사를 하면 이상해 하겠지."

"아주 이상해 할까봐 걱정이 됩니다, 아돈. 이런 말씀을
드려서 죄송합니다만, 사실이 그러합니다. 이건 식사 관례
법을 무시하고 금기 사항을 어기는 게 되니까요. 사람들은
이방인과 빵을 나눠 먹는 것을 충격으로 받아들일 수도 있
습니다."

"아, 그만두게, 마이. 그대는 마치 두두처럼 이야기하는 군. 내가 알던 그 난쟁이는 경건한 원칙주의자였소! 나더러 이집트 사람들을 제대로 알라고 가르치고 싶은 거요? 내가 그들을 모른단 말이오? 그대 생각엔 그들이 아직도 이런 일을 끔찍하게 여길 것 같소? 내가 어린아이적부터 나일 강물을 마시고 자라지 않았다는 사실을 다들 아니까, 그렇 다면 나하고 함께 식사하는 것도 끔찍하게 여겨야 할 것이 오. 물론 내게는 파라오의 반지가 있어서 문제가 다르오. 이 반지는 파라오가 '나와 같다'라는 의미에서 내린 하사 품이니까 말이오. 그래서 나와 식사를 함께 하는 자라면 그 들도 아무렇지 않게 같이 식탁에 앉을 수 있을 것이오. 게 다가 파라오의 교훈을 생각한다면 더더욱 그래야 할 것이 오. 궁중의 환심을 사고 싶은 자는 모두 그 교훈에 감탄하 고 있잖소. 그 교훈에 따르면, 인간이라면 너나없이 파라오 의 아버지께서 사랑하시는 자녀라오. 그리고 또 준비를 제 대로 하여 형식이 보존되도록 특별히 배려하면 문제될 것 이 없소. 이집트인들은 그들대로, 남자들은 남자들대로, 또 나는 나대로 특별한 대우를 받으면 될 것이오. 그리고 내 형제들은 나이 순서대로, 거인 르우벤을 제일 먼저 앉히고 벤온이는 맨 마지막에 앉혀서 실수가 없도록 하시오. 다시 한번 형제들의 이름을 차례대로 알려줄 테니, 장부에 잘 기 록하시오!"

"알겠습니다, 아돈. 하지만 주인님께서 이렇게 그들을 나 이 순서대로 정확히 아시는 것을 보고 그들이 깜짝 놀랄 수 도 있는데, 그렇게 되면 너무 위험하지 않습니까?"

"나한테 잔을 하나 주면 되네. 내가 들여다볼 잔으로. 그래, 은잔이 좋겠군."

"아, 그렇게 하시려구요. 잔을 보고 그들의 출생을 점치실 작정이십니까?"

"거기에도 유용하겠군."

"아돈, 그 잔은 제게도 아주 유용할 것 같습니다. 깨끗한 물에 담긴 금 조각과 매끄러운 돌멩이 몇 개의 움직임을 보고 미리 점칠 수 있다면 얼마나 좋겠습니까? 주인님께서 어떤 생각을 하셨는지, 그래서 이 이야기를 어떻게 전개해 가실 것인지, 주인님의 정체를 밝힐 때 어떤 말로 시작하실지 미리 알고 싶어서입니다. 아무것도 모르고 있다가 주인님을 제대로 섬기지 못할까 걱정스럽습니다. 저는 어떻게 하든지 주인님께 도움이 되어야 합니다. 그렇지 않으면 자비로운 주인님께서 기껏 안으로 끌어넣어 주신 이 이야기에서 전 하는 일없이 빈둥거려야 합니다."

"그렇게 될 리는 없소, 집사. 그건 옳지 않은 처사가 될 거요. 우선 잔부터 가져다주오. 재미 삼아 읽어봅시다!"

"아, 잔. 물론입니다. 잔."

마이-사흐메의 눈은 뭔가를 기억하려고 애쓰는 듯했다.

"사람들이 주인님께 벤야민을 데리고 옵니다. 그리고 주인님은 형제들 사이에서 주인님의 동생을 보시게 됩니다. 그러나 주인님께서 그들과 식사를 함께 하시고, 그들의 자루에 두번째로 양식을 채워 주시고 나면, 그들은 막내를 데리고 아버지가 계신 집으로 되돌아갈 것입니다. 그러면 주인님은 뒷모습을 물끄러미 지켜보고만 계실 것입니까?"

"잔을 제대로 읽게나, 마이. 물에서 어떤 움직임이 일어나는지! 그들은 물론 다시 길을 떠나겠지. 그러나 뭔가를 잊어버려서 되돌아와야 할 수도 있지, 안 그렇소?"

대장은 고개를 흔들었다.

"아니면 그들이 뭔가를 가지고 떠났을 수도 있지." 요셉이 말했다.

"우리가 찾고 있는 물건을. 그래서 이 물건 때문에 그들을 뒤쫓아가서 다시 데려올 수도 있을 거요, 어떻소?"

요셉을 쳐다보는 마이-사흐메의 둥근 눈 위로 검은 눈썹이 위로 치켜졌다. 보라, 이제 작은 입가에 천천히 미소가 번졌다. 이처럼 입이 작은 남자가 미소를 지으면 아무리 키가 작고 뚱뚱하다 하더라도, 아니 시커먼 수염까지 달았다 하더라도 여자처럼 보이는 법이다. 그것도 꽤 우아하고 애교스러운 여자 말이다. 아마도 이 남자는 잔을 보고 정말로 뭔가 읽은 것 같았다. 그는 요셉에게 알아차렸다는 듯 고개를 끄덕였고, 요셉도 맞다고 고개를 끄덕이며 칭찬이라도 하듯 손으로 마이의 어깨를 두드려 주었다. 그런데 마이 또한 그래서는 안 되지만, 자신도 손을 들어 주인님의 어깨를 두드려 주었다. 사실 꼭 안 될 이유도 없었다. 요셉이 이전에 감옥에 있을 때 그의 손 아래에 있던 노예의 신분이면서도 집사와 헤어질 때 포옹했던 일을 기억해 보라. 이렇게 두 사람은 서서 고개를 끄덕이며 한동안 상대방의 어깨를 두드려 주었다. 이야기 축제의 전개와 관련하여 두 사람의 의견이 하나로 모아진 셈이었다.

미르테 향기, 혹은 형제들과의 식사

그리고 이 이야기 축제는 때가 되었을 때 이런 식으로 전개되었다. 프타흐의 집 멘페에 도착한 야곱의 아들들은 지난번에 머물렀던 여인숙에 짐을 풀었다. 모두 벤야민을 데리고 무사히 여행을 마칠 수 있어서 기뻤다. 그들은 열이레 동안 벤야민을 지극한 정성으로 보살폈고, 마치 날계란 다루듯 조심했다. 행여 무슨 탈이 생기면 아버지 야곱한테 날벼락을 맞아야 할 터이니 그게 두려워서, 또 한편으로는 알다가도 모를 이집트의 주인님이, 이 곡물시장의 주인이 증인으로 요구한 주요 인물이었기 때문이다. 벤야민이 없이는 이 주인의 얼굴도 못 보거니와 시므온도 되찾을 수 없다. 이것만 해도 어린 동생을 애지중지해야 할 충분한 이유가 되었다. 그래서 무슨 일에서든 그 아이를 제일 먼저 보살펴 주었고, 귀한 물을 다루듯 소중히 대했다.

이렇게 정성스럽게 동생을 보살핀 것은 이집트 남자가

겁나서, 그리고 아버지가 두려워서였다. 그리고 맨 뒤에 세 번째 이유가 있었다. 요셉한테 저지른 잘못을 벤야민한테 보상해 주고 싶었던 것이다. 오랜 세월이 지났건만, 새삼스럽게 요셉 생각이 난 것은 이곳 아래 나라로 여행한 다음부터였다. 그 여행에서 이것저것 겪는 가운데, 시간 속에 파묻혀 있던 옛 기억이 솟아나 마치 어제 일처럼 선명하게 다가왔다. 이스라엘의 가지 하나를, 형제를 팔았던 그들이었다. 언제고 대가를 치를 일이었다. 그렇지만 한동안, 정말이지 오랜 세월 동안 가만히 있다가 이제 그들을 향해 복수의 손이 다가오고 있었다. 한 대 세차게 내려칠 듯한 이 손이 복수할 마음을 잃고 다시 아래로 내려가게 하는데는 라헬의 다른 아들을 정성스럽게 보살펴 주는 것보다 더 좋은 방법이 없다는 게 이들의 생각이었다.

그래서 이 아이에게 술과 장식이 달린 화려한 옷을 입혔다. 이 나라의 주인님 앞에 데려가려고 치장에 신경을 쓴 것이다. 그리고 뻗치지 않도록 수달 모자 같은 머리에 기름을 부어 반짝거리는 투구처럼 보이게 만들고 뾰족한 붓으로 눈도 길게 그려 주었다. 그러나 막상 식량관리청사에 당도해 보니 뜻밖에 먹여 살리는 자의 저택으로 가라는 게 아닌가. 도대체 생각대로 되는 게 없었다. 가슴이 철렁했다. 또 뭔가 꼬인 게 분명했다. 도대체 어떻게 된 일일까? 왜 다른 사람과 격리시켜 자기 집으로 오라고 했을까? 좋은 일일까? 나쁜 일일까? 아마도 지난번에 되돌려 받은 곡물 값과 관련이 있는 듯했다. 말이 되돌려 받은 것이지, 거기엔 석연치 않은 구석이 있었으니 그걸 빌미로 발목을 잡히는 게 아닌가 싶었다. 그렇다면 그것은 열한 명을 모조리 포로로 잡아 노예로 만들려는 함정이었단 말인가? 새로 구입할 양식 값은 물론 그 검은 돈까지 금속으로 가져왔지만 마음이 놓이지 않았다. 오히려 되돌아가고 싶은 강한 유혹을 느꼈다. 차라리 내빼는 게 상책일 듯했다. 무엇보다도 벤야민한테 탈이 생기면 큰일이었다.

그러나 정작 당사자인 벤야민은 그들을 격려하며 자신을 시장 주인 앞에 데려가 달라고 끝까지 고집을 부렸다. 향유도 발랐고 몸치장도 했는데, 그 남자 앞에 떳떳하게 나서지 못할 이유가 어디 있느냐. 형들도 마찬가지다. 지난번에 돈을 도로 가져 온 것은 착오였을 뿐, 잘못한 게 없다. 그러니 죄인처럼 행동할 필요가 없다.

아니, 죄가 있어. 죄가 있지. 형들은 동생의 말에 그렇게들 말했다. 특별히 지은 죄가 없더라도 모두들 막연하게 일반적으로는 죄가 있다고 느끼는 법이다. 그래서 특히 이번 경우처럼 죄를 안 짓고도 마음이 불편한 것이다. 또 막내 네가 그런 말을 쉽게 하는 것은 늘 집에 있어서 죄를 지을 기회가 없어서이다. 그래서 자루에서 느닷없이 검은 돈을 발견할 일도 없었고, 세상을 돌아다니며 이것저것 죄를 지을 일도 없었다.

그러자 벤온이는 단순히 그런 일반적이고 막연한 죄책감이라면 그 남자도 당연히 이해해 줄 것이라며 형들을 달랬다. 그 역시 이 세상의 사람이 아닌가. 돈 문제는 여하튼 괜찮다. 검은 돈이라 해도 되돌려 줄 수 있으니까. 그러나 어떻게든 인질로 잡혀 있는 시므온을 풀어 달라고 해야 한다.

그들도 벤온이 자신만큼이나 잘 알 것이다. 또 식량도 다시 사야 한다. 그런데 발길을 돌려 도망치다니, 생각할 수도 없다. 도둑 정도가 아니라 첩자라는 의심과 게다가 형제를 죽이는 살인자라는 오명까지 쓰게 될 것이다.

벤온이의 말은 옳았다. 형들도 이는 인정했다. 이제 형제가 모두 노예로 전락할 위험을 감수하는 도리밖에 없었다. 일단 부딪쳐 봐야 했다. 이집트 남자의 환심을 사려고 야곱이 챙겨넣어 준 뇌물에 한 가닥 희망을 걸어보며 마음을 강하게 먹었다. 그리고 선량해 보이던 집사부터 만나서 그와 의논할 작정이었다. 문제는 그 자를 쉽게 만날 수 있느냐였다.

다행히 그건 생각보다 쉬웠다. 형제들이 시내의 아름다운 구역으로 들어가 시장 주인이 살고 있는 호화주택의 대문 앞에 이르러 나귀에서 내려 짐승들을 끌고 집안의 연못을 끼고 걸음을 옮겨 놓으며 본채로 향하는데 찾고 말고 할 것도 없이 믿음직한 집사가 이들을 맞아준 것이다.

테라스에서 아래로 내려온 집사는 한술 더 떠서 반가워하면서 약속을 잘 지켰다며 칭찬까지 해주는 게 아닌가. 그리고 조금 지연되긴 했지만 일단 왔으니 되었고 막내나 보여달라고 하더니, 둥근 눈으로 그를 바라보며 '좋소, 좋소' 하는 것이었다. 이어 아랫사람들에게 짐승들은 뜰로 데려가고 명성이 자자한 가나안의 특산품들은 집안으로 나르라고 명령한 다음 형제들을 계단 위로 안내했다. 형제들은 겁이 나서 조마조마한 마음으로 돈 문제부터 꺼냈다.

몇몇은 멀찌감치 집사를 발견하자마자 대뜸 그 말부터

쏟아냈다.

"집사님, 자비로운 집사님."

일이 이만저만해서 이해할 수 없는 일이 생겼다. 자신들은 정직한 남자들이다. 그런데 봐라, 이 묘한 돈을 발견했다. 지난번에 곡식 값으로 준 은반지인데 휴식하려고 짐을 풀다가 사료자루에서 발견했다. 처음에 한 사람이 찾았고, 나중에 보니 모든 형제의 자루 안에 이게 들어 있었다. 여지껏 영문을 몰라 가슴이 답답했었다. 그래서 돈에 손도 안 대고 있다가 이렇게 다시 가져왔다. 그리고 양식을 또 사야하니 그 돈도 가져왔다. 혹시 파라오의 친구, 집사의 주인님인 그분이 이 문제를 자신들의 판결과 결부시키는 것은 아닐지?

형제는 이처럼 뒤죽박죽으로 집사에게 하소연부터 늘어놓았다. 그리고 일이 이렇게 꼬인 것을 빌미로 집사의 주인님이 함정을 만들 리 없다고 집사가 장담해 주지 않으면 안으로 들어가지 않을 것처럼 붙잡고 통사정했다.

그러나 평온 그 자체인 집사는 이렇게 위로해 주었다.

"겁내지 말고 안심하오. 모든 게 정상이오. 아니, 설사 정상이 아니라 하더라도 좋은 의미에서 정상을 약간 벗어난 것이라오. 우린 돈을 되찾았으니 그것으로 충분하오. 그러니 공연히 밧줄처럼 그 일을 꼴 이유도 없소. 또 들어보니 여러분과 선조의 신이 장난하느라 여러분의 자루에 보물을 넣어준 게 틀림없소. 내 머리로는 다른 설명을 할 수가 없소. 아마도 그 신은 그대들을 경건하고 신실한 종으로 여긴다는 의미에서 그런 호의를 베푼 것 같소. 이런 것은 그분의 입장에서 보아야 이해할 수 있는 것이오. 그런데 그대들은 지금 꽤 흥분한 것 같은데, 지나친 흥분은 금물이라오. 이제 여러분들이 발 씻을 물을 가져오게 하겠소. 이는 손님에 대한 예라오. 그대들은 곧 파라오의 친구와 함께 점심 식사를 하게 될 것이기 때문이오. 또 머리도 상쾌해지도록 발들을 씻으라는 것이오. 자, 우선 들어가서 보시오. 홀에서 누가 기다리는지!"

거기 시므온이 자유로운 몸으로 서 있었다. 포승줄도 보이지 않았다. 눈도 퀭하지 않고, 살도 빠지지 않았다. 여전히 용감한 싸움꾼으로 보였다. 그는 형제들에게 둘러싸여 신이 나서 그간의 일을 들려주었다. 자신은 편하게 지냈다. 큰 관청에 있는 인질 숙소에 있었는데, 물론 모셀, 곧 명령을 내리는 분은 그후로 다시는 못 봤다. 형제가 과연 돌아올까 걱정되기도 했지만, 여하튼 잘 먹고 잘 마셔서 건강하게 지냈다.

다른 형제는 레아의 둘째 아들에게 너무 오래 기다리게 해서 미안하다고 했다. 그건, 그도 잘 이해하겠지만, 모두 아버지 야곱의 고집 때문이었다. 시므온이 이해 못할 리 없었다. 그는 그저 형제들과 다시 만난 것을 즐거워했다. 특히 레위와 만난 게 무척 좋은 것 같았다. 싸움꾼이 다른 싸움꾼이 없어서 외로웠던 것이다. 그렇다고 다정하게 껴안고 입을 맞추지는 않았다. 그저 반갑다고 서로 주먹으로 어깨를 툭툭 치는 게 고작이었다.

형제들은 한자리에 앉아 발을 씻은 후, 집사의 안내로 홀 안으로 들어갔다. 사람들이 빵을 놓고 있었다. 화려한 꽃과 과일과 아름다운 식기가 단번에 눈에 들어왔다. 집사는 기다란 탁자 위에 형제가 가져온 선물, 곧 향신료와 꿀과 과일과 땅콩을 보기 좋게 진열하는 일을 도왔다. 그러다 마이-사호메는 서둘러 밖으로 나갔다. 그때 요셉이 점심을 먹으러 집으로 돌아왔던 것이다. 오늘 식사에 초대된 이집트의 대인들과 함께였다. 프타흐의 선지자와 통치자의 전사 그리고 땅을 재는 최고 책임자와 서가의 마이스터들이었다.

"어서 오게, 남자들이여!"

요셉의 인사에 남자들은 넙죽 엎드려 절부터 올렸다. 이마를 땅에 갖다댄 그들 모습은 베어놓은 곡식단처럼 보였다. 요셉은 잠깐 멈춰 섰다. 그리고 손가락 끝을 이마로 갖다대었다.

"친구들, 잘 지냈는가! 어서 일어나거라. 너희의 얼굴을 알아볼 수 있도록. 너희는 나를 다시 알아본 것 같구나. 자, 보아라. 나는 이집트의 시장 주인이다. 나는 나라의 소중함을 지키려고 너희를 엄격하게 다룰 수밖에 없었다. 이제 너희는 이렇게 돌아와 숫자를 온전히 채워서 한 지붕 아래에 온 형제가 다 모였음을 증명해 주었으니 나와 화해를 한 셈이다. 참으로 잘된 일이다. 나는 지금 너희에게 너희 나라의 말로 이야기하고 있다. 그래, 지금은 너희 나라의 말을 할 수 있게 되었다. 지난번에 너희가 왔을 때 내가 히브리 말을 못한다는 것이 화가 났었다. 그래서 그동안 배웠다. 나 같은 남자는 이런 것쯤 배우는 건 누워서 떡 먹기이다. 그런데 어떻게 지냈느냐? 상황은 괜찮으냐? 무엇보다도 연로하신 너희 아버님은 아직 살아 계시냐? 그리고 편안하시냐?"

"주인님의 종인 저희 아버지는 편안하십시다. 그리고 근엄한 모습으로 살고 계십니다. 자비로우신 주인님께서 이렇게 아버님의 안부를 물어 주시니 저희 아버님이 아시면 무척 기뻐하셨을 것입니다."

그리고 형제는 다시 한번 이마가 바닥에 닿도록 넙죽 절을 올렸다.

"절은 그만하면 충분하다. 이제 그만하라! 지금도 너무 많이 했다! 자, 너희가 말했던 막내 동생이나 보자. 어디 보자, 저기 저자가 그 동생이냐?"

가나안 말이 어째 좀 엉성했다. 그 사이 잊어버리기도 했던 것이다. 요셉은 벤야민에게 다가갔다. 멋을 잔뜩 부린 한 집안의 가장은 공손한 표정으로 회색 눈을 들어 올렸다. 눈빛이 부드럽고 맑았으나 어딘지 모르게 우수에 젖은 눈이었다.

"신께서 함께 하시길, 내 아들!"

요셉은 그의 등에 손을 올렸다.

"너는 늘 이렇게 선한 눈을 가졌더냐? 그리고 머리에는 항상 이처럼 반짝이는 투구를 썼더냐? 어린 시절, 세상을, 초록 숲으로 뛰어다니던 어린 꼬마였을 때도?"

요셉은 나머지 말은 목구멍으로 삼켰다.

"곧 돌아오마. 급한 일이 있어서."

요셉은 서둘러 자리를 떴다. 그리고 자기 방에 가서 눈물을 닦은 후 곧 되돌아왔다.

"이런, 내가 깜박했군! 손님들을 소개도 하지 않았으니! 여러분, 이들은 양식을 사러 온 가나안 사람들이오. 모두 명문가의 자손들로 아주 근엄한 남자의 아들들이오."

그리고 이집트인들에게 야곱의 아들들의 이름을 차례대로 들려주었다. 얼마나 자연스럽게 흘러나오는지 마치 잘 아는 시를 읊는 듯했다. 물론 자신의 이름은 뺐다. 그는 이름을 세 개 나열한 다음에는 조금 뜸을 들인 후, 그 다음 이름으로 넘어가곤 했다. 그리고 즈불룬 다음에 잠깐 쉬었다가, "그리고 벤야민"이라고 말했다. 형제가 놀라는 것도 무리는 아니었다. 이 남자가 이렇게 자신들의 이름을 순서 하나 틀리지 않고 줄줄 외울 수 있단 말인가. 다들 어이없어하며 서로 번갈아보았다.

그런 다음 요셉은 그들에게 이집트 명사들의 이름을 말해 주었다. 이집트 대인들은 뻣뻣했다. 그는 그걸 보고도 싱긋 웃기만 했다.

"음식을 나르게 하라!"

그리고 식탁으로 가는 사람처럼 손을 비볐다. 그러나 집사는 거기 진열된 선물들을 가리켰다. 그러자 요셉은 진심으로 고마워했다.

"너희 아버님께서, 연로하신 아버님이 주신 것이냐? 참으로 감동적이구나! 감사하다고 대신 인사해다오!"

형제는 그저 자기들 나라에서 나는 진귀한 것들이지만, 사소한 것이라고 했다.

"아니다, 대단한 것들이다! 그리고 무엇보다도 아주 아름답구나. 나는 아직까지 이렇게 세련된 고무를 본 적이 없다. 그리고 저건 피스타치오 땅콩이 아니냐. 기름진 향내로 멀리서도 알 수 있지. 이런 것은 물론 너희 고향에서나 볼 수 있는 것들이다. 참으로 귀한 것들이라 눈을 뗄 수가 없지만, 지금은 식사부터 해야 한다."

마이-사흐메가 자리를 정해 주는데, 이번에도 형제들은 놀라지 않을 수 없었다. 하나도 안 틀리고 나이 순서대로 앉히다니 희한했다. 물론 어린 순서대로 앉혀서 집주인 바로 옆에 막내가 앉고 그 다음에 즈불룬, 또 잇사갈과 아셀 이런 식으로 이어져 맏이 르우벤이 제일 끝에 앉았다.

자리 배치는 이러했다. 이집트 홀 안에 죽 늘어선 기둥 사이로 마련된 식탁의 구도가 한쪽 끝이 열린 트라이앵글 같았고, 그 꼭지점에 주인의 자리가 있었다. 그리고 오른쪽에는 이 나라 주인님들, 왼쪽으로는 아시아 출신 이방인들의 식탁이 비스듬하게 늘어섰다. 결국 요셉은 양쪽보다 제일 앞에 앉은 셈이었다. 그리고 오른쪽 바로 옆에는 프타흐 신전의 선지자가 앉고 왼쪽에는 벤야민을 앉혔다. 이어 손님을 환대하는 주인답게 흥겨운 목소리로 모두에게 음식과 포도주를 아끼지 말고 마음껏 들라고 했다.

이 식사는 유쾌한 분위기로도 유명하다. 처음 이집트 주인님들은 뻣뻣한 자세를 취했지만 잠시 후에는 마음을 열었다. 그래서 원칙으로 따지자면 히브리인들과 식사를 함께 한다는 것이 혐오스러운 일이라는 사실도 곧 잊어버렸다. 제일 먼저 기분이 좋아진 자는 통치자의 전사 엔테프-오커였다. 시리아산 포도주를 너무 많이 마신 탓이었다. 그리고 목청을 높여 건너편에 앉은 직설적인 가드와 대화를 나누었다. 사막 주민들 중에서 가드가 제일 마음에 들었던 것이다.

전래설화가 이 자리에서 요셉의 부인 아스나트, 곧 태양 사제의 딸을 아예 무시하고 순전히 남자들만 소개했다 해서 이상하게 여길 필요는 없다. 물론 부부가 함께 식사하는 것이 이집트 관습이며, 특히 잔치가 열린 날 부인이 빠지는 법은 없었다. 그러나 요셉의 아내를 언급하지 않은 옛날의 묘사는 옳다. 이 '아가씨'가 결혼 조건에 따라, 하필이면 지금 이 시점에 친정 부모 집으로 휴가를 떠났다는 설명을 붙이려는 게 아니다. 그랬을 수도 있었으리라. 하지만 그것보다는 요셉이 하루하루 생활하는 일정표를 지적하는 것이 옳다. 높이 들어 올려진 자의 일정이 워낙 빡빡하여 낮에 부인들과 자녀를 볼 수 없었던 것이다. 지금 형제와 또 이곳의 명사들과 함께 하는 유쾌한 식사시간은 정식 연회는 아니었다. 그저 사업상 갖는 식사였다. 파라오의 친구는 거의 매일 이런 사무적인 만찬을 가졌다. 그래서 저녁이 되어서야 부인과 함께 규방에서 식사하는 게 대부분이었다. 그는 또 식사 전에 아들들, 곧 귀여운 혼혈아 므나쎄와 에프라임과 잠깐 동안 함께 시간을 보내곤 했다. 그리고 점심식사는 거의 다른 남자들과 하는 것이다. 식량 보급청사의 고위 공직자나 두 나라의 명예 관료, 혹은 외국 사신들이 주된 손님이었다. 신이 주신 결실을 관리하는 친구인 요셉이 지금 마주한 점심 식탁 역시 그런 성격의 식사였다. 밖에서 보면 그랬다. 그 배후에 어떤 가슴 떨리는 동기가 숨어 있는지, 그리고 그것이 이 신의 이야기 축제 안에서 어떤 역할을 하는지, 게다가 손님을 초대한 높은 주인님이 오늘따라 왜 이렇게 유쾌하여 다른 사람들까지 전염되게 만드는지, 처음에는 식탁에 앉은 사람 모두에게 가려져 있었다.

'모두에게'라고 했다. 이런 포괄적인 단어를 써도 괜찮을지? 적어도 마이-사흐메는 예외였다. 작고 뚱뚱한 체구에 눈썹을 치켜뜬 그는 트라이앵글의 열린 쪽에 서서 하얀 지팡이로 술 따르는 자들을 이리저리 바삐 움직이게 했다. 그랬다. 집사는 잘 알고 있었다. 그러나 그는 함께 식사하는 사람이 아니었다. 그런데 아무것도 모르고 식탁에 앉아 있는 자들 중에서 절반쯤이라도 혹시 눈치 챈 자가 있었을까? 반신반의하면서 한편으로는 황홀하고, 한편으로는 가슴이 철렁 내려앉는 자, 설령 뭔가 낌새를 챘다해도 고백할 수 없는 자? 이 조심스러운 질문 앞에서, 우리는 주인의 왼쪽에 앉아 있는 투르투라, 곧 귀여운 꼬마 벤온이에게 눈을 돌리게 된다.

그의 마음이 어땠는지는 뭐라고 묘사할 수가 없다. 지금까지 묘사된 적도 없다. 이 자리에서도 여지껏 단 한번도 시도되지 않은 것을 감히 해보려고 도전할 생각은 없다. 다시 말해서 예감과 여기에 따라오는 달콤한 놀라움을 말로 표현하지는 않겠다는 뜻이다. 이 예감은 곧 예감으로만 머물기를 거부하고, 마치 꿈을 꾸듯 아련한 기억을 따라 뭐랄까 묘한 회상으로 이어져서 급기야는 가슴 떨리는 지각으로 나아갔다. 완전히 다른 것, 서로 멀리 떨어져 있는 두 현상이 보여주는 유사성을 감지한 것이다. 어린 시절에 이미 아득한 곳으로 가라앉은 현상과 지금 이 순간 바로 눈앞에 있는 현상이 서로 닮아 보이는 것이다. 생각해 보라, 이때의 느낌이 어땠을지.

사람들은 등받이가 없는 편안한 의자에 앉아 있었다. 각자의 앞에 놓인 식탁에는 음식과 간식과 보면 즐거운 물건들이 놓여 있다. 과일과 케이크, 야채와 파스타, 오이와 호리병박 열매, 그리고 뿔 그릇에는 꽃과 사탕들이 날아갈 듯 풍성하게 수북이 쌓여 있다. 다른 쪽에는 씻을 수 있는 앙증맞은 그릇과 양쪽 손잡이가 달린 귀여운 물 항아리를 올려놓은 받침대, 뱉은 것들을 버릴 수 있는 청동 대야도 보였다. 잠방이를 두른 시종들이 술 창고지기의 특별한 지시를 따라 손님들의 잔을 채웠다. 다른 시종들은 음식을 진열한 탁자를 지키는 감독으로부터 송아지고기와 양고기, 구운 생선, 날개 달린 짐승고기, 사냥한 들짐승고기를 받아 손님들에게 건네주었다. 그러나 손님들의 신분이 아무리 높아도 주인보다 앞설 수는 없었다. 아돈은 시종들로부터 제일 먼저 음식을 건네받을 뿐 아니라, 제일 좋은 것을 제일 많이 받았다. 물론 그 많은 음식을 혼자 다 먹지는 않았고, 씌어진 대로 다른 사람들에게 '자신의 식탁에 있는 음식을 날라다 주게'(창세기 43장 34절—옮긴이) 했다. 그래서 한번은 이쪽 사람에게 그리고 한번은 다른 쪽 사람에게, 이번에는 이집트인에게 그리고 지금은 또 낯선 이방인에게 구운 오리고기와 마르멜로 젤리와 혹은 황금을 입힌 뼈에 맛있는 고기를 끼워 넣어 기름으로 구운 것을 건네주게 했다. 그런데 왼쪽에 앉아 있는 젊은 아시아인에게 주인은 직접 자기 음식을 나눠 주었다. 그건 의미심장한 특별 대우여서 이집트인들의 주목을 받았다. 그중에는 숫자까지 헤아린 사람들도 있어서, 이들이 나중에 서로 주고받은 말이 또 다른 사람들에게까지 전해져 오늘날 우리 귀에까지 들어오게 되었다. 이 말에 따르면 그 젊은 베두인은 다른 손님보다 주인님의 식탁에서 무려 다섯 배나 더 많이 받았다.

민망해진 벤야민은 이 음식 선물을 거절하려고 했다. 그리고 이집트 사람들과 자기 형제들을 쳐다보며 송구스러운 표정을 지었다. 또 그렇게 많이 먹을 수도 없었다. 식욕이 있었다 하더라도 못 먹었을 것이다. 그는 지금 제정신이 아니었다. 어딘가에 사로잡혀 가슴이 답답했다. 그리고 뭔가 찾고 발견했다가 다시 잃어버렸다. 그러다 이번에는 확실하게 다시 발견하고는 가슴이 마구 뛰기 시작했다. 그는 수염을 기르지 않은 주인의 얼굴을 쳐다보았다. 주인은 양쪽 어깨까지 날개가 달린 두건을 쓰고 있었다. 자신을 보증인으로 요구했다는 풍채 좋은 이집트 대인, 하얀 옷에 반짝거리는 가슴 장신구, 싱긋이 웃으며 말을 할 때마다 이렇게 저렇게 꼼지락거리는 입, 자신과 마주칠 때면 장난치듯 활짝 웃어 보이는 검은 눈은 어느새 거부하듯 진지한 표정으로 바뀌거나 아예 감기도 했다. 특히 벤야민 자신이 기쁨을 가누지 못하고 두 눈이 동그래질 때면 더 그랬다. 또 벤야민은 하늘색 보석 반지를 끼고 있는 손을 바라보았다. 그에게 음식을 건네주거나 아니면 잔을 올릴 때 움직이는 손가락 마디도 유심히 살폈다. 마치 어린 시절의 향기가 되살아나는 듯했다. 약간 씁쓸하면서도 따사로운 향내, 더할 수 없이 가까운 느낌과 함께 어떤 예감으로 온몸이 파르르 떨리게 하고, 어린아이처럼 이해를 못해서 오히려 이해할 수 있게 했던, 무조건적인 신뢰와 감탄의 대상인 동시에 또 늘 걱정스럽기도 했던 누군가를 떠올리게 하는 그 향기는 바로 미르테 향기였다. 이 기억의 향기는 아름다운 수수께끼와의 씨름과 하나로 어우러진 것이었다. 그 씨름은 자신의 눈앞에 있는 사람이 혹시 아주 높은, 마치 신과 같은 거룩한 존재가 아닐까 하여, 이리저리 재보고 또 재보는 동안 한편 두렵고 다른 한편 가슴 뿌듯한 행복을 느끼게 했었다. 투르투라의 짧은 코는 어린 시절의 향료 냄새를 맡고 있는 듯했다. 지금이 그때와 똑같게 느껴졌던 것이다. 다만 거꾸로였을 뿐이다. 사실 거꾸로면 어떤가! 지금은 눈앞에 현존하는 높은 자, 이 낯선 자에게 친근한 존재를 발견한 것이다. 이 순간 잘 아는 그 인물이 이 낯선 자를 통해 얼굴을 들이미는 듯했다.

곡물의 주인님은 식사를 하면서 벤야민과 계속 잡담을 나누었다. 그 횟수는 오른쪽의 이집트 고위 인사보다 다섯 배나 되었다. 이집트의 주인은 집 이야기를 꺼내 아버지와 아내들과 자식들에 관해 물었고, 이에 큰아들은 벨라이며 막내는 무핌이라 대답했다.

그러자 곡물의 주인님은 이렇게 말했다.

"무핌! 집에 가거든 그에게 내 키스를 전하라. 막내에게 막내가 있다니 이 얼마나 기적 같은 일인가! 그러면 바로 그 위의 아이는 누구인가? 로스? 좋군! 그럼 그 아이는 막내와 같은 어머니 소생인가? 그런가? 그렇다면 두 아이들이 함께 세상 구경을 하러 돌아다니는가? 푸른 숲 속으로? 모쪼록 큰아이가 꼬마 동생이 듣기에는 아직 무리인 신의 이야기 같은, 상상력이 지나치게 풍부한 이야기로 괜히 불안하게 만들지는 말아야 할 텐데. 큰아이가 그러지 못하도록 조심시키게나, 아버지 벤야민!"

그리고는 자신의 아들들 이야기를 들려주면서, 태양의 딸이 자신에게 안겨다 준 이들의 이름이 마나세와 에프라임인데 이름이 마음에 드느냐고 묻기도 했다.

"마음에 꼭 듭니다!"

벤야민은 대답하면서 어째서 그런 독특한 이름을 주었느냐고 묻고 싶었으나, 눈만 둥그렇게 뜬 채 질문의 문턱에 그냥 주저앉고 말았다. 그러나 이도 잠시, 그의 옆에 앉은 자, 곧 이집트 나라의 영주는 마나세와 에프라임에 얽힌 여러 가지 자질구레한 이야기를 들려주며, 큰애는 종알거리고 둘째는 엉뚱한 말썽을 피웠다는 등 그런 말을 꺼내서 벤온이로 하여금 어린 시절의 이야기들을 말하게 했다. 사람들은 두 사람이 이야기를 주고받으며 배를 잡고 웃는 모습을 볼 수 있었다.

벤야민은 마음을 단단히 먹고 요셉의 마음을 떠보았다.

"소인에게 질문이 한 가지 있습니다. 주인님께서 혹시 이 수수께끼를 풀어주실 수 있으신지요?"

"그러고 말고."

"주인님의 정확한 지식 앞에서 소인은 가슴이 뛸 정도로 깜짝 놀랐습니다. 주인님께서는 제 형제들과 제 이름을 나이 순서대로 줄줄이 읊으셨습니다. 그리고 한번도 중단하지 않고 또 하나도 틀리지 않고 차례대로 외우셨습니다. 저희 아버지께서는 후세의 어린아이들이 저희의 이름을 이렇게 차례대로 줄줄 외우게 될 것이라 하셨습니다. 저희는 신의 선택을 받은 집안이기 때문입니다. 그런데 주인님께서는 어떻게 그걸 아실 수 있었는지요? 또 주인님의 평온한 집사는 우리를 나이대로, 장자를 장자 자리에 앉히고 제일 어린 자를 그 나이에 맞게 앉혔습니다. 어떻게 이런 일이 가능합니까?"

"아, 그것 때문에 놀랐느냐? 그건 아주 간단하지. 모두 여기 이 잔 덕분이지. 보이느냐? 쐐기 모양의 글씨가 새겨진 이 은잔은 내가 마시는 잔인데 이것을 보고 예언도 하지. 나는 뛰어난 통찰력을 가졌다. 이 통찰력은 아마도 보통은 넘을 것이다. 그리고 또 내가 누구더냐. 나보다 높은 자는 옥좌에 앉으신 파라오뿐이지. 그렇지만 이 잔이 없다면 내 일을 수행하는데 차질이 생길 수도 있어. 이건 바벨의 왕이 파라오의 아버지에게 선물로 준 잔이다. 여기서 파라오의 아버지라 함은 나를 가리키는 것이 아니다. 내가 '파라오의 아버지'라는 명칭을 가지고 있긴 하지만 그러나 파라오는 우리끼리 있으면 나를 '아저씨'라 부르곤 하지. 여기서 말한 파라오의 아버지는 실제 그의 아버지를 가리킨 말이다. 그러니까 신으로서의 아버지가 아니라 세속의 아버지, 파라오의 선임자, 즉 넵-마-레 왕을 뜻하지. 이 왕은 선물받은 이 은잔을 아들인 내 주인님에게 물려줬고 그는 날 기쁘게 해주려고 내게 주셨다. 이것은 꽤 요긴한 물건이다. 안을 들여다보면 내게 과거와 미래를 보여주고 세상의 비밀을 꿰뚫어보게 해주거든. 그러니 예를 들면 너희들이 태어난 순서 같은 것은 아무런 수고도 들이지 않고 금방 읽을 수 있어. 내가 영리한 것도, 그러니까 평균 이상의 머리는 대부분 이 잔에서 나온다. 이 이야기는 물론 아무한 테나 알려주지는 않는다. 너는 내 손님이고 옆자리에 앉았으니 이렇게 알려주는 것이다. 너는 믿지 않겠지만, 이 잔을 잘만 다루면 멀리 있는 곳에서 벌어지는 일들도 그림으로 볼 수 있다. 어디 한번 네 어머니의 무덤을 묘사해 볼까?"

"주인님께서는 그녀가 돌아가셨다는 것도 아십니까?"

"그건 네 형제들이 알려주었다. 그 사랑스러운 여인은 일찍 세상을 떠났다지. 그녀의 볼은 장미잎사귀처럼 향기로웠지. 그래, 숨길 생각은 없다. 내가 이런 사실을 아는 것은 초자연적인 수단이 있기 때문이다. 하지만 이제 바라볼 수 있는 이 잔을 이마에 갖다대면, 자, 봐라, 그리고 네 어머니의 무덤을 봐야겠다 하고 마음을 먹으면 나도 놀랄 정도로 아주 선명하게 볼 수 있다. 그러나 지금 이 모든 것을 선명하게 볼 수 있는 이유는 내가 보고 있는 그림 속에 떠 있는 아침 태양 덕분이다. 저기 산들이 있고 산 하나에 아침 햇살을 받으며 도시가 놓여 있다. 그리 멀지 않구나. 거기까지는 들길 하나만 가로지르면 된다. 저기 자갈 사이로 밭이 있고, 오른쪽에는 포도밭, 그리고 그 앞에 벽이 있구나. 모르타르를 바르지 않은 담이다. 그 담에 뽕나무 한 그루가 서 있구나. 구멍이 뚫린 오래된 고목이 기울어 쓰러지지 말라고 돌로 받쳐두었구나. 나보다 더 분명하게 나무를 본 사람은 지금까지 없었다. 아침 바람이 나뭇잎에 살랑거린다. 그러나 나무 옆에 바로 무덤이 있다. 그리고 기념비로 세워 둔 돌이 있지. 그리고 보아라. 한 사람이 그 안식처에 무릎을 꿇고 물과 달콤한 빵을 제물로 올리고 있다. 그리고 저 나귀도 이 자의 것이리라. 나무 아래에서 기다리는 귀여운 피조물은 하얀 색이다. 그리고 귀가 꼭 말을 하는 것처럼 생겼구나. 싹싹해 보이는 눈 사이로 이마갈기가 자랐구나. 흠, 이 잔이 이처럼 선명한 그림을 보여줄지는 나도 미처 몰랐다. 자, 어떠냐? 네 어머니의 무덤이냐? 아니냐?"

"맞습니다. 그녀의 무덤입니다. 하지만, 주인님. 나귀만 분명하게 보이십니까? 혹시 나귀를 탄 사람은 보이지 않으십니까?"

"그자도 분명하게 볼 수야 있지. 하지만 볼 게 뭐 있나? 거기 무릎을 꿇고 제물을 올리는 건 열일곱 살짜리 젊은이야. 울긋불긋한 사치스러운 옷에는 자수를 놓았군. 이 젊은이는 어리석은 바보야. 자기가 즐거운 산책길에 오른 줄 알지만 실은 망하는 곳으로 가고 있어. 며칠만 더 여행하면 무덤이 그를 기다리고 있어."

"그는 소인의 형 요셉입니다."

벤야민의 회색 눈이 당장 눈물로 넘쳤다.

"오, 용서하라!" 옆자리 사람이 놀라면서 잔을 내려놓았다.

"네가 잃어버린 형인 줄 알았더라면 그를 나무라는 말은 하지 않았을 텐데. 그리고 무덤 이야기는 심각하게 생각할 것 없다. 지나치게 심각하게 받아들이지 말라는 뜻이다.

무덤은 깊고 어두우니 심각한 구멍이긴 하지만 그를 보관할 수 있는 힘은 그리 크지 않다. 그 무덤은 타고날 때부터 비어 있는 무덤이라는 사실을 명심하기 바란다. 지옥은 포획감을 기다리는 동안에는 비어 있지. 그러나 네가 거기 가보면 포획물도 없어지고 그 지옥은 다시 비어 있어. 누가 돌을 치웠으니까. 나는 이 지옥 때문에 울 필요가 없다고 말하는 것은 아니다. 구덩이의 명예를 위해서라면 어쩌면 더 구슬프게 한탄해야겠지. 이는 세상의 이야기 축제에서 자신의 때를 가지고 있는 장치로 심각하고 깊은 슬픔을 만들어내니까. 그렇지만 한걸음 더 나아가 이렇게 말할 수도 있지. 구덩이의 명예를 존중해서라도, 이것이 타고날 때부터 비어 있는 구덩이이며 어떤 것이 들어와도 영원히 붙들 힘이 없다는 사실을 알더라도 모른 척해야 한다고. 아니 오히려 가슴이 찢어지도록 구슬피 울면서 한탄해야 마땅해. 하지만 속으로는 영원히 아래로만 내려가는 몰락은 없다는 사실을 믿어야 해. 그 다음에는 당연히 부활이 있으니까. 그렇지 않고 구덩이까지만 이르고 그 뒤에 뭐가 오는지 아무것도 모른다면 그것이 어떻게 이야기 축제가 될 수 있겠나? 그렇게 되면 이야기 축제가 끊어져 반쪽으로 전락하지 않겠나? 하지만 아니지. 세상은 반쪽이 아니라 온전한 것이야. 따라서 축제는 온전한 것이고 전체의 온전함이야말로 위로가 되지. 그러니 네 형 무덤에 관해 내가 한 말에 대해서는 더 이상 신경 쓰지 말아라. 오히려 안심하거라!"

말을 마친 그는 벤야민의 손목 윗부분을 잡고 부채처럼

흔들었다. 힘없이 늘어진 손이 공중에서 바람을 일으켰다.

동생은 완전히 경악했다. 절정에 오른 그의 감정은 뭐라고 묘사할 수가 없다. 그것만은 확실했다. 그는 숨을 멈췄다. 눈에는 눈물이 가득 고였다. 눈물 사이로 그는 잔뜩 긴장한 채 눈썹을 모으고 곡물의 영주의 얼굴을 바라보았다. 벤야민의 인상은 도무지 묘사할 수가 없었다. 가운데로 모아진 눈썹 사이에 눈물이 맺히고 입은 비명을 지르려는 듯 벌어졌지만 비명소리는 나오지 않았다. 오히려 동생의 머리는 옆으로 기울어지면서 눈썹의 긴장도 풀렸다. 그리고 눈물을 담고 바라보는 시선은 절절한 애원으로 변했다. 이때 맞은편의 검은 눈은 거부하는 듯 뒤로 물러서는 것 같았는데, 굳이 위안을 삼고자 한다면, 눈꺼풀로 눈을 덮는 순간 은밀히 '그래 맞아'라고 긍정해 주는 것처럼 느낄 수도 있었다.

이때 누군가 와서 벤야민의 가슴이 어떤 모습이었을지 묘사해 보라. 이 남자의 가슴은 지금 거의 믿으려 하지 않는가!

"이제 식사를 마쳐야겠다!"

그는 영주가 하는 말을 들었다.

"맛있었느냐? 너희 모두 다 맛있게 먹었으면 좋겠다. 난 지금 다시 청사로 나가서 저녁 때까지 일을 해야 한다. 너희는 아마도 내일 아침 일찍 고향으로 돌아가게 될 것이다. 그전에 너희는 내가 지정한 양만큼 너희 아버지의 집과 너희 형제들을 위한 양식을 받고 그 대가로 돈을 내야 한다. 그 돈으로 나는 파라오의 보석을 살 것이다. 나는 신을 대변하는 상인이니까. 자, 잘 살거라. 너희를 다시 못 본다고 가정하고 미리 인사하마! 한데 너희에게 하고 싶은 말이 있다. 너희는 어째서 마음을 강하게 먹고 너희의 나라를 떠나 이 나라로 오지 않느냐? 이건 호의로 하는 말인데, 이집트로 이주하는 것이 어떠냐? 아버지와 아들들과 여자들과 손자들을 모두 합치면 일흔 명이라고 했더냐? 아니면 모두 몇이냐? 다들 이곳으로 내려와 파라오의 초원에서 먹고 살면 좋을 터인데, 어떠하냐? 이건 내가 너희에게 건네는 제안이다. 그러니 잘 생각해 보거라. 아무리 보아도 이는 나쁘지 않은 제안이다. 너희가 원한다면 적당한 초원을 줄 것이다. 그건 내가 한마디만 하면 된다. 여기서는 내 말 한마디가 모든 것을 결정하니까. 물론 너희에게 가나안이 의미하는 바가 있으리라 생각한다. 그러나 이집트는 큰 세상이며 가나안은 조그만 귀퉁이에 불과하다. 거기서는 살기가 어렵다. 어차피 너희는 유목민족이 아니더냐? 그렇지 않으냐? 너희는 성을 쌓고 그 안에 정착하는 자들이 아니라 이리저리 움직이는 백성이 아니냐. 그러니 이제 땅을 바꿔서 아래로 내려오너라! 여기는 일도 할 수 있고 장사도 가능한 좋은 곳이다. 이게 내 제안이다. 내 제안을 따르고 안 따르고는 너희에게 달렸다. 이제 서둘러야겠다. 먹을 것이 없는 자들이 애타게 날 찾고 있는 곳으로 가야 한다."

이렇게 현실적인 이야기로 그는 동생과 작별했다. 그동안 시종 한 명이 손에 물을 부어 주었다. 이윽고 자리에서 일어난 그는 모두에게 인사를 하고 식사시간을 끝냈다. 이 식사시간을 언급하면서 그의 형제들이 그와 함께 술에 취했다고들 말한다. 그러나 그건 아니다. 형제들은 그저 조금 유쾌해졌을 뿐이다. 거친 쌍둥이 형제도 감히 술에 취하지 못했다. 취한 것은 벤야민이었다. 그러나 그 역시 포도주에 취한 것은 아니었다.

목 안에 맴도는 외침

멘페를 떠나 국경을 향해 길에 오른 형제들은 처음 여행 때와는 비교도 안 될 정도로 기분들이 좋았다. 모든 게 더 이상 좋을 수 없이 순조로웠다. 나라의 주인님은 이번에는 한마디로 매혹적인 면모만 보여주었다. 벤야민도 무사하고 시므온도 풀어내었고, 첩자라는 혐의도 벗어 명예도 되찾았다. 게다가 그 권세가와 귀족들과 점심식사까지 함께 들었으니 이런 영광이 없었다. 이제 마음이 뿌듯하고 가슴이 후련해지면서 당당해졌다. 인간이란 원래 그렇다. 어떤 한 가지 문제에서 순결하며 나무랄 데가 없다는 사실을 확인받고 칭찬까지 듣게 되면, 자신이 저지른 다른 잘못까지 깡그리 잊어버리는 것이다. 형제들에게도 이 점은 용서해 줘야 한다. 첩자라는 의심을 받게 되자 이들은 이 크나큰 재앙 앞에서 어쩔 수 없이 자신들이 저지른 옛날의 잘못을 떠올렸다. 그러나 막상 그 혐의를 벗게 되자 모든 게 옛날 죄와는 무관한 일로 생각된 것도 무리는 아니었다.

하지만 이들은 일이 아직 끝나지 않았다는 사실을 곧 깨닫게 된다. 물건을 잔뜩 사들고 이제 자유롭게 집으로 가는 길만 남았다고 생각들 했지만, 그건 착각이었다. 양식 값도 치렀겠다, 자루에 열두 집을 위한 양식을 가득 채우고 일행은 앞으로 나아가는 줄 알았지만, 실은 자신들을 뒤로 잡아당길 밧줄 하나를 끌고 가는 중이었다. 그러나 처음에는 무죄를 인정받고 영광스러운 대접까지 받아서 우쭐한 기분에 휘파람도 불 수 있었다. 곡식 배급소에서는 편안한 남자 마이-사흐메의 지시로 지난번처럼 또다시 무료로 식사를 제공받았다. 그리고 우정의 표시로 여행 자금까지 받았다. 이런 친절이 없었다. 이젠 자신들이 필요한 모든 것을 가졌으니 이 정도면 아버지 앞에 당당하게 나아갈 수 있을 듯했다. 벤야민과 시므온 그리고 위대한 시장 주인한테서 받은 양식까지 가져가게 된 것이다. 이 시장 주인은 그들 중 열두번째 형제 대신이었다고 할 수도 있었다. 그는 지금 없는 자였다. 그러나 무죄 덕분에 최소한 열한 명은 숫자를 온전히 채워 집으로 돌아가고 있었다.

그래서 형제들의 마음은, 그러니까 레아와 하녀들의 아들들의 마음은 쉽게 묘사할 수 있다. 그러나 라헬 아들의 심리 상태는 여전히 묘사할 수 없다. 수천 년이 지나도록 어느 누구도 감히 엄두를 내지 않았으니 우리도 차라리 손대지 않는 것이 좋으리라. 여하튼 이 막내는 숙소에서 밤새 한잠도 자지 못했다. 설령 어쩌다 간신히 잠이 들었다 해도 온통 뒤죽박죽인 정신나간 꿈만 잔뜩 꾸었다. 또 이 꿈들은 어느 것 하나 이름이 없었다. 아니 이름은 있으되, 그것도 아주 사랑스럽고 아름다운 이름이었으나, 정신나간 이름이었다. 바로 '요셉'이었다. 벤온이는 한 남자를 보았다. 그 남자 안에 요셉이 있었다. 그러니 이를 어떻게 묘사할 수 있겠는가? 인간들은 신들을 만난다. 잘 아는 친지의 모습으로 변장하고 나타난 신들은 사람들이 자신을 그 친지로 여겨주길 원하며 자신의 본색을 드러내려 하지 않는다. 여기서는 반대였다. 친근한 인간을 통해 거룩한 신이 비쳐지는 것이 아니었다. 오히려 높고 거룩한 분이 어린 시절부터 익숙한 다정한 인간을 내비쳐 주었다. 그 다정한 자가 낯선 자, 높은 대인으로 변장했다. 그리고 말은 하려 하지 않았다. 오히려 거부하듯이 눈꺼풀을 닫고 자꾸만 뒤로 물러났다. 그러나 짚고 넘어가야 할 게 있다. 여기서는 변장한 자가 곧 그 모습 안에 자신의 정체를 감춘 자가 아니다. 그러니까 변장하기 전의 사람과 가면을 쓴 자가 각각이어서 모두 둘이라는 뜻이다. 한 사람을 다른 사람 안에서 알아본다는 것은 둘을 하나로 만들어 속시원하게 '바로 그로구나!'라고 외치는 것과는 다르다. 여기서는 아직 '바로 그로구나!'의 '그'가 나올 수 없다. 그 소리를 만들려고 정신이 아무리 파르르 떨어도 아직은 때가 되지 않았다. 그래서 이 외침은 벤야민의 가슴에 갇혀 있었다. 물론 이 가슴은 당장이라도 터질 것 같았다. 실은 이 외침은 아직 존재하지도 않는 외침으로 단순 명료한 진술도 갖지 못한 '외침이 아닌 외침'이었다. 그러니 이 또한 묘사할 수 없는 것이다. 이렇게 외침 아닌 외침에 가슴이 터지려고 할 때는 혼란스럽고 미친 꿈으로 풀 수밖에 다른 방도가 없었다. 그런데 아침이 되어 꿈으로 흩어졌던 이 외침 아닌 외침이 한군데로 모여들어 그나마 반쪽의 실존을 얻게 되자 마침내 다음과 같은 문장을 얻을 수 있었다. 그건 '여기 이것'이었다. 벤야민은 어떻게 '여기 이것'을 그냥 두고 길을 떠날 수 있는지 이해할 수 없었다. '이대로는 떠날 수 없어! 절대로 못 떠나!' 그는 속으로 그렇게 외쳤다. '여기 남아서 잘 지켜봐야 해, 이 남자, 신의 대변자, 파라오의 대인, 곡물시장 주인을 주시해야 해! 크게 외쳐야 해! 아직 밖으로 나오지 않는 이 외침을 가슴에 안고 아버지가 계신 집으로 돌아가서 아무 일 없었던 것처럼 예전처럼 살 수는 없어. 이 외침은 지금이라도 세상 밖으로 나와서 온 세상을 가득 채우려고 해. 그러고도 남을 외침이 가슴에 갇혀 있으니 가슴이 터질 것 같지! 이건 당연해!'

다급해진 그는 거구 르우벤을 찾았다. 그리고 눈을 크게 뜨고 정말 길을 떠날 건지 물었다. 이제 다시 집으로 가야 한다고 생각하는지, 아니면 혹시 덜 끝난 일이 있어서, 아니 더 바르게 표현하자면, 중요한 일이 전혀 끝나지 않아서, 이 중요한 문제 때문에 여기 조금 더 머무르는 게 좋다고 생각하는지?

그러자 르우벤이 되레 물었다.

"아니 왜? 중요한 문제라니, 무슨 말이냐? 모든 게 다 잘되었고, 남자는 우리가 널 데려온 걸 보고 은혜를 베풀어 우리를 보내 주지 않았느냐. 그러니 이제는 서둘러 아버지께 돌아가야 해. 집에서 네 걱정으로 가슴을 졸이며 네가 돌아올 날만 손꼽아 기다리실 테니까. 아버지께 어서 우리가 구한 물건을 가져다드려서 제사에 빵을 올리실 수 있게 해드려야지. 이곳의 남자가 야곱의 등잔불이 곧 꺼질 판이라 어두운 데서 잠을 자야 한다는 소리에 화를 냈다는 이야기도 알고 있겠지?"

"네, 잘 압니다."

그는 키가 큰 형을 다른 때처럼 올려다보았다. 깨끗이 면도한 얼굴은 우락부락한 게 마치 곰 같았다. 그러다 문득 뭔가 보였다. 아니 그렇게 착각한 것일까? 붉은 레아의 눈이 거부하듯이 뒤로 물러나는 듯했다. 그건 어제 다른 남자의 눈에서 본 것과 똑같은 반응이었다.

벤야민은 더 이상 아무 말도 하지 않았다. 어제도 보았고 꿈속에서도 계속 보았기 때문에, 이번에도 본 것으로 착각한 것인지도 몰랐다. 이제 떠나야 한다는 상황은 변할 수 없는 기정사실이 되었다. 이런 경우에는 뭐라 할 말이 없었다. 더 머무르자고 제안할 수 있는 말이 없었다. 그러나 벤야민에게 이는 큰 아픔이었다. 남자가 은혜를 베풀어 그들이 돌아가도록 놓아주었다는 것이 그에게는 고통이었다. 이렇게 가게 내버려두다니, 이럴 수가 있는가. 그냥 이대로 떠날 수는 없었다. 절대로! 물론 남자가 그들을 가게 하면 그들은 갈 수 있었고, 또 가야만 했다. 그래서 이들은 길을 떠났다.

벤야민은 르우벤과 나란히 나귀를 타고 갔다. 이것은 옳은 조처였다. 두 사람은 여러 면에서 한 쌍이었다. 맏이와 막내, 우직한 거인과 꼬마라는 외형적인 이유에서가 아니라 그보다 더 내면적인, 그러니까 더 이상 존재하지 않는 자와 또 그의 부재(不在)와 맺는 관계에서 그랬다. 우리는 르우벤이 아버지의 어린양을 거친 방식이긴 하나 나름대로 좋아했음을 잘 안다. 그리고 요셉의 옷을 찢고 그를 무덤에 묻을 때 다른 형제들과 다른 행동을 보였다는 것도 우리는 잘 안다. 우리는 그 장면을 지켜본 증인이 아닌가. 르우벤은 겉으로는 형제들과 동참하는 것처럼 했다. 그리고 눈짓으로나 눈을 깜박이거나 혹은 윙크로도 아버지에게 보낸 옷조각에 묻은 피가 소년의 피가 아니라 짐승의 피라는 사실을 절대로 누설하지 않겠다는, 형제를 하나로 묶어준 그 무서운 맹세에도 빠지지 않았다. 그러나 동생을 팔아치우는 일에는 관여하지 않았다. 그는 거기 있지도 않았다. 그래서 요셉의 부재에 대한 그의 생각은 다른 형제의 그것보다 훨씬 더 애매했다. 형제들의 생각도 애매하고 안개처럼 뿌옇긴 마찬가지였지만, 뿌옇지 않은 점도 한 가지 있었다. 그들은 소년을 나그네 상인들에게 팔았으므로 최소한 거기까지는 알고 있었다. 그런 면에서 이들은 르우벤보다 더 많이 아는 셈이다. 이 사실을 모른다는 것이 그에게는 이로운 점이었다. 형제들이 요셉을 팔고 있는 동안 르우벤은 텅 빈 구덩이 옆에 가 있었다. 그러니 희생양을 지평선 저 멀리 안개가 뿌연 그 먼 곳으로 팔아치운 자들과는 다른 식으로 희생양의 부재를 생각할 수밖에 없었다.

간단하게 말해서 커다란 르우벤은 의식적으로든 혹은 무의식적으로든 기대의 씨앗을 가슴에 품고 오랜 세월 동안 이 씨앗을 길러왔다. 바로 이것이 아무것도 모르는 순진무

구한 자, 어느 것에도 관여하지 않은 벤야민과 르우벤을 결합시켜준 것이다. 벤야민은 자신이 늘 탄복하던 대상이 더 이상 존재하지 않자, 이를 믿으려 하지 않았다. 아주 오래전, 가슴이 찢겨나간 노인에게 그 어린아이는 이렇게 말하지 않았던가.

"그는 다시 올 거예요! 아니면 우리를 데려갈 거예요!"

그로부터 거의 20년이 지났다. 그러나 이 기대감은 그의 말이 우리 귓전에 남아 있듯이, 그의 가슴을 한순간도 떠난 적이 없었다. 그는 나머지 아홉 명의 형들처럼 형이 팔려간 것도 몰랐고, 매장된 자를 누군가 훔쳐갔는지 텅 비어 있던 지옥 구덩이도 몰랐다. 그가 아는 사실이라고는 아버지와 마찬가지로 오로지 한 가지뿐이었다. 그것은 형이 죽었다는 것이었다. 그리고 여기에는 형이 다시 오거나 또는 데려갈 것이라는 확신이 스며들 틈이 없다. 그러나 확신은 오히려 그런 곳에 가장 잘 스며드는 것 같다.

벤야민은 르우벤과 나란히 나귀를 타고 갔다. 도중에 르우벤은 빵을 먹으면서 그 남자와 무슨 이야기를 했는지 물었다. 큰형인 자기는 너무 멀리 앉아 있어서 못 들어서 그런다고 했다.

"여러 가지 이야기를 했어요."

막내의 대답이었다.

"아이들 이야기도 했지요. 웃기는 이야기였어요."

"그래, 너희가 웃는 건 모두 다 봤다. 너희 두 사람이 배꼽 잡고 웃어서 이집트 사람들이 이상하게 생각하는 것 같았지."

그러자 막내가 한마디 했다.

"그 남자가 매력 있는 사람이라는 건 다들 아는데요, 뭘. 아무하고도 잘 어울릴 줄 알아서 상대방이 자신의 신분도 잊고 웃게 만들죠."

"그는 완전히 딴판으로 변할 수 있어. 그럴 땐 상대방을 아주 불편하게 만들지. 그건 우리가 잘 알아."

"그렇겠죠. 그건 형들이 잘 알겠지요. 그렇지만 그 남자가 우리에게 호의적이라는 사실에 대해서는 제가 잘 알아요. 헤어지기 전에 그는 이런 이야기를 했거든요. 우리 모두 이집트로 이주하는 게 어떠냐고, 그 숫자가 얼마가 되던, 아버지와 함께 이곳 초원으로 옮기라고 권유했어요."

"그런 말을 하더냐? 그래, 그 남자는 우리들에 관해 많은 것을 알고 있어. 그리고 아버지에 대해서도! 특히 아버지에 대해서는 아주 많이 알아. 그 남자가 아버지한테 요구한 건 하나같이 올바른 처사였어. 처음에는 우리의 죄를 씻고 빵을 얻기 위해 하는 수 없이 널 이곳으로 보내도록 아버지를 강요하더니, 이제는 진창의 나라 이집트로 아버지를 초대하고 있어. 그 남자는 정말 우리 아버지 야곱을 잘 이해하고 있어. 그건 부인할 수가 없어."

그러자 벤야민이 물었다.

"그를 조롱하는 건가요? 아니면 아버지를 비웃는 건가요? 이 막내에게는 두 가지 다 옳지 않아 보여요. 르우벤 형, 전 가슴이 아파요. 제 말씀을 들어보세요. 이렇게 떠나다니 너무 속상해요."

"그래, 하지만 이집트 주인님과 매일 점심을 같이 먹으면서 재미있게 놀 수는 없지. 이번은 예외야. 이제 넌 더 이상 어린아이가 아냐. 너도 한 집안의 가장이야. 네 아이들이 빵을 달라고 외치고 있어. 그걸 잊지 마."

오, 벤야민! 네가?

이들은 곧 점심도 먹고 잠시 쉬어갈 곳에 이르렀다. 거기서 여행하기 좋은 서늘한 시간이 될 때까지 기다릴 참이었다. 지난번에는 저녁 시간이었으나 이번에는 정오경에 이 장소에 도착했다. 야자나무와 우물 그리고 움막이 있는 곳이라 하면 어딘지 선명하게 떠오르리라 믿는다. 얼마나 선명하게? 은잔의 신통력 덕분에 그 남자가 벤야민의 어머니의 무덤을 떠올린 그림만큼이나. 형제들은 이 아늑한 장소를 보자 반가웠다. 물론 이 쉼터는 몇몇 형제들에게 그들에게 닥쳤던 수수께끼가 던진 공포를 기억하게 했다. 하지만 이제 그 두려움에서는 벗어났다. 모든 게 해결되어 이젠 걱정할 게 없었다. 다들 이렇게 바위 그늘에서 안도의 한숨을 돌리고 쉬게 되어 기뻤다.

형제들은 아직 자리를 잡기 전이라 여전히 선 채로 사방을 돌아보고 있었다. 짐은 채 풀지도 않았다. 그때 뒤쪽이

시끄러워졌다. 자신들이 왔던 동쪽에 말발굽 소리가 요란해지면서 부르는 소리가 들렸다.

"어이! 야!", "거기 서라!"

아니, 형제들한테 하는 소리인가? 그들은 얼어붙은 듯이 그 자리에 선 채로 어수선한 소리에 귀를 기울였다. 얼마나 놀랐는지 뒤를 돌아볼 엄두가 나지 않았다. 딱 한 명만 뒤돌아보았다. 벤야민이었다. 아니, 벤야민은 왜 저럴까? 그는 작은 손이 달린 양팔을 쳐들고 뭐라고 외쳤다. 딱 한번. 그런 다음 그는 입을 다물었다. 그리고 오랫동안 입을 열지 않았다.

말이 끄는 마차를 타고 여러 대의 마차를 인솔하고 이쪽으로 달려온 것은 마이-사흐메였다. 마차 안에는 무장한 자들이 서 있었다. 마차에서 뛰어내린 이들은 형제의 앞을 막아섰다. 집사가 성큼 다가왔다.

험상궂은 표정이었다. 짙은 눈썹이 가운데 모여 있고 입은 한쪽 구석이 일그러졌다. 그래서 더 험상궂어 보였다.

"드디어 찾았구나. 나는 주인님의 명을 받고 마차를 타고 너희를 뒤쫓아왔다. 이제 너희가 몸을 숨기려 한 곳에서 이렇게 나한테 붙잡혔으니 기분이 어떠냐?"

"모르겠습니다. 저희 기분이 어떤지."

놀라서 넋이 나간 자들의 대답이었다. 다시 심판의 손이 다가오는 게 느껴졌다. 자신들을 붙들어 심판대로 끌고 가려고 온 그 손은 방금 전까지 조화를 이루고 있었던 모든 것을 엉망진창으로 헤집어놓고 있었다.

"모르겠습니다. 저희 기분이 어떤지. 집사님을 이렇게 금방 다시 뵙게 되어 기쁩니다. 하지만 뜻밖입니다."

"너희는 이렇게 되기를 원치 않았을 테지. 이렇게 되면 어쩌나 오히려 두려웠겠지. 너희는 어찌하여 선을 악으로 갚아서 너희를 추적하여 잡게 만들었느냐? 남자들이여, 너희의 처지는 지금 아주 심각하다."

"제발 설명을 해주십시오! 지금 무슨 말씀을 하시는 겁니까?"

"염치도 없구나, 그러고도 질문을 하다니! 내 주인님이 마실 때 사용하며 또 예언도 하시는 잔이 없어졌다. 어제 식탁에 놓았었는데, 그 잔이 사라졌다."

"잔 이야기입니까?"

"그렇다. 파라오의 은잔, 주인님의 잔이다. 어제 점심식사를 하셨을 때 그 잔으로 마셨다. 그런데 없어졌다. 누군가 슬쩍 한 게 틀림없다. 누군가 가져갔다는 뜻이다. 누구냐? 이런 고약한 짓을 한 것은 두말할 필요도 없이 너희들이다!"

형제들은 입을 다물었다. 이윽고 레아의 아들 유다가 나섰다.

"그러니까 집사님 말씀은 저희가 주인님의 식탁에 있는 물건 하나를 슬쩍한 도둑이라는 말씀이십니까?"

"불행히도 너희의 행동을 표현할 다른 이름이 없다. 그 물건은 어제부터 없어졌고, 이는 누군가 슬쩍 훔쳐갔음이 분명하다. 누가 그랬을까? 여기에는 안됐지만 한 가지 대답밖에 없다. 되풀이하지만, 이런 고약한 짓을 한 까닭에 너희는 아주 심각한 처지에 놓였다."

그들은 다시 침묵했다. 그리고 주먹으로 허리를 받치고 크게 숨을 내쉬었다. 다시 유다가 말을 이었다.

"들어보십시오, 주인님! 집사님! 그렇게 무턱대고 말씀하시지 말고 생각을 해보시고 말씀하시는 게 어떻겠습니까? 주인님의 말씀은 있을 수 없는 말이니까요. 이제 저희가 공손하지만 진지하게 묻겠습니다. 도대체 우리를 어떻게 생각하시는 겁니까? 우리가 주인님께 부랑자와 산적으로 보입니까? 도대체 우리한테 어떤 인상을 받았기에 이렇게 우리 뒤를 따라오셔서 저희더러 시장 주인님의 식탁에서 귀한 그릇을, 아까 잔이라 하셨습니까? 여하튼 그런 귀한 물건에 손을 대서 슬쩍 했다고 말씀하실 수 있습니까? 저희는 집사님의 말씀을 있을 수 없는 말이라고 말씀 드리겠습니다. 열한 명을 대표해서 드리는 말씀입니다. 저희 열한 명은 모두 한 남자의 아들로 실은 열둘입니다. 다만 하나는 더 이상 존재하지 않습니다. 주인님께서는 우리에게 고약한 짓을 했다고 하셨습니다. 전 이 자리에서 저희 형제들을 미화시키려고 우리는 험난한 인생을 살면서 단 한번도 고약한 짓을 한 적이 없노라고, 그렇게 뻔뻔스럽게 자랑할 생각도, 그렇게 주장할 의도도 없습니다. 또 우리들에게는 아무 죄도 없다고 말하지도 않겠습니다. 그건 신에 대한 모독이 될 것입니다. 그러나 나름대로 영예로운 죄도 있는 법입니다. 어쩌면 이런 죄는 무죄보다도 더 큰 자부심을 줄 수 있을지도 모릅니다. 그러나 은잔을 슬쩍하는 것은 영예로운 죄가 못 됩니다. 우리는 집사님의 주인님 앞에서 저희가 진실을 말했음을 증명해 보이려고 저희 열한번째 형제

를 데리고 와서 혐의를 씻었습니다. 그리고 집사님 앞에서
도 혐의를 씻으려고 지난번 사료자루에서 발견했던 양식
값을 가나안 땅에서 다시 가져와서 고스란히 돌려드리려
했습니다. 그런데 집사님께서는 받지 않겠다 하셨습니다.
이렇게 저희를 겪어보시고도 집사님은 우리를 쫓아와서 저
희더러 은인지 금을 주인님의 식탁에서 가져갔다고 말씀하
시는 겁니까?"

르우벤도 속이 부글거렸던지 한마디 거들었다.

"집사님, 왜 대답을 안하십니까? 내 형제 유다의 근사한
말에 대답이나 하시지, 왜 입만 실룩이십니까? 자, 다 뒤져
보십시오! 그 별 볼일 없는 은그릇인지, 은잔이 나온 자는
죽은 목숨입니다. 그리고 우리 모두 평생 당신의 노예로 살
겠습니다. 은잔을 찾으시면!"

"르우벤 형, 아무 말이나 막하지 말아요! 결백한데 그런
맹세까지 할 필요없어요!"

그러자 마이-사흐메가 끼어들었다.

"좋아, 너절한 이야기는 더 할 필요도 없다! 우리는 어떻
게 할지 잘 안다. 누구든 은잔을 가진 자는 우리 종이 되어
우리와 함께 가야 한다. 그러나 나머지는 풀어줄 것이다.
자, 어디 자루를 풀어봐라!"

그러자 모두 자루를 열었다. 그저 짐이 있는 곳으로 달려
가면 그만이었다. 그리고 재빠르게 나귀에서 짐을 내려 자
루 주둥이를 활짝 열어 젖혔다.

"라반!"

형제들은 그렇게 외치며 웃었다.

"라반이야. 길레아드 산에서 샅샅이 뒤지던 라반이야! 하하하! 땀만 뻘뻘 흘리고 쓰러질 때까지 찾아 헤맸지! 자, 나부터 찾으시오! 집사! 나부터 찾아보시오!"

"조용히 해! 모든 건 순서가 있는 법이다. 그리고 내 주인님이 너희 이름을 차례로 열거했듯이, 기둥처럼 버티고 서 있는 커다란 맏이부터 시작하지."

그리고 집사는 형제들의 조롱 속에 수색을 시작했다. 형제들을 차례차례 뒤지는 동안 조롱은 점점 더 큰 승전가로 변했다. 이들은 계속 집사를 라반이라고 놀렸다. 그리고 땀을 뻘뻘 흘리며 물건을 찾아 헤매는 속물 인간 라반을 떠올리고 껄껄 웃었다. 그 웃음소리를 들으며 집사는 나이 순서대로 물건을 뒤졌다. 허리를 구부리고 눈으로 훑어도 보고 팔로 휘적거리기도 했다. 그래도 아무것도 발견하지 못하면 머리를 가로젓거나 어깨를 들썩이기도 하면서 다음 사람의 짐을 뒤졌다. 그렇게 아셀과 잇사갈, 그리고 즈불룬에 이르렀다. 거기도 훔친 물건이라고는 없었다. 이제 마지막 한 사람뿐이었다. 벤야민이었다.

그러자 형제들은 더 큰소리로 비웃었다.

"어휴, 벤야민도 뒤질 모양이시네!"

그들이 외쳤다.

"이번엔 행운이 웃어 주려나! 그건 가장 무고한 자의 짐인데! 아무리 뒤져봐도 나올 게 없을 텐데. 그 아이는 이 문제뿐만이 아니라 모든 면에서 도무지 죄라고는 없고 살아오면서 한번도 못된 짓이라고는 한 적이 없는데! 어이, 조심해! 볼 만한데 그래! 마지막으로 막내 짐을 뒤지는 꼴 좀 봐! 실컷 뒤지고도 못 찾으면 뭐라고 할지 궁금하네. 또 우리한테는 뭐라고 할까."

그들은 동시에 입을 다물었다. 집사의 손에서 번쩍거리는 물건을 보았던 것이다. 벤야민의 사료자루 안에서, 그다지 깊지 않은 곳에서 은잔을 꺼낸 집사가 입을 열었다.

"여기 있군. 막내한테서 찾았어. 차라리 거꾸로 찾을 걸 그랬군. 그랬더라면 이 고생과 조롱을 면할 수 있었을 텐데. 젊은 나이에 벌써부터 도둑질이라니! 물건을 되찾아 기쁘지만, 고마워할 줄도 모르고 이렇게 제일 어린 자가 못된 짓을 저지른 것을 보니 기쁜 것도 잠깐이고 화가 난다. 자, 막내 너는 이제 아주 곤란한 처지에 놓였구나!"

그러면 다른 형제들은? 이들은 머리를 잡아뜯기 시작했다. 잔을 뚫어져라 바라보는 눈이 앞으로 당장 튀어나올 듯했다. 불룩하게 내민 입이 쉿 소리를 토했다.

"이게 뭐야!"

이런 말을 만들기에는 입술이 너무 앞으로 튀어나와서 딴 말만 간신히 터져 나왔다.

"벤온이!"

화가 난 형제들은 거의 울먹이고 있었다.

"제발 변명이라도 해봐! 제발 입 좀 열어봐! 어떻게 된 거야? 왜 너한테 잔이 있어?"

그러나 벤야민은 입을 열지 않았다. 그는 턱을 가슴 쪽으로 바짝 잡아 당겨서 아무도 눈을 쳐다볼 수 없었다. 그리고 끝까지 침묵했다.

그러자 형제들은 옷을 찢었다. 몇몇은 입고 있던 옷의 옷단을 실제로 잡고 가슴까지 좍좍 찢어버렸다.

"이제 끝장이야!"

"막내 때문에! 벤야민, 마지막으로 부탁하자, 제발 입 좀 열어봐! 뭐라고 변명 좀 해봐!"

그러나 벤야민은 침묵했다. 머리도 들지 않고 한마디도 하지 않았다. 이것은 말로 묘사할 수 없는 침묵이었다.

"조금 전에 비명을 질렀어!"

빌하의 아들 단이 소리쳤다.

"왜 이상하게 소리를 지르는가 했더니 이제야 알겠군. 재가 지른 소리는 뭐라고 묘사할 수가 없어. 그들이 다가오는 것을 보고는 겁이 나서 비명을 지른 거야! 우리를 왜 따라오는지, 알고 있었어!"

그리고는 벤야민에게 욕설을 퍼붓고 튀튀, 퉤퉤 침까지 뱉으며 도둑의 씨, '여도둑의 아들'이라고 저주했다.

"네 어머니도 아버지의 수호신상을 훔쳤지? 이건 유전이군. 아, 도둑의 피가 네 피 안에 흐르고 있어. 그런데 왜 하필이면 이 자리에서 그 피를 써야 했어? 너 때문에 우리도 끝장나고 온 부족이, 아버지와 우리 모두와 우리 자식들까지 재를 뒤집어쓰게 되었잖아? 응!"

"과장하지 마라."

마이-사흐메의 말이었다.

"그건 아니다. 나머지는 죄를 면했다. 너희 어린 동생이 혼자 한 짓 같고 너희한테 공범죄를 뒤집어씌울 생각은 없으니 너희는 모두 집으로 돌아가도 좋다. 모두 너희 성실한 아버지께로 돌아가거라. 단 은잔을 가져간 이 자는 우리 손에 놓고 가야 한다."

그러나 유다가 대답했다.

"말도 안 됩니다! 그건 말도 안 됩니다, 집사님. 집사님의 주인님을 뵙고 드릴 말씀이 있습니다. 저 유다의 이야기를 그분은 들으셔야 합니다. 전 결심했습니다. 우리 모두 집사님과 함께 돌아가겠습니다. 그분을 뵙겠습니다. 그분은 제 말씀을 들으시고 우리 모두에게 판결을 내려야 합니다. 우리 모두 한 사람처럼 이 사건에 연루되어 있기 때문입니다. 보십시오, 우리 막내는 지금까지 평생 죄 없이 살았습니다. 그는 집에만 있었으니까요. 그러나 우리는 세상을 돌아다녔습니다. 그리고 세상 안에서 죄를 짓기도 했습니다. 우리는 깨끗한 자들 흉내를 낼 생각이 없습니다. 하지만 이 문제에서는 죄가 없습니다. 그렇지만 이 여행 중에 죄를 짓게 된 막내를 버릴 생각도 없습니다. 자, 떠납시다. 저희 모두를 시장 주인님의 의자 앞으로 인도하십시오!"

"그게 너희의 소원이라면 그렇게 하마!"

마이-사흐메의 대답이었다.

그렇게 이들은 창을 든 자들의 호위를 받으며 걱정 근심 없이 왔던 길을 되짚어 도시로 향했다. 그러나 벤야민은 그때까지도 한마디도 하지 않았다.

접니다

　요셉의 집 앞에 당도했을 때는 늦은 오후였다. 집사는 형제들이 처음에 그의 앞에 몸을 숙여 절을 올린 큰 청사가 아니라, 전래설화에 씌어 있는 대로 곧장 집으로 인도했다. 그는 집에 있었다.

　'그는 거기 있었다.' (창세기 44장 14절—옮긴이) 이야기는 그렇게 말한다. 그리고 이는 맞는 말이기도 하다. 파라오의 친구는 어제는 즐거운 아침식사를 마친 후 관청으로 갔으나, 오늘은 아침 일찍부터 집을 떠나고 싶지 않았다. 그는 집사가 임무 수행 중임을 알고 있었다. 가슴이 조마조마했다. 거룩한 놀이의 절정이 다가오고 있었다. 놀이의 현장에서 함께 하든, 아니면 나중에 이야기만 듣게 되는가 하는 문제는 열 명에게 달려 있었다. 그들이 마이-사흐메에게 막내 혼자 딸려 보낼지, 아니면 모두 함께 올지, 참으로 긴장되는 순간이었다. 그가 형들에게 어떤 태도를 보이느냐는 여기에 달려 있었다. 우리는 물론 이런 긴장을 느낄 필요가 없다. 요셉에게는 대단한 긴장을 안겨 준 미래였지만, 우리는 이 이야기의 결말을 너무도 잘 알고 있으니까. 형제들은 죄를 지은 벤야민을 혼자 돌려 보내려 하지 않았다. 우리는 이 사실을 다 알고 있으므로 싱긋이 웃으면서 요셉을 지켜 볼 수 있다. 그는 지금 속을 태우며 집안을 서성거렸다. 서가에서 접견실로, 또 만찬장으로, 거기서 다시 방들을 지나 침실로 들어가서 흥분된 손으로 옷을 매만지기도 했다. 그 모습이 무대에 서기 전 분장을 마친 희극배우가 여기저기 바쁘게 움직이는 것처럼 보였다.

그는 부인도 찾아갔다. 아스나트, 곧 도둑질당한 아가씨를 찾아 규방으로 가서 그녀와 함께 마나세와 에프라임이 노는 것도 구경했다. 그리고 그녀와 잡담도 나누었다. 그녀는 남편의 긴장과 등잔불처럼 활활 달아오른 열기를 대번 눈치 챘다.

"서방님, 사랑하는 주인님이며 절 훔친 도둑이시여. 무슨 일이죠? 왜 이렇게 안절부절못하세요? 어딘가 귀를 기울이고 발까지 구르는군요. 무슨 근심이라도 있으세요? 기분도 전환할 겸 장기나 한 판 둘까요? 아니면 시녀들에게 우아한 춤이라도 추게 할까요?"

"아니오, 아가씨. 고맙지만 지금은 아니오. 장기판의 말이 달리는 길 말고 다른 길들이 머리에 가득 차 있어서 여자들의 춤 구경할 여유가 없다오. 춤은 오히려 내가 춰야 할 게요. 이번 놀이의 관객은 그러나 신과 세상이라오. 나는 접견실 쪽으로 돌아가야 하오. 그곳이 무대니까. 하지만 그대의 시녀들에게는 춤 말고 더 좋은 일거리를 주겠소. 내가 온 것도 그래서였소. 그녀들을 시켜서 그대를 원래보다 더 아름답게 꾸미고 멋지게 치장하라 이르시오. 그리고 마나세와 에프라임의 시녀들에게도 아이들의 손을 씻기고 곱게 수놓은 옷을 입히라고 하시오. 곧 특별한 손님이 올 것이오. 그들이 오면 그대와 아이들을 내 가족이라고 소개할 참이오. 물론 그전에 그대와 아이들이 누구의 가족인지 그 말부터 해야 하오. 방패를 든 처녀, 지금 그대의 눈이 동그래지는구려! 하지만 지금은 그저 내가 시키는 대로 그대를 어여쁘게 꾸미시오. 내가 그대와 아이들을 곧 부를 것이오!"

그리고 어느새 밖으로 달려나가 주인님이 거하는 본채로 되돌아왔다. 그러나 오로지 기다림에 자신을 맡길 수는 없었다. 그러고 싶었지만 서가에서 먹여 살리는 청사의 대인들을 만나야 했다. 서류를 읽어 주는 자와 실제 서기가 있는 그곳에서 그는 공무를 의논하러 온 대인들에게 승인해 줄 것은 해주고 계산도 확인하는 등 업무를 봐야 했다. 한편으로는 자신을 방해하는 이들이 저주스러웠으나 다른 한편으로는 반갑기도 했다. 요셉에게는 어차피 단역들이 필요했던 것이다.

태양은 이미 기우는 중이었다. 요셉이 종이 너머로 귀를 기울이고 있는데, 집 앞에서 어수선한 소리가 들렸다. 이제 때가 온 것이었다. 형제들이 당도한 게 분명했다. 마이-사흐메가 들어왔다. 한쪽 입 가장자리가 어느 때보다 더 굳어 있었다. 집사가 손에 들고 있던 잔을 건네주었다.

"막내한테서 찾았습니다! 오랫동안 찾다가 마지막에 발견했습니다. 그들은 홀에서 주인님의 판결을 기다리고 있습니다."

"모두 다?"

요셉이 물었다.

"모두 다입니다."

뚱뚱한 자의 대답이었다.

"보다시피 나는 지금 중요한 이야기를 나누는 중이네. 이들은 괜히 놀러 온 게 아니고 곡식 문제를 의논하러 왔네. 그대는 내 집에서 집사로 일한 지 오래되었으니, 이런 절박한 대사를 의논하다 말고 사적인 사소한 일에 시간을 낼 수 있는지 스스로 판단할 수 있을 텐데. 자, 이제 그만 나가서 그자들과 함께 기다리게."

그리고 다시 종이 위로 머리를 숙였다. 그러나 관료가 펼쳐 준 종이 위에 써 있는 것은 전혀 읽지 않고 잠시 후에 말했다.

"사실은 너절한 일부터 처리해도 그만이오. 은혜를 입고도 마땅히 고마워하기는커녕 오히려 고약한 범죄로 깊은 일부터 심판해도 될 것 같소. 자, 그대들도 나를 따라오시오. 죄인들이 판결을 기다리고 있는 홀로 갑시다."

요셉이 방에서 나와서 계단을 세 개 올라가 양탄자가 깔려 있는 곳을 지나서, 자신의 의자가 있는 높은 단으로 올라가자 이들은 그를 둘러쌌다. 요셉은 의자에 앉았다. 잔은 여전히 손에 들고 있었다. 앉자마자 곧 머리 위로 부채가 내려왔다. 그의 시종들은, 주변을 사람들의 보호벽으로

쌓고 위쪽은 부채로 가리지 않은 채 그를 의자에 앉게 하
는 법이 없었던 것이다. 왼쪽에 기둥이 보였다. 스핑크스
도 드러누워 있다. 붉은 돌로 만들어진 사자들로 머리는
파라오의 머리다. 그 사이로 높은 창문에서 비스듬히 빛이
쏟아져 들어왔다. 작은 먼지 알갱이가 춤을 추고 있다. 높
은 의자로부터 몇 걸음 떨어진 곳에 넙죽 엎드려 절하는
죄인들의 옆구리 쪽으로 햇살이 꽂혔다. 호기심이 발동한
집안의 하급 관리들과 주방장과 창고 노예들, 그리고 바닥
에 물을 뿌리는 자들과 꽃 탁자를 담당한 자들이 문 아래
로 모여들었다.

"형제들이여, 일어나라!"

요셉이 말했다.

"너희들을 이렇게 금방 다시 보게 될 줄은 몰랐다. 그것
도 하필이면 이런 일로 볼 줄은 더더욱 몰랐다! 그대들이
나한테 이런 짓을 할 수 있으리라고는 생각하지 못했다. 너
희들을 나는 점잖은 주인들로 대접해 주었다. 내가 물을 마
시고 예언할 때 쓰는 잔을 다시 얻게 되어 무척 기쁘지만,
너희들의 무례한 행동은 내 영혼에 상처를 입혀 우울하게
만들었다. 도무지 이해가 안 된다. 어떻게 선을 이렇게 악
으로 갚을 수 있단 말이냐? 다른 사람도 아닌 나를 욕보여,
내가 의지하는 잔을 훔쳐가다니, 어떻게 이런 일이 있을 수
있느냐? 너희는 생긴 것이 추한 만큼 행동 또한 지각이라
고는 없구나. 너희는 나 같은 남자가 이런 소중한 물건이
없어진 줄 금방 눈치 채지 못할 줄 알았더냐? 그리고 내가
그 잔이 어디 있는지 점칠 줄은 꿈에도 모르고 이 잔을 훔

쳤더냐? 자, 이제 뭐라고들 하겠느냐? 너희들의 죄를 시인하리라 생각되는데?"

대답은 유다가 하게 된다. 여기서 오늘 모두를 대변해서 말할 사람은 바로 그였다. 그는 살면서 제일 많이 견뎌내었던 사람으로 죄에 대해서라면 가장 많이 이해했으므로, 말하는 것도 그의 몫이었다. 왜? 죄는 이성을 만드니까. 그리고 그 반대도 성립된다. 정신이 없으면 죄도 없으니까. 돌아오는 동안 형제들로부터 자신들을 대표하여 말하라는 부탁을 받은 유다는 미리 할 말을 준비해 두었다. 이제 말을 시작하는 그의 옷은 이미 찢긴 상태였다.

"우리가 주인님께 무슨 말을 할 수 있겠습니까? 그리고 변명하려고 해야 무슨 소용이 있겠습니까? 저는 주인님 앞에 죄인입니다. 주인님의 잔이 우리 중에서 발견되었습니다. 우리 중의 한 사람에게서 그것이 발견되었으니 곧 저희한테서 발견한 셈입니다. 그것이 어떻게 해서 우리 막내의 짐 속에 들어왔는지, 그건 저희도 모릅니다. 죄 없는 저희 막내는 항상 집에만 있던 아이입니다. 주인님의 의자 앞에 서 있는 저희들은 정말 모르겠습니다. 저희는 정신이 나갈 지경입니다. 이 일에 대해서는 전혀 추측도 할 수 없습니다. 주인님은 막강한 분으로 선하시고 또 악하십니다. 사람을 들어 올리기도 하고 내리치기도 하십니다. 저희는 주인님의 것입니다. 주인님 앞에서는 어떤 변명도 통하지 않습니다. 그리고 복수하시는 분께서 예전의 죄를 물으시며 그 대가를 요구하시는데 그 죄인이 지금은 죄를 짓지 않았다고 고집을 부린다면 어리석은 일입니다. 연로하신 아버지의 하소연은 공연한 것이 아니었습니다. 그분은 우리가 그분의 아이를 모두 빼앗으려 한다고 나무라셨습니다. 보십시오. 아버님의 말씀이 옳았습니다. 우리와 주인님의 잔이 발견된 저희 형제 모두는 주인님의 손에 떨어져 종이 되겠습니다."

유명한 유다의 이야기는, 그 본론은 아직 시작되지 않았다. 하지만 지금까지 한 말에도 이미 몇 가지 암시가 드러나 있다. 그래도 요셉은 일부러 못 들은 척했다. 그건 현명한 처사였다. 그는 다만 모두 다 노예로 바친다는 제안은 거절했다.

"아니다. 그럴 생각은 전혀 없다. 그것처럼 비인간적인 행위는 없다. 나더러 인간이기를 포기하라는 뜻이냐. 너희의 연로한 아버지는 너희가 이집트에서 구입한 양식을 기다리고 있을 것이다. 나는 파라오의 위대한 상인이다. 내가 너희의 죄를 빙자하여 상인들에게서 돈과 물건을 몽땅 빼앗았다는 말이 나와서는 안 된다. 너희가 함께 죄를 지었는지, 아니면 한 사람만 그렇게 했는지, 그것까지 조사할 생각은 없다. 너희와 함께 식사했을 때 나는 너희 막내와 재미있는 이야기를 나누며 내 귀한 잔에 놀라운 신통력이 있음을 보여주려고 내 잔으로 그의 어머니 무덤 장면을 그대로 일러주었다. 아마도 그 이야기를 너희한테 해서 너희가 그 보물을 훔치려는 배은망덕한 음모를 꾸몄을 수도 있다. 물론 그 잔이 은으로 만들어져서가 아니라, 잔의 마법이 탐나서겠지. 어쩌면 그 마법을 사용하여 더 이상 존재하지 않는다는 너희 형제가 어디 있는지 알아내려고 그랬는지 내가 어떻게 알겠느냐? 그런 호기심이라면 나도 이해가 된다. 하지만 또 다른 한편으로 생각하면, 저 어린 너희의 막내 동생이 혼자서 저지른 일로, 너희한테는 아무 말도 하지 않고 잔을 가져갔을 수도 있다. 하지만 정확하게 알고 싶지도 않고, 따지고 싶지도 않다. 그저 막내한테서 훔쳐간 물건을 되찾아서 잔이 내 손에 돌아온 것으로 만족할 생각이다. 그러니 너희는 너희 아버지가 계신 집으로 편안하게 돌아가거라. 그래야 노인이 아이도 다 잃지 않고, 양식도 얻을 것 아니냐."

높이 들어 올려진 자의 말이 끝났다. 한동안 침묵이 흘렀다. 그러자 다시 유다가 나섰다. 고통받는 자였다. 형제들이 시킨 것이었다. 요셉의 의자 앞으로 다가간 유다는 숨을 한번 크게 들이마신 후 입을 열었다.

"주인님, 소인 드릴 말씀이 있습니다. 부디 제 말에 귀를 기울여 주십시오. 지금부터 주인님께 차근차근 말씀 드리겠습니다. 어떻게 해서 일이 이 지경에 이르렀는지, 그리고 주인님께서는 또 어떻게 하셨는지, 그래서 그 결과 저와 우리 모든 형제들이 어떤 상황에 이르게 되었는지 모두 다 말씀 드리겠습니다. 제 이야기를 들으시면 주인님께서는 저희 막내를 저희로부터 떼어놓으실 수 없으며, 또 그래서도 안 된다는 사실을 분명히 아시게 될 겁니다. 그런 다음 우리 나머지 형제들은, 그리고 특히 형제들 중에 넷째인 저 유다는 우리 막내 없이는 저희 아버지께 돌아갈 수 없다는 사실을 말씀 드릴 것입니다. 그리고 세번째는 주인님께 올릴 제안을 말씀 드리겠습니다. 처벌을 하시되 가능한 것을 고르시고 불가능한 것은 택하지 말아주십사 청을 올리겠다는 뜻입니다. 저는 이 순서대로 이야기를 할 것입니다. 부디 주인님의 분노가 주인님의 종의 머리에, 그리고 그가 하는 이야기에 떨어지지 않기를 바랄 뿐입니다. 제가 하려는 이야기는 정신이 제게 영감을 불러일으켜서 하는 이야기이며 죄가 시켜서 하는 이야기입니다. 주인님은 파라오와 같으십니다. 이제 이 이야기가 처음에 어떻게 시작되었는지, 그리고 주인님께서 그 다음에 어떻게 하셨는지 말씀 드리겠습니다. 우리가 아버지의 영을 받고 이곳의 곡식창고에서 양식을 구하려고 여기 내려왔을 때, 저희는 식량을 사러 온 다른 수천 명의 사람들과는 달리 별도로 격리되어 특별히 주인님의 도시로 인도되어, 주인님 앞에 나서야 했습니다. 그것은 참으로 묘한 일이었습니다. 우선 주인님도 묘하셨습니다. 한편으로는 가혹하면서 다른 한편으로는 은혜를 베푸시어 이중적인 면모를 보여주셨습니다. 그래서 우리에게 친절하게도 '너희 아버지는 집에 있느냐? 혹시 집에 아버지가 계시냐? 아니면 형제가 또 있느냐?'라고 묘한 질문도 하셨습니다. 이에 저희는 이렇게 대답했습니다. '그렇습니다. 연로한 아버지가 계시고 막내 동생도 있습니다. 그리고 아버지는 막내를 지팡이로 지키고 항상 손까지 잡고 계십니다. 그의 형이 없어져서 죽은 것으로 여겨지므로 이 아이는 이들을 낳은 어머니가 아버지께 남긴 마지막 소생인 까닭입니다.' 그러자 주인님께서는 '그를 내가 있는 이곳으로 데려오너라! 털끝 하나도 건드려서는 안 될 것이다'라고 하셨고, 저희는 '그럴 수 없습니다. 위에서 말씀 드린

대로 막내를 아버지로부터 떼어낸다는 것은 죽이는 일과 같습니다' 라고 대답했습니다. 그러자 주인님께서는 주인님의 종인 저희들에게 가차없이 명령을 내리셨습니다. '파라오가 살아 계신 것이 진실이듯이, 내 진실로 맹세하니, 사랑스러운 어머니의 마지막 핏줄이라는 너희의 막내를 데려오지 않으면 다시는 내 얼굴을 보지 못하리라!'"

유다는 다시 말을 이었다.

"이제, 주인님께 여쭤보고 싶습니다. 제 말이 틀렸습니까? 이렇게 시작되지 않았습니까? 주인님께서는 소년의 이야기를 물어보시고 우리들이 안 된다고 말씀 드렸지만, 끝까지 그를 데려오라고 하셨습니다. 주인님께서는 우리가 그를 데려와야만 첩자의 누명을 벗을 수 있도록 만드셨습니다. 그래야 우리가 한 말이 진실임을 믿으실 수 있다고 하셨습니다. 하지만 이게 무슨 누명을 씻는 일이며, 또 혐의는 무슨 혐의입니까? 누구도 우리를 첩자로 여길 수는 없습니다. 한 아버지 야곱 밑에서 태어난 우리 형제를 그런 사람으로 보는 사람은 없습니다. 그런데도 우리를 첩자라고 믿는다면, 그 혐의는 우리가 막내를 데려온다고 해서 씻어지는 것이 아닙니다. 이런 묘한 일이 가능한 이유는 주인님께서 무슨 일이 있어도 저희 막내를 눈으로 보시려 했기 때문입니다. 왜일까요? 거기에 대해서는 저도 입을 다물 수밖에 없습니다. 그 이유는 주님만이 아십니다."

말을 잇는 유다의 사자머리가 흔들렸다. 유다는 손까지 앞으로 뻗었다.

"보십시오. 주인님의 종은 선조의 신을 믿습니다. 그리고 그분만이 모든 것을 아신다는 사실을 굳게 믿습니다. 그러나 주인님의 종이 믿지 못하는 게 있습니다. 그건 이 신께서 자신을 섬기는 종들의 짐 보따리에 보물을 슬쩍 끼워 넣어 물건을 살 때 지불한 돈을 물건과 함께 발견하게 한 것입니다. 이런 일은 지금까지 없었습니다. 이런 전통은 전혀 없었습니다. 아브라함도, 이사악도, 또 저희 아버지 야곱도 자루에서 주님이 그들의 짐에 찔러 넣은 신의 은화를 발견한 적은 없었습니다. 이렇게 없는 것은 없는 것입니다. 이 모든 것은 독특한 일로서 똑같은 비밀에서 나온 것입니다. 그런데 주인님께서는 저희 아버지로 하여금 굶주림 때문에 어쩔 수 없이 막내 아이를 여행에 보내도록 강요하셨습니다. 주인님의 이 묘한 요구가 없었더라면 아버지는 저 아이를 절대로 품에서 떼어놓지 않았을 것이며, 아이 역시 이 나라에 발을 들여놓을 수 없었을 것입니다. 그리고 주인님께서는 저 아이를 데려오라고 하시면서 '이 아래에서 그의 털끝 하나 다쳐서는 안 된다'라고 말씀하셨습니다. 그런데 주인님의 잔이 그의 짐에서 나왔다고 해서, 이제 와서 그 아이를 노예로 데리고 계실 수 있습니까? 그러실 수는 없습니다! 그리고 우리는 우리대로, 주인님의 종인 저 유다, 이 이야기를 하는 소인도 저희 막내 없이는 우리 아버지의 얼굴 앞에 나설 수 없습니다. 영원히, 절대로 못 나섭니다. 우리가 저 아이 없이 주인님 앞에 다시 올 수 없었던 것처럼, 아버지 앞에도 저 아이 없이는 돌아갈 수가 없습니다. 이는 이 독특한 이유 때문이 아니라, 강력한 이유들 때문입니다. 주인님의 종, 저희 아버지께서는 우리를 경계하시고 이렇게 말씀하셨지요. '여행을 떠나서 곡식을 좀 사오너라!' 그래서 우리는 '그럴 수가 없습니다. 아버지께서 막내를 저희에게 딸려보내지 않으시면 그럴 수가 없습니다. 저 아래에 있는 남자, 나라의 주인님이 막내를 데려오지 않으면 그의 얼굴을 볼 수 없다고 엄명을 내렸기 때문입니다.' 그러자 노인은 애가를 부르셨습니다. 그건 잘 알려진 애가로 가슴을 도려내는 것처럼 아프고 골짜기에서 구슬피 우는 피리소리처럼 애달픈 노래였습니다.

'라헬, 사랑스럽고 용감했던 여인이여, 검은 달 라반 밑에서 7년 간 젊음을 바쳐 종살이를 한 후에야 얻을 수 있었던 사랑하는 여인이여, 내 마음 중의 마음이여. 그녀는 들판 길 하나만 가로지르면 묵어갈 수 있는 여인숙에 닿을 텐데 바로 그 길목에서 죽었지. 그녀는 내 아내로서 두 명의 아들을 선사했다. 한 명은 살아서, 한 명은 죽으면서 선사했지. 두무지-압수, 어린양 요셉, 보석으로 치장한 그 아이는 내 마음을 사로잡아서 난 그에게 모든 것을 주었다. 그리고 벤온이, 이 죽음의 아들은 손에 꼭 잡고 있다. 그만이 내게 남아 있기 때문이다. 요셉은 내가 그에게 지나친 요구를 한 바람에 내게서 떨어져 나가 온 세상을 비명으로 가득 채웠다. 아이는 찢어졌다. 아름다운 아들이 찢겨졌다! 그때 나는 뒤로 쓰러져 굳어버렸다. 그러나 이 아이는 손으로 꼭 잡고 있다. 남아 있는 유일한 아이이기 때문이다. 하나밖에 없던 아이는 이미 찢겨졌으니까. 그런데 이제 너희는 내게 남아 있는 이 하나까지도 내게서 빼앗아가려 하느냐. 돼지가 아이를 밟아, 세상이 감당하기 어려운 무거운 상심을 이기지 못해 늙은 내가 끝내 구덩이에 빠져야겠느냐. 사랑한 아들이 찢겨서 세상은 이미 비명으로 가득 차 있다. 그런데 이 아이까지 그런 일을 당해야 한다면 세상은 박살이 나서 아무것도 남지 않을 것이다.'

이것이 피리소리처럼 애절한 아버지의 노래였습니다. 주인님께서도 들으셨으니, 이제 이성적으로 판단해 보십시오. 이래도 저희 형제가 막내 없이 아버지 앞에 나서서 '아이를 잃어버렸습니다. 아이가 우리 손에서 없어졌습니다'라고 말할 수 있겠습니까? 이제 주인님께서 판단해 주십시오. 저희가 과연 이 아이를 애지중지하시는 아버지 앞에 나설 수 있겠습니까? 그리고 이미 한탄으로 가득하여 더 이상의 한탄은 지탱할 수 없는 세상 앞에 저희가 나설 수 있겠습니까? 특히 우리들 중에서도 네번째 아들인 저 유다는 더더욱 저희 아버님 앞에 설 수 없습니다. 이게 전부가 아닙니다. 주인님께서 다 아시려면 아직 멀었습니다. 이 시련 앞에서 주인님의 종은 다른 이야기로 넘어가야 할 것 같습니다. 네, 그렇습니다. 소인은 어떤 은밀한 비밀을 느끼고 있습니다. 지금 저희가 겪고 있는 이 모든 독특한 일을 만들어낸 이 비밀을 알기 위해서는 또 다른 비밀을 드러내야만 할 것 같습니다."

그러자 형제들의 동요와 함께 뭐라고 중얼거리는 사람도 있었다. 그러나 사자 유다는 목소리를 높이고 말을 이었다.

"저는 아버지 앞에서 어린아이를 지키겠다고 보증을 섰습니다. 지금 소인이 여기 주인님 앞에서 말씀을 올리려고 주인님의 의자 곁으로 가까이 다가온 것처럼, 소인은 아버지 앞에 나아가 이렇게 맹세했습니다. '제게 막내를 주십시오. 제가 그 아이를 지키겠습니다. 그리고 제가 그 아이를 아버지께 다시 데려오지 않으면 전 이 죄를 영원히 짊어지겠습니다.' 그러니 주인님, 참으로 독특한 분이시여, 이제 판단해 주십시오. 이런데도 제가 막내 없이 아버지 앞에 되돌아갈 수 있겠습니까? 그리고 저와 세상이 감당하기 어려운 아버지의 고통을 지켜볼 수 있겠습니까! 제 제안을 받아주십시오! 막내 대신에 저를 주인님의 종으로 삼으십시오. 이것이 가능한 보상입니다. 주인님께서 요구하시는 것은 불가능한 보상입니다. 이렇게 모두를 대신해서, 제가 속죄하겠습니다! 이제 참으로 독특하신 주인님 앞에서 제 형제들과 맺은 맹세를 두 손으로 들어 올려, 저희 형제를 하나로 묶어 주었던 이 끔찍한 맹세를 무릎에 대고 두 조각으로 부러뜨리겠습니다. 우리들의 열한번째 형제는, 아버지의 어린양이자 정부인의 첫째 아들인 그는 짐승한테 찢긴 게 아닙니다. 그는 우리가, 그의 형제들이 세상에 팔아 치웠습니다."

정말이다. 유다는 자신의 유명한 연설을 이렇게 매듭지었다. 그의 몸이 흔들렸다. 형제들은 얼굴이 하얗게 질렸다. 한편 속이 후련했다. 그렇게 밖으로 나왔으니 10년 묵은 체증이 내려간 듯한 것이다. 그러나 두 사람의 목소리가 허공을 갈랐다. 맏이와 막내의 비명이었다.

"이게 무슨 소리야!"

그리고 벤야민은 집사의 추적을 알았을 때 그랬던 것처럼 양팔을 올리고 뭐라고 묘사할 수 없는 소리를 내질렀다. 그러면 요셉은? 그는 의자에서 일어났다. 반짝이는 눈물방울이 볼 위로 흘러내렸다. 홀 끝의 창문에서 들어온 햇살은 그동안 형제의 옆구리 쪽으로 떨어졌는데, 서서히 자리를 옮겨 지금은 건너편에 있는 요셉을 비추고 있었고, 그 빛을 받은 눈물이 보석처럼 반짝였다.

"이집트인은 모두 물러가거라. 다들 밖으로 나가거라. 나는 이 자리에 신과 세상을 손님으로 초대했다. 그러나 이제는 오로지 신께서만 이 놀이의 관객으로 남으실 수 있다."

명령이긴 했으나 다들 마지못해 따랐다. 의자 주위에 둘러서 있던 서기들도 마이-사흐메의 눈짓과 그의 손에 등을 떠밀려서 밖으로 나갔다. 그러자 시종들은 문을 닫았다. 그러나 우리 중 누구도 이들이 모두 아주 멀리 갔으리라고 착각하지는 않을 것이다. 이들은 밖에 서서 한쪽 다리에 힘을 주고 몸을 숙인 상태로 무대에 귀를 바짝 갖다대고 거기에 손까지 받치고 있었다.

무대에서 요셉은 볼 위로 흐르는 보석은 아랑곳하지 않고, 팔을 벌려 자신이 누구인지 알렸다. 자신을 알리는 것은 이번이 처음은 아니었다. 그는 예전에도 자신의 정체를 밝혀 사람들을 놀라게 만들곤 했다. 그럴 때면 자신 안에 들어 있는 더 높은 존재와 자신의 인격체가 꿈처럼 하나로 뒤섞여 묘한 매력을 발산하곤 했었다. 그러나 지금 이 자리에서는 아주 간단하게 자신을 밝혔다. 그리고 양팔을 벌리고 살며시 미소를 지었다.

"형제들이여, 접니다. 여러분의 형제 요셉입니다."

"그럼요, 당연하죠!"

벤야민의 환호성이었다. 기뻐서 숨이 막힐 것 같은 그는 소리를 지른 동시에 앞으로 달려나갔다. 그리고 계단으로 올라가 무릎을 꿇고 다시 찾은 형의 무릎을 와락 끌어안았다.

"오, 야수프, 요셉-엘, 여호시프!"

그는 고개를 뒤로 젖히고 형을 바라보며 흐느꼈다.

"형님이군요! 형님이세요. 당연히 형님이시죠! 형님은 죽지 않았어요. 형님은 그늘진 죽음의 큰 집을 뒤엎고 부활하셨어요. '일곱번째 테라스'로 올라가서서 유성 자리에 앉아 집안일을 감독하는 영주가 되셨어요. 전 알았어요. 전 알고 있었어요. 형님은 높이 올려졌어요. 주님께서 형님이 앉을 의자를 마련하셨어요. 그분 것과 비슷한 의자죠! 하지만 형님, 형님도 어머니가 같은 형제인 저를 아시죠? 그래서 내 손을 부채처럼 흔드셨지요!"

"꼬마야, 꼬마야."

요셉은 벤야민을 일으켜 세워 머리를 맞댔다.

"그런 말 하지 마라. 이것은 그다지 크지도 않고, 또 그다지 넓지도 않은 의자다. 그리고 내 명성도 그 정도는 아니야. 중요한 건 그저 우리가 다시 열둘이 되었다는 거야!"

다투지 마세요!

그리고 벤야민의 어깨에 팔을 두른 채 요셉은 형제들이 있는 곳으로 내려왔다. 자, 형제들은 어땠을까? 과연 어떻게 서 있었을까! 몇몇은 다리를 쩍 벌리고 서서 팔을 축 늘어뜨려 다른 때보다 길어 보였다. 아니 거의 무릎까지 닿을 정도였다. 그리고 멍청하게 입을 벌린 채 눈은 허공을 헤매고 있었다. 또 어떤 자들은 양 주먹으로 가슴을 짓누르고 있었다. 이 주먹들은 가슴이 헐떡여서 위아래로 흔들렸다. 모두 유다의 고백에 하얗게 질렸던 얼굴이 이제 소나무 둥치처럼 검붉어졌다. 이전에 바닥에 쪼그리고 앉아서 울긋불긋한 화려한 옷을 입은 요셉이 오는 모습을 지켜봤을 때도 얼굴색이 그랬다. 벤온이가 남자의 이야기에 '당연하죠'와 환호로 응답하지 않았더라면 그들은 영문도 모르고, 또 믿지도 못했을 것이다. 그러나 지금 라헬의 아들들이 얼싸안고 자신들이 있는 곳으로 내려오고 있으니, 형제들의 어리석은 머리는 과제를 떠안게 되었다. 그건 자신들의 단순한 연상에서 둘을 하나로 묶는 간단한 임무였다. 다시 말해서 어딘지 모르게 요셉과 결부되었던 이 남자를 자신들이 없애버린 형제로 알아보는 것이었다. 그러나 이것도 그들에게는 얼마나 어려웠을까! 안절부절못하는 자들이 간신히 과제를 풀고 이곳 주인님과 자신들이 제물로 바친 소년을 동일한 인물로 생각하게 되었나 싶었는데, 이렇게 둘을 기껏 하나로 합치자마자 또다시 둘로 나뉘어졌다. 둘을 하나로 묶는 것이 어렵기도 했지만, 한편으로는 너무 수치스럽고 섬뜩한 탓이었다.

"가까이들 오세요!" 요셉은 그렇게 말을 하면서 자신이 그들 쪽으로 다가갔다.

"그래요, 맞아요, 접니다, 요셉입니다. 여러분의 형제, 여러분이 이집트로 팔았던 동생입니다. 그렇지만 난감해 하지 마십시오. 그럴 필요없습니다. 다 잘된 일이니까요. 그건 그렇고 아버지께서는 아직 살아 계신가요? 걱정은 그만 하시고 말씀 좀 해보십시오, 유다 형님! 대단한 연설이셨습니다! 형님의 연설은 영원히 남을 겁니다! 진심으로 드리는 말씀입니다. 그리고 형님을 환영하는 뜻으로 형님을 안고 사자머리에 입을 맞추겠습니다. 보세요. 이것은 미네아 사람들 앞에서 형님께서 제게 보내신 입맞춤입니다. 오늘 제가 그 입맞춤을 돌려드렸으니 이제 모든 건 끝났습니다. 다른 형님들께도 한꺼번에 입맞춤을 실어보냅니다. 형님들이 저를 이곳에 팔았다 해서 제가 화를 낼 거라고 생각하지 마십시오! 그때는 그럴 수밖에 없었습니다. 그건 여러분이 아니라 주님께서 하신 일입니다. 엘 샤다이는 뜻하신 바 있어 저를 일찍이 아버지의 집으로부터 떼어내어 낯선 곳으로 보내셨습니다. 그렇게 저를 여러분보다 앞서 보내서 여러분을 먹여 살리는 자로 만드셨습니다. 그리고 이것은 굶주림과 기근으로 허덕이는 고난을 구원하는 계기가 되어 저로 하여금 이방인들과 함께 이스라엘에게도 양식을 주게 하신 것입니다. 이것은 육신에 중요한 일이긴 하지만, 간단하고 실용적인 일일 뿐, 환호성을 지를 만한 대단한 일은 아닙니다. 저는 주님께서 보내신 영웅도 아니며 정신적인 구원을 가져오는 사자도 아니며 그저 내무재상일 뿐이니까요. 따라서 어리석게도 제가 형님들께 조잘댔던 꿈에서, 여러분의 곡식단이 제 곡식단 앞에서 머리를 숙인 것은 그렇게 대단한 일을 뜻한 게 아니었습니다. 그저 아버지와 형제들이 저로부터 육신의 먹을 것과 함께 평안을 얻어 고마워하게 된다는 정도일 뿐입니다. 빵을 얻으면 '참 고맙습니다'라고 인사를 하지, 곧 '주를 찬미하라!'고 환호하는 것은 아니니까요. 그러나 빵은 물론 있어야겠지요. 빵이 먼저이고 환호성은 그 다음입니다. 자, 이제 여러분은 주님께서 생각한 것이 얼마나 단순한 것이었는지 이해하셨겠지요? 여러분은 아직도 제가 살아 있는 것이 믿기지 않으십니까? 여러분께서도 구덩이가 저를 붙들지 못했다는 것은 아시지 않습니까? 이스마엘의 후손들이 절 꺼내 주었지 않습니까? 그들에게 여러분은 저를 파셨지요. 자, 여러분의 형제 요셉은 이렇게 살아 있습니다. 손으로 만져보세요. 그러면 아실 겁니다."

두서너 명이 실제로 만져보았다. 머뭇머뭇 손으로 옷도 쓰다듬어 보고 계면쩍게 웃었다.

"그렇다면 모든 게 농담이고 어떤 영주처럼 해본 거란 말이지. 실은 그저 우리 형제 요셉일 뿐이라는 건가?"

잇사갈이 물었다.

"그저? 물론 대부분은 그렇지요! 하지만 이 점도 이해하셔야 합니다. 저는 두 가지 다니까요. 저는 요셉이며, 파라오 주인님께서 이 이집트 나라 전체의 아버지요 영주로 앉힌 사람입니다. 그러니까 전 이 세상의 영화까지 누리고 있는 요셉이지요."

그러자 즈불룬이 말했다.

"사람들이 네가 한 가지일 뿐이고 다른 건 아니라고 말할 수 없어서 다행이다. 넌 하나이면서 두 가지 다야. 우리도 어쩐지 그런 예감이 들었어. 네가 그저 시장 주인이기만 했더라면 어쩔 뻔했어? 그런 큰 일도 없지. 그런데 네가 그 시장 주인의 옷을 입었지만 옷 밑에는 우리를 시장 주인의 분노로부터 지켜줄 우리 형제 요셉인 게 얼마나 다행이냐는 말이지. 하지만 이 점을 아셔야 합니다. 주인님."

"어리석게도 계속 그렇게 주인님, 주인님 하실 건가요? 이제 그건 끝났어요!"

"그리고 또 너는 이 점도 이해해야 한다. 우리는 형제를 피해 시장 주인에게 보호를 요청하고 싶다. 이미 오래 전에 형제에게 못된 짓을 했으니까."

"그랬지!"

르우벤이었다. 화가 나서 우락부락한 얼굴 근육이 더 일

그러졌다.

"이게 무슨 일이냐, 요셉. 별 희한한 이야기를 다 듣겠구나. 이들이 나 몰래, 내 등 뒤에서 널 팔아 치웠다니. 그리고는 나한테는 한마디 내색도 하지 않았다. 저들이 너를 없애고 돈을 받았을 줄은 꿈에도 몰랐다."

그러자 빌하의 아들 단이 끼어들었다.

"그만해요, 르우벤 형. 형도 우리 몰래 한 짓이 있지요. 구덩이로 가서 소년을 훔치려 했으니까. 그리고 팔아 치우고 받은 돈 이야기인데, 그걸로 누가 부자라도 된 줄 아십니까. 그건 요셉도 잘 압니다. 겨우 페니키아 은화 20세겔에 팔았습니다. 그게 다였어요. 노인이 워낙 끈질겼거든요. 원한다면 언제라도 형 몫을 줄 수도 있습니다."

"다투지 마세요! 남자들이여!"

요셉이 말렸다.

"다투지 마세요! 한 사람이 한 일을 다른 사람이 몰랐다는 이유로 다툴 필요는 없습니다. 주님께서 모두 다 잘 되게 하셨으니까요. 르우벤 형, 고마워요, 큰형. 형님께서는 밧줄을 가지고 구덩이로 오셨지요. 절 꺼내서 아버지한테 데려가시려고 말이죠. 하지만 전 이미 그곳에 없었습니다. 그리고 그렇게 제가 사라진 건 잘된 일이었습니다. 형님께서 절 꺼내 줘서는 안 되었으니까요. 그건 옳은 방법이 아니었거든요. 일이 이렇게 된 게 더 잘된 겁니다. 자, 이제는 다른 생각 말고 아버지 생각이나 합시다."

"그래, 그래."

납달리가 혀를 놀리느라 신이 났다. 다리도 한자리에 가만있을 리 만무했다.

"그래, 맞아. 높은 자리에 오른 우리 형제가 한 말이 맞아. 아버지 야곱이 멀리 장막에 앉아서, 아니 어쩌면 그 앞에 나와서 앉아 계실 텐데, 이곳 일을 까맣게 모르고 있다 생각하면 참을 수가 없어. 아버지는 요셉이 살아 있으며 여기 이 세상에서 이방인들 위의 높은 곳에서 보석처럼 반짝이며 서 있다는 걸 전혀 모르셔. 아버지가 거기 앉아 아무것도 모르고 계시다는 걸 생각 좀 해봐. 아버지는 우리가 이렇게 여기 서서 사라졌던 자와 이야기를 나누고 옷도 손으로 만져보고 있다는 사실을 전혀 모르고 계셔. 모든 건 오해였고 잘못된 소식이었어. 아버지의 한탄과 하소연도 하늘까지 치솟았지만, 그것도 잘못된 것이었어. 그리고 우리 속을 평생 후벼판 벌레도 아무것도 아니었던 거야. 아, 얼마나 흥분되는지, 머리가 지붕을 뚫고 하늘에 닿을 것 같군. 이렇게 이곳에 있는 우리는 다 알고 있는데, 아버지는 모르고 계시다니 이건 정말 잘못된 일이야. 암, 세상이 감당할 수 없는 일이고 말고. 단지 아버지가 멀리 있다는 이유로, 그리고 아버지와 우리를 막막한 공간이 갈라놓고 있다는 이유로 그분이 아는 것과 우리의 지식이 이렇게 차이가 나야 하다니. 아버지가 계신 그곳에 여기에 있는 진실이 단 몇 걸음이라도 가까이 다가가면 얼마나 좋을까. 오, 입에 손을 갖다대고 아버지한테 이렇게 외칠 수 있다면 얼마나 좋아! '아버지! 새 소식이 있어요! 요셉이 살아 있어요. 파라오처럼 이집트에서 살고 있어요!' 하지만 아무리 큰소리로 외쳐도 아버지는 꼼짝도 않고 앉아 계셔. 아무것도 못

들는 거지. 오, 비둘기를 날려 보낼 수 있다면 얼마나 좋을까! 번개처럼 빨리 날 수 있는 그 날개 밑에 '이만저만한 일이 있었다'라고 써보낼 수 있다면! 그렇게 해서 세상에서 비뚤어진 것을 모조리 쓸어내서 이곳이나 저곳이나 같은 것을 알 수 있다면, 얼마나 좋겠어! 아냐, 더 이상 여기 못 서 있겠어. 더는 못 참겠어. 어서 나를 보내 줘! 나를 보내 줘! 내가 알아서 할게. 사슴보다 빨리 달려서 아버지께 말씀 드려야 해. 새로운 소식을 전해 주는 말보다 더 아름다운 게 어디 있겠어?"

그러나 요셉은 이를 말렸다.

"참아요, 납달리 형. 그리고 너무 서두르지 말아요. 형이 혼자 달려가서는 안 돼요. 어느 누구도 아버지에게 먼저 말할 권리는 없습니다. 제가 아버지께 뭐라고 말씀 드려야 할지 일러드릴 겁니다. 이미 오래 전에 생각해둔 게 있습니다. 밤마다 누워서 곰곰이 생각할 때면 이것도 함께 생각했지요. 형님들은 제 곁에서 7일 간 쉬시면서 저와 함께 영화를 누리셔야 합니다. 그리고 제 아내, 태양의 아가씨도 소개하겠습니다. 그리고 아들들도 불러서 형님들 앞에 절을 올리게 하겠습니다. 이렇게 제 집에 머무신 다음 짐을 싣고 벤야민과 함께 여러분 모두 아버지가 계신 곳으로 올라가서 말씀 드려야 합니다. 당신의 아들 요셉은 죽지 않았습니다. 요셉은 아직 살아 있으며, 살아 있는 그의 입으로 아버지께 이렇게 전하라 했습니다. '주님께서 이방인 중에서 저를 높이 올리셨습니다. 그리하여 제가 알지 못하는 이곳 백성이 제 말에 순종합니다. 이제 아버지, 제가 있는 이곳으로 내려오세요. 망설이지 마세요. 그리고 이 무덤의 나라를 두려워하지 마세요. 아브라함도 굶주림을 참지 못하고 이곳으로 오시지 않으셨나요! 쟁기질도 못하고 수확도 거두지 못하는 이 기근이 세상에 등장한 지 벌써 2년째입니다. 그리고 앞으로도 3년이나 5년은 더 계속될 것입니다. 그러나 제가 여러분을 보살펴 드릴 테니 이 기름진 초원으로 이주하십시오. 파라오가 허락할지 물어보신다면 이렇게 대답하겠습니다. 당신의 아들이 파라오라면 마음대로 주물럭거릴 수 있다고. 전 폐하께 여러분이 고센 근방으로 이주하여 아라비아 맞은편의 조안 들판에 머무르게 해달라고 할 것입니다. 그리고 여러분을 제가 보살펴 드리겠습니다. 아버님과 당신의 아들들과 아들들의 아들들까지, 그리고 작은 가축과 큰 가축을 비롯하여 아버지의 모든 소유를 돌봐 드리겠습니다. 고셈 또는 고쉔이라고도 불리는 이 지방은, 제가 벌써부터 여러분을 데려오려고 점찍어 둔 곳입니다. 완전히 이집트 땅이 아니라 이집트 풍습이 그다지 강하지 않은데다, 강어귀에서는 낚시도 할 수 있고 들판도 기름지니 여러분께 꼭 맞는 아늑한 곳입니다. 그리고 이곳은 오래된 옛날의 지혜로움을 받들고 사는 이집트 자녀들과 독창적인 생각을 가지고 계신 여러분이 직접 부딪칠 일도 별로 없을 것입니다. 그러니 부디 제 곁으로 가까이 오십시오.' 이렇게 제 이름으로 말씀 드려 주십시오. 그리고 아버지께는 잘 생각해서 지혜롭게 말해야 합니다. 아버지께서는 연로하시어 생각이 굳어 있으니 우선 내가 살아 있다는 말을 하여 마음을 부드럽게 풀어드린 다음에 여러분 모두와 함께 아래로 오시라고 설득

해야 합니다. 아, 제가 함께 가서 속닥거리면 틀림없이 잘 풀릴 텐데! 하지만, 전 그럴 수가 없습니다. 하루도 이곳을 비워둘 수가 없습니다. 그러니 부디 여러분께서 근사하게 해주십시오. 그리고 날 대신해서 내가 살아 있다는 사실과 이곳으로 오시라는 당부를 잘 전해 주십시오. 사랑에서 나온 꾀를 부려야 합니다! 아버지한테 무턱대고 '요셉이 살아 있습니다' 라고 하지 말고 먼저 물어보십시오. '만일 요셉이 살아 있다면 어쩌시겠습니까? 그러면 기분이 어떠시겠습니까?' 라고. 그런 다음 아버지 혼자서 시험해 보게 하십시오. 또 무턱대고 '아버지께서는 아래로 이주하셔야 합니다. 신의 시체가 있는 곳으로' 라고 하지 말고 이렇게 돌려서 말하세요. '고센 근방으로' 라고 말입니다. 자, 제가 없어도 이렇게 사랑에서 나온 꾀를 써서 잘 말씀 드려 주겠습니까? 여러분이 여기 계시는 동안 여러분이 더 잘 할 수 있도록 이것저것 알려드리겠습니다. 자, 이제는 여러분께 제 아내, 태양의 아가씨를 소개한 다음 제 아들인 마나세와 에프라임이 인사를 올리게 하겠습니다. 그리고 나서 우리 열두 형제가 모두 한자리에 앉아 즐겁게 먹고 마시며 옛날을 회상해 보기로 하죠. 그러나 너무 정확하게는 기억하지 말도록 해요. 하지만 이건 정확하게 전해 주십시오. 아버지한테 가서 여러분이 보신 모든 것은 정확하게 옮겨 달라는 뜻입니다. 내가 여기서 얼마나 호화롭게 생활하는지 이 점에 대해서는 묘사를 아끼지 마세요! 아버지의 가슴은 지금까지 나쁜 것만 잔뜩 안고 계셨으니, 이제는 아들이 누리는 영화가 들려주는 달콤한 음악으로 더없이 부풀어 올라야 하니까요!"

파라오가 요셉에게 보낸 편지

　이 일이 있은 후 수많은 청중들이, '이제 끝났어. 접니다,
라는 아름다운 대사도 나왔으니 더 아름다워질 건 없어. 이
게 절정이었으니, 이젠 결말까지 죽 내려가는 것만 남았어.
그건 다 아는 데 뭐. 그러니 더 이상 흥분될 것도 없어'라면
서 뿔뿔이 흩어지기 시작한다면 이보다 더 안타까운 일은
없을 것이다. 그러니 이 충고를 듣고 잠시만 더 자리에 남
아주기를 바란다! 이 이야기를 쓴 자, 즉 저자는 모든 사건
을 쓰면서 여러 개의 절정을 부여하면서 한 절정을 다른 절
정을 통해 더 높이 올려왔다. 그래서 그의 명제는 늘 '최고
는 아직 남아 있다'이다. 따라서 그는 항상 새로운 것을 마
련해 두고 고대하게 만든다. 아버지가 살아 계시다는 사실
을 요셉이 알게 된 것도 물론 매혹적인 사건이었다. 그러나
야곱이, 상심으로 마음이 이미 굳어버린 노인이 아들이 살
아 있다는 소식에, 그 봄의 찬가에 가슴 벅차할 모습과 아

들을 안아보려고 저 아랫세상으로 내려가는 것, 이 또한 흥분되지 않는가? 지금 이 자리를 떠나는 자는, 끝까지 이야기를 다 들은 사람들에게 나중에 물어보면 알 것이다. 얼마나 흥미진진한 이야기였는지. 그때 가서 후회해야 무슨 소용이 있겠는가. 아마도 야곱이 이집트의 손자들에게 축복을 내리면서 손을 십자로 교차시킨 모습이며, 그의 임종을 못 본 것이 애석해서 평생 손해본 느낌을 지울 수 없을 것이다. "그건 다 아는데 뭐!" 이는 어리석은 말이다. 이야기를 아는 건 누구나 다 할 수 있다. 그러나 현장에 있었다는 것, 중요한 건 바로 그것이다. 이렇게 열심히 주입시키려한 것이 괜한 헛수고였던 것 같다. 자리에서 움직인 자가 아무도 없는데 뭘.

요셉은 자신이 누군지 밝힌 그 자리에서 열한 명과 이야기를 나눈 후, 그들과 함께 아가씨 아스나트, 그의 아내가 있는 곳으로 건너가서 그녀에게 인사를 했다. 그리고 여느 이집트 어린아이들처럼 곱슬머리를 기른 두 조카를 보자 즐거운 웃음소리가 은혜로운 집안을 가득 채웠다. 집안의 시종들까지 모두 다 듣고 있었던 터라 요셉이 따로 알려줄 필요도, 설명할 필요도 없었다. 금방 상황을 알아차린 이들은 서로 웃으면서 외치기 바빴다. 먹여 살리는 자의 형제들이 모두 한자리에 모였다고. 자히-땅에서 같은 아버지를 둔 아들들이 다 모인 것은 이들 모두에게 아주 재미있는 일이었기 때문이다. 게다가 이 사건을 기념하는 잔치가 벌어지지 말라는 법도 없지 않은가. 그렇게 되면 너도나도 맥주와 케이크를 얻어먹을 수 있으니 이보다 더 좋은 일이 어디 있겠는가. 또 식량보급청과 보관소의 서기들도 이 소식을 듣고 도시에 널리 알렸다. 새 소식이 있으면 어디든 달려가기 좋아하는 사람은 납달리말고 이곳에도 있었던 것이다. 그래서 사람들은 납달리를 위로하듯 온 사방으로 달려가 멘페 전체가 똑같은 지식의 강물에 발을 담글 수 있게 해주었다. 홀로 있던 자에게 형제들이 왔다는 것은 기쁜 소식이어서 길거리에는 사람들이 여기저기 기뻐서 팔짝팔짝 뛰었다. 또 시내의 특별 구역에 있는 요셉의 집 앞까지 몰려와서 환호하며 아시아 형제들과 그를 보고 싶다고 외쳤다. 그리고 마침내 요구대로 열두 명은 테라스에 나와서 자신들을 그토록 보고 싶어하는 군중 앞에 모습을 드러내었다. 다만 애석한 것은 멘페의 사람들이 자신들의 눈, 그 렌즈만 의존하여 우리들처럼 빛을 이용하여 이들의 모습을 한 폭의 그림으로 담지 않았다는 점이다. 하지만 이들은 그 때문에 괴로워하지도, 안타까워하지도 않았다. 그 생각은 아예 할 수도 없었던 까닭이다.

그리고 이 매혹적인 새 소식은 이 무덤의 대도시에 그리 오랫동안 갇혀 있지 않았다. 거기엔 성벽도 소용없었다. 이 소식은 어느새 성벽 위로 비둘기처럼 날아가 온 나라에 퍼져 나갔다. 특히 파라오 앞에는 더 빨리 당도했다. 그는 궁궐 식구 모두와 기뻐했다. 파라오는 이제 에흔아톤(Ech-n-atôn)으로 불렸다. 원래 의도했던 대로 가슴을 옥죄는 아문의 이름은 벗어 던지고 하늘 안에 계신 아버지의 이름을 새로 얻은 것이다. 파라오가 자신이 사랑하는 재상의 거주지에서 가까운 곳으로 옮긴 건 벌써 꽤 되었다. 원래 궁궐은 아문-레의 집이 있는 테벤이었으나 북쪽으로 내려가 상이 집트의 '토끼 주(州)'에 있는 어느 성소로 옮겼다. 파라오가 자신이 사랑하는 신에게 온전히 바칠 생각으로 오랫동안 찾아 헤맨 이 성소는 토트의 집이 있는 쿠무누보다 조금 남쪽에 있었다. 그곳은 강에 솟아 있는 작은 섬으로 바닥에 귀여운 정자를 세워 달라고 외치는 듯했다. 그리고 섬의 동쪽 연안은 바위들이 활처럼 뒤로 물러나 있어서 그 들판에 신전과 궁궐과 해변의 정원을 꾸밀 수 있었다. 이곳은 늘 신을 사색하는 사상가에게 알맞은 장소였다. 생각할 게 많아 항상 힘든 왕이니 거처라도 편해야지, 안 그런가. 달콤한 숨결의 주인님이 이 안식처를 찾은 건 오로지 자신의 가슴에서 들려오는 소리 때문이었다. 다른 누구의 충고도 받지 않았다. 오로지 그의 가슴 안에 살고 있는 분, 찬송 받아야 할 유일한 분의 말만 들은 것이다. 그리하여 파라오의 아름다운 명령을 받은 그의 예술가들과 조각가들은 신속하게 이곳에 새로운 도시, 파라오가 섬기는 아버지의 도시, 지평선의 주인님 아헤트-아톤의 도시를 건설했다. 이는 테벤, 곧 '백 개의 성문'이 있는 도시의 노베트-아문에게는 큰 충격이었다. 궁궐이 다른 곳으로 옮겨가니 변방 도시로 전락할 처지였다. 그리고 이는 카르낙에 있는 제국의 신을 공개적으로 무시한 행위와 다를 바 없었다. 풍년이 계속되는 동안에도 제국의 신을 받드는 권위적인 사제들과, 어디든 계시며 사랑이 넘치는 유일한 분을 섬기는 파라오 사이에는 갈등과 분란이 끊이지 않았다.

파라오는 심성이 부드럽고 섬세하여 전통으로 무장한 전투적인 제국신의 권세와 끊임없이 부딪쳐야 하는 상황을 감당할 수 없었다. 평화를 사랑하면서도, 다른 한편으로는 자신이 발견한 보다 높은 신을 지키기 위해서는 절대적인 권세를 주장하는 국가의 신과 싸워야 했다. 이러한 이상과 현실 사이의 모순은 그의 건강을 해쳤다. 그래서 파라오는 차라리 도망가는 것이 적에게는 치명타가 된다는 결론에 이르렀다. 그리고 자신이 섬기는 거룩한 존재를 위해 자신의 샌들에서 테벤의 먼지를 털어내기로 결심했다. 다만 어머니는 한편으로는 아문을 감시할 목적으로, 또 다른 한편으로는 고인이 된 남편 넵-마-레 왕의 궁궐을 떠날 수 없어서 옛 수도에 계속 남았다. 에횬아톤은 아문의 손아귀를 하루속히 벗어나고 싶었으나 2년동안 조바심을 참아야 했다. 아무리 채찍으로 일꾼들을 몰아쳐도, 또 가차없이 부역 일꾼을 징발해도 새로운 도시를 건설하는 데는 그만한 시간이 걸렸던 것이다. 그러다 이윽고 모든 준비가 끝나자 왕은 관례대로 제사를 지내면서 빵과 맥주와 뿔을 단 황소 그리고 뿔이 없는 황소들과 작은 가축과 새들, 그리고 포도주와 향을 비롯하여 아름다운 풀을 바쳤다. 그러나 이때도 도시가 완전히 완성된 것은 아니었다. 절반밖에 완공되지 않은 궁궐도 임시 숙소 수준으로 파라오 자신과 위대한 부인 네페르네프루아톤-노프레테테와 공주들이 잠잘 수 있는 공간이 있었을 뿐, 제대로 살 수 있는 공간은 아직 없어서 사방에 화가들과 장식가들이 궁궐을 치장하느라 바쁘게 움직이는 중이라 완벽하게 호화롭고 사치스러운 생활은 불가능했다. 한편 주인님을 위한 산뜻한 신전에는 꽃향기가 넘치고 빨간 깃발이 나부꼈다. 거기에는 일곱 개의 뜰과 화려한 사원 문과 멋진 주랑도 있었다. 이밖에도 일종의 자연보호구역으로 조성한 인공 정원은 정말 장관이었다. 인공 호수도 파고 나무를 심어 숲을 만들었는데, 나무들은 비옥한 해안에서 뿌리째 파서 사막 한가운데로 옮긴 것이었다. 그리고 강가에 하얗게 어른거리는 부둣가, 왕의 측근들로 아톤을 섬기는 자들이 거주할 새 집 열두어 채, 그리고 주변의 산에는 매우 아늑한 바위무덤이 열을 지어 있었다. 입주가 가능한 순서로 따진다면 무덤이 제1 순위였다.

당시 아헤트-아톤에는 이것 외에는 아무것도 없었다. 그러나 궁궐이 곧 주민을 대거 끌고 올 게 틀림없었다. 그리고 속속 아름다운 건물들이 지어져서 도시의 아름다움도 시간과 함께 한층 더 커졌다. 파라오는 그동안 이곳의 옥좌에 앉아 하늘 안에 계시는 아버지를 섬기며 제사를 올렸고, 딸들까지 얻어서 여자 일색인 궁궐 식구를 불렸다. 그때는 이미 셋째 딸 안흐-센파아톤도 등장한 후였다.

요셉은 신께, 곧 파라오에게 급히 편지를 보냈다. 자신의 어린 시절 헤어졌던 형들이 도착했음을 알리는 공식적인 이 급보가 새로 지은 궁궐에 당도했을 때는 이미 새 소식이 아니었다. 그전에 이미 궁궐에 소문이 퍼져 있었던 것이다. 파라오는 벌써 여러 번 왕비 노프레테테와 그녀의 자매인 네젬무트, 그리고 자신의 누이인 바케트아톤과 예술가들, 그리고 시종들과도 이 이야기를 나누었다. 그래서 요셉의 급보를 받자마자 파라오는 즉시 답을 보냈다. 그가 받아 적게 한 편지의 내용은 이러했다.

"하늘이 주신 것을 관리하는 총감독, 위임받은 임무를
실제로 수행하는 총감독, 왕의 그늘을 선사하는 자, 그리
고 하나뿐인 친구, 내 숙부에게 보내는 명령.

짐은 그대의 편지를 기쁘게 읽었다오. 그리고 파라오
는 그대의 소식을 듣고 많이 울었소. 위대한 부인 네페르
네프루아톤과 달콤한 공주들인 바케트아톤과 네젬무트
도 눈물을 흘려서 하늘 안에 계시는 내 아버지의 사랑하
는 아들인 짐의 기쁨의 눈물과 섞였다오. 그대가 전한 참
으로 아름다운 소식에 짐의 가슴이 뛰고 있소. 그대의 형
제들이 그대를 찾아왔으며 그대의 아버지가 아직 살아
계시다니, 하늘과 땅이 기뻐하며 선한 인간의 가슴도 기
쁨으로 두근거리오. 그리고 아마 악인들도 이 기쁜 소식
에는 마음이 부드러워졌을 게 틀림없소. 아톤의 아름다
운 아이, 네페르-헤페루-레, 두 나라의 주인은 이제 그대
의 편지에 대한 보답으로 특별한 은혜를 베풀고자 하오!
그대가 편지 첫마디에 이어 언급한 소원은 그대가 그 구
절을 적기 전에 이미 이뤄진 것이나 마찬가지요. 그러니
이것은 곧 나의 아름다운 뜻이며 나의 동의이니, 그대의
식구 모두 그대가 나와 같은 존재로 살고 있는 이 이집트
로 오도록 하시오. 그리고 그대가 원하는 곳을 그들에게
지정하여 그곳이 그들을 먹여 살리게 하시오. 그리고 그
대의 형제들에게 이렇게 말하시오. '아버지 아톤을 사랑
하는 나 파라오가 명하노니, 너희는 짐승 등에 짐을 싣고

왕의 창고에서 너희의 어린아이들과 아내들을 태울 마차를 가져가서 아버지를 모시고 이곳으로 오라! 가재도구는 걱정하지 말라. 너희에게 필요한 모든 것을 이 나라에서 준비해 주겠노라. 파라오는 너희의 문화 수준이 그다지 높지 않아서 너희들의 요구 또한 쉽게 충족시킬 수 있다는 사실을 알고 있노라. 그리고 너희 나라에 가거든 너희 아버지와 그 종들과 가솔 모두를 거느리고 내가 있는 이곳으로 내려와 너희 형제가 있는 곳 가까이 살도록 하라. 온 나라의 모든 일을 총괄하는 감독관의 형제인 너희에게 우리 나라는 문을 활짝 열어 주노라.' 파라오가 그대의 형제들에게 내리는 명령은 여기까지라오. 짐은 눈물을 흘리며 명령을 내렸소. 아헤트-아톤에서 해야 할 여러 가지 중요한 임무만 없다면, 짐이 몸소 메네프루-미르로 달려가 형제들과 함께 있는 그대를 보고 싶소. 그러면 그대의 형제들도 소개받을 수 있을 텐데, 그러지 못하는 것이 아쉽구려. 하지만 그대의 형제들이 되돌아오면, 전부 다 만나는 것은 파라오를 너무 피곤하게 할 것이므로, 그들 중 한 명을 택하여 내 앞에 세우시오. 그리하면 그에게 이것저것 물어보고 싶소. 그리고 그대의 아버지, 그 노인도 내게 소개해 주오. 그와 대화를 나눔으로써 나의 사랑을 표시하고 그가 파라오와 친히 대화를 나누었다는 명예를 평생 누리면서 살게 하겠소. 자, 그럼 평안하시오!"

이 편지는 파발을 통해 멘페의 저택에 있는 요셉에게 전해졌다. 그는 이 편지를 열한 명의 형제들에게 보여주었다. 그러자 그들은 자신들의 손가락 끝에 입을 맞추며 기뻐했다. 형제들은 요셉 곁에서 한 달의 4분의 1, 곧 일주일을 머물렀다. 아버지가 요셉이 맹수에게 찢겨 죽었다고 여기며 산 세월이 20년인데, 이 정도야 문제될 게 없었다. 아버지가 살아 계시는 걸 아는데, 뭐 걱정인가. 요셉의 시종들은 형들을 정성껏 받들었다. 또 그의 아내 태양의 딸은 상냥한 말과 따뜻한 태도로 대해 주었다. 형제는 곱슬머리를 기른 귀여운 조카들 마나세와 에프라임과 함께 이야기를 나누기도 했다. 조카들도 숙부들의 언어를 말할 줄 알았다. 특히 막내인 에프라임은 맏이 마나세보다 요셉, 곧 라헬을 더 많이 닮았다. 그리고 마나세는 이집트 여인인 어머니를 쏙 빼닮았다. 그걸 보고 유다는 이런 말을 하기도 했다. "야곱은 에프라임을 더 좋아하실 거야. 그리고 아마 이름을 부를 때도 마나세와 에프라임이라 하지 않고 에프라임과 마나세라 하실 게 분명해." 그리고 요셉에게 야곱이 오기 전에 이집트 아이들이 기르는 곱슬머리를 자르게 하라고 충고했다. 아버지 야곱이 못마땅해 할 것이 분명하다는 것이었다.

일주일이 지나자 형제들은 짐을 챙겨 떠날 채비를 했다. 왕의 명을 받아 여행길에 오른 상인 행렬이 두 나라의 저울 멘페에서 출발하여 가나안을 지나 미디안 나라로 올라갈 참이었다. 형제들은 이 일행과 합류하여 왕이 보내준 마차를 받을 예정이었다. 바퀴가 두 개 달린 것과 네 개 달린 마차였다. 파라오는 여기에 종알거리는 종들도 딸려보냈다. 또 나귀 열 마리에는 이집트 산물인 온갖 호화로운 장신구와 사치품들이 가득 실렸다. 요셉이 야곱에게 보내는 선물이었다. 모두 고상한 취향의 문화상품으로 최신 유행하는 품목들을 선정한 것이었다. 또 열 마리의 암나귀들에도 야곱에게 줄 곡식과 포도주와 절임과 향유와 연고들을 실었다. 여행자 숫자만 해도 만만치 않고 거기에 각자 개인 소지품도 높은 자리에 있는 형제가 준 선물까지 합쳐져서 덩치가 더 커졌다. 잘 알다시피 요셉은 형제들에게 각각 예복한 벌씩을 선사했다. 또 벤야민에게는 은화 300데벤과 예복도 1년에 보태진 날짜 수만큼, 즉 다섯 벌이나 선사했다. 요셉은 형제들과 작별하면서 "가다가 다투지 마세요!"라고 부탁했다. 거기에는 이유가 있었다. 옛날 일을 떠올려 서로 상대방을 따돌리고 자기들끼리 한 일을 가지고 공연히 싸우지 말라는 뜻도 물론 있었다. 그렇지만 자신이 친동생인 벤야민에게 다른 형제들보다 선물을 더 많이 준 것 때문에 시기할까 걱정해서 그런 말을 한 건 아니다. 형들도 그럴 생각은 전혀 없었다. 이들은 지금 순한 양처럼 아무 불만이 없었다. 피끓는 청년시절에야 불의에 발끈하여 대항했지만, 이제는 불의와 완전히 화해했다. 그래서 두말 않고 묵묵히 받아들이기로 했다, 영원히. '내가 누구를 좋아하든, 누구에게 은혜를 내리든 그건 내 마음이다'라는 막강한 분의 뜻을.

어떻게 시작하지?

이 이야기에서는 모든 사건이 자기 짝을 찾아 멋진 조화를 보여주어 감탄과 희열을 자아낸다. 생각을 더듬어 보자. 야곱이 요셉의 죽음을 알려주는 물증을 받은 지 이레가 지났을 때, 형제들은 아버지와 함께 요셉의 죽음을 애도할 생각으로 도단 골짜기를 떠나 집으로 향했었다. 그때 이들은 아버지가 자신들을 어떻게 받아들일지 조마조마했다. 그리고 자신들을 소년의 살인자로 여기며 분노할 것이 뻔하여 모두 두려움에 떨었을 뿐 아니라, 절반은 오해지만 따지고 보면 옳은 반응인 아버지의 분노와 의심을 받으며 평생 살 생각에 다들 답답했었다. 이제 머리가 하얗게 센 이들은 또다시 헤브론 집으로 돌아가는 길이었다. 이번에도 역시 엄청난 소식을 지니고 가는 중이었다. 요셉이 그 오랜 시간 동안 죽었던 것이 아니라 살아 있으며, 그것도 아주 영화롭게 잘 살고 있다는 소식이었다. 그러나 이 소식 또한 예전과 마찬가지로 전하는 일이 간단하지 않았다. 그래서 그 생각만 하면 이전처럼 가슴이 답답해졌다. 삶을 의미하는 것이든, 죽음을 의미하는 것이든 엄청난 소식이라는 점에서는, 그 위압적인 무게 면에서는 매한가지였던 것이다. 그래서 이번에도 이들은 걱정이 태산이었다. 야곱이 놀라서 뒤로 나자빠지면 어쩌나! 당시에도 그러지 않았던가. 그러나 그사이 스무 살이나 더 먹었고, 혹시 일이 잘못된다 하여도 '기뻐서', 행복의 충격에 죽는 셈이었다. 이 경우 요셉이 살아 있다는 사실이 그를 죽게 하는 원인이 되어 이제 살아 있는 자를 눈으로 보지 못할 뿐 아니라, 요셉 또한 아버지를 볼 수 없게 된다. 게다가 이제 이스마엘 사람들이 요셉을 이집트로 데려갔다는 사실이 드러날 참이었다. 물론 이들 덕분에 자신들은 동생을 살해한 진짜 살인범의 역할은 면할 수 있었다. 노인은 오래도록 이들을 절반 정도는 살인자로 여겼었다. 여하튼 이들 덕분에 온전한 살인범의 누명은 벗게 되었으니 마음이 한결 가벼운 것도 사실이었다. 그리고 신께서 은혜를 베풀어 미디안 사람들을 보내 자신들이 정말 살인자가 되지 않도록 도와주셨다는 사실은 야곱에게도 감동을 줄 것이므로, 이렇게 신의 은혜를 입은 자신들을 심판하여 저주하지는 않으리라 믿었다.

형제들은 가는 도중 이 이야기만 나누었다. 여행이 열이레씩 걸리는 것이 조바심도 났지만, 한편으로는 너무 짧게 여겨졌다. 의논할 게 워낙 많았던 것이다. 야곱에게 이 소식을 어떻게 전할지, 또 그 소식을 전하고 나면 자신들의 처지가 어떻게 달라질지도 미리 생각해 두어야 했다.

"형제들,"

요셉이 "형제들이여, 접니다"라고 말하기 전에는 전혀 쓰지 않던 표현인데, 이제 이들은 서로 대화할 때 자주 "형제들"이라 부르곤 했다.

"형제들, 너희도 잘 알 거야. 우리가 이 사실을 곧이곧대로 말하면 아버지는 분명히 뒤로 나자빠지실 거야. 그러니 아주 세련되고 부드럽게 해야 해! 하지만 세련된 말이든, 아니면 거친 말이든 아버지가 과연 우리가 하는 말을 믿어 주실까? 아마 안 믿으려고 하실 거야. 이렇게 숱한 세월이 흐르는 동안 머리와 가슴에 죽었다는 생각이 단단히 박혀 있는데, 이것이 갑자기 살아 있다는 생각으로 쉽게 바뀔 수 있겠어? 그리고 느닷없이 바꾸려고 했다가는 영혼에도 그리 좋은 결과를 남기지 않을 거야. 영혼은 습관에 애착을 느끼는 법이니까. 우리 형제 요셉은 이 소식이 노인에게 커다란 기쁨을 주리라 생각하지만, 그야 물론 그렇겠지. 하지만 이건 너무 큰 기쁨이야. 우리는 그저 노인이 감당하기 어려울 정도로 지나치게 큰 기쁨이 되지 않기를 바라야겠지. 그렇지만 과연 인간은 언제든 기뻐할 수 있는 것일까? 그것도 몇 십 년 동안 오로지 근심을 양식으로 삼아 왔다면? 그리고 지금까지 착각과 망상 속에서 살아왔다는 사실을 알게 되는 게 정말 옳은 것일까? 그의 인생은 상심 그 자체였는데, 그게 틀렸다고 설득한다는 게 쉬운 일이겠어? 이건 예전에 피에 절은 옷으로 설득했을 때보다 더 특별난 일이야. 실컷 그 피묻은 옷을 믿으라고 해서 믿고 살아왔는데, 이제 와서 피묻은 옷을 빼앗으려 한다고, 이런 못된 짓이 어디 있느냐고 화를 내실 게 뻔해. 분명히 마음을 꼭꼭 걸어 잠그고 우리 말을 안 믿을 거야. 아니, 이건 차라리 다행이야. 그렇게 얼마 동안은 안 믿는 게 오히려 필요할지도 몰라. 아니, 믿지 말아야 해. 그게 아니고 금방 믿게 되면 뒤로 나자빠지실 테니까. 그래, 문제는 어떻게 말하느냐에 달렸어. 너무 급격한 기쁨을 줘서도 안 되고, 지금까지 상심한 것이 착각이었다는 사실을 너무 강조해서도 안 돼. 가장 좋은 방법은 아무 말도 하지 않는 거야. 말을 안해도 되게 만드는 거지. 이집트로 그냥 모시고 가서 직접 요셉을 보시게 하는 게 나아. 자기 아들을 직접 보면 말도 필요없지. 그런데 아버지를 미즈라임 땅, 그 기름진 초원으로 모셔 가는 것 자체가 또 어려운 일이지. 요셉이 거기 살고 있다는 사실을 안다 해도 말야. 그러니 그전에 요셉이 살아 있다는 사실을 알게 만들어야 해. 안 그러면 미즈라임으로 가시지 않을 테니까. 그런데 말만 진실을 말하는 것이 아니라 징표도 진실을 말해 줄 수 있어. 높이 올려진 자가 준 선물과 파라오가 내려준 마차도 있어. 이것들을 보여드리는 거야. 어쩌면 이야기를 하기에 앞서 이것부터 보여드리는 것이 더 나을지도 몰라. 그렇게 해서 징표가 설명하게 하는 거지. 징표를 보면 높이 올려진 자가 우리에게 얼마나 호의적인지 알게 될 테지. 이렇게 우리가 팔아 치운 형제와 우리 형제 모두가 한마음이며 한 영혼이라는 사실을 보고도 우리한테 화를 낼 수는 없을 거야. 설령 모든 일이 밝혀진다 해도, 우리한테 저주를 퍼붓지는 않으실 거야. 이스라엘이 열둘 중에서 열 명을 저주할 수 있겠어? 그건 할 수 없어. 그건 요셉을 우리보다 먼저 이집트 나라로 보내서 재상으로 만드신 주님의 충고를 거역하는 셈이니까. 그러니 형제들, 너무 겁낼 건 없어! 모든 건 다 때가 있어! 때가 되면 그 순간이 우리가 어떻게 하는 게 잘하는 것인지 귀띔해 줄 거야. 우선 아버지 앞에 선물로 받은 이집트의 물건들을 늘어놓고 물어보는 거야. '아버지, 이것들이 어디서 났는지, 그리고 누가 보낸 건지, 한번 알아맞혀 보십시오. 전부 다 아래쪽에 있는 위대한 시장 주인이 보낸 물건입니다. 아버님께 드리는 그의 선물입니다. 이걸 보면 아버님을 아주 사랑하는 자임에 틀림없지요? 안 그렇습니까? 그렇다면 그 주인은 마치 아들이 자기 아버지를 사랑하듯, 그렇게 아버님을 사랑하고 있는 게 분명하지요?' 이렇게 아들이라는 단어를 입에 올리게 되면 절반은 성공한 셈이야. 그렇게 되면 길을 제대로 찾은 거나 마찬가지지. 그런 다음 잠깐 더 이 단어 주위를 돌다가, 이제는 '이 물건들은 시장 주인이 보낸 것입니다'라고 하지 않고 '이 물건들은 당신 아들이 보낸 겁니다. 요셉이 아버님께 보낸 거랍니다. 그는 살아 있습니다. 이집트 나라에서 큰 주인이 되어 있습니다!'"

열한 명은 이렇게 매일 밤 장막 아래에 모여 의논을 했다. 이미 익숙해진 여행길인지라 그들의 근심과는 아랑곳없이 시간은 금방 지나가버렸다. 처음 멤페에서 출발하여 국경의 요새를 지나고 끔찍한 곳을 가로질러 블레셋 땅으로 나아가 바다에 있는 항구 카자티, 곧 가자에 이르렀고 거기서 상인 행렬과 헤어져 내륙으로 들어선 다음 헤브론을 향해 산을 올라갔다. 낮에는 조금씩 이동하고 선선한 밤

길을 주로 이용했다. 고향 근처에 이르렀을 때는 꽃피는 봄이었다. 밤에는 이제 곧 보름달이 될 아름다운 달빛에 사방이 은색 띠를 둘러 아늑하기만 했다.

이집트 마차와 거기 딸린 종들까지 거느리고 50마리 쯤 되는 나귀떼를 이끌고 가다보니, 어디를 가든 호기심에서 입을 헤벌리고 쫓아오는 사람도 생겼다. 그것도 여간 성가신 게 아니어서 낮에는 가만히 있다가 밤을 타서 길을 재촉하곤 했다. 이제 목적지인 아버지와 자신들의 장막이 있는 마므레 숲에 곧 닿을 참이었다.

마지막 날은 물론 아침 일찍 길을 떠나서 오후 다섯 시경에 목적지에 거의 도달했다. 하지만 지금 올라가는 산비탈에서는 부족의 촌락이 보이지 않았다. 다들 잘 아는 언덕에 가려진 탓이다. 형제들은 짐을 실은 무리는 조금 뒤처지게 한 후 자신들이 앞장섰다. 나귀를 탄 이 열한 명은 각자 생각에 잠겨 모두 입을 다물고 있었다. 가슴이 두근거렸다. 어떻게 할 건지 의논도 많이 했건만 막상 집에는 다 와 가는데, 어떻게 시작해야 할지 막막했다. 아버지를 쓰러뜨리지 않고 소식을 전할 수 있는 방법이 마땅치가 않았다. 아버지 가까이 오니 앞서 약속했던 것들이 하나같이 마음에 들지 않았다. 모조리 어리석고 부적절해 보였다. "알아맞혀 보십시오!", "누가 보냈겠습니까?" 이게 뭔가. 유치하기만 하고 맛이라고는 전혀 없어 보였다. 아, 이건 아니다. 속으로 그렇게 생각하는 형제도 있고, 몇몇은 마지막 순간에 새로운 것을 떠올려 보기도 했다. 어쩌면 한 사람을 먼저 보내서, 예를 들면, 달려가는 일이라면 사족을 못 쓰는 납달리를 보내 이렇게 말을 전하게 하는 것이 어떨까. 형제들이 벤야민과 함께 오고 있다. 믿기 어려운 큰 소식을 가지고 온다. 믿기 어렵다는 것은 **믿을 수 없기** 때문이기도 하고, 어쩌면 또 이미 익숙해진 습관과 맞지 않아서 **믿으려 하지 않는다는** 의미에서이다. 그럼에도 불구하고 이 소식은 주님의 진실이다. 살아 있는 진실이다. 한번은 이 형제, 또 한번은 저 형제의 머릿속에 이런 생각이 맴도는 가운데 이들은 천천히 나귀를 몰고 있었다. 그래, 맞아. 아버지가 이 소식을 잘 받아들일 수 있도록 하려면, 아무래도 한 사람을 먼저 보내는 것이 좋겠어.

기쁜 소식 전하기

그들이 올라탄 짐승들이 걷고 있는 이곳은 자갈이 많은 산비탈이었다. 그러나 온 사방에 꽃이 만발해 봄기운이 완연했다. 주변에 큰 바위도 있고 바닥에는 자잘한 돌멩이들이 잔뜩 깔려 있었다. 그러나 바닥이 부드러운 곳이면 어디든, 아니 단단한 곳에서조차 야생화가 탐스럽게 피어 있었다. 하얀색, 노란색, 파란 하늘색, 분홍색, 자주색, 그렇게 화려한 꽃방석이 없었다. 봄이 부르는 소리에 온 꽃들이 활짝 피어난 것이었다. 겨울비가 없어 봄 이슬만 먹고 자란 이 화려한 꽃들은 물론 금방 시들 운명이긴 했다. 그리고 여기저기 관목들도 때가 되어 하얀 꽃과 분홍 꽃을 자랑하고 있었다. 파란 하늘에 떠 있는 구름은 솜털처럼 가벼워 보였다.

암초에 주름을 두른 파도처럼 가장자리를 꽃들이 장식한 바위 위에 누군가 앉아 있었다. 멀리서 보면 꽃처럼 보였다. 귀여운 소녀였다. 혼자 그렇게 파란 하늘 아래 앉아 있는 그 아이는 빨간 원피스 차림으로 머리에는 마가렛 꽃을 꽂고 갈색 손가락으로 지금 막 현악기 치터를 뜯고 있었다. 그 아이는 아셀의 딸이었다. 멀리서 다른 사람들보다 먼저 알아본 아버지가 반가워하며 입을 열었다.

"저기 바위 위에 내 어린 딸 세라흐가 앉아 있군. 기타를 들고 놀고 있군. 저 아이다운 일이야. 저 장난꾸러기는 혼자 저렇게 앉아서 찬송가를 연습하는 걸 좋아하거든. 현악기 연주자나 피리 부는 자가 될 아이야. 신께서나 아실까, 도대체 저런 걸 어디서 배웠는지, 어려서부터 재주가 있어. 시를 짓고 노래를 만들어 찬송가를 부르는 운명을 타고난 거야. 연주도 곧잘 해. 그리고 자기 목소리를 섞어 찬가를 부르는 거야. 목소리도 풍성해. 쇠꼬챙이처럼 마른 몸에서 어쩜 저런 소리가 나올까 싶을 정도지. 아마 저 아이는 이스라엘 안에서 이름을 떨치게 될 거야. 아, 저기 봐. 저 꼬마가 이제서야 우리를 봤군. 팔까지 흔들면서 이쪽으로 달려오잖아. 야, 세라흐! 아버지가 돌아왔다! 숙부들도!"

아이는 어느새 가까이 다가왔다. 바위를 가로질러 꽃밭으로 달리는 아이는 맨발이었다. 손목과 발목에 은색 귀걸이와 발찌가 달그락거리고 검은머리 위에 있는 하얗고 노란 화환이 달리는 동안 아래위로 흔들렸다. 다시 만나서 얼마나 기쁜지 아이는 숨을 헐떡이며 인사하느라 바빴다. 그러나 가쁜 호흡에도 불구하고 성량이 풍부한 음성이라 울림이 커서 멀리 퍼져 나갔다. 몸은 그렇게 여위었는데 어디서 그런 목소리가 나올까 신기했다.

그녀는 소녀라 불릴 만했다. 더 이상 아이도 아니고, 그렇다고 아가씨도 아니었다. 나이는 열두 살이었다. 아셀의 아내는 이스마엘의 증손녀로 여겨졌다. 그래서 그녀는 이 사악의 배다른 동생, 그 아름답고 야성적인 이스마엘의 피를 일부 물려받아 세라흐에게 노래 부르는 재능을 선사한 것일까? 아니면, 인간의 기질이란 원래 후손에게 이르러 묘한 변화를 겪게 마련이므로, 군것질을 좋아하는 아버지 아셀의 입술과 젖은 눈과 호기심, 그리고 다른 사람과 공감하기 좋아하는 성격이 어린 세라흐에게서 음악적 재능으로 변한 것일까? 아이의 노래하고 싶은 열망과 재주를 아버지의 까다로운 입맛과 결부시키는 것은 지나치게 먼 곳에서 원인을 추적하는, 좀 무모한 행동으로 여겨질 수도 있다. 하지만 생각해 보라! 세라흐처럼 찬송가 가사를 만들고 곡을 붙일 줄 아는 그녀의 타고난 재능을 설명할 수만 있다면, 뭔들 못하겠는가!

열한 명은 다리가 긴 짐승들 위에 올라탄 채 소녀를 내려다보았다. 그리고 그녀에게 인사말을 건네고 쓰다듬어 주면서 노래를 부르는 듯한 눈을 마주보았다. 여러 명이 나귀에서 내려와 세라흐를 둘러쌌다. 그리고 뒷짐진 채 고개를 끄덕였다.

"그래, 그래."

"어, 그래."

"이것 좀 봐!"

"헤이, 귀여운 노래주머니, 우리를 제일 먼저 보고 달려온 게 너로구나? 여기 앉아서 악기를 연주하다가 우연히 우리가 오는 걸 봤더냐?"

이때였다. 단이 입을 열었다. 뱀이요 독사라 불리는 형제
였다.

"형제들, 내 말 좀 들어봐. 너희의 눈을 보니 우리 모두
같은 생각을 하고 있는 것 같은데. 내가 지금 하려는 말은
사실 아셀이 해야 옳아. 아이의 아버지는 아셀이니까. 하지
만 여태 아무 말도 하지 않고 있어서 내가 하려는 거야. 너
희도 알다시피 나는 판관감으로 나름대로 빠른 구석도 있
지. 그래서 하는 말인데, 잘 들어봐. 부족 중에서 다른 사람
도 아니고 바로 이 아이가, 세라흐가 우리를 제일 먼저 마
중 나온 건 우연이 아냐. 주님께서 보내신 거야. 우리에게
알려 주시려고, 우리가 어떻게 시작해야 하는지 알려 주시
려고 아이를 우리한테 보내셨다는 뜻이야. 아버지가 졸도
하지 않도록 조심스럽게 소식을 전해 주려고 지금까지 이
것저것 생각도 해보고 계획도 짰지만, 이런 것들은 말도 안
되는 억지였어. 이 문제는 세라흐에게 맡겨야 해. 노래로
진실을 전해 듣게 하는 거야. 그리고 이보다 더 아름다운
방식은 없어. 원통한 진실이든, 아니면 행복한 진실이든,
또는 그 두 가지 다이든 간에, 노래보다 더 아름답게 진실
을 전할 수 있는 방법은 없어. 세라흐가 앞서 가서 노래로
들려주게 하는 거야. 설령 노래가 진실이라고 믿지 않더라
도, 최소한 아버지의 마음 밭에 진실의 씨앗을 뿌릴 수 있
도록 땅을 일궈줄 게 틀림없어. 그런 다음 나중에 도착한
우리가 증거까지 보여주면, 아버지도 노래가 진실이었음을
이해하게 될 거야. 파라오의 시장이 바로 우리 형제 요셉이

라는 사실 자체가 이해하기 어려운 문제인 것은 사실이지만, 이쯤 되면 아버지도 이해하실 수밖에 없을 거야. 어때? 내가 제대로 말했어? 너희들의 막연한 생각을 제대로 표현한 것 같애? 세라흐의 머리 너머로 허공을 바라보았을 때, 눈앞에 어렴풋이 떠오르던 생각이 바로 이런 것 아니었어?"

다들 그렇다고 대답했다. 정말 제대로 꺼내 주었다. 그렇게 하자. 이것은 하늘이 시키는 일이다. 이렇게만 된다면 자신들의 부담이 얼마나 줄어드는지 모른다. 이들은 아이를 가르치기 시작했다. 그런데 너도나도 한꺼번에 덤벼드는 바람에 쉽지 않았다. 세라흐는 재미있어 하며 놀란 눈으로 사람들을 번갈아 쳐다보았다. 다들 손짓까지 해가며 나름대로 자초지종을 설명하느라 정신없었다.

"세라흐, 자, 이만저만하니 이렇게 노래만 불러 주면 된다. 네가 믿든지 말든지, 어쨌든 그렇게 노래를 불러다오. 그러면 증명은 우리가 가서 할 것이다. 하지만 네가 믿는 게 더 좋다. 그래야 노래도 더 잘 부를 수 있을 테니까. 그리고 믿을 수 없는 이야기처럼 들리지만 사실은 진실이다. 아버지와 숙부들을 믿게 될 거다. 너는 요셉 숙부를 모른다. 예전에 없어진 그는 정실부인이며 처녀별처럼 거룩한 처녀라 불린 라헬의 아들로 두무지라 불렸다. 그래, 그래! 그런데 그 숙부는 야곱, 네 할아버지의 품을 떠나 죽었단다. 네가 태어나기도 훨씬 전에 세상이 집어삼켰지. 야곱의 가슴 안에 평생 동안 죽은 자로 남아 있었다. 그런데 믿지 못하겠지만, 전혀 그게 아니었다는 것이 밝혀졌단다."

"오, 놀라워라. 이제야 밝혀졌네.
그게 아니었어, 전혀 아니었어."

세라흐는 성급하게 노래를 부르기 시작했다. 웃음과 환호가 섞인 낭랑한 음성이었다. 그러자 형제들 모두 한마디씩 야단을 쳤다.

"조용히 해, 몹쓸 것 같으니!"

"아직 제대로 모르면서 노래부터 부르면 어쩌자는 거냐! 우선 배우기부터 해야 할 것 아니냐. 자, 잘 들어. 네 숙부 요셉은 부활했어. 이 말은 애초에 죽지 않고 살아 있었다는 뜻이야. 그리고 지금도 살아 있어. 이렇게 저렇게 해서 미즈라임에 살고 있어. 그곳에서 이러저러한 사람이 되었어. 모든 건 착각이었어. 알겠니? 피묻은 옷도 착각이었어. 주님께서는 우리의 예상과는 다른 결과로 인도하셨어. 이해했어? 우리는 이집트에 가서 그의 곁에 머물다 오는 길이야. 그는 우리한테 '접니다'라고 분명하게 밝혔어. 그리고 우리한테 이런저런 말도 했어. 우리 모두 자기한테 오라고. 그러면 너도 같이 가는 거지. 이 내용을 노래 형식에 담을 수 있겠니? 그렇게 노래에 말을 담은 다음에 야곱한테 가서 그 노래를 불러 드려. 우리 세라흐는 착한 아이이니까, 아마 잘 할 거야. 자, 네 악기를 들고 지금 당장 연주하면서 노래를 부르는 거야. 낭랑한 목소리로, 요셉이 살아 있다고. 그렇게 노래를 부르면서 앞장서서 이 언덕 너머 저기를 지나가 이스라엘의 장막으로 곧장 가야 해. 오른쪽도 왼쪽도 보지 말고 그냥 계속 노래만 불러. 가다가 누가 뭐라고 물어보거나, 무슨 시를 지었느냐고 물어도 대꾸하지 말고 그냥 걸어가면서 노래만 불러. '그는 살아 있다!' 라고. 그리고 네 할아버지 야곱한테 이르면 발치에 앉아서 최대한 달콤한 목소리로 노래를 불러 드려. '요셉은 죽지 않고 살아 있다' 라고. 그러면 할아버지도 네게 물어볼 거야. 그게 무슨 소리냐. 왜 그런 노래를 부르느냐. 그렇게 묻거나 말거나 아무 말도 해서는 안 돼. 그저 악기를 뜯으면서 노래만 불러. 그러면 우리 열한 명이 가서 이만저만하다고 알아듣도록 설명해 드릴 거야. 어때? 잘 할 수 있겠지? 넌 똑똑하니까 노래도 잘 부를 수 있겠지?"

"저도 그러고 싶어요."

세라흐가 노래하듯 말했다.

"아직까지 해본 적은 없지만 해보죠 뭘! 글쎄 다른 사람은 얼마나 잘 할지 모르지만 저도 하는 데까지 할게요! 도시와 시골에 노래하는 사람은 제법 있지만, 그들은 이런 가사를 갖지 못했죠. 그러니 제가 제일 먼저 불러서 그들 모두를 쓰러뜨릴 거예요!"

말을 마친 후 소녀는 앉았던 바위에 놓아둔 악기를 집어들더니 그 위에 뾰족한 갈색 손가락을 올렸다. 엄지는 이쪽에 그리고 네번째 손가락은 저쪽에 올렸나 싶은데, 어느새 반주를 곁들여 노래를 부르기 시작했다. 그리고 박자에 맞춰 꽃밭으로 걸음을 옮기면서 찬송가를 불렀다.

"노래하라, 오, 영혼이여, 걸어가며 새 노래를 부르렴!
내 가슴은 여덟 개의 줄 위에 멋진 시를 짓는다.

가슴이 벅차 노래가 넘치네.
황금과 순금보다 더 소중하며
꿀보다 달콤하고 꿀 중의 꿀보다 더 달콤한
봄소식을 집으로 가져간다네.

들어보아라, 온 백성아, 내 연주를!
내가 전할 복음을!
운명이 내게 어떤 멋진 임무를 주셨는지.
나는 모든 딸들 중에서 선택받은 딸,
모든 소재 중에서 기적처럼 놀라운 소재가 주어졌다네.
어떤 시인에게도 주어지지 않은 이 소재를
여덟 개의 줄에 실어 노래로 만들어
할아버지께 이 황금 같은 귀한 소식을 전하리라.

음향의 윤무는 아름다워라.
세상의 모든 고통을 어루만지는 향고.
그러나 높은 분의 침묵에
해석을 내리는 인간의 말이,
벗처럼 나란히 어깨동무할 때!
아, 얼마나 황홀한 음향인가!
또 얼마나 지당하게 들리는가!
다른 어떤 것보다 높이 칭송해야 하리
고상한 노래와 찬송가!"

이렇게 노래를 부르며 그녀는 초원을 지나 언덕으로 향

했다. 그리고 언덕에 닿아서도 치터를 뜯는 손은 잠시도 쉬지 않았다. 그녀의 손 밑에서 악기 줄이 찌르르 우는 동안 그녀의 입에서는 계속 노래가 흘러나왔다.

"음향을 얻을 가치가 있는 말은
내 안에서 무늬를 짜는 소리와 만나
서로의 아름다움을 바꿔
이렇게 소리친다. 소년은 살아 있다!

그래, 뿌리부터 선하신 분이여,
제가 무슨 소리를 들었는지 아시나요.
이 아이의 귀에 어떤 소리가 들렸을까요!
제가 입을 벌린 채
이집트에 다녀온 남자들,
제 아버지와 숙부들로부터 무슨 이야기를 들었을까요!
그들은 제게 시를 짓고 곡을 붙일 것을 주셨어요!
소재 중에서 가장 멋진 소재를.
그들은 이집트에서 누구를 만났을까요?
할아버지, 할아버지는 이해 못하실 걸요.
하지만 믿을 수밖에 없을 거예요, 그 이야기를.
아름다운 꿈 같지만 사실이니까요,
기적 같지만 실은 현실이니까요.

정말 드물고 드물죠.
이 두 가지가 하나인 경우는.

아름다운 것과 진실이
그리고 인생이 시문학과 하나일 때는!
하지만 여기서는 이 두 가지가 하나가 되었답니다.
영혼이 추구하는 것도 바로 이거죠.
그래서 이렇게 후렴으로 들려드려요
하나가 된 아름다움과 진실을.
할아버지의 소년은 살아 있어요!

아니, 차라리 한동안은 한낱 아름다움으로 여기세요.
그게 나을 거예요
너무 급하게 할아버지를 덮쳐
뒤로 넘어지시면 안 되니까요
예전에 그들이 당신께 피 묻은 물증을 가져왔을 때처럼.
그 징표는 말없이, 목 안에 소리를 가둬 둔 채 속였어요.
그리고 영원토록 당신의 영혼을 갉아먹으려
소금 기둥으로 꽂혔어요.
아, 할아버지, 그를 다시는 못 보리라는 생각에
얼마나 괴로워하셨나요.
당신의 가슴 안에서 그렇게 죽은 그였지만
이제는 사랑스러운 모습으로 되살아난답니다!"

여기서 어떤 남자가 그녀에게 물어보려고 했다. 언덕 위
에 서 있던 남자로 햇살을 가리는 모자를 쓴 양치기였다.
남자는 아까부터 놀란 표정으로 그녀를 바라보며 노래에
귀를 기울이고 있었다. 그녀 쪽으로 내려온 그는 그녀와 보

조를 맞춰 언덕으로 다시 올라가면서 물었다.

"꼬마 아가씨, 걸어가면서 무슨 노래를 하는 거요? 그 노래 가사 한번 희한하군. 찬송가는 자주 들어봐서 아가씨 같은 사람들이 악기를 뜯으며 노래하는 건 새로울 것도 없소. 그런데 이렇게 복잡하고 풍자적인 노래는 처음이군. 게다가 노래를 부르면서 그렇게 열심히 걸어가다니! 아가씨가 부르는 노래는 야곱 주인님께 드리는 노래요? 내가 보기에 그런 것 같소. 하지만 그게 뭐요? 아가씨가 끼워 넣은 그건 도대체 뭐요? 기적인 것처럼 보이지만 현실이라니, 그리고 '소년은 살아 있다'는 후렴은 무슨 뜻이요?"

그러나 걸어가는 소녀는 그를 쳐다보지도 않고 생긋 웃어 보이며 얼굴을 흔들었다. 그리고 한순간 악기에서 손을 떼고 그 손가락을 입술 위에 올렸다가 다시 음성을 높였다.

"노래하라, 세라흐, 아셀의 딸,
이집트에 다녀 온 열한 명으로부터 들은 이야기를!
노래하라. 자비로운 주님께서 베푸신 축복을.
신께서는 아랫세상에서 그 남자를 만나게 해주셨지.
도대체 그 남자는 누구인가? 오, 요셉!
나의 숙부, 높은 자리에 오른 고상한 분.
아, 노인이여, 고개를 들고 쳐다보세요.
당신의 사랑하는 아들이랍니다.
그보다 높은 자는 오로지 옥좌에 앉은 파라오뿐이랍니다.
사람들은 그를 가리켜 나라들의 주인님이라 불러요.
낯선 백성이 무릎을 꿇고 그를 섬기죠.

그리고 왕들도 칭송해요.
그리고 국가의 제일가는 시종으로 일하는
그의 권한은 끝이 없답니다.
만백성에게 먹을 것을 주며
수천 개의 곡식창고에서 빵을 선사하여
온 세상을 기근으로부터 지켜준답니다.
모든 일을 예비하고 대비한 자였기 때문이죠.
이제 그 보답으로 모든 사람의 사랑을 받고 있답니다.
옷은 미르라 향료, 상자 안에는 알로에가 있고
그는 상아로 만든 궁궐에서 산답니다.
이제 바깥으로 걸어나오는 신랑!
아, 노인이여, 당신의 어린양은 이렇게 크게 될 자였어
요!"

그녀를 따라가며 노래에 귀를 기울이던 노예 목동의 놀
라움도 더 커졌다. 그는 멀리 어떤 하녀나 남자를 보면 얼
른 팔을 흔들어 이쪽으로 불러들였다. 이렇게 남자와 여자
그리고 아이들로 이루어진 청중까지 이끌고 세라흐는 앞으
로 나아갔다. 가는 도중 이들의 숫자도 차츰 늘어났다. 아
이들은 종종걸음으로 내달리고 어른들은 걸어갔다. 그리고
얼굴은 모두 노래를 부르는 그녀 쪽으로 향하고 있었다.

"그러나 당신은 아이가 찢겼다고 생각하고
눈물로 음식을 적셨죠.
그리고 재 속에 앉아

20년이나 슬퍼하셨지요.

보세요, 노인, 이제 아시겠지요.

주님께서는 치실 수도 있고 위로하실 수도 있어요.

아, 인간들의 눈에는

그분의 행동이 얼마나 기이해 보였던가요!

그분의 통치는 이해할 수 없으며,

그분의 손이 하시는 일은 이처럼 위대하답니다.

당신을 속이고 우롱한 그분의 행동은

앞으로도 명성이 자자할 거예요.

그분께서 하시는 일은

그분이 창조하신 모든 피조물에게

참으로 멋져 보여요.

타보르와 헤르몬이 그분의 유머에 환호한답니다.

당신은 그분이 데려간 소중한 자를

이제 되돌려 받으실 거예요.

아, 노인이여, 그대는 그동안 괴로워 몸부림치며

고통에 자신을 내던졌지만

이제 그분께서는 아이를 돌려주실 거예요.

그 아이는 조금 무거워졌지만 여전히 아름답지요.

하지만 알아보지 못하실 거예요.

그리고 어떻게 불러야 할지도 모르실 거예요.

그리고 여러분들께 낯선 사람들이 낯선 말로 재잘거리며 인사할 거예요.

그리고 아무도 모를 거예요. 누가 누구의 발 앞에 무릎을 꿇어야 하는지.

이렇게 주님께서는
제 할아버지를 멋지게 놀려먹었답니다."

　이제 그녀는 함께 걸어가는 자들과 함께 마므레 숲의 테
레빈 나무 근처에 이르렀다. 그곳이 부족의 촌락이 있는 곳
이었다. 거기 축복받은 자 야곱이 장막 앞에 돗자리를 깔고
점잖게 앉아 있었다. 그를 본 소녀는 악기를 더 높이 올리
고 더 힘껏 팔에 안았다. 그리고 조금 전까지 농을 하듯 비
꼬는 음조로 연주하더니 금방 분위기를 바꿔, 산뜻하고 밝
은 음을 만들어내며 거기에 자신의 가슴과 목구멍에서 길
어 올린 가장 맑고 고운 소리로 다음 구절을 노래했다.

"내 연주가 엮는 영원한 아름다움과 만나
음향을 보석 삼아 자신을 치장할 자격이 있는,
가치 있는 말이 있다면,
오, 그건 바로 이 말이라네.
소년은 살아 있다!
　내 영혼이여, 황금 같은 음향에 맞춰
　환호하며 노래하라!
　지옥이 아들을 붙들지 못했으니.
　오, 가슴이여, 그는 부활한다네.
가슴이여, 네가 그토록 애타게 그리워한 자,
대지까지 그를 잃은 슬픔을 껴안았던 자,
관으로 유인하여
돼지의 주먹으로 내려친 그는,

아, 그는 더 이상 존재하지 않았고
들판은 버림받아 황량했지.
그러나 이제 소리가 울려 퍼진다. 그는 부활했다네.
늙으신 아버지, 믿어 주세요!
그는 신처럼 걸어오고 있어요.
화려한 여름새들까지 대동하고
꽃으로 뒤덮인 넓은 평원에서
살며시 미소 지으며 당신을 향해 걸어오네요.
당신의 입술에, 볼에 선사하는
그의 영원한 사랑의 입맞춤에
겨울의 근심과 죽음의 두려움도 쫓겨나요.
이제 그의 장난기 많은 눈빛을 읽어보세요.
그건 단지 신의 농담이었답니다.
하지만 이렇게 늦게나마
아버지의 가슴을 황홀하게 해주죠!"

야곱은 노래를 부르며 다가오는 손녀의 모습을 아까부터 지켜보면서 흡족한 표정으로 그녀의 목소리에 귀를 기울이고 있었다. 누가 노래를 부르면 주변에 있는 자들이 흥이 나서 박자에 맞춰 손뼉을 치듯이, 그 또한 그녀가 다가오는 동안 손을 마주치기도 했다. 소녀는 야곱 앞에 다 와서도 다른 말은 하지 않고 할아버지 옆에 앉았다. 그사이 그녀를 따라온 사람들은 가까이 다가오지는 못하고 적당히 거리를 두고 계속 구경하고 있었다. 노래 소리에 귀를 기울이던 노인의 손이 서서히 아래로 내려갔다. 그리고 조금 전까지 박자를 맞추듯 끄덕이던 고개가 이상하다는 듯 가로젓기 시작했다. 이윽고 노래가 끝났다.

"귀여운 내 손녀야, 훌륭하구나! 혼자 있는 노인의 귀를 즐겁게 해주려고 이렇게 할아버지를 찾아와 노래 가락을 들려주니 고맙구나, 세라흐. 보다시피 나는 네 이름을 알고 있다. 손자 손녀가 워낙 많아서 다 알 수는 없지만, 타고난 노래 솜씨 때문에 너는 유독 눈에 띄어서 이름을 쉽게 기억할 수 있었단다. 그런데 재주 있는 아이야, 내 말 좀 들어보거라. 난 네 노래를 열심히 들었다. 그러니 너도 내 말을 잘 들어다오. 네 노래를 듣다보니 은근히 걱정이 되기도 했단다. 시문학(詩文學)에는 말이다, 귀여운 아이야, 거기엔 늘 위험한 게 있단다. 달콤한 아첨과 유혹이 바로 그거지. 노래는 안타깝게도 방탕과 그다지 멀지 않아서 타락하기 쉽고, 애교와 함께 사람들을 미혹시키기도 한단다. 신에 대한 사색과 관심으로 절제하지 않으면 그럴 위험이 많다. 유희는 아름답지. 그러나 거룩한 것은 정신이란다. 그리고 정신이 유희를 즐기면 그게 시문학이란다. 그래서 나는 정신이 유희를 즐기는 가운데 자신을 잘못 사용하지 않고 신에 대한 관심과 사색이 남아 있으면 기꺼이 손뼉을 치며 즐겁게 듣는단다. 그러나 네가 방금 흥얼거린 것은 도대체 무엇이냐? 들판 위로 여름새들로 둘러싸여 모습이 변한 채 개구쟁이 같은 눈빛으로 다가온다는 자가 누구라는 것이냐? 아마도 극히 염려스러운 초원의 신을 뜻하는 것 같은데, 그 신이 맞느냐? 이곳 사람들은 내 부족을, 그러니까 아브라함의 자녀들을 혼란에 빠뜨려 우롱하려고 이 신을 가리켜

'주인님'이라 부르기도 한다. 우리 역시 주인님, 곧 주님이라 하는 분은 그러나 이 신과는 전혀 다른 분이다. 그래서 나는 우리 이스라엘 백성에게 설교를 통해 계시의 나무 아래에서 누누이 강조해왔다. '주인님'이 주인님이 아니라고 말이다. 우리 백성이 항상 이들을 혼돈하고 쾌락에 이끌린 나머지 뒷걸음질쳐서 초원의 신에게 떨어지려는 것처럼 보이거든. 한 명의 신은 긴장을 의미하는데, 여러 명의 신들은 재미와 즐거움을 주기 때문이지. 귀여운 아이야, 그런데 네가 네 재능을 긴장시켜 한 분이신 주님을 섬기지 아니하고, 이처럼 느슨하게 만들어 이 나라 사람들의 시로 찬송을 해서야 되겠느냐? 그걸 옳다고 할 수 있겠느냐?"

그러나 세라흐는 그저 생글생글 웃으며 고개를 흔들 뿐 대답을 하지 않았다. 그리고는 오히려 다시 악기를 집더니 노래를 시작했다.

"내가 노래하는 자는 과연 누구일까? 그는 바로 요셉 이라네!

그는 내 숙부로 높은 자리에 있는 고상한 분이지.

오, 노인이여, 고개를 들어 바라보세요. 그는 당신이 사랑하는 아들이랍니다.

그보다 큰 자는 옥좌에 앉아 있는 파라오뿐이랍니다.

할아버지, 당신은 이해를 못하겠지요.

그렇지만 인정할 수밖에 없을 거예요.

음향을 얻을 가치가 있는 말 하나가

내 안에서 무늬를 짜는 소리와 만나

서로 아름다움을 바꿔

이렇게 소리치니까요. 소년은 살아 있다!"

대답하는 야곱의 목소리가 떨렸다.

"애야, 네가 여기 와서 요셉 노래를 하는 것은 물론 귀엽
고 참한 일이다. 게다가 내 아들을 알 기회도 없었으면서도
날 기쁘게 해주려고 네 재주를 그에게 바치니 참으로 고맙
다. 그렇지만 네 노래의 운율은 맞을지 몰라도, 내용은 전
혀 맞지 않는다. 나는 인정할 수가 없다. 네가 어떻게 '소년
은 살아 있다'라고 찬송할 수 있느냐? 이건 나를 기쁘게 해
주는 노래가 아니다. 겉만 아름다울 뿐 속이 텅 비었으니
까. 요셉은 이미 오래 전에 죽었다. 그는 갈기갈기 찢겼단
다."

그러자 세라흐는 더 세게 줄을 당겼다.

"내 영혼이여, 황금 같은 음향에 맞춰

환호하며 노래하라!

지옥이 아들을 붙들지 못했으니.

오, 가슴이여, 그는 부활한다네.

　아, 그는 더 이상 존재하지 않았고

　들판은 버림받아 황량했지.

　그러나 이제 소리가 울려 퍼진다. 그는 부활했다네.

　늙으신 아버지, 믿어 주세요!

그는 만백성에게 먹을 것을 주며

수천 개의 곡식창고에서 빵을 선사하여

온 세상을 기근으로부터 지켜준답니다.

모든 일을 예비하고 대비한 자였기 때문이죠.

이제 그 보답으로 모든 사람의 사랑을 받고 있답니다.

옷은 미르라 향료, 상자 안에는 알로에가 있고,

그는 상아로 만든 궁궐에서 살고 있답니다.

이제 밖으로 걸어나오는 신랑!

아, 노인이여, 당신의 어린양은 이렇게 크게 될 자였어
요!"

그러자 야곱의 목소리는 더 절박해졌다.

"오, 내 손녀 세라흐. 절제를 모르고 아무렇게나 노래하는 입. 너를 대관절 어떻게 생각해야 하느냐? 찬송의 내용도 그렇지만 네가 감히 나를 그저 '노인'이라 부르는 것도 현명한 처사가 아니다. 단지 이것 하나만 걸린다면 노래하는 것은 자유니까 그냥 내버려둘 생각이었다만, 이거야 원 온통 뻔뻔스러움과 정신 나간 망상뿐이니, 나무라지 않을 수가 없구나. 넌 이런 것으로 나를 즐겁게 해줄 요량인가 보다만, 아무것도 아닌 보잘것없는 것으로 즐겁게 해주는 것은 즐겁게 해주는 것이 아니라 우롱에 지나지 않는다. 이런 것은 영혼을 이롭게 하지도 않는다. 도대체 시가 이처럼 유별나게 굴어도 되는 것이냐? 이것이야말로 재능을 잘못 사용하는 게 아니더냐? 사물을 전하되 현실과 전혀 무관한 사실을 전하다니? 아름다움에는 이성이 조금이라도 있어야 하는 법, 그렇지 않으면 가슴을 조롱할 뿐이다."

그러자 세라흐는 노래로 답했다.

"놀라워하세요, 이 드문 경우를!
아, 얼마나 행복한가요,
두 가지가 하나라니.
아름다움이 순수한 진실이며,
삶이 다름 아닌 신이 지은 시라니!
그래요, 여기서는 이 두 가지가 하나가 되었답니다.
영혼이 추구하는 것도 바로 이거죠.
그래서 이렇게 들려드려요,
하나가 된 아름다움과 진실을.
할아버지의 소년은 살아 있어요!"

야곱의 고개가 떨렸다.
"애야, 귀여운 아이……."
그러나 그녀는 즐거워하며 노래의 속도를 높였다. 음성
이 날아오를 듯했다.

"보세요, 노인, 이제 아시겠어요?
주님께서는 치실 수도 있고 위로하실 수도 있어요.
아, 인간들의 눈에는
그분의 행동이 얼마나 기이해 보였던가요!
당신은 그분이 데려간 소중한 자를
이제 되돌려 받으실 거예요.

아, 노인이여, 그대는 그동안 괴로워 몸부림치며
고통에 자신을 내던졌지만

718

이제 그분께서는 아이를 돌려주실 거예요.

그 아이는 조금 무거워졌지만 여전히 아름답지요.

그래요, 이렇게 주님께서는

제 할아버지를 멋지게 놀려먹었답니다!"

야곱은 얼굴은 외면한 채 노래를 멈추게 하려는 듯 그녀 쪽으로 손을 뻗었다. 지친 갈색 눈에 눈물이 홍건히 고였다.

"애야."

간신히 그 말만 했다.

"아, 애야."

그리고 주변이 술렁이는 것도 의식하지 못했고 자신에게 기쁜 소식을 전해 주는 소리도 못 들었다. 호기심에서 세라흐를 따라와 그녀의 찬송가에 귀를 기울이던 사람들 외에, 자식들의 귀향 소식을 야곱에게 전하러 온 사람들까지 가세해서 마당이 법석거렸다. 무슨 일인가 하여 부락 사람들도 모두 이곳으로 몰려드는 동안 두 명의 남자가 야곱 앞으로 나왔다.

"이스라엘, 열한 명이 이집트에서 돌아왔습니다. 아드님들이 오고 있습니다. 갈 때보다 짐이 엄청 많습니다. 다른 남자들까지 데리고 왔습니다. 마차도 있고 나귀도 더 늘어났습니다!"

그러나 형제들은 이미 그 자리에 당도하여 지금 막 나귀에서 내려 이쪽으로 다가오는 중이었다. 벤야민을 가운데 두고 나머지 열 명이 이렇게든 저렇게든 벤야민을 잡고 있었다. 너도나도 동생을 자기 손으로 아버지 앞으로 인도하고 싶었던 것이다.

"아버님, 그간 평안하셨습니까? 주인님, 여기 벤야민을 데려왔습니다. 아이 때문에 잠시 아주 난처한 지경에 이르기도 했지만, 여하튼 이렇게 아무 탈 없이 아버님께 돌려드리니, 이제 아버님께서 마음놓고 데리고 계십시오. 그리고 여기 아버님의 영웅 시므온도 돌아왔습니다. 또 식량도 충분히 가져왔고, 게다가 빵의 주인님으로부터 선물까지 잔뜩 받아왔습니다. 보십시오, 이렇게 저희는 마침내 일을 잘 마치고 무사히 돌아왔습니다. 하지만 '무사히'라는 말로는 부족합니다."

야곱이 자리에서 일어났다.

"아이들아, 어서 오너라."

막내아들을 얼싸안은 그의 표정이 넋 나간 사람 같았다.

"너희가 돌아왔구나. 그래, 먼 여행에서 다들 돌아왔구나. 다른 때 같았으면 이 대단한 순간에 내 영혼도 감격하였을 터인데, 지금은 딴 생각에 팔려 있느라 그래, 내 영혼이 이렇게 딴전을 부리는 건 이 아이 때문이다. 아셀, 네 딸 말이다. 글쎄 이 아이가 내 곁에 앉더니 노래를 부른답시고 달콤한 거짓말과 정신 나간 동화를 들려주면서 내 아들 요셉 이야기를 하는 바람에, 어떻게 이성적으로 방어해야 할지 나도 모를 지경이다. 그러니 너희가 때맞춰서 잘 와주었다. 너희가 이 아이로부터 나를 지켜다오. 아이가 음악을 연주하면서 날 우롱하니 너희가 막아다오. 이렇게 머리가 허옇게 센 늙은 아버지가 조롱받는데 그냥 두고 볼 너희가 아니지 않으냐."

그러자 유다가 장담했다.

"절대로 그럴 리가 없지요. 막을 수만 있다면 무슨 일이 있어도 그렇게 할 것입니다. 그러나 저희 생각에는 아버님, 이건 정말 충분한 근거가 있는 생각입니다. 그러니 저희 생각대로 우선 그녀의 노래가 일말의 진실을 담고 있을 가능성도 있다는 점을 고려해 보시는 게 좋을 듯 합니다."

"일말의 진실?"

노인이 되물으며 몸을 곧추 세웠다.

"고작 그런 정도로 나 이스라엘을 설득하려는 것이냐? 나더러 온전한 진실이 아닌 반쪽짜리 진실을 받아들이란 말이냐? 우리가 혹시나 싶은 만일의 경우로 만족했더라면, 우리가 어디 있으며 주님께서는 또 어디 계시겠느냐? 진실은 하나이며 나눠질 수 없는 것이다. 이 아이는 내게 세번이나 노래를 불렀다. '소년은 살아 있네!' 이 말에는 진실이 있을 수 없다. 그것이 진실이 아닌 이상. 그러니 이게 대체 무엇이냐?"

"진실입니다." 열한 명이 합창했다. 모두 손바닥을 위로 번쩍 들었다.

"와, 진실이래!"

갑자기 환호성이 터져 나왔다. 주변에 모여 있던 사람들이었다. 아이들과 여자들 그리고 남자 목소리들이 한데 섞였다.

"그녀의 노래가 진실이었어!"

"아버지."

벤야민이 야곱을 얼싸안았다.

"들으셨죠? 이제 받아들이세요. 저희도 그래야 했습니다. 어떤 사람은 조금 일찍, 또 어떤 사람은 조금 늦었지만 모두 받아들일 수밖에 없었거든요. 저 아래에 있는 남자, 제 이야기와 아버지 이야기를 부쩍 많이 물었던 그 남자, '아버지가 아직 살아 계시냐'라고 물었던 바로 그 남자가 요셉입니다. 그와 요셉은 한 사람이에요. 요셉은 죽은 적이 없었어요. 내 어머니의 아들은 죽지 않았어요. 나그네들이 짐승의 손아귀에서 빼내서 그를 이집트로 데려갔어요. 거기서 샘가의 식물처럼 무럭무럭 자라나 아래 사람 중에 제일 높은 사람이 되었습니다. 그래서 낯선 이방인들의 아들들이 그에게 아첨을 늘어놓지요. 요셉의 지혜가 없었더라면 굶어 죽었을 테니까요. 이 기적의 징표를 원하세요? 저기 저희 짐들을 보세요! 아버지께 나귀를 스무 마리나 보냈어요. 양식과 이집트의 귀한 물건들을 실은 나귀입니다. 그리고 저기 저 마차들은 파라오의 보물창고에서 나온 건데, 우리 모두를 아버지의 아들에게로 데려갈 마차랍니다. 요셉은 처음부터 아버지를 그곳으로 모시려 했던 겁니다. 전 그걸 알아차렸어요. 그는 우리가 그의 곁에서 기름진 초원에서 방목하기를 원합니다. 하지만 그곳은 그다지 이집트 같지 않은 곳으로 고센 땅이랍니다."

야곱은 여전히 꼿꼿했다. 거의 근엄해 보였다. 이어 단호한 음성이 들렸다.

"그 문제는 주님께서 결정하실 것이다. 이스라엘은 세상의 대인들이 아니라 오로지 그분의 지시만 받는다. 오, 나의 담무, 내 아이!"

입술에서 그런 소리가 흘러나왔다. 그는 손을 가슴에 포개고 이마를 구름이 있는 하늘로 높이 쳐들었다. 노인의 머리가 천천히 흔들렸다. 그리고 다시 고개를 숙이며 입을 열었다.

"애들아, 이 꼬마 아가씨에게 축복을 내리겠다. 이 아이는 죽음도 핥지 못하고 살아서 하늘나라로 들어가리라. 주님께서 내 기도를 들어주신다면, 그렇게 될 것이다. 이 아이는 내게 노래를 불러 주었다. 주님께서 내게 라헬의 첫째 아들을 돌려주신다고. 여전히 아름답지만 조금 무거워졌노라고. 이 말은 내 아들이 흐르는 세월과 이집트의 고기 음식으로 어쩔 수 없이 아주 뚱뚱해졌다는 것이더냐?"

"그렇게 심하지는 않습니다, 아버님. 아주 심하지는 않습니다."

유다가 달랬다.

"그저 보기 좋을 정도입니다. 그를 되돌려주는 건 죽음이 아니라 생명이라는 점을 생각하셔야 합니다. 죽음이 돌려준다면 이전 모습 그대로 돌려주겠지만, 이번에 아버지의 손에 아들을 건네주는 것은 생명의 손이므로, 이전의 어린 사슴은 사라지고 사슴의 우두머리를 보게 되시는 겁니다. 자신의 보석까지 달고 있는 우두머리 사슴 말입니다. 그리고 약간은 세속의 사람이 되어 조금 낯설게 보일 수도 있으니 단단히 각오하셔야 합니다. 그곳 관습이 그러니까요. 입고 있는 옷도 주름진 아마포 옷입니다. 헤르몬의 눈보다 더 하얀 옷이지요."

"내가 가서 직접 봐야겠다, 죽기 전에. 그가 예전에 살아 있지 않았더라면 지금도 살아 있을 리가 없으니, 정녕 살아 있었다는 뜻이구나. 주님의 이름을 찬양할지어다."

"찬양할지어다!"

온 백성이 따라 외쳤다. 그리고 우르르 몰려와 형제들과 함께 야곱의 옷자락에 입을 맞추고 축하해 주었다. 야곱은 사람들의 머리를 내려다보지 않았다. 그의 눈은 다시 하늘을 바라보고 있었다. 고개도 여전히 흔들렸다. 그러나 세라흐, 그 노래하는 입은 돗자리에 앉은 채 다시 노래를 부르기 시작했다.

"이제 그의 장난기 많은 눈빛을 읽어보세요.
그건 단지 신의 농담이었답니다.
하지만 이렇게 늦게나마
아버지의 가슴을 황홀하게 해주죠!"

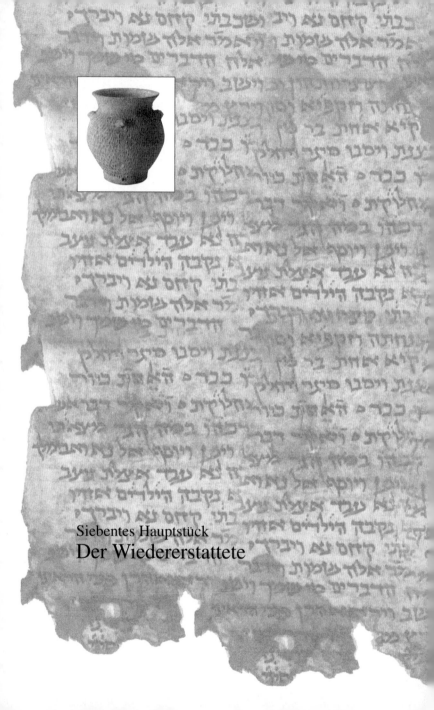

Siebentes Hauptstück
Der Wiedererstattete

7부
되돌려 받은 자

내가 가서 직접 봐야겠다

이렇게 하여 드디어 고집 센 암소는 송아지의 소리를 듣게 되었다. 계략에 능한 주인은 암소로 하여금 밭을 갈게 하려고 그곳에 송아지를 데려다 놓은 것이다. 이제 암소는 송아지의 소리를 듣고 그렇게 싫어하던 멍에도 얹고 그곳으로 송아지를 따라간 것이다.

하지만 이 암소는 여전히 그 밭을 죽은 자들의 밭으로 생각하여 혐오하고 있었으므로 그건 결코 쉽지 않았다. 그곳으로 가겠다는 결심을 밝혔지만, 그것은 분명 걱정스러운 일이었다. 그나마 다행인 것은 이 결심을 다시 한번 걱정할 시간이 있었다는 점이었다. 살던 곳을 떠나 전 부족이 아래 나라로 이주하려는 결심을 했어도, 이를 실행하기까지는 꽤 많은 시간이 걸렸던 탓에 걱정할 시간도 충분했다. 이스라엘 백성은 고센 땅에 모든 게 준비되어 있으니 가재도구 따위는 챙기지 말라는 파라오의 지시를 곧이곧대로 받아들여 모두 제자리에 놔둔 채 떠날 사람들이 아니었다. 그리고 파라오가 살림살이는 '걱정하지 말고' 오라 한 것은 모두 다 가져오지는 말라는 뜻이었을 뿐이다. 그리고 실제로 그럴 수도 없었다. 일상용품과 작은 가축과 뿔 달린 가축들 모두 다는 아니지만 이주하는 데 거추장스러운 것들은 그것을 갖고 싶어하는 자에게 주고 가야 했다. 다시 말해서 처분할 것은 팔기로 한 것이다. 하지만 이런 경우 서둘러 팔면 손해를 보기 때문에 평상시와 마찬가지로 온갖 격식을 다 갖춰서 질질 끌어가며 팔았다. 야곱이 이런 과정을 두고 본 것만 봐도, 그의 결심이 확고해졌음을 알 수 있었다. 그러나 한편으로는 말로 표현한 그의 결심은 조금 묘한 뉘앙스를 남겨서 여러 가지 다른 해석의 여지가 있었다.

'내가 가서 직접 봐야겠다'라는 말은 원한다면, 굳이 그렇게 듣고 싶다면 '그를 방문하여 얼굴을 다시 보겠다, 죽기 전에. 그런 다음에 다시 돌아오겠다'라고 들을 수도 있다. 그러나 아무도 그렇게 듣지 않았다. 그리고 야곱 자신도 그런 뜻으로 말한 건 아니다. 만일 그를 다시 보기 위한 단순한 방문을 의미했더라면, 아무리 높은 자리에 있는 요셉이라 하더라도 아들이 아버지를 방문했어야 옳았다. 연로한 아버지에게 미즈라임까지 길고 험한 여행을 요구하는 것은 자식의 도리가 아니니까. 그러나 요셉에게는 '따라오게 하기'라는 모티브가 있었다. 야곱도 지금이 바로 그때라는 사실은 잘 알고 있었다. 요셉이 가족으로부터 격리되어 다른 곳으로 옮겨진 것도, 그래서 야곱이 슬픔을 못 이겨 통곡으로 얼굴이 퉁퉁 부어오른 것이 고작 서로 방문이나 하라고 겪었던 건 아니었다. 이는 이스라엘이 요셉을 따라가게 만들기 위해서였다. 그리고 야곱은 신의 인식과 관련된 문제에서라면 누구보다 훈련이 잘 되어 있는 사람이었다. 그러므로 아름다운 자를 저 먼 곳으로 끌고 가 영화롭게 해주고, 온 세상에 찾아온 기근이 물러날 생각 없이 끈질기게 버티고 있도록 만든 것은 형제들이 이집트로 가게끔 하려는 원대한 계획에서 비롯된 조처였음을 즉각 이해했다. 그런 마당에 끝까지 이집트로 안 내려가겠다고 고집을 부린다는 것은 어리석은 행동이었으리라.

이렇게 야곱이 수많은 민족들을 고통의 소용돌이에 몰아넣고 경제파탄을 가져온 일종의 천재지변인 가뭄을 자기 부족의 역사에만 연관시켜 이집트로 인도하기 위한 조처로만 파악한 것을 일종의 교만으로 볼 수도 있을 것이다. 그러나 마치 세상 만사가 자신과 자신의 부족을 중심으로 이루어지며, 이 세상에 사는 다른 민족들은 이를 감수할 수밖에 없다는 자아 중심적인 사고는 교만이라는 부정적인 이름 외에, 긍정적인 이름도 얻을 수 있다. 그것은 바로 경건함이다. 아무런 질책도 받지 않을 수 있는 덕목이 과연 있는가? 어떤 덕목이든 이를 나무라는 부정적인 이름을 얻기 마련이 아니던가? 서로 모순되는 겸손과 교만이 한데 어우러지지 않는 덕목이 어디에 있는가? 경건한 자는 세상을 내면화하여 자신의 구원사 안으로 끌어들인다. 그리고 다른 사람들이 거부감을 느낄 정도의 확신, 곧 신께서 자신에게 특별한 관심을 기울여 주시며, 오로지 자신만 염려해 주신다는 그런 확신 없이는, 또 만물의 중심에 자신과 자신의 구원을 놓지 않고서는 경건함이란 있을 수 없다. 이것은 오히려 이처럼 강력한 덕목이 가지고 있는 결정적인 특징이다. 그 반대는 자신을 보살피지 않고 자신을 있으나마나 한 주변적인 존재로 몰고 가는 것이다. 여기서는 세상을 위해서도 좋은 결과가 나올 게 없다. 자신을 중요하게 여기지 않는 자는 곧 망할 수밖에 없다. 그러나 자신을 중요하게 여기는 자, 예컨대 자신을 중히 여겨 오로지 지고한 분만 섬기리라 결심한 아브라함처럼 대단한 야망을 가진 자는, 많은 사람들을 이롭게 해준다. 여기에 바로 자아의 존엄성과 인류의 존엄성의 관계가 드러난다. 인간은 스스로 가장 비중 있는 존재가 되고자 했기 때문에 신을 발견할 수 있었다. 말하자면 이것이 신을 발견할 수 있는 전제조건이었다. 그러므로 인류가 자신을 중히 여기지 않게 되어 멸망하면, 이와 함께 두 가지의 발견, 즉 인간이 발견한 신과 신이 발견한 인간도 사라지게 될 것이다.

조금 전에 하던 말을 계속해 보자. 내면화는 좁히는 것이 아니다. 그리고 자신을 귀하게 여기고 높이 평가한다 해서 보편으로부터의 단절과 경직을 의미하지는 않는다. 보편이란 개인의 밖과 위에 있는 것으로서 자아를 벗어나는 것인 동시에 그 안에서 다시 자아를 발견할 수 있는 것이다. 경건함이 자아의 중요성으로 채워진 것이라면, 자아가 항상 존재하는 것 속으로 흘러들어가 확대되는 것이 바로 축제다. 늘 존재하는 것은 자아 안에서 반복되며, 자아는 늘 존재하는 것에서 자신을 재발견하게 된다. 다시 말해서 축제는 폐쇄성과 개성의 상실을 뜻한다. 그러나 이 과정에서 자아의 존엄성은 아무 피해도 입지 않으며 오히려 보다 거룩해진다.

아들들이 이주 준비를 하느라 실무 처리로 바쁜 나날을 보낼 때 야곱이 바로 이런 기분이었다. 이제 예전의 계획을 실행할 때가 왔다. 그는 아들을 잃고 비통한 마음을 가누지 못해 죽은 아들을 찾아 아랫세상으로 내려가겠다며 엘리에 젤에게 열병에 걸린 사람처럼 자신의 계획을 속삭였었다. 이는 별자리의 이동 같은 것이었다. 이렇게 자아가 자신의 경계선을 무너뜨리고 활짝 문을 열어 우주를 맞아들이고 자신을 그 안에 풀어놓아 우주와 자신을 바꿔치기 하는 마당에 개별화와 격리를 운운할 수 있겠는가? 떠난다는 생각 자체가 항상 있는 존재와 회귀가 갖는 확장과 의미심장한 의미로 가득 차 있었다. 그래서 정확히 이 시간에, 이 장소에서 단 한번 일어나는 유일무이한 사실이 그 경계를 훌쩍 뛰어넘은 것이다.

그래서? 노인 야곱은 다시 청년이 된 것이다. 잘못을 바로잡는 사기극이 있은 후, 브엘세바에서 나하라임으로 길을 떠나는 청년. 또 그는 아내들과 가축떼를 이끌고 25년간 머물렀던 중간지점 하란에서 길을 떠나는 남자였다. 그러나 야곱은 단순히 그 자신만이 아니었다. 이렇게 살면서 나이를 먹는 동안 번번이 길 떠나기를 반복한 그는 야곱만은 아닌 것이다. 그러면 그는 또 누구였던가? 그는 이사악이기도 했다. 아비멜렉이 있는 게라르로 가려고 블레셋 땅으로 떠났던 그 이사악. 그리고 또 더 깊이 되돌아보면 떠나는 남자의 원형도 돌아오고 있었다. 아브람, 갈대아의 우르에서 길을 떠난 나그네. 하지만 이것이 진짜 원형은 아니었다. 이는 하늘의 나그네길이 세상에 반영된 일종의 모방이었을 뿐이다. 그건 바로 한걸음 한걸음 자기 갈 길로 옮아가는 달의 나그네길이었다. 그는 하란의 벨, 곧 길의 주인님이었다. 그리고 아브라함, 곧 이 세상에 등장한 나그네의 원형이 하란에 잠시 머물렀으므로, 야곱 자신도 하란 대신 브엘세바에 머무는 것이 순리였다. 그곳이 달이 머무는 첫번째 정거장인 셈이었다.

아브람 역시 기근이 닥쳤을 때 이집트로 이주하여 거기서 낯선 이방인으로 살았다 생각하니, 이보다 더 큰 위로가 없었다. 아, 얼마나 위안이 필요한 그였던가! 아들과의 재회가 손짓하고 있었다. 그후에는 편안히 눈을 감을 수 있으리라. 사실 그 다음에야 더 기쁜 일도 없을 듯했다. 그리고 이집트로 이주하여 파라오의 초원에서 방목할 수 있다는 것은 큰 혜택임에 틀림없었다. 그렇게 하고 싶어도 못하는 사람들이 얼마나 많은가. 다들 그의 부족을 부러워했다. 그래도 야곱에게는 신의 결정을 따르기로 결정하는 것이 쉽지 않았다. 선조의 땅을 떠나 짐승 신들을 섬기는 혐오스러운 나라, 그 진창의 나라, 함의 자식들의 땅으로 이주해야 하다니. 야곱은 아버지들이 그러했듯이 언제라도 장막을 걷고 다른 장소로 옮겨도 무방한 자유로운 생활을 해왔다. 그는 아브람이 이주해 온 이 땅에서 한군데 완전히 정착한 적 없이 절반은 이방인의 신분으로 살아왔다. 그리고 아브람처럼 자신도 여기서 죽을 때까지 살 수 있으리라 생각했다. 또 아브람이 들었던 '너의 후손이 그에게 속하지 않는 나라에서 이방인으로 살리라' 하는 진실한 말에 나오는 나라가 이 나라이려니 했다. 자신이 태어나고 자신이 잃은 자들이 쉬고 있는 바로 이 나라를, 그 말씀에서 언급한 나라와 결부시켜도 되리라 믿었던 것이다. 그런데 이제 보니 이 선언은 더 멀리 나아가는 것이었고 지금 옮겨갈 나라를 뜻하는 것이 분명했다. 그 말씀이 공포와 커다란 암흑과 결합된 것도 공연한 게 아니었다. 그곳은 다름 아닌 미즈라임이 아닌가. 나라에 종살이를 하는 이집트. 야곱은 엄격한 공권력을 행사하는 아래 나라에 대한 거부감 때문에 그곳을 늘 그렇게 불렀다. 그러나 자신의 후손들이 이 나라를 섬기게 될 줄은 꿈에도 몰랐다. 그러니 어찌 근심스럽지 않겠는가. 신께서 '거기서 400년 간 섬기며 신음하게 될 것이다' 라고 경고한 위험한 나라가 바로 자신이 지금 이주하려는 곳이 틀림없었다. 이렇게 몇 세대에 걸쳐 종살이할 나라로 자신이 부족을 이끌고 가야 하다니 마음이 여간 무겁지 않았다. 글쎄, 모든 것이 구원 계획에 속하는 것으로서 따지고 보면 좋은 것일 수도 있다. 그리고 또 행복과 불행이라는 것이 운명과 미래라는 큰 틀 안에서는 서로 상쇄된다 하자. 아무리 그래도 야곱이 주님 안에서 결단을 내린 이 이주가 운명적인 떠남임에는 틀림없었다.

무덤들의 나라로 가는 여행인데 어찌 걱정이 되지 않겠는가. 그러나 다른 한편으로 보자면 이곳의 무덤들은 두고 떠나기 어려운 것들 중의 하나였다. 길가에 묻힌 라헬의 무덤, 막벨라 이중 굴, 곧 아브람이 히타이트 사람 에프론으로부터 당시 관례대로 무게를 달아 은 400세겔에 밭과 함께 사들였던 무덤을 두고 가려니 마음이 아팠다. 이스라엘은 유동성이 특징이었다. 다른 양치기 부족들과 다를 바 없었다. 그러나 움직이지 않고 누워 있는 재산인 굴과 밭을 가지고 있었다. 이것은 이스라엘의 것으로 남아야 했다. 이민을 떠나는 자들은 일부 움직일 수 있는 것들을 팔기도 했다. 그러나 움직일 수 없는 재산, 바로 이 무덤이 딸려 있는 밭은 팔 수 없는 것이었다. 이것은 야곱이 돌아올 수 있게 해주는 담보물이었다.

자신의 가문이 이집트 땅에 얼마나 오랫동안 머물러야 하든, 그건 상관없었다. 야곱은 자신만큼은 다시 고향으로 돌아오고 싶었다. 그래서 신과 인간에게 부담이 된다 하더라도 자신의 인생이 다하면 견고한 고향으로 데려다 달라고 할 참이었다. 보통 때는 땅에 뿌리를 박지 않고 이곳 저곳 옮길 수 있는 장막에 살았지만, 죽어서는 땅 위에 놓여 있는 자신의 재산, 아버지들과 자신의 아들들의 어머니들이 누워 있는 바로 그곳에 누울 결심이었다. 물론 자신이 가장 사랑했던 여인은 그곳이 아니라 따로 떨어져서 길가에 누워 있었다. 그녀의 아들, 사랑받는 자, 야곱의 품에서 누군가 먼 곳으로 떼어놓은 그 아들이 지금 야곱을 부르고 있었다.

이러니 야곱이 떠나기 앞서 길에서 빼앗긴 아내에 이르기까지 이 모든 일을 되새겨보고 걱정할 시간을 가진 게 얼마나 다행이었는가? 또 자신으로부터 격리시킨 사랑하는 아들에게 부여된 독특한 역할에 대해, 신을 이해하려는 야곱이 생각해 보지 않은 것이 있었겠는가! 야곱이 이 문제에서 어떤 결론을 끌어내었는지는 그에게서 직접 확인할 수 있다. 그는 이제 요셉 이야기를 할 때면 '나의 주인님, 내 아들'이라 불렀다. "나는 나의 주인님, 내 아들이 있는 이 집트로 내려갈 생각이다. 그는 그곳에서 높은 자리에 앉아 있다"라고 말했다. 이런 말을 듣고 노인의 등 뒤에서 피식 웃으면서 참 거만하게 군다고 비웃는 사람들도 있었으리라. 그러나 이들은 이런 표현 뒤에 무엇이 숨겨져 있는지 알지 못했다. 거기엔 거리감과 포기, 그리고 단호한 결단이 웅크리고 있었다.

일흔 명

　찬란한 봄꽃들로 화사한 봄도 지나고 늦여름이 되어서야
이스라엘은 헤브론 옆의 마므레 숲에서 출발할 수 있었다.
처리할 일이 많았던 것이다. 첫번째 목적지는 브엘세바였
다. 국경에 있는 이 성소에서 며칠 쉬어 갈 작정이었다. 그
곳은 야곱과 그의 아버지가 태어난 곳이며, 용감한 그의 어
머니 리브가가 이전에 축복에 얽힌 사기극을 끝내고 아들
을 메소포타미아로 떠나보낸 곳이었다.

　야곱은 자리를 털고 일어나 가축떼와 재산을 가지고 아
들들과 아들의 아들들과 딸들과 딸의 아들들과 함께 길을
떠났다. 혹은 기록되어 있듯이 다음과 같이 말할 수도 있을
것이다. 야곱은 자신의 여자들과 딸들과 아들들과 아들의
여자들과 함께 길을 떠났다라고. 하지만 이는 꼬인 서술이
다. 그의 '여자들'이라는 표현은 그의 아들들의 여자들을
말하는 것이며, 그들이 또한 바로 '딸들'이기 때문이다. 물

론 여기에는 아들들의 딸들, 예컨대 노래하는 세라흐까지 포함되어 있다. 길을 떠난 사람들의 숫자는 모두 일흔(한글 성경에는 '칠십'으로 되어 있음―옮긴이)이었다. 이 일흔이라는 숫자에 유념해야 한다. 이것은 정확히 세어서 나온 숫자가 아니다. 그저 숫자 감각에 따라 그렇게 하기로 합의한 것뿐이다. 여기서는 달빛의 정확성이 해당된다. 다 알다시피 이것은 우리가 살고 있는 시대의 정확성과는 다르지만 그들에게는 합당했고 올바른 것으로 여겨졌다. 일흔이라는 숫자는 신의 칠판에 쓰여진 이 세상에 사는 민족들의 숫자였다. 그리고 이들이 이스라엘 족장의 옆구리에서 나온 후손들의 숫자라는 사실은 환한 대낮의 불빛 아래 검토해야 할 필요가 없다. 그러나 야곱의 옆구리가 문제된 것이라면 아들들의 아내들까지 함께 세어서는 안 되지 않는가? 물론 그렇게 하지 않았다. 하나하나 세어보지도 않았는데 함께 세었을 리도 없으니까. 그리고 아름다운 선입견에서 출발하여 하나의 결과를 거룩한 것으로 판단한 곳에서는 무엇을 함께 세어보았고 무엇을 세어보지 않았는가 하는 질문조차도 무의미해진다. 야곱이 자기 자신은 세었는지 그것도 분명하지 않다. 그리고 다른 사람들이 그들의 숫자, 즉 일흔이라는 숫자에 그를 끼워 넣었는지 아니면, 아예 빼놓아서 그는 일흔한번째 사람이었는지도 알 수 없다. 우리는 이 경우 영겁이 이 두 가지 가능성을 동시에 허락한다는 사실로 일단 만족해야 한다.

예를 들면 유다의, 정확하게는 다말이 그에게 선사한 아들 페레쯔의 피를 물려받은 훨씬 아랫대의 후손의 이름은 이새였다. 그에게는 일곱 명의 아들이 있었고, 그리고 막내 아들은 양치기였는데, 훗날 그의 머리에 기름이 부어져 높은 자리로 올라간다. 그렇다면 여기서 '그리고'는 무엇을 의미하는가? 그는 일곱이라는 숫자에 막내로 들어 있는가? 아니면 이새의 아들은 모두 여덟 명이라는 뜻인가? 아마 전자일 확률이 크다. 그건 여덟 명보다는 일곱 명의 아들을 가지는 것이 훨씬 아름다우니까. 그리고 확률이 큰 정도가 아니라, 거의 확실한 것은 이새의 아들의 숫자가 일곱이라는 숫자는 막내가 거기에 더해지든, 혹은 그 숫자 밖에 있든 변함이 없으리라는 사실이다.

이제 다른 경우를 보자. 한 남자는 일흔 명의 아들을 데리고 있었다. 그에게는 아내가 많았기 때문이다. 이 어머니들 중의 한 여인이 낳은 어떤 아들이 다른 형제들을 모조리 죽였다. 그 남자의 아들 일흔 명 전부를 돌 하나로 쳐죽였다. 우리들의 메마른 개념으로 보자면 그 아들은 이들의 형제였으므로, 예순아홉 명의 형제들을 죽인 셈이 된다. 아니, 오히려 예순여덟 명이 옳다. 그건 이름까지 언급된 요담이라는 다른 형제가 살아남았기 때문이다. 한 사람이 일흔 명을 전부 다 죽였다면서 죽인 자와 살아 남은 다른 형제 하나는 그냥 빼버린 것은 받아들이기가 쉽지 않다. 이 경우는 한편으로는 이들을 그 숫자에 포함시키기도 하고 동시에 다른 한편으로는 제외시킬 수 있음을 보여주는 참으로 대단한 예가 아닐 수 없다.

이제 야곱 이야기로 돌아오자. 야곱은 일흔 명의 나그네들 중에서 일흔한번째 사람에 해당됐다. 이 숫자가 한낮의 햇살을 감당할 수 있다면 그렇다는 뜻이다. 이 숫자는 낮은 차원의 냉정한 진실인 동시에 보다 높은 차원의 냉정한 진실이었다. 이는 새로운 모순인데 달리 볼 수도 없고 다르게 말할 수도 없다. 아버지 야곱은 부족의 남자 중 일흔한번째가 아니라 일흔번째의 남자였다. 그러나 여기에는 이집트에 있는 요셉과 그곳에서 태어난 요셉의 두 아들의 숫자까지 포함되어 있다. 그러나 이 세 명은 함께 길을 떠난 것은 아니므로 실제 이동한 사람들의 숫자에서는 빼야 한다. 그러나 뺄셈의 필요성은 이 정도로 끝나지 않는다. 길을 떠나던 시기에 아직 세상에 나오지도 않은 영혼까지 합산되었기 때문이다. 레위의 딸 요헤베드의 경우가 그러하다. 당시 어머니의 뱃속에 있던 그녀가 태어난 것은 이집트로 들어가는 국경 요새의 '담' 사이였다. 그러나 길을 떠난 사람들을 합한 숫자에 야곱의 손자와 증손자까지 포함되었음은 분명하다. 생산은 되었으나 아직 태어나지 않고 태어날 예정인 아이들의 숫자를 합친 것이다. 이들도 경건한 학자들의 표현처럼 '아버지의 허리 안에 들어앉은 채로' 이집트로 들어왔다. 물론 실제 몸으로 나그네길을 터벅터벅 걸어온 것은 아니고, 정신적인 의미에서 이주에 참여한 것이다.

필요한 뺄셈 이야기는 이 정도로 하자. 그러나 예순아홉에 덧셈을 해줘야 할 이유도 없지 않았다. 이 정도 숫자는 야곱의 남자 후손만 헤아려도 나온다. 그러나 만일 그의 직계손을 모두 계산한다면, 아니 마땅히 그래야 하므로, 아들들의 아내까지는 아니다 하더라도, 아들들의 딸들은 포함시켜야 한다. 예컨대 세라흐는 특히 빼놓아서는 안 된다.

그 아이가 누구인가. 아버지께 요셉이 살아 있다는 소식을 제일 먼저 전한 소녀를 합산하지 않는다는 건 바람직하지 않은 일이었을 것이다. 그녀의 위상은 이스라엘 백성 사이에서 매우 컸다. 그리고 야곱은 고마움을 표하느라 그 아이를 축복해 주었다. 그 소녀는 죽음이 핥지 않고 살아서 하늘나라에 들어가게 되리라고. 이 축복이 실현되었음은 의심의 여지가 없었다. 실제로 그녀가 언제 죽었는지 아는 자는 아무도 없다. 삶이 언제 끝날지 앞을 내다볼 수 없이 계속된다는 점이 바로 그녀의 삶이 보여주는 특징이다. 그녀에 관해서는 이런 이야기도 들린다. 그녀는 인간의 나이를 먹은 후, 요셉의 무덤을 찾아 이리저리 헤매던 남자 모세에게 나일 강에 있는 이 무덤의 위치를 알려줬다는 것이다. 그리고 이로부터 엄청나게 오랜 세월이 흐른 후, 그녀는 '지혜로운 여자'라는 이름으로 아브람의 백성에게 나타났다고 한다. 실제로 똑같은 세라흐가 여러 시대에 살았든, 아니면 다른 소녀가 복음을 전하는 소녀의 역할을 자신의 사명으로 여기고 살았든 간에, 분명한 것은 그녀도 일흔 명이라는 나그네의 숫자에 포함되었어야 한다는 점이다. 이를 두고 아니라고 흔들어댈 사람은 없으리라 믿는다.

그러나 아들들의 여자들, 즉 야곱의 손자들의 어머니들은 합산되지 않았다. 그저 '여자들, 즉 아내들'만이 아니라 '어머니' 이야기를 하고 있다. 이는 다말을 염두에 둔 까닭이다. 그녀는 '네가 가는 곳이면 어디든 따라간다'라는 말처럼 자신이 낳은 두 명의 귀여운 유다의 아들들과 함께 대열에 끼어 있었다. 대부분 그녀는 기다란 지팡이를 짚고 걸어갔다. 여자 걸음치고는 보폭이 꽤 넓었다. 큰 키, 짙은 피부색, 동그란 콧구멍, 자신만만해 보이는 입, 그리고 멀리 내다보는 듯한 독특한 시선, 자신을 이스라엘의 대열에서 제외시키도록 내버려두지 않았던 이 단호한 여인은 마땅히 계산에 넣어야 하지 않았을까? 하지만 그녀의 두 남편 에르와 오난은 달랐다. 달빛이건 햇빛 아래서건 이들은 합산될 수 없었다. 이미 죽은 자들이었으니까. 이스라엘은 장차 태어날 자손은 함께 세었지만, 고인이 된 자는 셈에 포함시키지 않았다. 그러나 그녀가 남편으로 얻을 수 없었던 셀라, 그리고 사실 남편으로 얻을 필요도 없었던(그녀는 묘수를 동원하여 그에게 배다른 동생을 선사했으니까) 그는 이 자리에 있었으므로 레아 손자의 숫자 서른둘에 포함되어 있었다.

가마로 모셔라!

이렇게 모두 일흔 명이었다는 동의 하에, 이스라엘은 아모리 족이 사는 마므레 숲에서 길을 떠났다. 계산에 넣지 않은 모든 것을 계산에 넣는다면, 즉 목동들과 몰이꾼 그리고 노예들과 마부며 인부들까지 합치면 백 명도 넘었을 것이다. 그야말로 대단한 행렬이었다. 사람들의 행색도 다양하고, 대인원이니 소음 또한 만만치 않았다. 게다가 가축떼가 실은 짐의 무게에 눌려 곳곳에 자욱한 먼지구름을 몰고 다녔다. 한마디로 한 나그네 부족의 대이동이 시작된 것이다. 이 행렬의 부분 부분들이 보여주는 전진 동작은 제각각이었다. 우리끼리 하는 말이지만, 요셉이 보낸 이집트의 마차부대는 별로 도움이 되지 않았다. 물론 '아골트'라 불린 짐마차는 달랐다. 바퀴가 두 개 달리고 대부분 황소가 끄는 이 수레는 살림살이와 물 호스와 사료를 싣는 데 유용하게 쓰였다. 그리고 어린아이들이 딸린 여자들도 이 마차 덕을 봤다. 그러나 '메르콥트' 여행 마차는 사치스러운 장식을 곁들인 아주 가볍고 앙증맞은 마차로 노새 혹은 말 한 쌍이 끌었는데, 뒤쪽은 열려 있고 마차의 몸체에는 압착한 보라색 가죽을 씌웠다. 또 어떤 것은 아름다운 곡선으로 나무난간만 세워 황금을 입힌 것도 있었다. 요셉과 그의 왕은 좋은 뜻에서 이 출렁거리는 수레를 보냈지만, 실제로 이들은 쓸모가 없어서 대부분 올 때 그랬던 것처럼 빈 채로 이집트로 되돌아갔다. 검은 말 머리를 멋지게 본뜬 못으로 바퀴테두리를 고정시킨 이 마차 덕을 본 사람은 아무도 없었다. 사실이 그랬다. 이들 중 몇 개는 안팎을 아마포 천과 석고세공으로 치장했다. 거기에는 궁정 생활과 농민의 삶에서 찾아볼 수 있는 단면들을 멋지게 새겨 놓았지만, 겉만 이렇게 번듯할 뿐 실용성은 별로 없었다. 기껏해야 두 명이나 혹은 바짝 좁히면 셋이 설 수 있는데, 길이 고르지 않은 까닭에 오랫동안 서 있기는 힘들었다. 아니면 등을 말 쪽으로 기대고 바닥에 앉아 다리를 밖으로 걸쳐놓아야 했지만, 이 또한 편치 않아서 그렇게라도 타고 가려는 사람은 없었다. 많은 사람들은 다말처럼 차라리 걷는 쪽을 택했다. 나그네 길의 표본이자 원형이 바로 이렇게 지팡이를 짚고 걸어가는 것이었다. 여자들도 그렇고, 남자들도 대부분은 짐승을 타고 갔다. 보폭이 큰 낙타나 뼈마디가 굵은 노새 아니면, 흰색과 회색 당나귀는 커다란 유리구슬과 편물 안장 덮개와 양담배 풀로 장식했다.

이스라엘의 백성이 길에 오르자 길가에 먼지가 뽀얗게 피어올랐다. 요셉이 자신의 뒤를 이어 따라오게 만든 이들은 양털로 짠 옷을 입었다. 옷 색깔이 울긋불긋하고 수염을 기른 남자들은 흔히 사막에서 입은 양털 외투를 걸치고 머릿수건을 둘렀다. 정수리 위에 털로 짠 고리로 머릿수건을 누르고 있다. 여자들은 검은 머리카락을 어깨 위까지 땋아 내렸다. 손목에는 은이나 청동 팔찌가 걸려 있고, 이마에는 메달을 두르고 손톱은 헤나로 빨갛게 물을 들였다. 팔에 젖먹이를 안은 여자들은 아기들을 보드랍고 커다란 금란 포대기에 쌌다.

이들은 살짝 구운 양파와 시큼한 빵과 올리브를 먹어가며, 대부분 산 정상을 따라 우르살림과 고지대 헤브론으로부터 깊은 남쪽 땅, 네겝, 곧 메마른 땅이라 불리는 곳으로 이어지는 길을 따라 키르얏 세퍼를 지나 브엘세바로 향했다.

우리의 가장 큰 관심사는 당연히 아버지 야곱이 편안하게 여행할 수 있었는가이다. 요셉은 마차를 보내면서 고령의 노인이 멋진 부조를 자랑하는 마차 칸이나 혹은 황금 난간 뒤에 선 채로 여행을 하리라 생각했을까? 그렇지 않았다. 요셉의 주인님 파라오도 그런 생각을 한 것은 아니다. 이런 무리한 요구를 할 생각은 없었다. 아톤의 아름다운 자식이 새로 건설 중인 궁궐에서 내린 명령은 이러했다.

"너희의 아버지를 **가마로 모셔라.**"

족장을 승전 행렬에서처럼 가마로 모실 생각이었던 것이었다. 요셉이 보낸, 대부분 쓸모없는 것으로 증명된 마차 중에 다른 것들과 전혀 다른 것이 딱 하나 있었다. 그것이 축제의 한 장면처럼 야곱을 정중히 모실 가마였다. 이 이집트 가마는 케메의 고상한 대인들이 시내를 다니거나 먼길을 떠날 때 이용하는 것으로 아주 편안하고 고상한, 한마디로 특별한 가마였다. 여기에는 부드러운 갈대로 만든 등받이가 있고, 옆벽에는 앙증맞은 글씨를 써놓았다. 거기에는 커튼도 걸려 있고 가마를 받치는 봉에는 청동을 입히고 뒤에는 오색으로 단장한 가벼운 나무 상자가 바람과 먼지를 막아주었다. 이 여행용 의자, 곧 가마는 젊은이들이 메기도 하고, 아니면 장대를 이용하여 두 마리의 나귀나 노새 등에 대각으로 교차시켜 그 위에 올려놓을 수도 있었다. 야곱은 가마를 타보더니 무척 편안해 했다. 그러나 처음부터 탄 것은 아니고 브엘세바에서 다시 길을 재촉했을 때 처음으로 가마를 탈 생각을 했다. 그곳은 고향과 타향의 경계선을 의미했다. 이곳까지는 느릿느릿 걸음을 옮기는 영리한 드로메다 낙타를 타고 갔다. 그 안장에는 양산을 묶어 그늘을 만들었다.

노인의 모습은 아주 아름답고 고고해 보였다. 아들들에게 둘러싸여 허리를 꼿꼿이 세우고, 지혜로운 동물의 걸음에 맞춰 흔들흔들 앞으로 나아가는 자신의 모습이 어떨지는 그 자신도 잘 알고 있었다. 머리에 쓴 세련된 양털 모슬린은 이마에 지그재그 선을 그리고, 목과 어깨에 물결을 만들고 옷 위로 찰랑거리며 내려와 있었다. 짙은 적갈색 옷은 앞이 트였고, 그 아래에 편물 옷을 받쳐입었다. 은빛 수염이 공기의 장난에 살랑거리고 있었다. 부드러운 사슴 눈이 자신 안에 가라앉은 것으로 보아 자신의 이야기를, 곧 과거의 이야기와 미래의 이야기를 생각하고 있음이 분명했다.

그래서 누구도 그를 감히 방해할 엄두를 내지 못했다. 기껏 해야 공손하게 편안하신지 여쭤보는 게 다였다. 이제 그는 브엘세바에서 아브라함이 심었던 거룩한 나무를 다시 보게 될 참이었다. 그 성수 아래에 이르면 제물을 올린 후 백성들을 가르치고 나서 잠을 잘 생각이었다.

백성을 가르치고 꿈을 꾼 야곱

커다란 타마리스크(내버들 속 나무―옮긴이) 한 그루가 서 있었다. 그 나무 그늘 아래 옛날부터 있던 제단과 똑바로 서 있는 돌기둥, 곧 마세베가 하나 있었다. 브엘세바 부락에서는 한참 떨어진 외진 곳이었다. 우리의 주인공인 나그네들이 부락까지 들어가지는 않았다. 적당히 높은 언덕 위에 서 있는 이 나무는 예리한 시선으로 보자면, 야곱의 아버지의 아버지가 심은 게 아니었다. 오히려 그의 조상은 그저 그 나무를 신의 나무, 엘론 모레, 즉 신탁의 나무로 받아들였을 뿐이다. 그것도 그의 조상이 제일 먼저 독창적으로 그런 생각을 한 것은 아니다. 그 나라 사람들부터 이미 이 나무를 신탁의 나무로 여기고 있었다. 다시 말해서 바알에게 바쳐진 거룩한 성물을 자신이 섬기는 지고한 분, 게다가 유일하기까지 한 그분을 숭배하는 성소의 중심으로 삼았던 것이다. 야곱도 이 사실은 잘 알고 있었을 것이다. 그러나 그걸 알고 있었어도 그는 이 나무를 아브람이 심은 나무라고 생각할 수 있었다. 정신적인 의미에서는 결국 아브람이 심은 것이니까. 그리고 아버지의 사고방식은 우리들의 사고방식보다 훨씬 유연하고 폭도 넓다. 우리가 아는 것은 이것 아니면 저것일 뿐이어서 곧장 책상을 내리치며 '이것이 바알의 나무였다면, 아브라함은 그 나무를 심은 것이 아니다!' 라고 외칠 줄 밖에 모른다. 진실에 대한 이런 열정은 지혜롭기보다는 오히려 너무 뜨겁기만 하여 방해가 될 뿐이다. 야곱처럼 두 가지 시각을 조용히 하나로 결합하는 것이 훨씬 더 품위 있는 일이며 고결한 행동이다.

그러나 이스라엘이 나무 아래에서 영원의 신을 숭배하는 형식은 가나안 땅의 자녀들이 하는 숭배 관습과 그다지 다르지 않았다. 물론 이들이 행하는 온갖 몹쓸 짓은 제외하고서이다. 다른 말이 아니라 이곳 사람들의 제례가 어쩔 수 없이 보여주는 외설은 따라하지 않았다는 뜻이다. 우선 사람들은 거룩한 언덕 발치에서 주변에 둥글게 장막을 쳤다. 그리고 곧 가축을 잡기 시작했다. 그리고 돌멘, 곧 고인돌, 다시 말해서 원시시대의 돌 제단 위에서 시행하던 가축도살이었다. 그렇다면 바알의 자녀들은 달리 했을까? 그들 역시 제단에 양과 염소의 피가 흐르게 하여 옆에 세워진 돌에 그 피를 바르지 않았을까? 물론 그러했다. 그러나 같은 일을 해도 이스라엘의 자녀들은 다른 정신에서, 그리고 보다 세련된, 교양을 갖춘 신앙심에서 시행했다. 이는 특히 그들이 신의 음식을 먹고 난 후, 쌍을 지어 놀아나지 않았다는, 최소한 공개적으로는 그렇게 하지 않았다는 사실에서 잘 드러난다.

야곱은 나무 아래에서 백성에게 신을 가르쳤다. 그들은 전혀 지루해 하지 않았다. 아직 다 자라지 않은 아이들까지도 흥미로워하고 중요한 것으로 받아들였다. 이들은 어차피 너나할 것 없이 이 방향에 남다른 재능을 타고 난 자들이어서 교묘한 것까지 재미있게 받아들였던 것이다. 야곱은 바알이 이름이 여러 개인 것과 자신들이 섬기는 신, 조상이 받든 가장 지고한 분, 유일신의 이름이 여러 개인 것의 차이점을 가르쳤다. 바알의 경우 이는 실제로 복수를 의미했다. 바알은 없으며 바알들만 있기 때문이다. 말하자면 사람들이 숭배하는 안식처와 숲과 작은 장소, 우물과 나무들 그리고 강과 집의 주인이며 소유주이며 수호신인 바알들은, 각기 자신의 소유지에 묶여 있으며 이들이 모여 단하나의 총체적인 신이 되는 것이 아니므로 독자적인 얼굴도 이름도 없어서 기껏해야 '멜카르트' 곧 도시의 왕이라 불린다. 티루스 신이 그런 경우였다. 그래서 그 장소에 따라 페오르 바알이라 불리기도 하고 아니면 헤르몬 바알, 또는 메온 바알이라 불린다. 또 동맹의 바알 혹은 언약의 바알이라 불릴 수도 있는데, 이는 신을 발견하려 노력한 아브라함에게 도움이 되었을 것이다. 게다가 어떤 바알은 우습게도 춤의 바알로 불리기도 했다. 상황이 이러니 품위라고는 없으며 하나의 총체로서의 위엄을 갖지도 못한다.

그러나 조상들의 신 이름이 여러 가지인 것은 바알의 경우와는 전혀 다르다. 그에게는 여러 개의 이름도, 그분이 단 한 분이라는 사실에 아무런 지장을 주지 않는다. 그는 엘 엘리온, 즉 가장 지고한 주님이라 불린다. 그리고 엘 로이, 곧 나를 바라보는 주님이라 불리기도 하며 엘 올람, 영겁의 주님이라 불리기도 한다. 또는 야곱이 굴욕을 겪은 후, 루즈에서 태어난 큰 얼굴을 가진 주님으로서 엘 벧엘이라 불리기도 한다. 그러나 이들은 한 가지의 지고한 형태로 존재하는 유일한 분의 여러 가지 다른 이름인 것이다. 이분은 장소에 구속받지 않으며, 여러 강과 도시의 수호신인 개별적인 바알로 떨어져 나가지도 않으며, 모든 것에 존재하면서 각 개체의 주인이기도 하다. 각각의 바알들이 선사하는 생육과 그들이 지키는 우물들, 그리고 그 안에 살면서 속삭이는 나무들, 난동을 부리는 천둥번개, 씨앗이 풍요로운 봄과 메마른 동풍, 이 모든 것이 바로 이 분이다. 바알은 이 모든 것들을 하나씩 맡고 있지만 우리가 섬기는 분은 동시에 이 모든 것이다. 그에게 이는 마땅한 일이다. 그는 만유의 신이다. 만물이 그로부터 나왔기 때문이다. 그분은 '나'라고 말하면서 모든 것을 자신 안으로 끌어들이는 존재이다. 엘로힘, 그는 단 한 분이지만 통일성을 가진 복수이다.

이 엘로힘이라는 이름에 관한 흥미로운 이야기로 야곱은 자신의 말에 귀기울이는 일흔 명의 청중을 사로잡았다. 게다가 그 이야기는 기발한 데도 있었다. 그제야 사람들은 그의 다섯째 아들 단이 어디서 약삭빠른 재치를 물려받았는지 알 만했다. 아버지의 보다 숭고한 기발함이 아들에 이르러 조금 낮은 것으로 갈라진 것이었다. 야곱은 사람들에게 '엘로힘'을 단수로 생각해야 하는지, 아니면 복수로 생각해야 하는지, 그러니까 '엘로힘이 원하시는 바'라고 해야 하는지, 혹은 '엘로힘들이 원하시는 바'라고 하는가 하는 질문에 관하여 설명한 셈이었다. 정확한 표현의 중요성을 인정한다면 여기서는 둘 중의 하나를 선택할 수밖에 없었다. 그래서 야곱은 단수를 택하기로 결단을 내린 듯하다. 신은 한 분이었다. 그러므로 '엘로힘'을 '엘' 혹은 '주님'의 복수로 여긴 자들은 실수를 범한 셈이다. 엘의 복수형은 '엘림'이 되어야 했다. 그러나 '엘로힘'은 그와는 다른 어떤 것이었다. 이는 아브라함이라는 이름이 그러하듯 복수를 뜻하는 것은 결코 아니다. 우르 남자의 이름은 아브람이었다. 그러다 그 이름이 영광을 얻어 확장되면서 아브라함이 된 것이다. 엘로힘도 마찬가지였다. 이는 왕이 되어 영광스럽게 확대된 이름에 다름 아니다. 그렇다고 해서 다신주의라는 단어로 벌을 내려야 할 그런 성질의 것은 전혀 아니었다. 백성을 가르치는 야곱은 이 점을 특히 강조했다. 엘로힘은 한 분이었다. 그러나 여럿으로 나타났다. 예컨대 셋으로 보인 것이다. 아브라함을 찾아 마므레 숲의 장막 앞에 나타나는 남자는 셋이었다. 낮 중에 가장 뜨거운 시간, 그들을 본 아브라함은 땅에 넙죽 엎드려 절하며 '주여'라고 말했다. 그러니까 '주님'과 '당신'이라 한 것인데, 중간에 가서는 '여러분'과 '여러분들을'이라 말하기도 했다. 그리고 이들에게 그늘에 앉도록 권한 다음 힘을 얻으라고 우유와 송아지고기를 대접했다. 그러자 이들은 음식을 먹은 후 '나는 1년 후에 다시 네게 올 것이다'라고 했다. 그분은 신이셨다. 주님이셨다. 그는 한 분이셨다. 그러나 분명히 세 분으로 오셨다. 그는 또 여럿으로 나타나면서 늘 '나'라 말했다. '우리'라 하지 않았다. 그러나 아브라함은 때에 따라 '당신'이라 하기도 하고 '여러분들'이라고 말했다. 사람들은 이렇게 엘로힘이라는 이름을 복수로 사용한 것에 대해 야곱의 긴 설명을 들었다. 앞에서는 단수로 해야 한다고 했지만, 이렇게 복수를 선택한 데는 나름대로 중요한 의미가 있다는 것이었다. 그랬다. 야곱의 설명을 오래 듣다보니 야곱 또한 아브라함과 마찬가지로 신을 셋으로 체험한 것 같았다. 이 세 남자는 각각의 독립적인 존재임에도 불구하고 하나가 되어 '나'라고 말한 것이다. 야곱은 셋으로 나타난, 한 분이신 그분 중의 첫번째를 가리켜 '아버지들의 신' 또는 '신', 혹은 '아버지'라 말했고 두번째는 '선한 목자'인데 이분은 양인 우리를 길러주는 분이다. 그리고 세번째를 가리켜 야곱은 '천사'라 불렀다. 이야기를 듣고 있던 일흔 명은 이 천사가 비둘기의 날개로 자신들을 비호해 주는 것 같은 인상을 받았다. 야곱은 이들이 바로 삼위일체인 엘로힘이라 했다.

여러분에게 이 이야기가 감동을 주는지 그건 모르겠다. 하지만 나무 아래에서 야곱의 이야기를 듣던 청중에게는 매우 재미있고 흥미진진한 이야기였다. 다들 이런 면에서는 재능을 타고난 사람들이었던 것이다. 여하튼 이들은 그 자리를 떠나 각자 잠자리로 들어가서 잠들기 전까지 한참 동안이나 자신들이 들은 이야기를 놓고 열띤 토론을 벌였다. 영광을 얻으면 확장되는 이름, 아브라함이 맞았던 귀한 손님이 실은 한 분이지만 이렇게 여러 명인 셋으로 나타났으므로 다신주의로 빠질 유혹을 느낄 수도 있지만 그래서는 안 된다는 것, 그리고 이 유혹은 우리 인간들이 거룩한 신성을 대할 수 있는 재능을 시험하는 것에 지나지 않는다는 사실, 그리고 이런 시험은 야곱의 사람들에게는 누워서 떡 먹기였다. 다 자란 어른뿐 아니라 절반밖에 자라지 않은 인간에게도 이는 즐거운 시험이었던 것이다.

그들의 족장은 브엘세바에서 보낸 사흘 밤 내내 거룩한 성수 밑에 자신의 장막을 치게 하였다. 처음 이틀 동안은 꿈을 꾸지 않았다. 그러나 사흘째 되던 밤, 그는 꿈을 꾸었다. 실은 이 꿈을 꾸려고 잠을 잔 것이기도 했다. 위안과 힘을 얻기 위해서는 이 꿈이 필요했다. 그는 이집트라는 나라가 두려웠다. 그래서 그곳으로의 이주를 두려워하지 않아도 된다는 보장이 필요했다. 아버지들의 신은 어느 특별한 장소에 묶여 있지 않으므로, 당연히 아랫세상에서도 그분이 함께 하시리라는, 이전에 라반의 세상에서도 함께 하셨듯이, 그렇게 자신 곁에 계시리라는 확답을 꼭 듣고 싶었던 것이다. 또 신께서 그와 함께 내려가는 것으로 끝나는 것이 아니라, 그를 혹은 그의 부족을 한 무리의 백성으로 만들고 난 후, 님로드의 나라들 사이에 끼어 있는 이곳 조상의 나라로 다시 데려와 주시겠다는 보장이 필요했다. 이 땅 역시 어리석은 토착민들이 살고 있는 나라로 무지한 나라이긴 했으나, 여하튼 님로드의 나라는 아니었으므로 어느 곳보다 정신적인 신을 섬기는 데 유리한 곳이었기 때문이다.

간략하게 말해서 그의 영혼은 이곳을 떠남으로써 자신이 위대한 층계 꿈을 꾼 벧엘의 길갈에서 얻은 언약이 사라지는 것이 아니며, 오히려 왕이신 그분이 당시 하프 연주가 울려 퍼지는 가운데 들려주신 말씀을 틀림없이 지킨다는 보장이 필요했다. 이 확답을 들으려고 잠을 잔 것이다. 마침내 자고 있는 그에게 주님은 거룩한 음성으로 그가 필요로 하는 것을 보장해 주었다. 그리고 또 그분이 들려주신 달콤한 말씀은 요셉이 '야곱의 눈에 손을 올리게 되리라'는 것이었다. 이는 가슴 깊이 와 닿는 꿈의 말씀으로 의미가 여러 가지였다. 한편으로는 세상의 권력가인 아들이 이방인들 사이에서 노년기에 접어든 자신을 잘 보살펴 줄 것이라는 뜻이기도 했고, 또 그 사랑하는 총아가 언젠가 자신의 눈을 감겨 줄 것이라는—지금 꿈을 꾸고 있는 자는 그렇게 될 수 있으리라고는 꿈도 꾸지 못했었다—의미였다.

야곱은 이것 말고도 이것저것 다른 것도 꿈에 등장하도록 놔두었다. 잠자고 있는 눈은 이렇게 꿈을 꾸느라 눈썹 아래가 촉촉해졌다. 그러나 잠에서 깨어난 그는 꿈에서 이렇게 확답을 얻은 후라 어느 때보다 마음이 강해졌다. 이제는 일흔 명 모두를 데리고 길을 떠날 수 있었다. 그는 바람막이까지 있는 이집트의 세련된 가마에 올라탔다. 가마가 두 마리의 하얀 나귀 등에 올려졌다. 양담배 풀로 치장한 나귀였다. 그 모습이 낙타를 탔을 때보다 더 아름답고 기품 있어 보였다.

귀한 것을 뺏는 사랑

삼각지의 북동쪽으로부터 가나안의 메마른 남쪽 땅을 지나 브엘세바를 거쳐 헤브론으로 이어지는 대상로가 있었다. 이스라엘의 자녀들은 이 길로 지나갔는데 형제들이 곡식을 사러 갔을 때와는 약간 차이가 나는 길이었다. 길에 접어드니 처음에는 근방에 크고 작은 부락들을 많이 발견할 수 있었다. 그러다가 여러 날 길을 재촉하니 말 그대로 풀 한 포기 없는 저주받은 지역이 이어졌다. 그곳에는 여기저기 떠돌아다니며 못된 짓이나 일삼는 사막 주민들이 저 멀리 쏜살같이 달리는 모습도 보였다. 그래서 일행 중 방어 능력이 있는 남자들은 손에서 활을 놓으려 하지 않았다. 그러나 아무리 심각한 곳이라도 미풍양속이 완전히 사라지지는 않아서 마치 신께서 함께 하시듯 그들과 동행해 주었다. 그러나 아예 자취를 감추는 곳도 있어 주님 외에는 어떤 것에서도 위안을 찾을 수 없는 삭막한 곳이 되기도 했다. 하지만 그래도 대부분은 일행 곁을 떠나지 않았다. 예를 들면 먼저 오고간 사람들의 배려 정신으로 기초가 다져진 사막의 잘 보호된 우물과 재미있는 이정표, 그리고 망루와 야영지가 목적지에 이를 데까지 일행을 줄곧 동행해 준 것이다. 여기서 목적지라 함은 이집트 국경을 말하는 것이 아니라, 고난의 땅 깊숙이에 귀한 나라 이집트가 자신의 보초와 방어군을 세워둔 곳을 말한다. 거기서 제법 더 가면 공략하기 어려운 국경 요새, 통행 검문이 까다롭기로 유명한 젤 요새였다.

일행은 열이레만에 이 요새 앞에 당도했다. 혹시 며칠 더 걸린 것은 아닐까? 여하튼 당사자들은 열이레로 여겼다. 누구 하나 나서서 숫자를 헤아려가며 꼬치꼬치 따지는 자도 없었다. 열이레라는 날짜 숫자는 날짜가 그보다 조금 더 많든 아니면 적든 그 성격은 같았다. 어쩌면 실제로는 여행한 날이 조금 더 많았을 확률이 높다. 적어도 브엘세바에서 머무른 날을 계산한다면 그렇다. 그리고 때는 여름이 성화를 부린 시기여서 아버지 야곱을 배려하느라 하루 중 이른 시간과 늦은 시간만 골라서 길을 재촉했다. 그랬다. 넉넉한 열이레가 걸렸다. 마므레에서 길을 떠난 지 열이레였다. 이 말은 얼마 동안 장소를 바꿔가며 장막을 치면서 유랑했다는 뜻이다. 그리고 이 날들이 그들을 젤 요새 앞에 데려다 주었다. 그곳을 통과하면 요셉의 나라였다.

혹시라도 이 끔찍한 통로인 요새를 지나가느라 나그네들이 곤욕을 치렀을까봐 은근히 걱정되는가? 만일 이런 쓸데없는 걱정을 하는 사람이 있다면 그는 놀림감이다. 우리의 주인공, 이 나그네들이 어떤 자들인데? 황제의 칙령, 통과증, 허가서를 가진 자들이 아닌가! 고난의 땅 출신으로 이집트의 문을 두드린 다른 사람들은 구경할 수도 없는 것이었다. 그래서 우리 나그네들에게는 힘들게 통과해야 할 문도 없고 담도 없고 창살도 없었다. 젤 요새의 방어탑은 이들에게는 한마디로 안개요 공기에 불과했다. 그곳 관리들은 흠을 잡기는커녕 오로지 미소로 이들을 맞았다. 국경을 지키는 파라오의 고위 군관들은 이미 이들에 대한 지시를 받은 상태였다. 그래서 얼마나 나긋나긋한지! 야곱의 자녀들을 이집트로 초대한 자는 작은 사람이 아니었다. 이들은 멘페에 계시는 빵의 주인님, 왕의 그늘을 선사하는 자, 드예프누테에포네흐, 곧 파라오의 하나뿐인 친구가 이곳에 와서 초원에서 가축을 기르면서 살라고 초대한 손님들이었다. 그런데 걱정은 무슨 걱정? 곤란한 일은 무슨 곤란한 일? 연로한 족장이 타고 들어오는 가마부터가 모든 걸 분명하게 말해 주었다. 그 가마의 주인이 누구인지 모를 사람이 어디 있었겠는가. 가마에 코브라 뱀이 새겨진 것으로 보아 분명 파라오의 보석창고에서 나온 것이었다. 그리고 거기 앉아 있는 점잖은 자, 약간 피곤한 듯 하지만 온화해 보이는 그 자는 지금 멀지 않은 곳에서 아들, 곧 높이 올려진 자를 만나러 가는 길이었다. 그 아들이 있는 자리는 어지간히 높은 자리가 아니었다. 행여 쓸데없는 질문을 던져 이들의 발목을 붙들었다가는 누구든 송장처럼 하얗게 질리게 만들 수 있을 만큼 높은 자리였다.

간단하게 말해서 고양이처럼 몸을 구부리고 한껏 멋을

부리며 인사하는 이곳 군관들의 나긋나긋한 태도가 얼마나 달짝지근한지 어떻게 말로 표현할 수가 없다. 청동 창살이 위로 올라가자 야곱의 백성은 그 아래로 지나갔다. 양쪽으로 사람들이 양손을 들어 올려 인사를 했다. 사람들은 터벅터벅 걷고 짐 실은 짐승들도 제각기 걸음을 떼어놓으며 다리를 지나 파라오의 들판으로 들어갔다. 군데군데 나무가 우거진 소택지와 초원이 펼쳐졌다. 제방과 운하가 있고 길가에 여기저기 촌락이 보였다. 이곳이 고셴이었다. 혹은 코셴이나 케셈, 혹은 고셈과 고솀이라고 불리기도 했다.

일행은 자신들이 바로 가고 있는지 확인할 생각에서 둑 위를 걸으며 밭에서 일하는 사람들에게 물어본 것인데, 그 대답이 이렇게 제각각이었다. 수로에 둘러싸여 가장자리에 갈대가 우거진 밭에서 일하던 사람들은 서쪽으로 하루 정도 더 가면 페르-바스테트의 나일 강 지류와 함께 이 성소, 곧 암고양이의 집에 닿는다고 했다. 그러나 이보다 더 가까운 곳은, 번창한 소도시 파-코스였다. 이 도시는 이 주의 수도로서 큰 장이 열리는 곳으로, 주의 이름도 여기서 유래한 듯했다. 초원과 늪지대의 갈대, 거울 같은 물웅덩이와 수풀이 우거진 섬, 그리고 비옥한 땅 너머 저 멀리 지평선에 파-코셴 신전의 탑 문이 아침 햇살 아래 모습을 드러냈다. 이스라엘은 국경 요새 앞에서 밤을 보내고 이곳에는 이른 아침에 당도했다. 그리고 여기서 지평선에 보이는 건축 기념비를 향해 몇 시간 더 앞으로 나아간 후 일행은 걸음을 멈추었다. 나귀의 등에 실었던 야곱의 가마도 바닥으로 내려놓았다. 여기서 그리 멀지 않은 파-코스 시장 근처 어딘가가 요셉이 가족과 만날 장소로 정한 곳이었다. 그는 자신이 그곳으로 마중 나오겠다고 했었다.

우리도 이렇게 조처한 게 맞으리라 생각한다. 기록에는 "그는(야곱 혹은 이스라엘은—옮긴이) 유다를 요셉에게 미리 보내어 그를 고센으로 인도하게 했다"(창세기 46장 28절로 독일어 성경을 옮긴 것임—옮긴이)로 되어 있다. 그러니 이를 두고 유다가 아버지보다 먼저 붕대를 감고 있는 자의 도시로 길을 떠났고, 그제야 요셉이 말을 준비하여 아버지를 만나러 고센으로 올라왔다는 식으로 잘못 해석해서는 안 된다. 높이 올려진 자는 이미 그 근방에 와 있었다. 어제 아니면 그저께 벌써 그곳에 당도해 있었다. 단지 유다는 아버지가 계신 곳을 알려 주러 갔을 뿐이다.

"여기서 나 이스라엘은 나의 주인님, 나의 아들을 기다리겠다." 야곱은 그렇게 말했다.

"나를 내려놓거라! 그리고 내 아들 야후다! 너는 지금 곧 종 세 명을 데리고 길을 떠나 네 형제인 라헬의 첫째 아들을 만나 우리가 쉬고 있는 곳을 알려 주거라!"

그리고 유다는 아버지의 명에 복종했다.

장담하건대 유다는 일행의 곁을 떠나서 그리 오래 있지 않았다. 한 시간 아니면 두 시간 정도 후에 일을 다 마치고 아버지가 있는 곳으로 돌아왔다. 그리고 아버지 앞에 요셉과 함께 온 것이 아니라 먼저 왔다. 이는 야곱이 요셉이 다가오는 중에 그에게 질문을 한 것만 봐도 금방 확인할 수 있다. 이 질문은 잠시 후 듣게 될 것이다.

야곱이 아들을 기다린 곳은 아주 아늑한 장소였다. 마치

한 뿌리에서 나온 것 같은 야자수 세 그루가 그늘을 드리워
주었다. 그리고 작은 연못에서 냉기가 올라왔다. 그 연못
옆에 높다란 파피루스 갈대가 서 있고, 파랗고 빨간 수련이
활짝 피어 있었다. 야곱은 아들들에게 둘러싸인 채 거기 앉
아 있었다. 지금은 아들이 열 명이지만 유다가 돌아오면 열
한 명이었다. 앞으로는 가축이 어슬렁거리는 땅과 초원이
펼쳐져 있고 새들이 여기저기 날아다녔는데, 늙은 두 눈이
저 멀리, 열두번째 아들이 나타날 곳까지 훤히 바라볼 수
있도록 앞이 활짝 트여 있었다.

　이윽고 짐승을 탄 유다가 이쪽으로 돌아오는 것이 보였
다. 함께 간 세 명의 종도 눈에 띄었다. 유다는 아무 말도
하지 않고 고갯짓으로 뒤쪽을 가리켰다. 일행은 그에게서
눈을 떼고 그 뒤쪽을 바라보았다. 멀긴 하지만 어렴풋이 뭔
가 소란스럽게 움직이는 게 보였다. 여기서 번쩍, 저기서
번쩍, 눈이 부시고 울긋불긋한 색이 뒤엉켜서 서둘러 이쪽
으로 다가오는 중이었다. 말들을 묶은 마차들이 달그락거
리고 오색 깃털이 번쩍였다. 그 앞에 사람들이 달려오고 그
중간에도 달리는 자들이 있고, 뒤쪽과 옆에도 있었다. 선두
마차로 모두 얼굴을 돌렸다. 그 위에 기다란 장대에 매단
부채가 키를 자랑하고 있었다. 그러다 가까이 다가오면서
원래 크기대로 보이기 시작하더니, 이쪽에서 기다리고 있
는 일행의 눈앞에서 드디어 각각의 형상으로 갈라졌다. 그
러나 나이 탓에 쭈글쭈글한 손을 눈 위에 올리고 이 모습을
지켜보던 야곱은 다시 옆에 와 있는 아들 한 명을 불렀다.

　"유다!"

"네, 아버님."

"저렇게 풍채가 좋은 남자가 누구냐? 세상에서 가장 고상한 옷을 입고 이제 막 황금마차에서 내려오는 저 남자가 누구냐? 목에 두른 보석은 무지개 같고 입은 옷도 하늘의 옷처럼 보이는구나. 저자가 대체 누구냐?"

"바로 아버님의 아들 요셉입니다."

"그렇다면 일어나서 그를 맞아야겠구나."

그리고 벤야민과 다른 아들들이 말리는데도 막무가내로 아들들의 도움도 사양하고 스스로 힘들게 가마에서 내려와서 걷는데, 다른 때보다도 더 심하게 절룩거렸다. 자신을 향해 다가오는 자에게 보이려고 일부러 과장한 것이다. 그걸 본 상대방은 아버지가 많이 걷지 않게 하려고 거의 달리다시피 했다. 남자의 미소 띤 입술은 '아버지'라고 말하고 있었다. 그리고 얼싸안으려고 양팔을 벌렸다. 그러나 야곱은 팔을 앞으로 쭉 뻗었다. 마치 손으로 더듬거리는 장님 같았다. 그리고 뭔가를 간절히 바라면서 다가오라고 손짓하는 것 같은, 그러면서도 멀리 쫓으려는 듯 거부하는 동작을 보였다. 그리고 서로의 팔이 만났을 때 야곱은 요셉이 자신의 목을 얼싸안고 어깨에 얼굴을 묻도록 허락하지 않았다. 요셉은 그러려고 했지만, 야곱은 어깨를 잡고 두 사람 사이에 거리를 두었다. 그리고 고개를 뒤로 약간 비스듬하게 젖히고 지친 두 눈으로 상대방을 찬찬히 뜯어보았다. 그리고 이집트인의 얼굴을 뚫어질 듯이 바라보았다. 고통과 사랑으로 얼룩진 절박한 시선이었다. 그러나 그를 알아보지 못했다. 하지만 노인의 눈이 유심히 살피는 동안 그 이집트인의 눈이 서서히 촉촉하게 젖어들어 어느새 눈물이 넘쳐나면서 검은 눈동자가 눈물 바다에 밀려 헤엄치는 것을 보자, 그제야 아들을 알아보았다. 그것은 라헬의 눈이었다. 야곱이 꿈처럼 아득한 먼 옛날 눈물을 닦아주던 그 눈이었다. 아들을 알아본 그는 이렇게 낯설어진 아들의 어깨에 머리를 묻고 서럽게 울었다.

이들은 한참 동안이나 이렇게 서 있었다. 다른 형제들은 감히 나설 생각도 하지 않고 물러났다. 그리고 요셉의 수행원들도 마찬가지였다. 그의 시종과 마차 감독관, 달려가는 자, 부채를 드는 자, 그리고 근처의 작은 도시에서 구경 나온 사람들까지 다들 멀찌감치 떨어져서 두 사람의 만남을 지켜보았다.

"아버지, 절 용서해 주시겠어요?"

아들이 물었다. 아, 이 얼마나 많은 뜻을 담은 질문인가. 아버지를 놀리고 성가시게 했던 자신이었다. 사랑을 독차지한 총아라고 교만하게 군 데다, 구원받을 길 없는 잔꾀도 부렸었다. 또 맹목적인 신뢰로 말미암아 다른 형제들에게 무리한 요구를 하는 등, 자신이 저지른 벌 받아 마땅한 어리석은 행동은 백 가지가 넘었으리라. 그 잘못을 회개하느라 역시 회개하고 지낸 노인의 등 뒤에서 죽은 자처럼 침묵하며 살아온 자신이 아닌가.

"아버지, 절 용서해 주시겠어요?"

야곱은 마음을 가다듬고 아들의 어깨에서 얼굴을 들었다.

"주님께서는 우리를 용서하셨다. 보다시피 그분은 이렇게 내게 너를 다시 돌려주시어 이스라엘이 이제 편안히 죽을 수 있게 해주시지 않으셨느냐.”

“그리고 제게는 아버지를 돌려주셨지요.”

요셉이 말했다.

“아빠, 예전처럼 다시 이렇게 불러도 될까요?”

그러자 야곱은 형식적인 문구를 서두에 올리면서 나이도 많고 그렇게 점잖은 사람이 이 젊은 남자 앞에서 고개까지 조금 숙였다.

“네가 괜찮다면, 나를 ‘아버지’라 불러줬으면 좋겠다. 내 가슴은 진지하여 농은 좋아하지 않는다.”

요셉은 무슨 말인지 곧 알아차렸다.

“말씀대로 따르겠습니다.”

그리고 자신도 고개를 숙였다.

“그렇지만 죽는다는 말씀은 마십시오! 살아야지요! 아버지. 저희는 이제 함께 사는 겁니다. 벌은 다 받았습니다. 오랫동안의 감금생활은 이제 끝났습니다!”

노인도 고개를 끄덕였다.

“통탄할 정도로 오랜 세월이었다. 그분의 분노는 위엄이 넘치며 그분이 화를 내시면 그 위력이 이렇게 엄청나다. 봐라. 그분은 이토록 위대하시며 힘이 센 분이다. 이런 무서운 분노를 보일 수 있는 분도 오로지 그분 한 분뿐이다. 그분은 이런 분노면 몰라도 소소한 분노는 아예 보여주지도 않으신다. 그래서 우리 같은 약한 자들을 벌주실 때면, 우리들의 신음소리가 끊이지 않고 물처럼 줄줄 흘러나오곤 한다.”

요셉도 한마디 거들었다.

"그분이 워낙 위대하여 자신의 힘을 조절하기가 어렵고, 또 자신과 같은 자가 없는 그분이 우리 심정이 어떨지 인간의 입장이 되어보는 것이 쉽지 않아서 그런 것이라면 이해 못할 것도 없지요. 어쩌면 그분의 손이 워낙 무거워서 그저 슬쩍 건드린다고 한 것이 의도와는 다르게 상대방을 박살내는지도 모르지요."

야곱은 미소를 감추지 못했다.

"내 아들은 이렇게 낯선 신들 밑에 살면서도 신을 바라보는 예전의 예리함을 여전히 보존한 것 같구나. 그리고 네가 말하고자 하는 것에는 진실이 있을 수도 있다. 아브라함도 이미 그분의 괴물 같은 속성을 자주 나무랐었다. 나 역시 그에게 나무라듯이 말씀 드렸다. '주님, 제발 부드럽게 하십시오, 너무 과격하게 말고!' 그러나 그분은 그분일 뿐이다. 그분은 우리 인간의 가슴이 연약하다는 사실을 생각하시고 자신의 분노를 절제하는 분이 아니다."

"그렇지만 그분이 사랑하는 자들이 그분께 이제 그만 분노를 누그러뜨려 달라고 부탁드리는 건 해가 될 게 없지요. 이제는 그분의 은혜를 칭송하고 그분과의 화해를 기리기로 하죠. 그러기 위해서 너무 오래 기다린 셈이지요! 그분의 위대함은 곧 그분의 지혜로움입니다. 이 말은 그분의 생각이 더할 수 없이 풍요롭고 그분의 하시는 일에도 풍요로운 의미가 있다는 뜻이지요. 그분의 결정에는 여러 가지 조처가 따르지요. 이건 참으로 놀랄 만하죠. 그분이 주시는 벌은 벌을 의미하긴 하지만, 다시 말해서 그 자체가 진지한 목적인 동시에, 다른 한편으로는 보다 큰 일을 장려하는 수

단이기도 하지요. 그분은 강한 손으로 아버지와 저를 서로 떼어놓았습니다. 그래서 제가 아버지께 죽은 자가 되도록 하셨습니다. 그게 그분의 뜻이었지요. 하지만 다른 면에서는 그분은 저를 여러분보다 먼저 이곳으로 내려오게 하여 여러분을, 아버지와 형제들과 아버지의 가솔 전체를 기근에서 구하게 하신 겁니다. 이 기근에는 그분이 품고 계신 여러 가지 의미심장한 뜻이 숨어 있겠지만, 부분적으로 이 기근은 여러 가지 수단 중에서 한 가지 수단이기도 했습니다. 바로 우리가 모두 만날 수 있도록 해주는 수단이었지요. 이렇게 보면 모든 것은 너무도 놀랍습니다. 그리고 그분의 지혜는 참으로 복잡하고 미묘하게 꼬여 있지요. 우리는 뜨겁거나 차지만, 그분의 열정은 예견이며 섭리입니다. 그리고 그분의 분노는 멀리 내다보는 자비로움입니다. 아버지의 아들이 아버지들이 섬기던 신을 얼추 비슷하게 묘사했는지요?"

"그래 얼추 비슷하다. 그분은 생명의 신이시다. 그리고 생명은 오로지 얼추 비슷하게 말할 수 있을 뿐이다. 이는 너에 대한 칭찬인 동시에 용서도 된다. 하지만 내 칭찬은 네게 필요없다. 너는 왕들의 칭찬을 받을 몸이 아니더냐. 그리고 너는 이렇게 멀리 떨어진 곳에서 살아왔지만, 부디 네 삶이 그다지 많은 용서를 필요로 하지 않기를 바란다."

그의 걱정스러운 눈빛이 이집트인이 다 된 요셉을 훑어보았다. 초록과 노란색 줄무늬가 있는 머릿수건, 그리고 번쩍거리는 보석, 희한하게 재단한 귀한 옷, 허리띠와 손에 끼어진 사치품과 샌들에 박힌 황금 핀이 눈에 들어왔다.

아버지의 절박한 목소리가 물었다.

"애야, 나귀처럼 욕정이 끓어오르는 백성과 함께 살면서도 순결은 지켰더냐?"

"오, 아빠 아니, 아버지."

요셉은 조금 당황했다.

"제 주인님께서는 무슨 그런 걱정을 하세요! 그런 말씀 마세요. 이집트 자녀들도 다른 자녀들과 같습니다. 특별히 더 나을 것도, 나쁠 것도 없는 백성이지요. 절 믿으세요. 예전의 소돔은 못된 짓으로 특별히 유명했습니다. 그러나 소돔이 역청과 유황 속으로 사라진 이후에는 어느 곳이나 마찬가지입니다. 그러니까 그 면에서는 좋을 것도 나쁠 것도 없이 그저 그렇다는 뜻입니다. 아버지께서는 주님을 경계하면서 '너무 과격하게 하지 마십시오, 주님'이라고 말씀하셨지요. 그러니 이번에는 아버지의 아이인 제가 아버지를 부드러운 말로 경계하고 권고하는 것도 죄는 되지 않겠지요. 제가 아버지께 바라는 것은, 이건 아버지께서 어차피 이 나라에 계시기 때문에 드리는 말씀입니다. 그래서 모쪼록 이 나라 사람들이 아버지가 그들에 대해 어떻게 생각하는지 눈치 채지 못하도록 신경을 써주십사 하는 겁니다. 그래서 이들의 태도를 보고 아버지의 정신에 떠오르는 대로 이를 나무라는 방식으로 묘사하지 마셨으면 좋겠습니다. 우리는 이곳에서 낯선 사람이며 이방인이라는 사실을 잊지 마십시오. 그리고 파라오가 저를 이곳 자녀들 사이에서 큰 사람으로 만들어서 제가 주님의 결정에 따라 이들 가운데 직책까지 맡고 있다는 사실을 기억해 주세요."

"나도 안다, 아들아. 나도 알아."

야곱은 대답과 함께 다시 한번 고개를 약간 숙였다.

"나도 세상을 존경할 줄 안다. 그걸 의심하지는 말아라! 사람들 말이 네게 아들들이 있다고?"

"물론입니다, 아버지. 내 아가씨, 태양의 딸, 아주 고상한 여인이 낳은 아들들입니다. 그들 이름은……."

"아가씨? 태양의 딸? 그건 아무래도 좋다. 내게는 세겜 출신 손자도 있고 모압 손자도 있으며 미디안 손자도 있다. 그러니 온의 딸에서 나온 손자가 없으란 법도 없지 않으냐? 그들의 조상은 결국 나다. 그러면 된 것이다. 그건 그렇고, 소년들의 이름이 무엇이냐?"

"메나세입니다, 아버지. 그리고 에프라임입니다."

"에프라임과 메나세라, 좋구나. 내 아들, 나의 어린양. 아주 좋아. 네게 두 아들이 있고 그리고 그들을 이런 신실한 이름으로 부르다니, 훌륭하구나. 내 그들을 보아야겠다. 그들을 곧 내 앞에 데려오너라, 그래도 된다면."

"명하신 대로 하겠습니다."

"그리고 이걸 아느냐? 소중한 내 아이."

야곱은 낮은 목소리로 물었다. 눈은 젖어 있다.

"그게 왜 그렇게 좋은지 아느냐? 주님 앞에서 그게 왜 합당한지, 그 이유를 아느냐?"

그는 요셉의 목에 팔을 두른 채 귀에 대고 뭐라고 속삭였다. 아들은 어느새 얼굴을 옆으로 돌려 아버지의 입에 귀를 바짝 들이댔다.

"여호시프, 언젠가 네가 하도 조르기에 너한테 화려한 옷을 건네주었다. 그것이 곧 장자의 권한과 상속받는 유산을 뜻하는 게 아니라는 것은 너도 잘 알 테지?"

"압니다."

요셉도 나직하게 대답했다.

"그렇지만 나는 절반 정도는 마음속으로 그것이 장자의 권한이며 유산이라고 생각했었다. 그건 널 사랑했고 앞으로도 사랑할 것이기 때문이다. 네가 죽었든 아니면 살아 있든, 다른 형제들보다 더 많이 사랑했고 앞으로도 그럴 것이다. 그러나 주님께서는 네 옷을 찢으셨고 강한 손으로 너에 대한 내 사랑을 바로잡으셨다. 그분의 손은 아무도 저항할 수 없다. 그분은 널 따로 격리하여 내 집에서 멀리 떼어놓으셨다. 줄기에서 이삭을 잘라 세상에 옮겨 심으신 게야. 거기에는 복종밖에 남는 것이 없다. 행동과 결단으로 복종하는 것이지. 하지만 마음으로 복종하는 것은 아니다. 마음은 복종할 수 없지. 그분은 내게서 마음을, 내가 누군가를 더 사랑하는 이 마음까지 빼앗지는 못하신다. 내 생명을 거둬 가신다면 몰라도, 그전에는 그러실 수 없다. 따라서 마음가는 대로 결단을 내리고 행동하지 않는 것, 이것이 복종이다. 이해하겠느냐?"

요셉은 고개를 끄덕였다. 그는 노인의 갈색 눈에 고인 눈물을 보았다. 그의 눈도 다시 눈물로 적셔졌다.

"다 알아들었습니다."

그가 속삭였다. 그리고는 다시 귀를 아버지의 입에 갖다 댔다.

"주님께서는 너를 주셨다가 내게서 거둬 가셨다. 그리고 다시 돌려주셨다. 그러나 내게 온전히 돌려주신 건 아니다. 그분은 여전히 너를 데리고 계신다. 그분은 너 대신, 그러니까 아들 대신 짐승의 피를 받으시긴 했으나 너는 이사악이 아니다. 이사악은 제물로 받지 않으셨지만 네 경우는 거부된 제물이 아니다. 너는 내게 그분의 생각이 참으로 풍요로우며, 그분의 결정에는 숭고한 이중의 의미가 담겨 있다고 말해 주었다. 그건 무척 영리한 말이었다. 지혜는 그분의 것이며, 그분의 지혜를 가늠해 보는 영리함을 가진 존재가 인간이니까. 그분께서는 너를 높이신 동시에 내던지셨다. 이 두 가지를 한꺼번에 하신 것이다. 사랑하는 내 아이, 넌 충분히 영리해서 내가 지금 하는 귓속말을 잘 알아들을 것이다. 그분은 너를 네 형제들 위로 들어 올리셨다. 이건 네가 꾸었던 꿈과 같다. 아, 사랑하는 아이야, 난 네 꿈을 항상 마음에 간직해왔다. 그러나 그분은 너를 그들 위로 올리면서 세상의 방식을 사용하셨다. 구원과 축복의 의미에서 올려주신 게 아니다. 따라서 넌 구원을 간직하게 된 것은 아니다. 상속 유산은 못 받는다는 것이다. 알겠느냐?"

이번에는 요셉이 입술을 아버지 귀에 갖다대고 속삭였다. "알아들었습니다."

"사랑하는 아이야, 너는 축복을 받았다. 하늘에서 내려오고 아래의 땅에서 올라온 축복이다. 유쾌함과 숙명, 그리고 유머와 꿈들로 축복받은 것이지. 그러나 이것은 세상의 축복일 뿐 정신의 축복은 아니다. 그분의 뜻에 복종하기 위해서 귀한 것을 뺏는 사랑의 목소리를 들어본 적이 있느냐? 지금 네 귀로 듣게 될 소리가 그런 것이니 잘 들어보거라.

주님도 너를 사랑하신다. 그러나 그분도 너를 상속자로 인정하지 않으신다. 그래서 은근히 네게 유산을 물려주려고 한 내게 벌을 내리셨다. 세속적인 면에서, 낯선 이방인들을 비롯하여 아버지와 형제들에게 적선을 베푸는 자비로운 자라는 의미에서는 네가 장자이다. 그러나 너는 백성들에게 구원을 전파하는 지도자는 될 수 없다. 알겠느냐?"

"압니다."

"훌륭하다. 운명을 놀랄 만큼 평온한 마음으로 유쾌하게 받아들이는 건 훌륭한 태도다. 자신의 운명도 또 그렇게 받아들이는 것이 좋다. 주님은 너를 거부하시면서도 너를 무척 사랑하신다. 나도 그분처럼 하겠다. 너는 격리된 자로 우리 부족의 본 줄기에서 떨어져나갔다. 그러니 본 줄기가 될 수는 없다. 그러나 나는 네 아들들, 즉 첫 소산들을 내 아들로 만들어 너를 조상의 지위에 올려주겠다. 네가 앞으로 얻게 될 아들들은 네 아들들이지만, 이 첫 소산들은 내 아들의 자리에 앉히겠다는 뜻이다. 아들아, 그렇지만 네 자신이 조상의 대열에 낄 수는 없다. 그건 네가 정신적인 영주가 아니라 세상의 영주일 뿐이기 때문이다. 그래도 넌 부족장인 내 옆에 앉게 될 것이다. 가문의 한 아버지로서 말이다. 자, 어떠냐? 만족하느냐?"

"참으로 감사합니다. 무릎을 꿇고 절을 올려야 마땅하지요."

다시 요셉은 입을 아버지 귀에 갖다대며 낮은 목소리로 속삭였다. 이윽고 이스라엘은 아들의 목을 얼싸안고 있던 팔을 풀었다.

대접

　이쪽 요셉의 사람들과 저쪽 야곱의 백성들은 멀찌감치 떨어져서 두 사람이 바짝 붙어 서서 이야기를 나누는 모습을 지켜보기만 했다. 이제 대화가 끝나자 파라오의 친구는 아버지를 모시고 출발하려고 가마에 오르시게 했다. 그리고는 형제들을 환영하려고 그들이 있는 쪽으로 몸을 돌렸다. 그러나 형들은 그가 다가오기를 기다리지 않고 자신들이 먼저 요셉이 있는 쪽으로 서둘러 다가와 모두 고개를 숙였다. 그러자 요셉은 친동생 벤야민을 반갑게 맞았다.

　"네 아내들과 아이들을 보고 싶구나, 투르투라. 그리고 여러 형님들의 아내 모두와 자식들도 보고 싶습니다. 모두와 인사를 나눠야지요. 어서 그들을 나와 아버지 앞에 데리고 오십시오. 그러면 전 아버지 곁에 앉겠습니다. 이 근처에 아버지를 맞을 장막을 치게 했습니다. 유다 형님이 나를 찾아왔던 그곳입니다. 자, 이제 사랑하는 주인님을 다시 가마에 모시고 모두들 절 따라오십시오! 그리고 아주 따뜻한 목소리로 절 부르신 유다 형님께서는 이리로 오십시오. 여기 저와 형님과 마부가 함께 설 수 있을 만큼 자리가 충분하니 이 마차에 함께 타십시오. 유다 형님, 제가 이렇게 초대하는데, 저하고 같이 가시겠습니까?"

유다는 고맙다고 말한 후 요셉의 손짓에 이쪽으로 다가온 황금 마차에 함께 올라타서 요셉 곁에 나란히 섰다. 그 앞에 울긋불긋한 깃털로 치장하고 보랏빛 마구에 묶인 홍분한 말들이 마차를 끌었다. 요셉의 남자들과 이스라엘의 자녀들이 그 뒤를 따르고 맨 앞에는 야곱이 흔들거리는 가마에 타고 있었다. 옆으로는 사람들이 함께 달렸다. 이 모든 것을 보고 싶어하는 파-코스 시장에서 온 구경꾼들이었다.

드디어 오색으로 단장하고 양탄자를 깔아놓은 장막에 이르렀다. 아주 아름답고 공간도 넓었다. 시종들이 이미 자리를 잡고 서 있고, 그 안에는 화환으로 장식한 포도주 항아리가 세련된 갈대 받침대 위에 가지런히 놓여 있었다. 그리고 방석이 깔려 있고 술잔과 물대야 그리고 온갖 케이크와 과일도 준비되어 있었다. 그 안으로 요셉은 아버지와 형제들을 안내했다. 그리고 몇 번이고 인사를 건네며 그들에게 다과를 권했다. 열한 명을 이미 알고 있던 집사도 도와주었다. 요셉은 형제들과 기분 좋게 황금잔으로 술을 마셨다. 시종들은 술을 여과용 천으로 걸러 술잔에 따랐다.

그리고 나서 요셉은 장막의 입구에 세워둔 야전용 의자 두 개에 아버지 야곱과 함께 나란히 앉았다. 이들 앞으로 야곱의 '여자들, 딸들과 아들들 그리고 그의 아들들의 아내들'이 나와서 인사를 했다. 이 말은 요셉의 형제들의 부인들과 그 자손들을 의미한다. 한마디로 하면 이들은 이스라엘이었다. 맏형 르우벤이 요셉에게 그들의 이름을 말해 주었다. 요셉은 그럴 때마다 상냥한 목소리로 말을 건넸다. 그러나 야곱은 시간의 저 깊은 밑바닥으로부터 다른 장면을 떠올리고 있었다. 그는 페니-엘에서 밤새 씨름을 벌인 다음 날, 덥수룩한 털의 남자 에사오에게 자신의 식구들을 소개했었다. 그때 제일 먼저 하녀들과 함께 그녀들이 낳은 네 명의 아들을 소개하고 다음에는 레아와 여섯 명의 아들, 그리고 나서 마지막으로 라헬과 지금 자기 옆에 앉아 있는 요셉을 소개하지 않았던가. 그 요셉은 이제 세상에서 머리가 높이 올려졌다.

"일흔 명이다."

야곱이 자신의 백성을 가리키며 요셉에게 점잖게 말했다. 요셉은 그것이 야곱을 포함한 숫자인지, 혹은 제외한 것인지, 그리고 자기자신도 들어간 것인지 아니면 뺀 숫자인지, 묻지도 않았고, 또 숫자를 헤아리지도 않았다. 그저 밝고 명랑한 표정으로 백성이 차례차례 자기 앞에 인사를 하고 지나가게 했다. 그리고 벤야민의 어린 아들들 무핌과 로스는 무릎 쪽으로 당겨와 자기 옆에 세웠다. 그리고 야곱에게 제일 먼저 아들이 살아 있다는 소식을 노래로 전해 주었다는 아셀의 아이 세라흐를 사람들이 소개해 주자 무척 반가워했다. 그리고 그 소녀에게 고맙다고 인사하고 빠른 시일 내에 자신이 시간이 생기면 노래를 불러달라고 말했다. 그리고 형제들의 아내들 틈에는 다말과 그녀가 낳은 유다의 아들들도 끼어 있었다. 한 사람 한 사람 이름을 소개해 주던 르우벤도 이 경우는 좀 막막했다. 그녀와의 관계를 그 자리에서 간단히 설명하기는 어려웠다. 그래서 이 일은 나중으로 미룰 수밖에 없었다. 키가 크고 피부색이 짙은 다말은 양손에 아들 한 명씩을 잡고 왕의 그늘을 선사해 주는 자 앞에서 인사를 올렸다. 참으로 당당한 모습이었다. 어떻게 당당하지 않을 수 있으랴? 속으로 이런 생각을 하는데. '나는 본 궤도에 서 있지만, 제 아무리 번쩍거려도 당신은 아닌 걸.'

다들 소개가 끝나자 여자들과 딸들의 아들과 여자들의 딸들까지 장막 안으로 들어가 시종들의 시중을 받으며 맛있는 음식을 대접받았다. 그러나 요셉은 자신과 아버지 주위로 장막의 우두머리들, 곧 가장들을 불러모아 앞으로 해야 할 일들을 일러주고 자신이 어떤 조치를 내렸는지 설명해 주었다.

"여러분은 이제 고센 땅에 오셨습니다. 이곳은 아직까지 이집트의 풍습이 완전히 지배하지 않는 곳이니, 저는 여러분께서 파라오의 아름다운 초원인 이곳에서 머무르실 수 있도록 조처하겠습니다. 그러니 여러분은 이곳에서 이방인으로서 가나안 땅에서 그러했던 것처럼 언제든 자리를 옮겨가며 자유롭게 사시면 됩니다. 가축은 이 초원에만 놓아먹이고 여기에 오두막을 짓고 살아가십시오. 아버지 집은 제가 이미 지어놓았습니다. 마므레 숲에 있던 아버지 집과 비슷하도록 정성스럽게 꾸몄고 아버지께서 익숙하게 쓰시던 것을 모두 갖춰놓았습니다. 장소는 여기서 조금 떨어진 곳입니다. 파-코스 시장과 가깝지요. 교외에서 살아도 도시에서 너무 멀지 않은 곳이 가장 좋으니까요. 아버지들도 그렇게 하셨지요. 성벽 안에 갇힌 곳이 아니라 나무 아래에서 살았어도 브엘세바와 헤브론에서 가까운 곳이었잖습니까. 여러분은 강의 지류에 있는 파-코스와 페르-소프드 그리고 페르-바스테트와 거래하시면 됩니다. 내 주인님 파라오는 여러분이 가축을 방목하고 거래를 하면서 유랑하는 것을 허락해 주실 것입니다. 저는 그의 앞에 나가서 여러분이 고셈에 당도하셨고, 여러분이 여기 머무르는 것이 가장 바람직하다고 말씀 드릴 겁니다. 여러분은 저희의 아버지들이 그러했듯이 가축을 기르는 목자들이라고 말입니다. 여러분께서 아셔야 할 게 있습니다. 이집트 사람들은 양을 기르는 목자를 조금 혐오스럽게 생각합니다. 돼지를 기르는 것처럼 심각하게 싫어하지는 않지만 좋아하지는 않습니다. 그들에게 이 일은 이방인이나 하는 일입니다. 그렇다고 불쾌하게 생각하셔서는 안 됩니다. 오히려 반대로 생각하셔야 합니다. 그것을 여러분이 이집트인과 떨어져서 이곳에 머무를 수 있는 좋은 기회로 삼을 수 있으니까요. 양치기는 바로 고셈 땅에 속하기 때문입니다. 파라오의 가축떼, 이 신의 가축도 바로 여기서 방목되지요. 여러분은 노련한 목자이며 가축 조련사이므로, 저는 파라오로 하여금 여러분이나 아니면 여러분 중의 몇 명을 자신의 가축떼를 돌보는 감독으로 앉힐 생각을 하도록 만들 작정입니다. 그는 아주 친절하며 유순한 사람입니다. 그리고 여러분도 아시다시피 그는 여러분 중의 한 사람을 소개하라는 명령을 내렸습니다. 모두 다 만나는 것은 벅차니까요. 여러분 중의 누군가가 그를 만나게 되면, 그때 그는 분명히 여러분이 무슨 일을 해서 먹고 사는지 물어볼 것입니다. 물론 그것은 형식적인 질문이 될 것입니다. 그 대답은 사전에 저한테서 들어 알고 있을 테고, 제 이야기를 듣고 이미 자신의 가축을 방목하는 감독 일을 여러분에게 맡길 생각까지 하고 있을 테니까요. 말하자면 이것이 그의 형식적인 질문 뒤에 깔린 생각인 셈이지요. 그러니 여러분 중의 한 명은 제가 이미 그에게 한 말을 다시 확인시켜 주는 의미에서 이렇게 말씀하시면 됩니다. '폐하의 종들은 저희 아버지들이 그래왔듯이 어린 시절부터 가축을 돌보는 일을 해왔습니다.' 그러면 그는 여러분이 이 저지대인 고센에 살게 해줄 것입니다. 그리고 제 이야기를 듣고 결정한 대로 여러분 중에서 가장 성실한 자들을 자신의 가축을 돌보는 감독관으로 삼겠다고 할 겁니다. 그렇지만 그 일에 누가 제일 합당한지는 형님들께서 알아서 의논하십시오. 아니면 자비로우신 아버지께서 직접 선택하셔도 좋습니다. 이 일이 다 처리되면 아버지도 신의 아들과 만날 수 있도록 주선하겠습니다. 마땅히 그래야 하니까요. 그리하면 그는, 많은 이야기를 지니셔서 그 무게로 위엄을 갖춘 아버지를 보게 될 테고, 아버지께서는 열심히 노력하는 심약한 그를 보게 되실 겁니다. 그는 나름대로 올바른 길을 걷고 있습니다. 하지만 그 길의 입장에서는 그가 올바른 자가 아니라는 게 문제지요. 또 그는 제게 직접 편지를 보내 명령을 내렸습니다. 아버지를 만나 이것저것 물어보겠다고 말입니다. 그에게 아버지를 소개할 수 있다니, 얼마나 기쁜지 모릅니다. 아브라함의 손자요, 축복받은 자인 아버지의 근엄한 모습을 그에게 보여준다 생각하면 참으로 가슴이 벅찹니다. 그는 저한테 여러 가지 이야기를 들은 터라 아버지에 대해 제법 많이 알고 있습니다. 예컨대 껍질을 벗긴 지팡이 이야기도 벌써 알고 있지요. 그렇지만 그의 앞에 서실 때 절 봐서라도 제가 이집트 사람들 중에서 높은 자리에 올라 있다는 사실을 명심하셔야 합니다. 행여 이집트 자녀들 중의 왕인 그의 앞에서 머리에 떠오르는 대로 그들의 풍습을 비난하시면 곤란합니다."

"아니다, 걱정 말아라. 나의 주인님, 내 아들, 사랑하는 아이. 네 늙은 아버지도 세상의 대인들을 존중할 줄 안다. 그들 또한 신으로부터 나온 자들이 아니더냐. 고센 땅에 내 집을 마련해 주었다니 고맙다. 이스라엘은 이제 그곳으로 가서 모든 일을 찬찬히 생각하여 이스라엘의 보석 같은 이야기들과 하나로 합쳐지게 해야겠다."

파라오 앞에 선 야곱

아니, 이야기가 이제는 정말 종착점으로 기울고 있지 않은가? 벌써 이야기의 바닥이 드러나서 끝을 맺게 될 줄이야! 그러나 이를 끝이라고 하기는 어렵다. 딱히 어느 지점을 시작이라고 말하기 어려운 것과 마찬가지이다. 여기서는 그저 이야기를 무한정 들려줄 수는 없으므로, 언젠가 한번은 미안하다고 사과한 후, 이야기를 전하는 입을 닫아야 한다는 뜻이다. 끝이란 없으므로 이성적으로 마무리하는 것이다. 이는 무한(無限) 앞에서 행하는 이성의 행위이며 다음과 같은 문장의 실현이라 할 수 있다.

'보다 이성적인 자는 다투지 않고 물러난다(지는 게 이기는 것이다).'

이야기는 자신의 수명이 무한하다고 선언했지만, 다른 한편으로는 건전한 이성을 지니고 있어서, 언젠가 한번은 목적지에 이르러 한계선을 긋기도 해야 한다는 사실을 알

고 있다. 그래서 자신이 저물어가는 마지막 시간을 염두에
두기 시작한다. 야곱이 그랬던 것처럼. 그는 자신에게 남은
17년 세월이 다 기울자, 죽음을 대비하여 가사를 정리한다.
이 17년은 우리 이야기에 주어진 기한이기도 하다. 아니 한
계선을 그을 줄 아는 이성적인 감각에 준하여 정해놓은 기
한이라는 말이 더 옳을 것이다. 이야기의 모험정신이 아무
리 대단해도 야곱보다 더 오래 살 뜻은 전혀 없다. 혹은 그
의 죽음을 이야기해 주는 것으로 만족하지, 더 길게 이어갈
생각은 결코 없다. 이야기가 공간과 시간에서 차지한 자리
는 충분히 가부장적이어서, 이제 살 만큼 살아서 늙은 이야
기는, 모든 것에 한계선이 그어져 있다는 사실에 만족하며
두 발을 모으고 입을 다물 것이다.

그러나 이야기가 계속되는 한은, 자신의 시간을 채우는
데 질리는 법이 없다. 그래서 용감한 입으로 모두가 이미
알고 있는 이야기를 전해 준다. 모든 게 요셉의 말대로 되
었다고. 그는 먼저 형제들 중에서 대표로 선정된 다섯 명을
파라오 앞에 소개하고 아버지 야곱도 아톤의 아름다운 아
들의 공식 초대를 받게 했다. 이때 부족장은 아주 근엄한
정도가 아니라, 세속의 개념으로 보자면 어쩌면 지나치게
거만한 자세를 보였다. 자세한 내용은 곧 나올 것이다.

요셉은 달콤한 숨결의 주인님의 알현을 직접 주선했다.
전래설화가 이집트의 상황을 얼마나 잘 아는지 가히 탄복
할 만하다. 이는 방향표기 '아래'와 '위'의 사용에서 잘 드
러난다. 사람들은 이집트 나라, 즉 '아래'로 내려갔다고 되
어 있다. 그러나 이렇게 고센의 들판으로 내려간 이스라엘

의 자녀들은 계속 가다보면 '올라' 가게 되었다. 즉 강을 따라 상류, 상이집트로 간 것이었다. 그러므로 요셉이 토끼주에 있는 지평선의 도시 아헤트-아톤으로 '올라갔다' 는 말은 정확한 표현이다. 이 도시는 나라들, 곧 두 나라의 유일한 수도였다. 그리고 궁궐에 있는 호루스에게 형제들과 아버지와 그의 가솔들이 찾아왔다고 알렸다. 또, 노련한 말솜씨로, 이들은 노련한 목자들이니 이들을 고센 땅에서 기르는 가축떼를 감독하는 자리에 앉히는 것보다 더 영리한 일은 없다는 생각을 심어주었다. 그러자 파라오는 요셉의 이야기를 듣다가 그런 생각이 문득 들자 대번 흡족해 했다. 그리고 다섯 형제를 만나자 자신의 생각을 밝히고 그들을 자신의 목동으로 삼았다.

이는 이스라엘이 이집트에 당도한지 얼마 되지 않아서 이루어졌다. 마침 파라오가 온에 와서 그곳 궁궐의 지평선을 환하게 비추고 있을 때였다. 파라오가 사랑하는 이 도시는 요셉이 처음 꿈을 해석해 주려고 안내 받은 곳이기도 하다. 양쪽이 만나는 시기를 이때까지 늦춘 것은 연로한 야곱을 생각해서였다. 파라오의 의자 앞에 나서기 위해 너무 멀리 여행하지 않도록 배려한 것이다. 이즈음 야곱은 멘페에 있는 요셉의 집에 머물고 있었다. 파라오에게 소개할 다섯 명의 아들들, 즉 레아의 소생 르우벤과 유다 그리고 빌하의 소생 납달리, 질바의 소생 가디엘, 그리고 라헬의 둘째 아들 벤온이-벤야민과 함께였다.

서쪽 강가를 따라 아버지를 붕대에 감겨 있는 자의 도시까지 동행한 것도 이들이었다. 높이 올려진 자 요셉의 집에 이르자 아가씨 아스나트는 도둑의 아버지에게 인사를 올렸다. 그리고 이집트 손자들도 보고 축복해 달라며 그의 앞으로 인도했다. 노인은 가슴이 뭉클해졌다.

"주님께서는 참으로 친절하시구나, 아들아. 이처럼 나로 하여금 너를 보게 하시더니, 정말 너를 다시 볼 수 있으리라고는 생각도 못했는데, 너를 만나게 해주시고, 이제는 네 씨까지 보게 하시는구나."

그리고 소년들 중 큰 아이의 이름을 물어보았다.

"메나세입니다."

"그러면 네 이름은 무엇이냐?"

대답을 들은 야곱은 동생에게 물었다.

"에프라임입니다."

"에프라임과 메나세."

노인은 나중에 들은 이름을 먼저 말했다. 그런 다음 에프라임을 오른쪽 무릎 옆에 세우고 메나세는 반대편에 세운 후 그들에게 입을 맞춘 후 히브리어 발음을 바로잡아 주었다.

"메나세 그리고 에프라임, 내가 누누이 그렇게 발음해야 한다고 일러주지 않았더냐?"

요셉이 아들들을 나무랐다.

그러자 노인이 얼른 아이들 편을 들었다.

"에프라임과 메나세의 잘못이 아니다. 네 입부터, 나의 주인님인 내 아들의 입부터 약간 비뚤어진 것을 어떻게 하겠느냐. 자, 너희는 아버지들의 이름 안에서 큰 무리의 백성이 되겠느냐?"

"네, 그러고 싶습니다."

에프라임이 대답했다. 그는 할아버지가 자신을 더 좋아한다는 사실을 눈치 챘다. 야곱은 이때 벌써 그들에게 축복을 내린 셈이었다.

얼마 후 파라오가 레-호르아흐테의 집, 즉 온으로 왔다는 소식을 듣고 요셉은 그곳으로 내려갔다. 선별한 다섯 형제들과 함께였다. 야곱은 가마를 타고 갔다. 이렇게 물을 수도 있다. 파라오는 야곱을, 그 근엄한 자부터 먼저 맞지 않고, 사실이 그러했듯이, 왜 형제들부터 만났느냐고. 그건 상승 효과를 위해서였다. 축제에서는 원래 제일 좋은 것이 앞장서는 법이 없다. 그보다 낮은 것을 앞세우고 그 다음에 그보다 조금 더 나은 것을 세운 후에야 가장 존경할 만한 것이 흔들거리며 앞으로 나가는 것이다. 그렇게 해야 절정에 이르러 박수와 환호가 터져 나온다. 앞자리를 다투는 것은 아주 오래된 일이다. 그러나 의례의식(儀禮儀式)의 시각에서 보면 매번 어리석은 짓이다. 항상 조금 낮은 것이 제일 앞에 가는 법이다. 그래도 앞장서려고 악을 쓰는 사람이 있다면 그저 미소를 지으며, 그럼 그렇게 하라고 내버려두면 된다.

형제들의 접견도 사무적인, 이른바 일종의 거래의 성격을 띠었다. 우선 조정해야 할 사안이 있었던 것이다. 대신 야곱이 젊은 우상 파라오와 나눈 짧막한 대화는 아름다운 형식일 뿐이었다. 그래서 딱히 할 말이 있는 것도 아니었던 까닭에, 파라오는 상대방에게 무슨 말을 건넬지 당황한 나머지 무턱대고 가부장의 나이부터 물어보았다. 그것밖에 생각나는 게 없었다. 반면 그의 아들들과의 대화는 그래도 괜찮았다. 물론 왕이 나누는 이런 식의 대화는 고관들이 그 내용을 미리 정해 주는 게 대부분이었다.

거들먹거리는 시종들이 중대사를 의논하는 홀로 다섯 명을 안내했다. 거기엔 젊은 파라오가 천개(天蓋) 아래 궁궐의 관리들에게 둘러싸여 있었다. 이들은 단역배우로 대사는 없다. 왕의 손에는 휘어진 지팡이 왕홀과 채찍과 황금으로 만든 생명의 표식이 쥐어져 있다. 멋지게 조각한 의자가 오랜 전통을 자랑하는 아주 불편한 태곳적 가구였음에도 에흔아톤은 지나치게 편안한 자세로 앉아 있었다. 신은 자연스러워야 한다고 생각했던 그는 격식에 사로잡혀 뻣뻣한 자세를 취하고 싶지 않았던 것이다. 그의 제일 높은 입, 빵의 주인님, 드예프누테에포네흐, 먹여 살리는 자는 옥좌 앞의 오른쪽 기둥 바로 옆에 서서 통역관의 중개로 이어지는 대화가 원래 각본대로 잘 진행되도록 주시했다.

이주자들은 바닥에 이마가 닿도록 넙죽 엎드려 절을 한 후 파라오를 칭송하는 인사말을 올렸다. 길지도 짧지도 않은 게 적당했다. 동생이 세뇌시킨 대목이었다. 궁정 예식에 맞게 격식을 갖추되 자신들의 신념을 다치지 않도록 문안 작성에 신경을 썼음은 두말할 필요도 없을 것이다. 그러나 이 미사여구는 통역될 겨를도 없었다. 파라오가 변성기에 있는 소년 같은 갈라지는 음성으로 자신에게 실제로 그늘을 선사하는 자이며 숙부인 요셉의 존경할 만한 가족들을 이렇게 자기 의자 앞에 보게 되니 기쁘다고 한 것이다.

"너희는 무엇을 먹고 사느냐?"

그의 물음에 유다가 대답한 내용은 이러했다. 자신들은 아버지들이 그러했듯이 목자이며, 어떤 가축이든 다 기를 줄 안다. 이 나라에 온 것은 가축을 기를 방목지가 없어서 이다. 가나안 땅에 기근이 극심한 까닭이다. 파라오의 면전 에서 청원을 올려도 된다면, 지금 장막을 치고 있는 고센에 머무르게 해 달라.

에흔아톤은 워낙 예민해서 통역관이 '목자'라고 하자 자 신도 모르게 표정이 조금 일그러졌다. 그리고 요셉을 바라 보았다.

"그대의 가족들이 왔구려. 우리 두 나라는 그대에게 활짝 열려 있으니 그대의 가족에게도 마찬가지요. 그러니 이들 이 고센 땅에 살고 싶다면 그렇게 하도록 하시오. 그리하면 짐은 아주 흡족할 것이오."

그리고 요셉이 넌지시 바라보자, 파라오는 다시 말을 이 었다.

"그리고 지금 막 하늘 안에 계신 아버지가 한 가지 생각 을 불어넣어 주셨소. 이는 짐이 보기에 아주 아름다운 생각 이오. 나의 친구여, 그대는 그대의 형제들의 성실함을 누구 보다 잘 알 테니 가장 성실한 이들을 그곳 아래에 있는 짐 의 가축들을 돌보는 감독관으로 앉히시오! 이는 짐이 그대 에게 내리는 친절한 명령이니 이들의 임명장을 쓰도록 하 시오. 만나서 아주 기뻤소."

그런 다음 야곱이 왔다.

그의 입장은 매우 엄숙하고 아주 힘들어 보였다. 그는 자 신이 고령임을 과장하여 땅을 짓누르는 나이의 무게로 님로드-왕의 권위에 맞서려 했다. 이 왕 앞에서 자신이 섬기는 신의 품위가 깎이는 것은 원치 않았다. 하지만 왕의 신하인 아들이 자신 때문에 은근히 걱정한다는 사실도 알고 있었다. 아들은 미리 아이처럼 자신에게 경고까지 했었다. 파라오 앞에서 이집트의 풍습을 멸시하는 내색을 하지 말라고. 아버지가 곧장 염소 빈디디의 이야기를 꺼내면 어쩌나 아들이 조마조마해 한다는 것도 야곱은 잘 알았다. 물론 그럴 생각은 없었다. 그러나 어떤 일이 있어도 자신의 품위를 지키겠다는 각오는 대단했다. 그래서 나이의 엄청난 무게를 방패로 삼은 것이다. 덕분에 꿇어 엎드려 올리는 절은 면제받았다. 그 나이에 무리한 동작이었을 뿐 아니라, 노인이 너무 오래 서 있지 않도록 알현을 어떻게든 짧게 끝낼 작정이었기 때문이다.

이들은 한동안 아무 말 없이 서로를 바라보았다. 한 사람은 사치스럽게 사는 늦게 태어난 후손으로 신을 꿈꾸는 자였다. 지금 조금 호기심이 생겨, 평상시에는 지나칠 정도로 편하게 앉아 있던 황금 옥좌에서 몸을 조금 일으킨 상태였다. 그리고 그를 마주한 자는 이사악의 아들이며 열두 아들의 아버지였다. 둘은 같은 시간에 둘러싸여 있으나, 서로 속한 시대가 달랐다. 태곳적 왕좌를 물려받은 심약한 소년은 수천 년 동안 축적된 신에 관한 학식을 정제하려는 자였다. 그는 이 학식에서 감미로운 장미기름을 걸러 내어 나긋나긋한 사랑의 종교를 만들려고 노력했다. 하지만 그의 상대인 노련한 노인은, 앞날이 창창한 새로운 것이 출발하는 그 원천에 서 있는 사람이었다.

파라오는 곧 당황했다. 그는 상대방에게 먼저 말을 거는 데 익숙하지 않아서 저쪽이 먼저 입을 떼기까지 기다렸다. 누구든 자기 앞에 온 자는 먼저 입을 열어 자신을 칭송하는 형식적인 인사말부터 올리기 마련이었다. 야곱도 이러한 의무를 완전히 무시하지는 않았다. 이 점은 우리가 보장할 수 있다. 그런데 그는 파라오 앞으로 나오면서, 나중에 밖으로 나가기 전과 마찬가지로 파라오에게 '축복을 했다'고 되어 있다. 이것은 말 그대로 이해해야 한다. 부족장은 형식적인 미사여구로 인사를 올린 게 아니라 복을 빌어준 것이다. 또 신 앞에서와는 달리 양손을 들어 올리지 않고 파라오를 향해 오른손만 올렸다. 약간의 떨림과 함께 손동작 하나만으로도 위엄이 넘쳤다. 마치 아버지가 멀리서 소년의 머리 위에 축복을 내리려는 것처럼 보였다.

"주님께서 이집트의 국왕 폐하를 축복하십니다."

그는 최고령 노인의 음성으로 말했다.

파라오는 무척 놀랐다.

"할아버지, 그대는 도대체 몇 살이오?"

야곱은 이번에도 과장했다. 우리는 그가 130세라고 한 것으로 알고 있다. 이는 우연한 진술이다. 우선 그는 자기 나이가 정확히 몇 살인지 몰랐다. 그가 살던 공간 차원에서는 오늘날까지도 대부분 나이를 그다지 정확하게 헤아리지 않는다. 여하튼 우리가 알기로 야곱은 106세까지 살았다. 이는 무척 오래 산 경우이지만, 자연의 섭리를 벗어나지 않는 수명이다. 따라서 그는 파라오를 만났을 당시 아직 아흔도 되지 않았으며, 또 실제 나이에 비해 꽤 건장했다. 그렇지만 파라오 앞에서는 아주 엄숙한 태도를 보임으로써 이를 감출 수 있었다. 마치 눈이라도 먼 듯, 그렇지만 앞을 내다보는 것 같고, 말은 천천히 했다.

"내가 이 땅을 순례한 시간은 130년입니다. 하지만 내 아버지들에 비하면 약소한 시간이며 험난한 세월이었습니다."

파라오는 깜짝 놀랐다. 그는 일찍 죽을 운명이었다. 그의 부드러운 천성은 이런 자신의 운명에 동의했으므로 이처럼 오래 산다는 것은 공포의 대상이었다.

"오, 맙소사! 할아버지는 지금까지 줄곧 고난의 땅 레테누의 헤브론 근방에서 살았소?"

파라오는 머뭇거리듯 말했다.

"대부분 그랬습니다, 내 아들."

아들이라니! 천개(天蓋)의 양쪽에 늘어선 신하들에게는 치명타였다. 요셉은 아버지에게 고개를 가로저어 보였다. 그러나 야곱은 못 본 척했다. 그리고 나이의 무게를 강조하는 진술에 계속 머물렀다.

"헤브론이 보낸 세월은 현인들에 따르면 2300년입니다. 무덤의 도시 멤피와는 비교가 되지 않습니다."

요셉은 다시 고개를 가로저었다. 그러나 노인은 꿈쩍도 하지 않았다. 그러자 파라오는 너그럽게 받아주며 서둘러 말했다.

"그럴 수도 있겠소, 할아버지. 그럴 수도 있겠구려. 그런데, 어째서 그대는 그대가 살아온 세월을 험난하다 하시오? 그대는 파라오가 가장 애지중지하는 신하를 생산한 사람이오. 이 두 나라에 왕좌의 주인 외에 그대의 아들보다 큰자는 없소."

"저는 **열두** 아들을 생산했습니다. 그리고 이 아이는 그중의 하나였습니다. 그들에게 저주는 축복과 같으며 축복은 저주와 같습니다. 여러 명은 저주받았으나 선택받은 존재로 남았습니다. 그러나 하나는 선택받았으나 사랑 때문에 저주받았습니다. 제가 그를 잃어버렸을 때 저는 그 아이를 찾아야 했습니다. 이제 찾게 되자 난 그 아이를 다시 잃게 되었습니다. 그래서 이 아이는 내가 생산한 자들의 무리에서 물러나 높은 자리로 올라갔고, 대신 이 아이가 내게 낳아준 아이들이 들어왔습니다. 하나 그리고 또 하나가."

이 알아듣기 어려운 예언 같은 이야기를 통역까지 해야 하니 더 아리송해졌다. 파라오는 입을 벌린 채 이야기를 듣고 있다가 도움을 청할 생각에 요셉을 쳐다보았다. 그러나 그는 눈을 아래로 내리깐 채 가만히 있었다.

파라오는 하는 수 없이 혼자 알아서 해결해야 했다.

"그렇소, 할아버지. 맞는 말이요. 지혜로운 대답을 들으니 파라오도 기쁘오. 짐 앞에 더 서 있으면 고단할 테니 이제 평안히 돌아가서, 살고 싶은 만큼 오래오래 잘 사시오. 130살보다 더 오래!"

야곱은 파라오에게 마지막으로 다시 한번 한 손을 올려 축복을 내리고 나갔다. 품위를 잃지 않고 엄숙하고 몹시 힘겨운 동작으로 천천히.

꾀 많은 시종

이번에는 행정관으로서의 요셉의 활약을 자세히 살펴보자. 이와 관련하여 흔히 욕설과 음해로 변질되기도 한 여러 가지 이야기가 떠돌고 있다. 이런 오해의 소지를 없애기 위해서라도 요셉이 실제로 어떤 일을 했는지 분명하게 밝힐 필요가 있다. 이렇게 요셉의 활약에 대한 '혐오스러운' 평가를 야기한 오해가 누구 때문에 생겼는지 되돌아보면—이렇게 말하지 않을 수 없다—이야기를 제일 먼저 전한 자들에게 그 책임이 있다. 스스로 이야기를 들려준 그 사건을 다시 들려주면서, 당시 상황을 제대로 일러주지 않고 너무 간결하게 취급했던 탓이다.

파라오 밑에서 일한 이 위대한 상인의 활약에 관한 이 최초의 기록들은 딱딱하고 메마른 통계를 근거로 삼고 있다. 그래서 실제 이 일이 일어났던 당시의, 곧 원래 이야기의 감격과 감탄에 대해 아무것도 알지 못한 까닭에 이러한 감탄을 설명해 주지도 못한다. 당시 사람들은 감탄하다 못해 신격화하기도 했다. 그래서 마치 꿈을 꾸듯이 그가 지니고 있던 몇몇 호칭, 예컨대 '먹여 살리는 자', '빵의 주인님'과 같은 단어를 곧이곧대로 해석하여 많은 백성들은 그를 아예 나일 강의 어떤 신, 그랬다, 먹여 살리는 자이며 생명의 부여자인 하피의 화신으로 여기기도 했다.

이러한 신화까지 낳은 요셉의 인기는(그리고 애초부터 그에게는 이렇게 신처럼 보이는 구석이 많았다) 무엇보다도 알쏭달쏭한 혼합에 그 뿌리가 있다. 혼합이란 그의 업무방침이 보여주는 눈웃음과 함께 이중 의미를 뜻한다. 즉 두 가지 기능을 동시에 행사하는 것인데, 여기에는 서로 다른 여러 가지 목적을 결합시킨 독특한 유머가 돋보인다. 사람들에게 이 유머는 언뜻 보기에 마법처럼 보이기도 했다. 이 유머와 해학은 우리가 지금 들려주는 이 이야기, 즉 이 소우주에서 하나의 원리로 자리잡고 있다. 이 원리는 여기서 마주보고 있는 차원과 세력 사이를 오가는 사절 역할을 한다. 예컨대 태양의 위력과 달의 위력, 아버지의 유산과 어머니의 유산, 낮의 축복과 밤의 축복, 이를 직접적으로 보다 포괄적으로 말한다면, 한마디로 생명과 죽음 사이를 중개하는 사절인 것이다.

그런데 이렇게 양쪽 사이를 날렵하게 움직이며 재미있게 둘을 화해시키는 중개자는, 요셉이 손님으로 있는 나라, 곧 검은 땅의 나라 이집트에서 하나의 인격을 지닌 신으로 자리잡지 못했다. 그나마 가장 근접한 신이 서기이며 죽은 자들을 인도하고 여러 가지 것을 발명한 토트였다. 보다 온전한 형태를 갖춘 이 중개신에 대한 지식은 오로지 파라오만 가지고 있었다. 파라오는 먼 곳에 있는 모든 신들에 관해 정보를 얻었던 까닭이다. 그리고 요셉이 파라오에게 은혜를 입을 수 있었던 것도 실은 파라오의 이러한 지식 덕분이기도 했다. 그는 요셉에게서 장난기 많은 동굴의 아이, 꾀의 주인님의 특성을 발견했기 때문이다. 그래서 파라오는 이렇게 장점이 많은 신의 현상이며 화신인 자보다 왕의 재상감으로 적당한 자는 없다고 말한 것이다.

이집트 자녀들은 요셉을 통해 감흥이 넘치는 자를 처음으로 알게 되었다. 그리고 이를 자신들의 신전에 수용하지 않은 이유는 오로지 한 가지, 그건 드예후티, 하얀 원숭이가 자리를 이미 차지해서였다. 그들에게 이것은 종교적인 의미의 확대 같은 것이었다. 특히 마법사라는 이념까지 곁들여 경쾌한 변화를 겪게 되자 이집트 자녀들의 감탄은 더욱 커졌다. 마법은 그들에게 항상 두렵고 심각한 것과 근심을 의미했다. 곧 재앙이 들어오지 못하도록 빈틈없이 막고 예방하는 것이 마법이었다. 요셉이 지은 커다란 원추형 창고를 마법의 빛 아래에서 바라본 것도 그래서였다. 그러나 정말 마법처럼 보인 것은 바로 예비와 재앙의 만남이었다. 사람들은 그늘을 선사하는 자가 재앙이 찾아왔을 때 지금까지 예비한 것으로 어떻게 대처하는지, 아니 얼마나 재미있게 재앙을 가지고 노는지, 그걸 보고 모두 놀라버렸다. 오로지 온 사방을 황폐하게 만들려는 생각뿐인 멍청한 괴물로부터 그가 꿈에도 생각하지 못했을 대단한 이익을 끌어내는 멋진 솜씨, 한마디로 지금까지 보지 못한 그 마법

앞에서 사람들은 웃을 수밖에 없었다.

실제로 백성들 사이에는 웃음이 그치지 않았다. 그건 감탄사와 함께 터져 나오는 웃음이었다. 요셉은 곡물가가 폭등한 상황을 이용하여 자신의 주인님을 위해 태연하게 대인들과 부자들의 주머니를 털어 궁궐에 있는 호루스에게 황금과 은을 쏟아 부었다. 그러니까 이들에게 곡식을 비싼 값으로 팔아 파라오의 보석창고로 흘려 넣은 것이다. 이는 재치 있는 시종으로서의 미덕을 보여준 것이다. 그런데 이 시종은 그냥 종이 아니라 신이었다. 이 신은 바로 주인님께 복종하는 종, 최선을 다해 그를 이롭게 해주는 종의 신분을 뜻하는 총체적 개념이었다. 또한 이와 발맞춰서 그는 도시에 사는 굶주리는 작은 백성들에게는 젊은 파라오, 신을 꿈꾸는 자의 이름으로 빵을 만들 수 있는 곡식을 무상으로 배급했다. 그리고 이는 왕에게 황금을 쏟아 부어 주는 것보다 더 큰 소득을 가져왔다. 한마디로 요셉의 조처는 백성을 돌보는 것과 왕권강화 정치를 결합한 것으로 그 전에 없었던 새로운 것이었다.

이 재미있는 발명품의 매력을 이 일을 재현한 최초의 이야기에서 느껴 보려고 하면 어려움에 부딪치게 된다. 물론 그 표현방식에 유의하여 꼼꼼히 읽어 행간에서 의미를 파악한다면 모를까 어지간해서는 제 맛을 느낄 수 없다. 원형, 곧 스스로 자신의 이야기를 들려주는 이야기를 재현한 최초의 이야기는 멋이라고는 찾아볼 수 없는 익살극 수준을 벗어나지 못해, 한마디로 통속적인 광대극의 잔재처럼 보이고 그 뒤로 원래 사건의 특성이 언뜻 내비치는 정도이다.

여기서는 예를 들면, 요셉 앞에서 굶주린 자들은 이렇게 외친다. "빵을 달라! 우리가 그대 앞에서 죽어야 하겠는가? 돈이 다 떨어졌다!" 이는 아주 깊은 곳에 서 있는 천박한 표현방식으로 다섯 책(구약성서의 창세기부터 신명기까지 모세5경을 뜻함―옮긴이)을 다 뒤져도 다른 곳에는 나오지 않는다. 그런데 요셉까지 마찬가지 방식으로 대답했다. "어서 가축을 끌고 오너라! 그러면 곡식을 주겠다." 곡식이 필요한 자들과 파라오의 신하인 큰 시장 주인은 당연히 이런 어조로 거래하지 않았다. 그러나 이런 표현방식은 백성이 어떤 기분으로 이런 상황을 맞았는지에 대한 일종의 회상 같은 것이다. 당시 사람들은 모두 희극배우라도 된 듯, 도덕적으로 애통해 하는 마음은 찾아볼 수 없었기 때문이다.

이 신성한 보고서는 그러나 그럼에도 불구하고 요셉이 잔인하게 착취했다는 비판을 물리치지도 못하고 되레 진지한 도덕주의자들의 저주를 야기시켰다. 이는 충분히 이해되는 일이다. 이 보고서를 보면 요셉은 굶어 죽는 해에 제일 먼저 나라의 모든 돈을 자기 손안에 다 긁어모았다고 되어 있다. 다시 말해서 이것들을 파라오의 보석창고에 다 집어넣은 다음, 사람들의 가축을 담보로 잡고 그들의 땅까지 빼앗아 낯선 곳으로 강제 이주시킨 후 국가의 노예로 부역하게 했다고. 이런 소리는 듣기에 좀 거북하다. 그러나 실제 상황은 전혀 달랐다. 이 보고서 중 풍부한 기억을 보여주는 구절을 보자.

"요셉은 그해 그들의 말과 양과 소와 나귀를 받은 대가로 그들과 가축 모두를 먹여 살렸다."(창세기 47장 17절을 옮긴 것으로 공동번역 성경에는 '양식을 대어 주었다', 개신교 성경에는 '그들을 기르니라'로 되어 있음―옮긴이)

우선 이 번역부터 부정확하다. 원전의 경우 일종의 암시와 귓속말을 즐겨 사용했는데, 여기서는 이런 암시가 사라지고 없다. 원전에는 '먹여 살린다' 대신에 '인도하다'를 뜻하는 단어가 있었다. "그리고 그들이 가진 소유물을 받은 대가로 그해 내내 그들에게 빵을 주어 그들을 인도했다"는 것은 의도적으로 고른 독특한 표현이다. '인도하다'라는 단어는 목자들이 사용하는 언어에서 빌려온 낱말로 '보살피다', '가축이 풀을 뜯을 수 있도록 몰고 다니다'를 뜻한다. 즉 무력한 피조물을 정성껏 보살피고, 특히 길을 잘 잃어버리는 양떼를 조심스럽게 돌봐준다는 의미인 것이다. 따라서 신화에 익숙한 귀에는 이 상투어보다 야곱의 아들과 잘 어울리는 것은 없었다. 요셉은 한마디로 백성을 푸른 초원과 신선한 물로 인도하여 잘 돌봐주는 훌륭한 목자로 여겨졌다는 뜻이다. 결과적으로 익살극에나 나옴직한 표현에 이렇게 원래 사건의 색상이 묻어 나온다. 현실에서 곧장 이야기를 들려주는 본문에 미끄러져 들어온 이 묘한 동사 '인도하다'는 백성이 파라오의 총아를 어떻게 바라보았는지 드러내 준다. 백성이 내린 그에 대한 평가는, 오늘날 한 국가에 살고 있는 도덕군자들이 요셉에게 내릴 평가와는 완전히 달랐다. 왜냐하면 보살펴 주고, 초원으로 몰고 나가 풀을 뜯게 하고, 인도하는 것은 신이나 할 수 있는 일이며 이 신은 '땅 아래에 있는 양 우리의 주인님'이다.

본문의 객관적 사실에 관련된 진술에는 털어낼 것이 없다. 요셉은 보물을 가진 자들, 즉 주(州)의 귀족들과 대지주들, 곧 자칭 왕으로 행세하는 자들에게는 엄청나게 비싼 '돈'을 받고 팔았다. 다시 말해서 교환가치로 왕의 금고에 들어왔다는 뜻이다. 그리하여 얼마 안 가 좁은 의미의 '돈', 곧 귀한 금속은 종류를 막론하고 어디서도 찾아볼 수 없었다. 아직은 '돈'이 주조되지 않았을 때였으니까. 그리고 곡물 값으로 치르는 교환가치에는 처음부터 온갖 종류의 가축이 속했다. 따라서 '돈'이 없어서 말과 소와 양을 담보로 잡았다는 식의 묘사는 조금 유감스럽다. 가축도 돈이니까. 아니, 어떤 의미에서는 '돈' 하면 우선 가축을 떠올릴 정도였다. 이는 현대어의 'pekuniär(금전상의)'라는 단어만 봐도 알 수 있다(라틴어 pecu는 가축 재산을 뜻함—옮긴이). 그래서 재력가들도 황금과 은으로 된 화려한 그릇들로 곡물 값을 지불하기 전에 처음에는 크고 작은 가축을 내놓았다. 그렇다 해서 이 가축들이 마지막 소 한 마리에 이르기까지 모조리 파라오의 가축 우리에 들어가 그의 가축 떼가 되었다는 말은 아니다. 요셉은 7년 동안 곡물창고를 지었지 가축 우리, 즉 축사를 세운 게 아니다. 그러니 이 가축-돈을 모두 모아둘 공간도 없었을 뿐 아니라 또 그 가축을 특별히 이용할 데도 없었다. 물론 '저당'이라는 경제 용어가 어떤 과정을 뜻하는지 전혀 들어보지 못한 사람이라면 이런 이야기를 이해하기가 어려울 것이다. 사람들은 가축을 저당 잡혔다. 아니면 담보로 맡겼다. 이중 어떤 표현을 선택하든 그건 상관없다. 여하튼 이 경우 가축은 대부분 원래 있던 뜰과 농장에 머물러 있었다. 그러나 더 이상 예전 소유주의 소유물이 아니었다. 예전에는 그들의 소유물이었으나 이제는 아니라는 뜻이다. 그래도 아직까지 소유주라 할 수 있다면, 그건 부담스러운 조건을 떠안고 있는 소유주다. 따라서 최초의 이야기 재현에 뭔가 부족한 것이 있다면, 그것은 한 가지 중요한 사실을 놓쳤다는 점이다. 그건 다름 아니라, 요셉의 이러한 조처 뒤에는, 소유라는 개념에 마법을 걸어 소유와 비소유, 즉 제한적인 소유와 봉토의 성격을 띠는 소유의 중간 개념으로 넘어 가려는 의도가 있었음을 충분히 부각시키지 못했다는 뜻이다.

그래서 날이 가물어 강물의 수위가 형편없이 낮은 해들이 이어지고 수확의 여왕이 젖가슴을 저쪽으로 돌려버려 식물은 싹을 틔우지 않아 곡식도 자라지 않고, 어머니의 모태도 닫혀 지구상에 아이가 한 명도 늘어나지 않았을 때, 그 당시에는 정말 본문의 말 그대로, 검은 땅의 대부분이, 지금까지는 개인의 소유였던 땅이 왕의 소유로 넘어갔다. 이는 다음과 같은 말로 재현되어 있다. "이때 요셉은 이집트의 모든 땅을 사서 파라오에게 주었다. 이집트인은 너나 없이 자기 땅을 팔았기 때문이다."(창세기 47장 20절―옮긴이) 왜? 종자로 쓸 곡물을 얻으려고. 교사들은 연이은 굶주림이 막바지에 이르렀을 무렵에 그렇게 되었으리라고 의견을 모았다. 지금껏 옭아매고 있던 무(無)생산의 사슬이 조금 느슨해지고 물 문제가 조금은 정상으로 되돌아와서, 들판이 곡식 소출을 낼 수 있을 정도가 되었을 때, 즉 파종이 가능해졌을 때 그렇게 되었으리라는 것이다. 종자를 달라고 부탁하는 자들이 이렇게 말하는 것도 그래서이다.

"그대 앞에서 우리가 죽어야겠습니까? 그대가 계신데 우리뿐 아니라 우리 들판까지 죽어야겠습니까? 우리와 함께 우리 땅까지 사고 대신 저희에게 빵을 주십시오. 그러면 우리는 땅과 함께 몸까지 파라오의 것이 되겠습니다. 씨앗을 주십시오! 그리하면 우리도 죽지 않고 살 것이며 땅도 황폐해지지 않을 것입니다."(창세기 47장 19절―옮긴이) 이렇게 말하는 자는 누구인가? 이는 입으로 말해진 말이며 백성이 직접 외치는 소리가 아니다. 이것은 하나의 거래 제안으로 지금까지 복종하지 않고 살던 토호세력, 곧 대규모 영지를 소유한 영주들이 올린 집단 민원인 셈이다. 이들에게 파라오 아흐모세는 왕조를 세운 초기에 '여신 네호베트가 낳은 왕의 첫째 아들'과 같은 큰 이름과 큰 영토까지 줘야 했다. 따라서 봉건제도의 잔재라 할 수 있는 구태의연하고 뻣뻣한 이 영주들은 새로운 국가의 입장에서 볼 때, 이로울 게 전혀 없는 눈엣가시 같은 존재였다. 이렇게 과거에만 묶여 있던 거만한 영주들을 시대의 흐름에 복귀시키기 위해, 이 새로운 국가의 관료였던 요셉은 이번 기회를 기막히게 활용한 셈이었다. 그러기 위해서는 무엇보다도 이들의 사유재산을 박탈해야 했고 이주도 시켜야 했다. 그렇게 해서 이 지혜롭고 결단력 있는 재상은 기존의 대소유지를 해체하여 작은 영토로 나누어 소작인들에게 경작을 맡겼다. 그러면 이들은 시대의 흐름에 맞게 운하도 만들고 수로공사도 해서 국가에 책임을 다해야 했다. 이렇게 왕권의 개입과 감독으로 결과적으로는 백성에게 땅을 고르게 나눠 주어 농업

문화의 개선을 가져 온 셈이었다. 어떤 '왕의 첫째 아들'은 이런 소작인이 되기도 하고 그게 아니면 도시로 이주했다. 또 어떤 농민은 지금까지 경작하던 들판을 떠나, 그곳은 다른 사람의 손에 넘겨 주고 자신은 새로 구획을 그어놓은 작은 영토 중 하나로 옮겨가기도 했다. 그리고 이러한 장소 이동은 다른 곳에서도, 그러니까 도시에서도 이루어졌다는 소리가 들리는 경우, 이는 빵의 주인님이 도시를 중심으로 그 외곽에 있는 농촌의 상황에 따라 적절히 '분배하여' 이 경작지에서 저 경작지로 옮기게 했다는 뜻이다. 이러한 조처에도 역시 조금 전에 지적한 바 있는 소유개념을 바꿔 주려는 의도가 있었다. 즉 예전의 소유라는 의미를 보존하는 동시에 이를 해체하는 새로운 개념을 백성들에게 가르치려한 것이다.

백성에게 종자로 쓸 곡식을 국가가 공급할 수 있었던 것은 그전에 세금으로 아름다운 오일조를 받아왔기 때문이다. 요셉은 풍년이 이어진 시기에 이 마법 같은 세금을 걷어 차곡차곡 쌓아두었다가 이때 쏟아 부은 것이다. 이것이 이 세금을 영구화하게 된 배경이다. 여기서 주목해야 할 것은, 바로 이러한 세금 부담이 앞에서 언급한 옮겨심기, 즉 이주를 제외하면 땅과 함께 그 소유주의 몸까지(이것 역시 앞의 제안에 포함되어 있었다) 파는 유일한 형태였다는 사실이다. 이와 관련된 요셉의 치적은 지금껏 충분히 높은 평가를 받지 못했다. 요셉은 재산을 소유한 자들이 굶어 죽지 않으려고 자신의 몸까지 팔겠다고 나섰지만, 이런 제안을 곧이곧대로 이용하지는 않았다. 다만 암시적인 방식으로만 활용했다. 이는 애초부터 '노예신분'이라든가 '농노'라는 단어를 사랑하지 않은 그로서는 당연한 행동이었다. 그래서 요셉은 이런 단어는 입에 올린 적도 없다. 다만 땅과 사람들이 더 이상은 옛날의 의미로 따질 경우 '자유롭지' 못한 것은 사실이었다. 그러나 이 사실보다는 수확의 오일조 세금을 더 강하게 부각시켰다. 즉 종자곡식을 빌린 자들은 자신만을 위해서가 아니라 일부는 파라오를 위해, 즉 국가를 위해, 공익을 위해 일하게 된 것이다. 이 일부가 노예로서의 부역이 되는 셈이다. 노예로서의 부역이라는 이 이름은, 휴머니티를 표방하는 현대사회를 살아가는 시민이라 할지라도 자신에게 적용할 수 있을 것이다. 논리적으로 생각한다면, 그것은 공익을 위한 것이므로, 이를 기꺼이 받아들일 각오가 있어야 함은 물론이다.

그러나 이는 명색만 노예로서의 부역이지, 요셉이 당사자들에게 부과한 부담의 정도를 검증해 보면, 일종의 과장처럼 들린다. 만약 요셉이 그들에게 수확의 4분의 3이나 또는 절반이라도 내놓으라고 강요했다면, 그들은 자신의 몸이 자기 것이 아니고 땅도 더 이상 자신의 것이 아니라고 느꼈을 것이다. 그러나 100 중에서 20을 바치는 것은 아무리 악의를 가진 사람이라도, 이것이 지극히 제한적인 착취였다는 사실을 인정할 수밖에 없을 것이다. 따라서 수확의 5분의 4는 새로운 종자와 자신과 자식들이 먹을 식량으로 간직한 셈이니, 우리가 이러한 과세를 그저 노예제도의 암시 정도라고 이야기해도 너그러이 봐주리라 믿는다. 노예라는 멍에를 쓴 자들이 간수인 주인님(요셉—옮긴이)에게 고맙다고 인사하는 말이 수천 년을 가로질러 지금 우리 귀에까지 들려오지 않는가. "그대는 우리를 살려 주셨습니다. 우리에게 은혜를 베풀어 계속 파라오의 노예로 머무르게 해주소서!"(창세기 47장 25절—옮긴이)

상황이 이러할진대 더 이상 뭘 바라겠는가? 그러나 그래도 더 바라는 사람이 있다면, 요셉과 이 문제를 여러 번 이야기한 야곱까지도 이 세금을 흔쾌히 인정했다는 점을 알아야 할 것이다. 그 세금의 수혜자는 인정하지 않았지만, 세금의 높이, 곧 세율은 인정해 주었다는 뜻이다. 야곱은 이런 말도 했다. 자신이 한 무리의 백성을 이루어 나중에 법을 만들어야 한다면, 자신의 백성 역시 자신을 자신이 살고 있는 땅의 관리인으로 여겨야 하며 마찬가지로 오일조를 바치게 할 것이다. 물론 궁궐에 있는 호루스가 아니라 야웨, 왕이신 그 주인님께 바쳐야 한다. 모든 들판이 그분 것이며 모든 소유물을 빌려 주신 분이 바로 그분이니까. 그러나 자신의 주인님인 아들, 곧 자신에게서 떨어져나간 아들은 이방인의 세상을 지배하고 있으니, 이들의 방식대로 해야 한다는 점은 인정한다. 그러자 이런 아버지의 말에 요셉은 싱긋 웃어 보였다.

영원한 부역인 세금은 그러나 세금을 내야 할 사람들이 원래 주거지와 경작지에 남을 경우, 이들의 생각과 의식에 그다지 와 닿지 않았다. 세율도 그리 높지 않아 이들에게 새로운 상황을 정확하게 인식시킬 수 없어서, 이를 눈앞에 보여주어 보다 확실하게 해두려고 이주토록 한 것이다. 이렇게 하여 농장주들에게 자신들의 소유물을 '판매'했다는 사실을 눈으로 직접 보여주고 이처럼 새로운 관계를 피부로 느낄 수 있도록 했다. 이같은 이주 없이 단순히 과세만으로는 그 목적을 달성하기 어려웠을 것이다. 농부가 오랫동안 자신이 경작해온 땅에 남아 있을 경우, 지금은 예전의 후진성을 벗어난 상황인데도 여전히 옛것에 사로잡혀 왕권에 저항할 수도 있었을 것이다. 그러나 자신의 소유지를 떠나 파라오의 손을 통해 다른 땅을 얻게 되자 봉토 성격이 한결 구체적으로 드러난 것이다.

여기서는 소유가 여전히 소유로 남은 것이 오히려 이상할 정도이다. 사유재산이라는 표기는 팔 수도 있고 상속할 수도 있는 권리를 내포한다. 요셉은 이 처분권을 유지시켰다. 이집트의 땅은 모두 파라오의 것이 되었다. 그러나 동시에 마음대로 팔고 상속할 수 있었다. 소유 개념이 요셉의 조처로 말미암아 마법에 걸렸다는 말은 공연한 얘기가 아니었다. 이렇게 이 개념이 중간에 걸리게 되자, '소유'를 생각하며 이 개념을 머릿속에 그려보던 사람들의 시선은 이중 의미 앞에서 가로막혀 그만 묶여버렸다. 그들이 눈으로 확실하게 파악하려 했던 것은 없어지지 않았다. 그러나 이는 긍정과 부정의 두 가지 빛을 동시에 받고 있었다. 그래서 어디론가 날아간 듯하면서도, 또 여전히 있는 것 같아 한참 눈을 깜박거리다가보면 그 의미에 익숙해지는 것이었다. 요셉의 경제 시스템은 사회화와 개인 소유의 자유를 절충한 절묘한 혼합이었다. 사람들은 이 혼합을 기지가 넘치는 꾀 많은 중개자 신의 현현으로 느꼈다.

전래설화는 개혁이 신전의 사유지까지 확대되지는 않았

다고 강조한다. 수많은 성물을 섬기는 사제들은 국가에서 먹여 살렸고, 국가가 희사한 아문-레의 땅들은 아무런 피해도 입지 않고 세금도 면제받았다. 그래서 "그러나 사제들의 땅만은 사들이지 않았다"(창세기 47장 22절—옮긴이)라고 되어 있다. 이 또한 현명한 조처였다. 현명함을 장난기 어린 술책으로 비약한 영리함이라 할 수 있다면 그렇다는 뜻이다. 다시 말해서 적에게 겉으로는 깍듯이 예를 갖춰 경의를 표하면서 실제적으로는 피해를 준 것이다. 물론 파라오는 아문을 비롯하여 그보다는 작은 지역 수호신들을 배려할 생각은 없었다. 오히려 기왕이면 카르낙을 긁어내고 착취하는 모습을 보고 싶어 자신의 그늘을 선사하는 자와 유치한 입씨름을 하기도 했다. 그러나 엄마, 즉 신의 어머니가 그늘을 선사하는 자의 의견에 동의하는 바람에 뜻을 이루지 못했다. 덕분에 요셉은 작은 남자들, 곧 평민들을 배려하여 나라의 오래된 신들을 섬기는 마음과 이들에 대한 집착을 자극하지 않을 수 있었다. 그러나 파라오는 백성들의 이러한 신앙심을 하늘 안에 계신 자신의 아버지에 관한 교훈을 위해서라도 근절시키고 싶었다. 그리고 실제로 이를 위해 요셉이 말릴 수 없는 다른 수단을 동원하기도 했다. 그 열정과 노력이 지나쳐 파라오는 백성에게 전통 신앙을 지킬 수 있도록 허락해 줄 경우, 보다 정결한 새로운 신앙에 백성들이 마음을 더욱 활짝 열 것이라는 사실을 알지 못했다. 요셉은 농지개혁이 아문에게, 머리가 숫양인 그에게 반항하고 그를 끌어내리려는 수단으로 쓰이는 것 같은 인상을 주게 되면 큰일이라고 생각했다. 이 경우 아문의 사제들은 백성들이 개혁에 반대하도록 선동하는 일을 사명으로 삼을 게 뻔했고, 그러면 개혁은 실패로 끝나야 했다. 그러므로 차라리 정중하게 이들을 배려하여 그들은 자극하지 않는 것이 훨씬 나았다. 모든 것이 풍족하게 넘쳐나고, 이를 비축하고, 나중에 이것으로 백성들을 구제하는 이 세월 동안 일어난 사건들은 하나같이 파라오의 위력을 과시하기에 충분하였고, 백성들 사이에서 그의 정신적 위상은 더할 나위 없이 높아졌다. 그리고 요셉이 대인들에게 곡식을 팔아서 재화를 이미 더해 주었을 뿐 아니라 앞으로도 계속 더해 줄 것이므로, 제국의 신 아문은 상대적으로 무게가 줄어들 수밖에 없었다. 그러므로 제국의 신을 거룩하게 받들어 면세해 주던 전통 앞에 순순히 머리를 조아리는 것은 풍자에 지나지 않았다. 백성들은 여기서 자신을 돌봐주는 목자가 이 모든 일을 행하면서 보여주는 눈웃음을 발견할 수 있었다.

그리고 카르낙에 있는 엄격한 자는 지금까지 파라오가 나약한 평화주의자로, 전쟁이라면 무조건 거부한다고 악선전을 해왔지만, 이제 그 선전수단을 빼앗긴 셈이었다. 그리고 설사 아직 남아 있다 해도 이미 효력을 잃은 뒤였다. 이것은 요셉이 저당물을 잡고 곡식을 공급한 독특한 시스템 때문이었다. 덕분에 폭력이라면 쓰기 싫어하는 나약해진 왕권에 저항하도록 백성을 부추기는 뻔뻔스러운 행동은 한동안 막을 수 있었다. 정복자 투트모세의 제국을 다스리는 후손이 자상하고 연약한 심성의 소유자라는 사실은 제국에 큰 위험을 뜻했다. 이집트는 더 이상 강철 같은 아문-레가 통치하지 않으며, 오히려 감수성이 예민하여 꽃이나 좋아하는 병아리 신이 지배하고 있다는 소문이 곧 여러 나라로 퍼져 나갔던 것이다. 그러니 사람들은 이 신은 무슨 일이 있어도 칼에 피를 묻히려 하지 않으니, 보통 사람이라면 이런 자를 놀려먹는 게 당연하지 않겠느냐, 뭐 이런 무례한 생각으로 기울어 제국을 배신하려는 조짐이 심해졌다. 제국에 조공을 바쳐야 할 의무가 있는 동쪽 지역 세일 땅에서 카르멜 땅에 이르기까지 주변은 술렁거리고 있었다. 시리아 도시 영주들 사이에 독립 운동이 일어나기도 했으며, 그래서 나라의 남쪽을 공략하는 하티를 도와주려는 움직임도 있었다. 그리고 때를 같이 하여 동쪽과 남쪽에 있는 사막의 유랑자 베두인들까지 약탈을 일삼았다. 이들 역시 파라오의 도시들에 자비로움이 지배한다는 소문을 들었던 것이다. 아문이 하루가 멀다하고 보다 강경한 권력행사를 요구하는 외침은 주로 국내 정치에 관련된 것으로 파라오의 '교훈'에 대항할 속셈이었지만, 이러한 요구는 이 같은 주변상황 덕분에 국제 정치면에서도 정당성을 얻을 수 있었다. 아문은 이렇게 영웅적인 옛것을 보다 설득력 있게 부각시켜 세련된 새것에 저항하도록 선동했으므로, 파라오에게는 근심거리가 아닐 수 없었다. 하늘 안에 계신 자신의 아버지를 생각하면 걱정이 태산이었던 것이다. 그런데 이런 궁지에 몰린 상황에서 기근과 요셉이 파라오를 도와주어 아문의 비판을 대부분 무력화시켰다. 그리고 동요를 보이고 있는 아시아의 소왕들을 경제적 예속으로 몰고 갔다. 물론 이때는 아톤의 부드러운 특성이 아니라 뚜렷한 목적 의식을 지닌 단호한 조처를 이용한 것이지만, 이 정도의 강경책은 결과적으로 파라오가 칼을 피로 물들이지 않았다는 점을 감안한다면 별것 아니었다. 여하튼 이렇게 파라오의 옥좌에 황금 사슬로 묶인 자들이 내지르는 신음소리가 귀청을 찢을 듯이 날카로웠던 적도 자주 있어서, 우리 귀에까지 들려온다. 그래도 우리에게 동정심을 불러일으키지는 못한다. 물론 곡물을 얻기 위해 은과 나무뿐만 아니라 가족 중 젊은 사람들을 인질로 이집트로 보내도록 한 것은 가혹한 처사였다. 하지만 그렇다 하여 우리 가슴이 무너져 내려야 할 이유는 없다. 아시아의 영주 자녀들이 테벤과 멘페의 호화 주택에서 사치스럽게 살았다는 걸 다 아는데 그럴 필요가 어디 있는가. 게다가 고향보다 더 훌륭한 교육을 받지 않았던가. '그곳으로 그들의 아들들과 딸들과 집에 있던 나무 연장도 옮겨졌다'라고 들렸고 지금도 여전히 그렇게 들린다. 그렇다면 이건 누구의 이야기일까? 예컨대 도시 아쉬도드의 영주 밀킬리가 이런 일을 당했다. 그라면 우리도 아는 게 없지 않아 있다. 그러니 파라오를 사랑한다 했지만 그다지 믿음직스럽지 않은 그의 사랑을 좀더 강화시켜 주기 위해서는 그의 부인과 자녀들을 이집트에 살게 하는 것도 괜찮은 방법이었으리라.

간단히 말해, 요셉의 조처 중에서 제일 가혹한 것이라고 골라서 살펴보아도 어느 것 하나 요셉의 기본 성격으로부터 벗어나는 것은 찾아볼 수 없다. 오히려 그가 '인도한' 백성과 마찬가지로, 모든 것에서 눈웃음치는 영리한 시종-신의 꾀를 발견하게 된다. 이것이 바로 이집트 국경을 넘어서 먼 곳과 거래를 할 때 보여준 요셉의 기본 자세로 사람들에게 웃음과 감탄을 자아냈다. 사람이 사람에게서 얻을 수 있는 것 중에서 감탄보다 더 좋은 것이 있는가? 인간의 영혼을 붙들어매는 동시에 유쾌함으로 해방시켜 주는, 바로 그 감탄!

복종

앞으로 남은 이야기에서는 등장하는 사람들의 나이 관계를 현실감 있게 다뤄야 한다. 전해 내려오는 노래와 그림들은 이와 관련하여 많은 관객들을 여러 면으로 혼란시키기도 했다. 물론 야곱에게는 해당되지 않는다. 그는 임종을 맞을 당시 아주 나이가 많은 눈먼 노인으로 묘사된다(실제로 그의 시력은 노년기에 이르러 현저하게 떨어져서 야곱 자신도 어느 면에서는 스스로 눈이 멀었다고 여겼고, 또 한편으로는 축복을 내린 눈먼 이사악을 모범으로 삼음으로써 이를 엄숙한 인상을 주는 데 활용했다). 그러나 요셉과 그 형제들과 그의 아들들에 관한 한 사람들이 공식적으로 그려 보이는 그림은, 이들을 일정한 연령 단계에서 화석처럼 굳혀버리려는 성향이 짙다. 이렇게 이들에게 영원한 청춘을 부여하는 것이 아버지인 부족장의 그 무거운 나이와 어울릴 리가 없다.

이 문제를 바로잡는 것이 여기서 우리가 할 일이다. 동화

같은 아리송함을 허용할 수는 없다. 한 상태를 정지된 그대로 보존하고 유지해 주는 것은 오로지 죽음뿐이다. 죽음이란 한편, 이야기를 들려주는 사건과 반대이기도 하다. 그러나 이야기의 대상, 한 이야기에 속한 인물 치고 급속히 늙지 않을 자는 아무도 없다. 우리 자신도 이 이야기를 들려주는 동안 적잖이 늙었다. 이렇게 보면, 나이 문제와 관련하여 보다 명백히 해야 할 이유가 한 가지 더 늘어난 셈이다. 사실 지금처럼 쉰다섯이 된 요셉보다는 매력적인 열일곱 살이나, 그 정도는 아니라 하더라도 서른 살의 요셉 이야기를 할 때가 더 좋았다. 그러나 여러분 앞에 진실을 현실로 실현하려면 우리는 생명과 진전의 규칙을 따라야 한다.

이제 야곱부터 살펴보자. 그는 고센 땅에서 자식들과 자식들의 자식들로부터 존경받으며 또 대접도 잘 받으며 이후 17년을 더 살았다. 그리하여 모두들 존경할 만한 고령이지만, 여전히 자연스러운 인간 수명이라고 할 수 있는 106세에 이르렀다. 이때 그로부터 따로 격리된 사랑하는 아들, 곧 파라오의 하나뿐인 친구 요셉은 성숙한 장년 남자가 되었다. 그의 머리카락과 수염에는 검은 바탕에 흰 색이 꽤 많은 얼룩을 남겼을 것이 틀림없다. 하지만 머리에는 귀한 가발을 쓰고 수염은 또 나라 풍습대로 깨끗이 면도한 탓에 이런 변화를 눈으로 확인하기는 어려웠다. 그러나 어머니 라헬을 닮은 검은 눈동자는 여전히 따뜻하고 친절한 시선을 유지하여 보는 사람마다 호감을 느끼게 했다는 점은 덧붙여야 할 것이다. 그리고 아울러 아름다운 담무즈로서의 특성은 나이 탓에 조금 변하긴 했어도 그 기본 틀은 여전했다. 이는 이중 축복 덕분이었다. 그는 예전부터 항상 이와 같은 축복을 받은 아이로 여겨졌다. 그는 위에서 내려온 유머라는 축복만이 아니라, 아래의 심연으로부터 올라온 어머니의 축복도 받아 아름다운 외모까지 선사받은 아이였다. 이런 사람들은 두번째 청춘을 겪어 회춘하는 일도 드물지 않다. 이럴 경우 일정 부분 이전의 모습으로 되돌아가기도 한다. 야곱의 임종을 지키는 요셉을 여전히 청년처럼 그린 일부 예술의 허구는 그런 의미에서 완전히 틀린 것은 아니다. 라헬의 첫아들은 실제로, 5년마다 지내는 속죄공양제를 몇 번 거치는 사이, 그전에 훨씬 무겁던 몸무게도 줄고 그 많던 살도 빠져 이 무렵에는 마흔 살 때의 모습보다 오히려 스무 살짜리에 더 가까워 보였던 것이다.

그러나 다음의 경우는 책임감도, 깊은 생각도 없는, 말 그대로 사람들을 현혹시키는 붓놀림이 아닐 수 없다. 사람들은 세상을 떠나는 할아버지로부터 축복을 받고 있는 요셉의 아들들, 곧 젊은 주인님들인 메나세와 에프라임을 일곱 살이나 아홉 살짜리 곱슬머리 소년으로 묘사하고 있기 때문이다. 이들은 당시에 분명 20대 초반의 젊은 귀족 기사로, 리본과 끈으로 잔뜩 멋을 부린 궁중 예복에 새 주둥이 같은 샌들을 신고 궁궐의 신하들이 들고 다니는 장신구인 파리채를 들고 있었다.

어쩌면 그렇게 생각이 없을 수 있는지 이해할 수 없는 황당한 묘사지만, 그래도 굳이 너그럽게 봐주려고 들면 못 그럴 것도 없다. 이것은 초기의 본문을 토대로 꿈을 꾸듯이 표현한 데 지나지 않은 까닭이다. 거길 보면 야곱이 손자를 무릎에 앉혔다고 한다. 아니 야곱이 그들을 '가슴에 껴안고 입을 맞춰 준 후에' 요셉이 그들을 무릎에서 내려놓았다고 되어 있다. 생각을 해보라. 정말 이런 식으로 대우했다면 젊은이들이 얼마나 민망했을지. 이렇듯 최초의 보고서는 이야기에 등장하는 대부분의 사람들에게는 시간이 정지되어 있게 하고 야곱만 지나치게 늙은 것으로 과장하는 바람에—147세로!—이처럼 부적절한 그림을 그리게 만들었으니 참으로 유감스러운 일이 아닐 수 없다.

이 방문이 어떻게 이루어졌는지는 곧 보여주겠다. 요셉은 아버지의 죽음이 임박한 시기에 그를 세번 방문했는데, 두번째 찾아갔을 때 앞에서 언급한 아들들까지 데려갔다. 이 두번째 방문을 살펴보기 전에 먼저 그때까지의 17년 세월에 눈을 돌려보자. 그동안 이스라엘의 자녀들은 고센 땅에 적응하여 그곳에서 방목하고 털을 깎고 젖을 짜고 상거래도 하며 야곱에게 증손도 안겨 주어 한 무리의 백성이 되려는 중이었다. 이 17년 중 몇 년이, 7년 간 이어진 가뭄에 속하는지는 누구도 정확하게 말할 수는 없다. 우선 이 7년이라는 것부터 정확하게 짚고 넘어가지 않아서 정말로 7년이었는지, 아니면 단지 5년이었는지도 확실하지 않다. (여기서 '단지'라고 말하는 이유는 아름다운 상징성을 기준으로 할 경우, 다섯이 일곱보다 덜할 것이 없기 때문이다.) 앞에서도 보고했듯이, 지속된 시련의 정도가 해마다 조금씩 달랐기 때문에 정확하게 숫자로 헤아린다는 게 쉽지 않았다. 6년째 되던 해, 거룩한 절기를 맞자 먹여 살리는 자는 멘페에서 15엘레 이상 불어나더니 빨개졌다가 초록이 되었다. 이는 강의 상태가 좋을 때 볼 수 있는 변화로서 풍요로운 거름을 남기고 사라졌다. 그러나 다음 해에는 또다시 영양부족으로 연약한 모습으로 등장했다. 따라서 이 두 해를 갈비뼈처럼 앙상한 앞의 5년에 여섯번째와 일곱번째 해로 포함시켜야 할지 아닐지 논란이 많았다. 여하튼 모든 신전과 골목길에서 너도나도 이를 놓고 열띤 토론을 벌일 즈음, 요셉의 농업개혁은 완성되었고, 그 토대 위에서 그는 파라오의 최고 입으로서 자신의 양들을 방목하며 그 양들의 털을 깎아 오일조를 거둔 것이었다.

그런데 이 시기에 요셉이 아버지와 형제들을 자주 보았으리라고 생각하기는 어렵다. 그들은 이전보다는 훨씬 가까운 곳에 장막을 치고 살았다. 그러나 붕대에 감겨 있는 자가 있는 도시, 곧 요셉이 머무는 도시와 그들의 주거지 사이에는 꽤 거리가 있었다. 요셉은 행정 업무와 왕실에서의 직무로 항상 바빴다. 그래서 아버지와 형제들을 그리 자주 만나지는 못했다. 아버지의 황혼기에 세번이나 방문한 것은 거의 예외에 가까웠다. 그렇지만 이처럼 가족과 자주 접촉하지 못했어도, 야곱의 집에서는 아무도 못마땅하게 여기지 않고 아무 말 없이 용인해 주었다.

이 침묵은 많은 의미를 내포한다. 이것은 단순히 외면적인 장애요소를 이해한다는 정도가 아니다. 야곱과 라헬의 장자가 재회하여 일흔 명과 요셉의 수행원들이 지켜보는 가운데 단둘이 거의 속삭이다시피한 대화를 엿들은 자라면 양쪽 모두가 방문을 삼가는 것을 이해할 수 있을 것이다. 여기서 양쪽이라 말한 것은 사실이 그래서이다. 양쪽 다 가급적이면 안 만나려고 보고 싶어도 참은 것이다. 한마디로 복종하고 단념한다는, 조금은 슬픈 의미에서였다. 요셉은 따로 격리된 자였다. 그리고 높은 곳으로 올려진 자인 동시에 뒤로 물러난 자였다. 그는 부족의 본 줄기에서 떨어져나가 더 이상 본 줄기가 될 수 없었다. 모진 산고도 참아내고 험난한 인생을 기꺼이 살아가려고 단단히 각오했던 여인이었건만, 사랑스러운 어머니의 운명은 그녀의 '각오를 모욕'하며 그녀를 일찍이 저 세상으로 데려갔듯이, 아들에 이르러 다시 등장한 이 운명의 변주곡은 이른바 '귀한 것을 빼앗는 사람'이었다. 이 운명을 이해하고 받아들였던 탓에 두 사람은 서로 방문을 삼갔던 것이다. 이것이 먼 거리와 과중한 업무 부담보다 더 큰 이유였다.

야곱은 요셉에게 특별한 부탁이 있을 경우, '내게 은혜를 베풀어' 이렇게 저렇게 해달라고 말하곤 했다. 들으면 가슴이 서늘해지고 몸둘 바 모르게 만드는 이런 표현은 아버지와 아들, 요셉과 이스라엘 사이에 만들어진 거리감을 강조하면서 이를 시험해 본 것이다. 그리고 또 야곱이 그랬듯이 이전의 꿈, 그러니까 타작 마당에서 요셉이 꾼 꿈, 열한 개의 별들이 그리고 태양과 달까지도 꿈을 꾼 자 앞에 머리를 숙이고 절을 한 그 꿈을 생각해 보면, 그리 이상할 것도 없다. 물론 형제들에게 이 꿈은 치명적인 원한과 증오를 일으켜 이들을 악행으로 내몰았고, 이 때문에 무거운 짐을 지고 살아야 했다. 그러나 생각해 보면 참으로 묘한 것이(그리고 형제들 역시 아무 말 없이 이렇게 생각했다) 그럼에도 불구하고 이 악행은 목적을 달성하였고, 형제들도 목적을 이뤘다는 점이다. 모든 것은 예상을 뒤엎고, 자신들은 아랫세상에서 제일가는 자가 된 동생 앞에서 결국 배를 깔고 넙죽 엎드려 절을 올렸다. 그건 사실이다. 그러나 자신들은 그를 공연히 세상에 판 것이 아니었다. 그는 실제로 세상에 넘겨져서 자신들의 곁을 떠났고, 감정이 풍부한 자, 곧 아버지가 그에게 물려주려 했던 유산은 결국 상속받지 못하게 되지 않았는가. 그리하여 사랑받은 여인 라헬로부터 모욕당한 여인 레아에게로 유산이 넘어간 것이다. 어떤가, 이 정도면 몸을 굽히고 절을 몇 번이라도 할 만하지 않은가?

"내게 은혜를 베풀어", 앞에서 말한 세번의 방문 중에서 맨 처음 아버지를 찾아갔을 때, 야곱은 이미 낯설어진 소중한 아들에게 그렇게 말문을 열었다. 야곱은 이즈음 자신의 인생이 저물었음을 깨닫고 있었다. 자신은 이제 지친 몸으로 황혼을 남기며 지평선에 간신히 몸의 4분의 1만 걸치고 있어 완전히 어두워지기 직전에 있었다. 그렇다고 아픈 것은 아니었고 또 급작스럽게 종말을 맞지는 않으리라는 것도 알고 있었다. 그는 자신의 생명력을 잘 다룰 줄 아는 사람이었으므로 자신에게 지금 얼마만큼의 힘이 남아 있는지 정확하게 측정할 수 있었다. 그래서 아직은 조금 시간이 있음을 알았다. 그러나 늑장 부릴 여유는 없었다. 자신의 간절한 소원을 이뤄줄 수 있는 유일한 자에게 자신의 부탁을 들어달라고 청할 때였던 것이다.

그래서 그는 요셉을 부르러 사람을 보냈다. 누구를 보냈을까? 누구긴 누구겠는가, 빌하의 아들, 달리기 잘하는 납달리 말고 적임자가 또 있었겠는가. 나이에도 불구하고 다리와 혀 놀림에서 그를 따를 자는 여전히 아무도 없었다. 이 이야기를 굳이 하는 이유는 전래설화가 형제들의 나이 문제에 관해서는 주목하지 않고 베일로 덮어버려서이다. 눈을 똑바로 떠보면, 형제들의 나이는 당시 47세부터 78세 사이였다. 가장 어린 남자 벤야민은 요셉 바로 앞의 형제, 곧 끝에서 세번째인 즈불룬보다 스물한 살이 적었으니, 즈불룬이 이때 68세였다. 이 이야기를 벌써 이 자리에서 꺼내는 이유는, 혹시라도 야곱이 임종을 맞아 저주와 축복을 내리려고 아들들을 주변으로 모았을 때, 장막 안에 온통 젊은이들로 우글거린 걸로 착각하지 않도록 하기 위해서다. 다시 한번 되풀이하지만 납달리는 당시 75세였지만, 긴 다리의 날렵함과 민첩한 혀 놀림에는 전혀 변화가 없었다. 그리고 땅 위에서 이곳과 저곳의 지식수준을 고르게 해주는 사절 노릇을 하고 싶어하는 강렬한 욕구도 여전했다.

"얘야."

늘어서까지 자신의 역할에 집착하는 끈질긴 노인 납달리를 가리켜 야곱은 이렇게 불렀다.

"내 아들, 파라오의 친구가 살고 있는 아래의 큰 도시로 내려가서 '우리 아버지 야곱이 중요한 이야기를 하고 싶어하신다'라고 말하거라. 하지만 내가 벌써 죽을 때가 된 것처럼 그를 놀라게 하지 말고 '고령의 아버지는 고센에서 편안하게 노년기를 보내고 계시며, 세상을 뜨실 생각은 아직 없으시나, 단지 너와 함께 자신의 삶이 다 하고 난 후의 문제와 관련된 이야기를 나눌 때가 되었다고 생각하신다. 그러니 아버지를 뵈러 오너라! 그는 지금 대부분 네가 마련해준 집안에 앉아 계신다.' 자, 얘야, 어서 가서 그에게 내 말을 전하거라!"

납달리는 전할 말을 아버지 앞에서 얼른 되풀이한 후, 떠날 채비를 차렸다. 납달리가 걸어가느라 이 여행에 여러 날이 소모되지 않았더라면, 요셉은 당장 아버지를 찾아왔을 것이다. 그는 수행원들도 몇 거느리고 마차를 타고 왔다. 당연히 마이-사흐메 집사도 왔다. 집사가 주인과 동행하지 않을 리 없다. 그만큼 그는 이 이야기의 현장에 함께 있는 일을 중요시했다. 그러나 다른 집안사람들과 마찬가지로 장막 밖에서 기다려야 했다. 요셉은 혼자서 아버지의 장막 안으로 들어간 것이다. 다른 때는 이야기의 무대가 훨씬 넓었지만, 지금은 잘 꾸며진 거실과 침실 겸용의 이 사각형 장막으로 축소되었다. 야곱은 이곳의 뒤쪽에 있는 침대와 그 주변에서 자신의 말년을 보내고 있었다. 그의 시중을 드는 자는 엘리에젤의 아들로서 그냥 엘리에젤이라 불리는 다마섹이었다. 장식 띠가 있는 하얀 옷을 입은 그는 얼굴은 젊어 보이는데, 약간 벗어진 대머리 주변의 잿빛 머리카락이 화환처럼 보였다.

이 남자는 실은 야곱의 조카였다. 요셉의 스승이었던 엘리에젤은 밝은 빛에서 보자면 아버지가 어느 하녀에게서 생산한 야곱의 배다른 형제였으니까. 그래서 다마섹이 다른 집안 가솔에 비해서는 지위가 높았지만, 그래도 신분은 시종이었다. 그래서 자신의 아버지가 그러했듯이 자신을 가리켜 야곱을 섬기는 가장 나이든 종이라 불렀고, 집안 살림을 맡고 있었다. 다시 말해서 그는 요셉의 집을 관리하는 집사 마이-사흐메나 마찬가지였다.

이 엘리에젤, 곧 다마섹은 야곱에게 요셉이 왔다는 말을 전하고 나서 밖으로 나와 요셉의 집사 곁으로 다가가 같은 직업에 종사하는 동료로서 서로 대화를 나누었다.

이집트의 재상은 방 안에 들어서면서 무릎을 꿇었다. 그리고 바닥에 깔려 있는 담요와 양탄자에 이마를 갖다대었다.

"아니, 그러지 말아라, 아들아. 그러지 마라."

야곱은 침대에 앉아 무릎 위에 털로 된 담요를 덮은 채 아들을 말렸다. 양쪽으로 나무 촛대 위에 올려진 흙으로 만든 두 개의 등잔에 불이 켜져 있었다.

"우리는 이 세상 안에 있다. 그래서 이 늙은 성직자는 세상에서 큰 자들을 충분히 존중한다. 따라서 네가 절을 하는 것은 허락할 수가 없구나. 어서 오너라, 힘없는 늙은 아비를 찾아온 너를 환영한다. 높은 곳에 올려진 나의 어린 양! 네게 아버지로서 경의를 표해야 마땅하거늘 그렇게 맞지 못한 것을 용서하거라! 사랑하는 아들아, 의자를 하나 가져와서 내 곁에 앉거라. 내 노복 엘리에젤이 너를 방 안으로 들일 때 의자를 이쪽으로 갖다놓을 수도 있었을 텐데. 그는 신부를 구하러 갈 때, 땅이 발밑에서 솟구쳤던 그의 아버지가 아니다. 그리고 내가 피눈물을 흘릴 때, 내 곁을 지켰던 엘리에젤도 아니다. 내가 지금 어느 때를 말하는 줄 아느냐? 그건 네가 내게서 사라진 때이다. 그때 엘리에젤은 젖은 수건으로 내 얼굴을 닦아주고 내가 고집을 부리며 주님을 원망하자 그러면 안 된다고 나무랐지. 하지만 너는 그때 살아 있었다…… 그래, 고맙구나. 안부를 물어줘서. 난 잘 지내고 있다. 빌하의 소생인 납달리, 그 아이에게 너한테 가서 내가 임종을 맞아 침대에서 널 부르는 게 아니라고 분명히 전하라고 했었다. 물론 이 침대는 서서히 임종을 맞는 침대로 변하고 있다. 그러나 아직은 아니다. 아직까지는 생명력이 조금 남아 있어서 당장 세상을 하직할 생각은 없다. 오히려 너는 여기서 내가 죽기 전에 한두번 더 너의 이집트 집으로 돌아가서 나랏일을 보게 될 것이다. 나는 내게 남은 힘들을 정확히 따져가며 잘 써야 한다. 나중에 쓰일 데가 몇 군데 있기 때문이다. 특히 마지막 순간을 위해서라도 남은 힘을 아끼고 또 아껴야 한다. 그러니 동작과 말도 많이 해서는 안 된다. 해서 이번의 우리 대화도 짧게 끝내야 하니까, 꼭 필요한 사안에 관해 요점만 말하겠다. 쓸데없이 말을 많이 하는 것은 주님을 거역하는 일이 될 테니까. 어쩌면 지금도 말을 너무 많이 한 것일 수도 있다. 내가 가장 중요한 것만 골라서 네게 간절히 부탁하는 형식으로 말하고 나면, 시간이 허락한다면 내 곁에 조금 더 있다가 돌아갔으면 좋겠다. 장차 내가 임종을 맞게 될 이 침대 곁에 앉아서 그저 나와 함께 있어다오. 물론 나로 하여금 이야기를 하도록 만들어서는 안 된다. 그러면 힘이 소모되니까. 대신 그저 말없이 네 어깨에 기대어 네 생각을 할 수 있도록 해다오. 하나뿐인 내 정실부인은 너를 메소포타미아에서 낳았다. 그녀는 자연스러운 수준을 벗어나는 산통을 겪었지. 그리고 나는 너를 잃어버렸고, 다시 주님의 특별한 은총으로 너를 되찾았다. 태양이 절정에 오른 시간에 태어난 네가, 기진맥진하여 숨을 헐떡이는 처녀 옆에 그네처럼 매달아놓은 요람에 누워 있었을 때, 네 주변에는 그윽한 빛이 감돌았었지. 그리고 그게 어떤 것을 뜻하는지 난 대번 알아보았다. 또 너를 만지자 나를 바라보던 그때의 네 눈은 파란 하늘색이었다. 그러다 나중에 까매졌지. 그 장난꾸러기 같은 검은 눈동자 때문에 난 이 장막 안에서, 물론 이 자리는 아니고 지금보다 훨씬 앞에 있는 그곳에서 오색 자수를 놓은 화려한 신부복을 네게 넘겨주고 말았지. 어쩌면 이 이야기는 맨 마지막에 다시 하게 될지도 모르니 지금은 하지 않아야 할 것 같다. 힘을 절약하기로 해놓고 이를 어겨서는 안 되니까. 가슴으로선 필요한 말과 쓸데없는 말을 경제적으로 구분하는 건 무척 힘든 일이다. 너는 지금 사랑과 신의의 표시로 날 부드럽게 쓰다듬어 주는구나. 이왕 말이 나왔으니 네 사랑과 신의를 믿고 너한테 부탁할 게 있다. 쓸데없는 말은 피하고 간단히 용건만 말하겠다. 그건, 요셉-엘, 높은 곳으로 올려진 나의 어린양, 이제 내가 죽어야 할 때가 왔기 때문이다. 물론 지금 당장은 아니다. 그러나 야곱이 죽을 시간이 되어 마지막 유언을 남기고 다리를 나란히 모아 내 아버지들이 계신 곳으로 가게 되면, 이집트 땅에 묻히고 싶지는 않다. 내 말을 고깝게 듣지 말아라. 지금 우리가 살고 있는 이 고센 땅에도 눕고 싶지 않다. 물론 이곳은 이집트의 풍습이 완전히 지배하는 곳이 아니긴 해도, 그래도 여기에 묻힐 생각은 없다. 내 소원은 이와 다르다. 인간은 죽으면 더 이상 소원 같은 것이 없다는 것도 안다. 그래서 그에게는 자신이 어디에 누워 있든 아무 상관 없다는 것도 안다. 그러나 살아 있는 동안 자신이 죽은 후에 이렇게 해 주었으면 하고 소원할 수는 있다고 생각한다. 우리들 중 많은 사람들이, 여기서 태어났건, 아니면 아버지들의 땅에서 태어났건 상관없이, 천 명도 넘는 자들이 앞으로 이집트 땅에 묻히게 되리라는 것도 나는 잘 안다. 그러나 그들의 아버지이며 네 아버지이기도 한 나는 이 점에서만큼은 본보기가 되어 줄 수가 없다. 그들과 함께 나는 네 나라로, 네가 섬기는 왕의 나라로 왔다. 주님께서 너를 우리에게 길을 열어 주는 자로서 먼저 이곳으로 보내셨기 때문이다. 그러나 죽은 후에는 이들과 떨어지고 싶다. 내게 은혜를 베풀어, 엘리에젤이 아브람에게 했듯이 내 사타구니에 손을 넣고 부디 맹세해다오. 나에 대한 사랑과 신의를 다하여 죽은 자들의 나라에 나를 묻지 않겠다고. 나는 내 아버지들이 계신 곳에 눕고 싶다. 난 그들과 한자리에 있고 싶다. 그러니 내 뼈를 이집트에서 인도하여 그들이 계신 무덤으로 옮겨다오. 헤브론에 있는 막벨라 혹은 이중 굴이라 불리는 그 무덤에 아브라함이 누워 계시지. 그분은 영예를 얻어 이름이 확장된 분이시다. 그는 동굴에서 염소 형상을 한 천사의 젖을 먹고 자랐지. 그분이 사래, 곧 여자영웅이며 하늘의 가장 높은 여인 옆에 누워 계신다. 또 거부된 제물 이사악도 거기 누워 계신다. 이 늦게 얻은 아들 곁에 리브가도 누워 계신다. 그녀는 야곱과 에사오를 낳았고 모든 것을 바로잡은 결단력 있는 용감한 어머니다. 또 레아도 거기 있다. 야곱이 첫번째로 동침한 여인이며 여섯 아들의 어머니지. 난 이들 곁에 누울 것이다. 그래, 네 얼굴을 보니 아버지를 우러러보는 마음으로 내 뜻에 복종하겠다는 표정이구나. 하지만 이마에는 말없는 질문을 담은 한줄기 의심의 그림자가 스쳐가고 있구나. 난 이미 죽을 때가 되어 눈도 예전처럼 좋지는 않다. 그래서 어두움이 가려 침침하다. 그러나 네 얼굴을 스쳐 지나가는 그림자는 정확하게 볼 수 있다. 왜냐고? 그럴 줄 이미 예상하고 있었으니까. 어찌 그렇지 않겠느냐? 그래, 길가에도 무덤이 하나 있지. 에프라트 바로 못 미쳐서다. 사람들이 베들레헴이라 부르는 그곳에 나는 주님의 땅에서 내가 가장 사랑한 대상을 묻었다. 내 소원대로 네가 날 고향으로 데려가 주면, 길가에 있는 그 무덤에 그녀와 나란히 눕고 싶지 않느냐고? 아니다, 아들아. 그건 아니다. 나는 그녀를 사랑했다. 너무 사랑했다. 그러나 여기는 감정과 가슴에서 넘쳐나는 부드러움이 설자리가 아니다. 여기서는 대의에 따라 복종해야 한다. 내가 길가에 눕는 것은 어울리지 않는다. 야곱은 아버지들 곁에 묻혀야 한다. 그리고 첫번째 부인 레아 옆에 누워야 한다. 상속자를 낳은 건 그녀니까. 그래, 네 검은 눈에 눈물이 가득하구나. 내가 너무도 사랑한 여인의 눈으로 착각할 정도로 똑같아 보이는 눈이지. 아들아, 네가 그녀를 이렇게 많이 닮아서 얼마나 좋은지 모른다. 이제 내게 은혜를 베풀어 내 사타구니에 손을 넣고, 대의에 따라 복종하는 마음으로 나를 막벨라, 곧 이중 굴에 묻겠다고 맹세해다오."

요셉은 맹세했다. 그러자 이스라엘은 침대 머리 쪽으로
고개를 숙여 감사기도를 올렸다. 가족으로부터 따로 떼어
놓인 자 요셉은 임종을 맞게 될 침상의 아버지 곁에 가만히
앉아 있었다. 노인은 아들의 어깨에 머리를 기대고 아무 말
도 하지 않았다. 앞으로 할 일이 있어서 힘을 아껴야 했던
것이다.

에프라임과 메나세

　몇 주 후, 야곱은 병이 났다. 가벼운 열기가 백 살이 넘은 노인의 볼에 물감을 들였다. 호흡도 가빠졌다. 그래서 방석을 받치고 기대 앉은 채 침상을 지켰다. 이번에는 납달리가 달려가 요셉에게 알려야 할 필요가 없었다. 그는 사람을 시켜 고센과 자신이 사는 도시를 오가며 하루에 두번씩 노인의 상태를 보고하게 했던 것이다. 이제 '아버님께서 가벼운 열병에 걸렸습니다' 라는 보고가 올라오자 요셉은 두 아들을 불러 가나안 말로 말했다.

　"친할아버지를 만나러 아래로 갈 테니 어서 준비하거라."

　그러자 이들의 대답은 이러했다.

　"주인님이신 아버지, 저희는 다른 약속이 있습니다. 가젤 양을 잡으러 사막으로 사냥을 가기로 했거든요."

　요셉은 이번에는 이집트 말로 물었다.

　"내가 무슨 말을 하는지 들었느냐? 아니면 못 알아들었느냐?"

"할아버지를 뵈러 가게 되어 무척 기쁩니다."

이들이 얼른 이렇게 대꾸한 후, 멘페에 사는 부유한 집안의 멋쟁이 청년들에게 집안에 일이 생겨 함께 사냥을 못 나간다고 약속을 취소했다. 이들 자신도 상류층의 고급 문화를 누리는 자녀들로 멋쟁이였다. 매니큐어를 칠한 손, 잔뜩 멋을 부린 헤어스타일. 물론 향수도 뿌리고, 붓으로 화장도 하고 발톱은 진주조개처럼 반짝였다. 허리띠를 두르고, 잠방이 앞뒤와 옆으로 울긋불긋한 걸개를 드리웠다. 이건 심각한 문제가 아니었다. 이렇게 멋을 부리는 것은 사교계의 관습이었으므로 그들을 비난할 이유가 없다. 다만, 큰아들 메나세의 콧대가 지나치게 높았다. 어머니를 많이 닮은 그는 아버지의 명성보다는 태양 사제의 핏줄을 더 자랑스러워했다. 반대로 어린 아들 에프라임은 라헬의 눈을 가졌고 순진하고 명랑한 성격이었다. 그리고 오히려 겸손했다. 명랑함이 허락하는 한도 내에서의 겸손을 뜻한다. 교만은 즐겨 웃는 법이 없으니까.

마차를 타고 강어귀 쪽으로, 북쪽으로 내려가는 동안 이 두 형제는 아버지 뒤에 선 채로 팔찌를 두른 팔로 서로 어깨동무를 했다. 마차가 흔들린 탓에 균형을 잡기 위해서였다. 마이-사흐메도 이들을 동행했다. 자신의 의학 지식이 환자에게 보탬이 될까 해서였다.

야곱은 방석에 기대 앉아 깜빡 졸고 있는데, 다마섹-엘리에젤이 와서 아들 요셉이 오고 있다고 알려 주었다. 노인은 얼른 마음을 가다듬고 늘 존재하는 큰 종 엘리에젤로 하여금 자신을 똑바로 앉히게 했다.

"나의 주인님, 내 아들이 은혜를 베풀어 나를 방문했는데, 별것 아닌 열 때문에 그냥 가게 해서는 안 된다."

그리고는 가슴 위에 은빛 수염을 가지런히 올려놓았다.

"그리고 도련님들도 함께 오셨습니다."

엘리에젤이 말했다.

"잘 됐군, 마침 잘 됐어."

야곱은 이들을 맞을 준비를 끝내고 똑바로 앉았다.

얼마 후, 요셉이 귀공자들과 들어왔다. 이들은 우아한 몸짓으로 인사를 올리면서 입구에 서 있는 동안, 요셉은 침상으로 다가와 노인의 창백한 손을 잡았다.

"거룩한 아버지, 가벼운 병환이 있으시다기에 이렇게 아이들을 데리고 왔습니다."

"이건 가볍고 약한 병이다. 노인의 병이라는 것이 원래 다 그렇다. 심각한 중병과 활짝 꽃을 피우는 병은 팔팔한 청춘과 건장한 남자에게나 찾아오는 법이다. 이런 병은 이런 젊은 남자들을 느닷없이 덮쳐 그들을 끌고 한바탕 춤을 추면서 무덤으로 데리고 가지만, 노년에게는 어울리지 않는 병이다. 노인을 찾아오는 병은 힘도 없다. 그저 살며시 다가와서는 시들어가는 손가락으로 노인을 어루만져 꺼지게 만들지. 그러나 나는 아직은, 이번에도 아직은 꺼지지 않는다. 아들아, 이 병은 나보다 더 시들었단다. 내가 워낙 고령이라 이 병이 착각했을 뿐이다. 이 정도로는 충분치 않아. 그러니 오늘도 너는 날 만난 후에 내 임종을 보지 않고 다시 집으로 돌아가게 될 것이다. 오늘이 두번째 방문이지.

처음에는 내가 오라고 부탁했는데, 이번에는 네가 알아서 찾아왔구나. 하지만 나는 한번 더 너를 부를 것이다. 그 세 번째 방문이 마지막 방문이 될 게다. 내 임종을 보게 될 테니까."

"그건 아직 멀었고, 우리 주인님께 환호의 세월이 아직 남아 있기를 바랍니다!"

"그래서야 되겠느냐? 지금 이 순간 아버지들과 몸을 합치는 그 시간이 다가오지 않은 것만으로도 충분하다. 네 이야기는 깍듯하게 예의를 지키는 아름다운 말일 뿐이다. 그러나 나는 죽음을 맞는 시간에 서 있다. 이때는 말을 꾸미는 꽃은 어울리지 않는다. 유일하게 어울리는 게 있다면 엄격함과 진실이란다. 그리고 미리 말해두지만, 다음에 내가 아버지들과 함께 하게 될 때에도 오로지 이것들과 함께 할 것이다."

요셉이 고개를 숙였다.

"아들아, 넌 잘 지내느냐? 주님 앞에서 그리고 나라의 신들 앞에서 잘 지내고 있느냐? 자, 보아라, 질병이 나보다 더 약하지 않으냐. 이렇게 다른 사람의 안부도 물어볼 수 있으니. 물론 모두는 아니고, 내가 사랑하는 사람의 안부를 물어보는 정도이지만. 나라의 자녀들에게 오일조는 열심히 걷고 있느냐? 이것은 옳지 않다, 여호시프. 오일조는 왕이 아니라 오로지 주님께 드려야 하는 것이다. 하지만 나도 잘 안다, 높은 자리에 올라간 아들아, 나도 다 안다. 그리고 네 신분이 그러하니 가끔씩은 태양과 별들에게 향불을 올리기도 하느냐?"

"아, 아버지……."

"그래 안다, 멀리 옮겨진 나의 어린양, 나도 잘 안다! 처음과 세번째 사이에, 부르지도 않았는데 이렇게 노인을 보러와 줘서 참으로 고맙다. 나랏일도 많고 향불을 올릴 일도 많을 텐데! 이왕 이렇게 날 찾아왔으니, 잃어버렸던 나의 어린양아, 네가 다시 들판에 나타난 이래 계속하지 못했던 이야기를 해야겠다. 그냥은 말고 네 귀에 대고 귓속말로 하겠다. 오, 사랑하는 내 아들, 난 너를 나눠 야곱의 자손과 이스라엘 백성으로 만들고, 한편으로는 너를 나눠 손자의 줄기에 놓겠다. 그리하면 정부인의 아들인 네가 생산한 아들들이 레아의 아들들과 같아질 것이니, 너는 우리들과 같아져서 아버지들의 신분으로 올라가게 된다. 결국 '그는 높이 들어 올려진 자이다' 라는 말씀이 실현되는 셈이다."

요셉이 머리를 숙였다.

"보아라, 가나안에 성소가 한군데 있다."

야곱이 눈을 들었다. 그리고 열을 올리며 이야기를 시작했다. 그는 자신의 피를 이렇게 끓게 하고 고조시켜 주는 열기가 오히려 고마웠다.

"이전에 루즈라 불렸던 이곳은 양모를 물들이는 놀라운 파란색 물감을 만들지. 그러나 이 성소는 더 이상 루즈가 아니라 벧-엘로 불리며 에싸길라, 곧 머리를 들어 올린 집이라 불린다. 그 이유는 내가 길갈에서 돌을 베고 잠을 잘 때, 전능한 주님께서 꿈에 나타나셔서 내 머리를 돌에서 들어 올리셨기 때문이다. 하늘과 땅을 잇는 그 계단 위로 별들의 천사들이 아름다운 음악을 연주하면서 왔다갔다하는

데, 그분께서는 왕의 모습으로 나타나셔서 생명의 표식으로 나를 축복해 주셨다. 그리고 하프 소리를 반주 삼아 큰 소리로 위로해 주셨다. 그분은 나를 특별히 더 사랑해 주시겠다고 언약하셨고, 나로 하여금 많은 자손을 낳아 한 무리의 백성으로, 특별한 사랑을 받는 자녀들로 성장하게 해주시마 약속하셨다. 그러니 여호시프, 내가 여기 이집트에 오기 전에 네가 이곳에서 얻은 두 아들 에프라임과 메나세는 르우벤과 시므온처럼 내 아들이 되어, 나의 이름으로 불려야 한다. 그러나 네가 앞으로 얻을 아이들은 네 아들들이 될 것이지만, 그 형들의 이름 다음에 불려야 한다. 그들의 아들이나 마찬가지니까. 그리고 너는 십이궁의 의자에서는 밀려났으나 여전히 많은 사랑을 받아서, 그 대신 네번째 의자를 얻어 가장 엄숙한 세 분과 나란히 앉게 될 것이다."

여기서 요셉은 귀공자들을 노인 앞에 세우려고 마음을 먹었지만, 노인은 다시 한번 라헬 이야기를 꺼냈다. 자신이 메소포타미아에서 나오던 중에 가나안 땅에서 에프라트를 코앞에 두고 그녀를 길가에 묻었던 일이며, 이제 그곳은 베들레헴이라 불린다는 이 이야기는, 그러나 지금 당면한 문제와는 별 상관이 없는 이야기였다. 글쎄, 혹시 자신이 진실로 사랑한 유일한 여인의 그늘을 불러와 이 시간 그녀와 함께 하고 싶었다면 모를까. 그래서 어쩌면 라헬의 백성들에게 자신들만의 거룩한 무덤을 만들어 또 다른 막벨라, 이중 굴을 순례성지로 지정해 주려고 그랬을 수도 있다. 그리고 어쩌면 그는 벌써 오래 전부터 가슴에 품고 있던 계획을 미리 합리화할 생각이었는지도 모른다. 무슨 계획? 바꿔치기 장난 말이다. (야곱이 왜 라헬 이야기를 꺼냈는지 그 의도에 관한 스승들의 의견은 엇갈린다. 그러나 우리 생각은 이렇다. 야곱은 처음에 특별한 의도가 있어서 사랑스러운 여인의 이야기를 꺼낸 게 아니다. 그저 엄숙한 순간을 맞아 자신의 이야기를 하다 보니 그렇게 된 것이다. 그리고 어차피 그는 그녀 이야기라면 워낙 좋아해서 질리는 법도 없었다. 별 연관 없는 이야기라도 그랬다. 그건 주님에 관한 이야기를 좋아하는 것과 다를 바 없었다. 또 어쩌면 두려워서 그랬을 수도 있다. 더 이상은 그녀의 이야기를 할 기회가 없을까봐, 한번이라도 더 하려고.)

이렇게 야곱은 마지막으로 그녀를 다시 한번 길가에 묻은 후, 주변을 돌아보았다. 그리고 눈 위에 손을 얹고 물었다.

"그런데 저들은 누구냐?"

그는 손자들을 전혀 알아보지 못한 것처럼 굴었다. 마치 앞이 안 보이기라도 하듯이 과장한 것이다.

"제 아들들입니다, 거룩한 아버님. 주님께서 이곳 땅에서 주신 아버지께서 잘 아시는 제 아들들입니다."

요셉의 대답이었다.

"그러냐. 그렇다면 내 앞으로 데려오너라. 그들에게 복을 빌어주고 싶다."

데려올 필요가 어디 있는가? 귀공자 기사들은 자기들이 알아서 유연한 허리를 움직여 이쪽으로 다가와서 교육 잘 받고 자란 자들답게 특별히 더 깍듯한 절을 올렸다.

노인은 나지막하게 혀를 차며 고개를 흔들었다.

"귀여운 소년들이로구나. 이 정도는 아직 볼 수 있다. 주님 보시기에 세련되고 아주 귀엽구나, 두 명 모두! 내게로 몸을 숙이거라, 귀한 아이들아. 젊은 피가 흐르는 너희의 볼을 백 살된 입으로 입맞출 수 있도록! 내가 입맞추는 아이가 에프라임이냐 아니면 메나세이냐? 자, 똑같이! 방금 메나세에게 입을 맞춘 것이라면 지금 내가 볼과 눈에 입맞추는 아이가 에프라임이겠구나. 자, 보아라. 이렇게 난 네 얼굴을 다시 보게 되었다."

그는 아들을 쳐다보며 말했다. 에프라임을 여전히 안은 채였다.

"그럴 수 있으리라고는 생각도 하지 못했지. 그런데 그것으로도 모자라, 주님께서는 네 씨까지 보게 해주셨다. 이런데도 그분을 무한한 자비로움이 솟아나는 원천이라 부르면 지나친 말이 되느냐?"

"아닙니다."

요셉은 대답은 하면서도 소년들을 야곱 앞에 바로 세우느라 여념이 없었다. 야곱이 누가 누군지 구분 못하는 것처럼 보였던 탓이다.

"메나세."

요셉은 나지막하게 맏이에게 말했다.

"자, 이리 오너라! 순서대로 서야 한다. 에프라임 너는 저쪽으로 가고!"

그리고 오른손으로 에프라임을 잡고 이스라엘의 왼손 앞으로 데리고 갔다. 그리고 왼손으로는 메나세를 잡고 야곱의 오른손으로 보냈다. 그게 올바른 자세였다. 그러나, 이게 웬일인가! 그의 눈앞에서 놀라운 일이 벌어졌다. 못마땅하기도 하고 또 한편으로 말은 못해도 아버지의 기발한 착상이 재미있었다. 아버지는 눈먼 사람처럼 고개를 들더니 팔을 엇갈려 왼손을 메나세의 머리에 얹고 오른손은 에프라임 머리에 올렸다. 그리고 눈을 감고 허공을 바라보며 요셉이 끼어들기 전에 서둘러 입을 열어 축복을 내리기 시작했다. 그는 삼위일체 신을 불렀다. 즉 아버지와 목자와 천사를 부르며 소년들에게 복을 내려서 야곱 다음에, 곧 아버지들 이름 다음에 이름이 불리게 해주고, 잘 자라서 물고기처럼 불어나게 해달라고 축원했다.

"그래, 그래. 그렇게 되기를 축원한다. 축복의 물결이, 이 거룩한 선물이 내 가슴으로부터 나와 내 손을 거쳐 너희의 머리와 너희의 살과 피 안으로 흘러 들어가기를 축원한다. 아멘."

요셉은 축복을 중단시킬 수 없었다. 그리고 요셉의 아들들은 자신들에게 어떤 일이 일어나는지 눈치 채지 못했다. 어차피 건성으로 거기 있을 뿐이었다. 아니 약간 화도 났다. 특히 메나세는 영양을 잡으러 갈 생각이었는데, 사막으로 사냥도 못 간 것이 속상했다. 모두 다 지금 치르는 이 축복의식 탓이었다. 그래도 여하튼 각자 머리 위에 축복을 내리는 손을 느끼긴 했다. 설령 그 손이 엇갈려 오른손이 동생에게 가 있고, 왼손이 장자에게 가 있는 것을 보았다 하더라도 그들은 별 반응을 보이지 않았을 것이다. 원래 그런가보다, 모두 다 외국인 할아버지 부족의 관습이려니 했을 것이다. 이 또한 그다지 틀린 생각이 아니다. 지금 야곱은, 털 많은 형의 동생인 야곱은 장막에 있는 장님, 붉은 자를 제치고 먼저 간 자신에게 축복을 내려준 아버지를 모방하고 있었으니까. 그러려면 뭔가 바뀌어야 했다. 그래서 손만이라도 바꾼 것이다. 결국 동생에게 오른손이 가서 그 아이가 진짜 축복을 받는 아이가 되었다. 에프라임은 라헬의 눈을 가졌다. 그리고 아마도 더 편안한 아이임에 틀림없었다. 그것도 작용했다. 그러나 무엇보다도 그는 동생이었다. 야곱 자신이 그러했던 것처럼. 그는 동생으로서 피부를 바꿔서, 다시 말해서 털을 쓰고 형과 바꿔졌다. 손을 바꾸는 동안 귀에는 용감한 어머니가 자신을 바꿔칠 준비를 하면서 중얼거렸던 주문이 들려왔다. 그러나 그 주문은 자신을 형과 바꾼 일보다 훨씬 오래 전에, 처음부터 있던 것이다.

"나는 아이를 싼다. 돌을 싼다. 주인님이 이것을 만지고, 이것을 아버지가 먹고, 깊은 곳에서 나온 네 형제들은 널 섬겨야 한다."

요셉은 조금 전에 말했듯이 한편 재미있어 하면서도 다른 한편으로는 못마땅했다. 장난스러운 꾀라면 그도 일가견이 있었다. 그러나 국가의 녹을 먹는 사람으로서 질서와 정의를 구현해야 한다는 의무감을 느꼈다. 그래서 지금이라도 늦지 않았다면, 구할 것이 있다면 최선을 다해 구해 볼 작정이었다. 그래서 노인이 축복을 마치자마자 이렇게 말했다.

"아버지, 용서하십시오! 그게 아닙니다! 전 소년들을 아버지 앞에 바로 세웠습니다. 아버지께서 손을 교차할 줄 알았으면 다르게 세웠을 겁니다. 아버지께서는 왼손을 메나세한테 올리고 오른손을 나중에 태어난 에프라임에게 얹으셨습니다. 그걸 아십니까? 방안의 빛이 어두운 탓입니다. 감히 이렇게 말씀 드려도 된다면, 지금 아버지께서는 축복을 잘못 내리셨습니다. 그러니 얼른 손을 바꿔서 바로 얹은 다음 다시 한번 '아멘' 하시면 안 되겠습니까? 오른손은 에프라임이 아니라 메나세의 머리에 얹어야 하니까요."

그러면서 노인의 손까지 잡았다. 그 손은 여전히 아이들의 머리 위에 올려져 있었다. 요셉은 조심스럽게 손의 위치를 바로잡으려 했다. 그러나 야곱은 원래 자리를 지켰다.

"나도 안다, 아들아. 나도 잘 알고 있다. 그러니 그냥 두거라! 너는 이집트를 다스리고 오일조를 걷지만, 이 일은 내가 알아서 한다. 그리고 내가 무엇을 하고 있는지는 내가 제일 잘 안다. 그러니 속상해 하지 말아라. 이 아이도(그는 왼손을 조금 들어보였다) 역시 성장하여 큰 민족이 될 것이다. 그러나 동생이 그보다 더 커져서, 그의 씨는 더 큰 민족이 될 것이다. 내가 어떻게 했든, 여하튼 그건 내가 그렇게 한 것이다. 아니, 이것이 이스라엘에서 하나의 경구처럼 되도록 하려는 것이 나의 뜻이다. 즉 누군가에게 축복을 내릴 때는 '주님께서 너를 에프라임과 메나세처럼 세워 주길 바란다'라고 말해야 한다. 명심하거라, 이스라엘!"

"명령대로 따르겠습니다."

요셉이 말했다.

청년들은 그러나 고개를 축복의 손 밑에서 빼내어 손을 허리에 올렸다. 그리고 머리를 매만졌다. 이들은 이제 다시 일어날 수 있게 되어 기쁠 뿐, 바꿔치기에 대해서는 별 동요도 보이지 않았다. 그래도 사실 그만이었다. 이들을 레아의 소생들과 마찬가지로 야곱의 아들로 만든 이 거룩한 허구는 그들의 삶에 아무런 변화도 주지 않아서 이들은 계속 이집트의 귀족으로 살았기 때문이다. 그러다 자식들에 이르러서야, 아니 더 정확하게는 에프라임과 메나세의 손자들 몇몇이 개별적으로 사람들을 사귀거나, 종교를 통해서건 혹은 결혼을 통해 차츰차츰 히브리 사람들과 결속하게 되고, 이 일부 집단만 케메 땅을 벗어나 가나안으로 돌아가게 된다.

그러나 손 위치를 바꾼 야곱의 개입으로 달라진 미래의 실상을 살펴봐도, 아무런 동요도 보이지 않고 덤덤해 한 젊은이들의 행동을 문제 삼을 필요가 없음을 알 수 있다. 최소한 나중에 이들의 이름으로 불리게 되는 자손의 숫자 면에서는 그러하다. 우리가 조사해 본 결과, 메나세의 후손은 에프라임의 자손보다 2만 명이나 더 많았으니까. 그러면 어떤가. 여하튼 야곱은 축복의 사기극을 벌였으니, 그것으로 족하지 않은가.

그는 축복의식을 치르느라 많이 지친 탓에 정신이 맑지 못했다. 요셉이 누우라고 권해도 침대에 꼿꼿이 앉아서 사랑하는 아들에게, 다른 형제들을 제외하고 그에게만 어떤 땅을 유산으로 주겠다고 말했다. 그 땅은 자신이 '칼과 활로' 아모리 족과 싸워서 뺏은 것이라 했다. 아마도 야곱이 세겜에서 이전에 그곳 성주인 하몰 혹은 헤몰이라는 이름을 가진 통풍 환자로부터 성문 아래에서 은 100세겔을 주고 사들인 밭을 말하는 것 같았다. 그렇다면 그건 절대로 칼과 활로 얻은 땅이 아니었다. 사실 야곱처럼 늘 경건하게 장막에 거하던 자가 어떻게 칼과 활을 쓸 수 있었겠는가? 그는 이런 도구를 사랑한 적도 없고 다룬 적도 없다. 게다가 이러한 물건들을 세겜에서 사용했다고 아들들에게도 무섭게 화를 냈었다. 이런 정황을 고려한다면 당시 사들였던 그 땅을, 물론 얼마 안 되는 손바닥만한 밭을 야곱이 자기 것이라 할 수 있는지도 의심스럽다.

여하튼 기진맥진한 상태에서 그 땅을 사랑하는 아들에게 물려주겠다는 야곱의 말에 요셉은 고맙다고 인사했다. 그는 아버지가 자신에게 특별한 유산을 물려준 것에 감동했다. 다른 한편으로는 노인이 힘을 잃자 엉뚱하게 자신을 전쟁터의 영웅으로 착각하는 놀라운 현상도 그를 감동시켰다. 요셉은 이를 막바지의 징조로 받아들였다. 그래서 이번에는 멘페로 돌아가지 않고 근처 파-코스에서 머무르면서 마지막으로 자식들을 다 불러 모을 때를 기다리기로 했다.

임종

"야곱의 아들들아! 어서 몰려오너라! 이리 와서 너희 아버지 이스라엘을 에워싸거라! 내가 너희에게 너희가 누구이며, 앞으로 너희가 어떤 일을 겪게 될지 전해 주겠다!"

장막에 있던 야곱은 사람을 시켜 아들들에게 이 말을 전하게 했다. 이제 때가 왔음을 깨달은 그는 유언을 남기려 한 것이다. 그의 생명은 그의 손안에 있어서 그는 자신에게 힘이 얼마나 남아 있는지 정확하게 알았다. 그래서 마지막 힘을 유언에 쏟은 다음 죽으려 했다. 그의 말을 대신 외친 자는 엘리에젤이었다. 그의 노복, 실은 늙은 동시에 젊기도 한 다마섹-엘리에젤에게 야곱은 여러 번 이 말을 반복시킨 다음 대충이 아니라 한마디도 틀리지 않고 자신이 한 말 그대로 전하게 했다.

"'오너라' 가 아니라 '몰려오너라' 라고 말하거라. 그리고 다시 한번 처음부터 되풀이해 보거라. 그리고 이 두 가지 말을 잊지 말아라. '너희가 누구이며, 앞으로 너희가 어떤 일을 겪게 될지!' 자, 그 정도면 됐다. 너한테 명령을 전하느라 힘을 다 써버렸을까봐 겁이 난다. 어서 서둘러라!"

그래서 다마섹은 허리띠 아래로 옷을 잡고 사방으로 뛰어다녔다. 얼마나 빨리 달리는지 마치 축지법을 쓰듯 땅이 솟구치는 것 같았다. 그리고 손을 동그랗게 모아 입 앞에 갖다대고 외쳤다.

"몰려오너라, 야곱의 아들들아! 어서 모여라, 너희가 어떻든 간에. 하루하루 좋은 날과 만나도록!"

부락과 들판으로, 그리고 오일조를 바쳐야 하는 왕의 가축떼와 다른 가축떼가 있는 우리로 이리저리 달리느라 늪지와 웅덩이를 뛰어넘다 보면 비쩍 마른 다리에 흙탕물이 튀기도 했다. 당시는 물이 빠지는 철로 겨울 들어 첫번째 달의 다섯번째 날이었고 우리 식으로 말하면 시월 초가 된다. 그리고 삼각주 지역에는 오랜 늦더위 이후 비가 꽤 왔었다. 그는 계속해서 입에 손을 갖다대고 땅 위를 뛰어다니면서 집안까지 들리도록 소리를 질렀다.

"너희가 누구든, 다 모이거라, 야곱의 아들들아, 너희 모두 그의 주변에 몰려와 서로 만나거라!"

그리고 가까운 파-코스 쪽으로도 달려갔다. 요셉은 그곳 촌장 집에서 머물고 있었다. 그래서 집 앞에는 보초들이 서 있었다. 이곳에 이른 다마섹은 야곱이 영원히 남길 작정으로 정성껏 고른 말을 수치스럽게도 제멋대로 뜯어 고쳐서 외치고 다녔다. 그러나 말이 그렇게 왜곡되었어도 그 효과는 대단해서 온 사방에서 시키는 대로 서둘러 달려나왔다.

파라오의 친구 역시 급히 아버지의 집으로 향했다. 그의 집사 마이-사흐메, 그리고 골목길에 있다가 그 소리를 듣고 호기심이 발동한 수많은 사람들이 구경거리를 놓칠세라 너도나도 따라나섰다.

열한 명은 장막 입구에서 형제를 기다리고 있었다. 요셉은 형제들에게 이 시간에 걸맞은, 즉 슬프고 의미심장한 표정으로 인사를 한 다음 마흔일곱 살 된 막내 벤야민에게는 입을 맞췄다. 그리고 형제들과 바깥에서 잠시 나직한 목소리로 아버지의 상태에 관해 몇 마디 나눴다. 세상을 뜨시기 전에 유언을 남기시려는 게 아니겠느냐고. 형들은 눈을 깔고 약간 일그러진 입으로 대답했다. 늘 그랬듯이 이들은 노인의 강한 표현력을 겁내고 있었다. 신성한 독재자인 아버지가 죽음을 앞두고 또 얼마나 엄하게 나올지 두렵기만 했다. 자신들을 따뜻하게 배려해 줄 아버지가 아니었다. 할 말은 다 하실 게 틀림없었다. 그래서 모두들 사람들이 흔히 하듯이 속으로 이렇게 외치고 있었다.

'아이쿠, 이제 큰일났다!'

78세인 거구 르우벤의 커다란 얼굴은 곰처럼 우락부락하게 주름이 잡혔다. 그는 걷잡을 수 없는 물줄기를 빌하에게 쏟아버렸으니, 이 엄숙한 자리에서 아마도 이 일에 관해서 아주 인상적인 표현을 듣게 되리라 생각하고 단단히 각오했다. 그리고 거기엔 시므온과 레위가 있었다. 그들 역시 젊은 시절 누이 일로 세겜에서 야만인처럼 굴어 그곳을 싹 쓸어 버렸었다. 이미 오래 전의 일이지만, 이 또한 엄숙하게 거론될 게 뻔했다. 그래서 역시 각오를 단단히 했다. 그 다음에 여후다였다. 그는 아무것도 모르는 가운데 며느리와 놀아났다. 죽음을 앞둔 엄숙한 자리이므로 야곱은 충분히 가혹하게 나올 수 있었다. 그러니 이 이야기를 꺼낼 게 분명했다. 게다가 야곱 자신이 조금은 사랑한 그녀가 아니었던가. 또한 이들 모두는 벤야민, 그 꼬마를 제외하고는 두무지를 팔아치운 자들이었다. 야곱은 이 기회에 이 이야기도 줄줄 읊을 것이 틀림없었다. 다들 이런 예측을 하면서 마음이 얼어붙었다. 레아의 아들들이 특히 그랬다. 그들 중 누구도, 라헬이 죽은 후 자신들의 어머니 레아가 아니라 라헬의 몸종인 빌하를 가장 사랑하는 정부인으로 만든 아버지를 용서한 적이 없었다. 아버지 또한 약점이 있었다. 그래서 평생 동안 자신의 감정대로만 살았다. 요셉과 얽힌 이야기만 해도, 아버지 야곱 또한 자신들과 마찬가지로 잘못이 있었지 않은가. 이제 임종을 위대한 순간으로 맞기 전에, 이 일로 자신들을 꾸짖기 전에 아버지부터 먼저 이 문제를 생각해 봐야 하는 것 아닌가. 레아의 아들들은 고집스럽게 이런 생각들을 붙들고 있었다. 한마디로 임종 장면에 대한 두려움이 변해서 마음이 얼음장처럼 굳어버린 것이다. 그래서 장막 안에서 일어날 일을 미리 그려보고 일찌감치 모욕당한 표정을 지었다. 요셉이 이를 못 볼 리 없었다. 그는 한 사람 한 사람에게 다가가 손으로 다정하게 툭툭 건드리면서 말했다.

"형제들, 이제 아버지께 들어갑시다. 사랑하는 우리 아버지가 각자에게 해주실 말씀을 겸손하게 들읍시다. 필요하다면, 각자 자기 몫을 너그러운 마음으로 들읍시다! 관용은 사실 주님으로부터 인간에게 주어지고, 아버지로부터 자식에게 내려가는 것이지만, 설령 이것이 없다 하더라도 그럴경우, 자식은 그보다 큰 자의 단점을 용서함으로써 공경하는 마음으로 너그럽게 받아들여야 마땅합니다. 들어갑시다. 아버지는 진실대로 우리를 평가할 것입니다. 그리고 우리 각자는 합당한 자신의 몫을 받을 겁니다. 믿으세요. 저도 마찬가지입니다."

이렇게 해서 그들은 조심스럽게 장막 안으로 들어갔다. 이집트인이 다 된 요셉과 함께. 그러나 요셉이 제일 먼저 들어간 건 아니다. 다른 형제들이 다들 그렇게 하라고 했지만 그는 벤야민과 함께 레아의 자식들 뒤에 들어갔다. 하녀의 자손들보다는 물론 앞에 섰다. 그의 집사 마이-사흐메도 따라 들어갔다. 이는 집사가 오래 전부터 이 이야기 안에 함께 있으면서 이야기를 꾸미는 역할을 한 덕분이기도 하지만, 다른 한편으로는 이 집회가 거의 개방되어 있어서 나중에 드러났듯이 누구나 들어갈 수 있었기 때문이다. 임종을 지켜볼 방은 열두 명이 다 들어가자 꽉 찼다. 거기엔 이미 야곱의 명령을 외치고 다닌 다마섹-엘리에젤을 비롯하여 야곱의 시중을 드느라 주인님의 방을 떠나지 않고 있던 종들도 여럿 있었던 탓이다. 그리고 후손들도 여럿 서 있거나 엎드려 있었다. 아이들을 데리고 나와 젖을 먹이는 여자들까지 있었다. 그리고 벽 앞에 세워둔 궤짝 위에 앉은 소년들도 있었다. 이들이 계속 얌전하게 앉아 있는 것은 아니어서 이따금 곤란한 행동을 보이면 얼른 제지를 받곤 했다. 게다가 장막 앞에 쳐둔 커튼까지 활짝 열어두어서 집 앞에 몰려온 사람들, 다시 말해서 이곳 사람들과 울타리 너머로 구경하는 손님이라고 할 수 있는 작은 도시 파-코스에서 온 사람들도 안을 들여다볼 수 있어서, 한마디로 모두 다 이 집회에 동참한 셈이었다. 해가 기우는 중이라 오렌지 빛 저녁 하늘 밑에 서 있는 이 바깥의 무리들은 마치 그림자처럼 보여서 각자의 얼굴을 구별하는 것이 쉽지 않았다. 그러나 임종을 맞은 침상의 머리맡과 발치에 놓인 높다란 등잔 대에서 두 개의 등불이 활활 타오르고 있어서, 이 불빛 덕분에 밖에 있는 사람들 중에서 유난히 두드러진 형상 하나가 정확하게 구별되었다. 그건 바로 짙은 피부색의 여윈 중년 부인이다. 눈에 띌 정도로 어깨가 떡 벌어진 두 젊은 남자 사이에 있는 여자는 회색 머리카락을 베일로 가리고 있었다. 그녀는 두말할 필요없이 단호한 여인 다말이었다. 옆에 서 있는 남자들은 그녀의 건장한 아들들이었다. 그녀는 안으로 들어오지 않고 혹시라도 야곱이 죽음을 앞두고 유다와 자신의 죄를 이야기할 경우를 대비하여 밖에 있었다. 그녀가 길가에서 함께 놀아난 자, 그렇게 해서 자신을 이 길에 올려 준 그 장본인에게 야곱이 축복을 대물림해 주었을 때도 그녀가 그 자리에 있었느냐고? 물론이다! 그리고 안에서 비춰 주는 불빛이 없더라도 당당한 그녀의 그림자 윤곽은, 어째 비가 내릴 듯한 궂은 저녁 하늘 아래에서라도 우리 눈에 띄지 않을 수 없었을 것이다.

그녀에게 세상을 가르치고 위대한 이야기를 일러주어 그 대단한 이야기 속으로 그녀를 끌어들인 자가 죽음을 앞두고 가솔들을 모두 불러 모았다. 야곱 벤 이사악, 에사오를 젖히고 축복을 받은 자는 지금 방석을 받치고 숫양의 털가죽을 덮고 침상의 뒤쪽에 기대 앉아 있었다. 그에게는 지금 꼭 필요한 만큼의 힘만 남아 있었다. 밀랍처럼 창백한 얼굴이 두 개의 등잔불과 근처에 있는 화로의 불꽃으로 발그스레해진 그의 모습은 무척 부드럽고 위엄 있어 보였다. 이마에는 제사를 지낼 때처럼 하얀 띠를 둘렀다. 그 아래 관자놀이의 하얀 머리카락이 흘러내려 수염 위로 내려갔다. 가부장의 수염은 가슴을 가득 덮었다. 턱 밑은 숱이 많고 하얀데 아래는 숱도 줄어들면서 색깔도 잿빛으로 변했다. 선이 곱고 지적으로 보이는 입에 약간 침울한 기색이 엿보였다. 머리를 돌리지 않았더라도 아래 부분이 부어오른 눈은 옆을 조심스레 살피고 있어서 흰자위가 더 많이 드러났다. 아들들이 들어오자 노인의 눈은 한 명도 빠지지 않고 열둘을 정확히 채운 아들들 쪽으로 향했다. 사람들은 이들이 침상까지 나아가도록 얼른 길을 터주었다. 다마섹과 종들은 뒤로 물러났다. 유프라테스 강 건너편에서 태어난 아들들이 아브라함의 땅에서 태어나면서 어머니를 저 세상으로 보낸 막내와 함께 이마가 바닥에 닿도록 큰절을 올린 후 족장인 아버지 주위에 둘러섰다. 정적이 감돌았다. 모든 시선이 야곱의 창백한 입술에 꽂혔다.

그의 입술은 말을 만들기 전에 여러 번 꼼지락거린 후 간신히 나직한 목소리로 유언을 시작했고, 차츰 입술 동작이 자유로워지자 음성도 제 성량을 찾았다. 그러다 끝에 가서 벤야민을 축복할 때는 다시 힘을 잃어 가물가물해졌다.

"어서들 오너라, 이스라엘. 세상의 허리띠, 변천의 구역,

하늘의 요새, 하늘의 제방, 거룩한 그림으로 정돈된 이스라엘! 이렇게 온전한 십이궁의 숫자로 내 말에 복종하여 임종을 맞을 내 침상 주위에 몰려와서 용감하게 둘러섰구나. 내이제 진실대로 이스라엘을 판단하고, 마지막 시간의 진실에 관해 예언을 할 것이다. 이렇게 나를 둘러선 아들들아, 너희들이 이처럼 고분고분하게 나의 말을 들어주고 이 자리에 나와 준 너희의 용기를 찬송하노라! 죽어가는 자의 손으로 모두 다 함께 축복하고 찬미하노라. 아끼고 아껴서 잘모아둔 힘으로 영원한 축복을 내리리라! 들어라, 이제 이스라엘 전체를 축복하며 한 사람 한 사람 차례대로 축복을 내리겠다."

여기서 말이 끊기면서 한동안은 입술만 움직였다. 아무소리도 들리지 않았다. 이어 얼굴이 힘을 얻어 이마의 살갗이 움직였다. 그리고 눈썹에도 힘이 들어갔다. 드디어 입술이 열리며 소리가 밖으로 터져 나왔다.

"르우벤!"

허리띠를 두른 탑 같은 거구가 기둥 다리로 성큼 앞으로 나섰다. 머리카락은 완전히 노인인데도, 면도를 한 빨간 얼굴이 잔뜩 굳어 마치 단단히 야단 맞을 각오를 한 소년 같았다. 다래끼가 난 눈이 흰 눈썹 아래에서 빠르게 깜박였다. 침통한 나머지 입 가장자리가 아래로 처져 양쪽으로 두텁게 주름이 잡혔다. 그는 침대 앞에 무릎을 꿇고 고개를 숙였다.

야곱의 목소리가 울려 퍼졌다.

"르우벤, 나의 큰아들. 너는 제일 일찍 나온 나의 힘으로 내 남성의 첫 소산이다. 그래서 네게는 위대한 우선권이 주어졌다. 십이궁에서 너는 제일 높았다. 그리고 제물을 올릴 수 있는 가장 가까운 자였고 왕과 가장 가까운 자였다. 그건 실수였다. 어느 우상이 꿈에 나타나 내게 들판에서 알려주었다. 그는 사막의 맹수로 개-소년이었지. 바위에 앉아 있던 다리가 날씬한 그는 실수로 태어난 자식이었다. 눈먼 밤에 가짜와 동침하여 나온 자식 말이다. 밤에게는 모든 게 같아서 사랑도 구분할 줄 모른다. 나도 내 큰아들인 너를 그렇게 생산했다. 바람 부는 밤 가짜인 줄도 모르고 진짜라고 착각하고 튼실한 여인에게 꽃을 건네주고 널 생산한 것이다. 말하자면 부인이 바뀌고 베일이 바뀐 셈이다. 그러나 날이 밝자, 나는 내가 사랑을 한 것으로 믿었으나 그저 생산만 했음을 알고는 가슴과 위장까지 뒤집혔고 스스로를 원망하며 회의에 빠졌었다."

그 다음 말은 한동안 알아듣지 못했다. 소리 없이 입술만 꼼지락거리는 혼잣말이 이어졌다. 이윽고 목소리가 다시 돌아왔다. 전보다 더 강한 소리였다. 그리고 이따금 르우벤은 쳐다보지도 않고 그를 삼인칭으로 표현하기도 했다.

"그는 물처럼 아무 데나 쏴댔다. 마치 끓어오르는 물처럼 냄비 밖으로 넘쳐버렸다. 그는 제일 윗사람이 되어서는 안 되며 집안의 대들보가 되어서는 안 된다. 그는 우선권을 가질 수 없다. 그는 아버지의 침대에 올라가 내 침대를 더럽혔다. 그리고 아버지의 치부를 벌거벗겨 조롱했다. 그는 낫을 가지고 아버지에게 접근하여 어머니와 못된 짓을 벌였다. 그는 함이다. 검은 얼굴에 치부를 다 드러낸 채 벌거벗고 다닌다. 그는 혼란의 용처럼 몹쓸 짓을 하고 하마처럼 행동했기 때문이다. 자, 나의 최초의 힘아, 내 말을 들었느냐? 나의 아들, 너는 축복 아래 저주를 받을지어다. 네게는 우선권이 없어졌다. 사제가 될 수도 없고 왕의 통치권도 무효가 되었다. 너는 지도할 자격이 없기 때문이다. 그리고 너의 장자신분도 저주받았다. 너는 잿물 바다 건너에 살 것이며 모압이 경계가 될 것이다. 네 행동은 유약하며 네 결실은 별 의미가 없다. 나의 큰아들, 용감하게 이리 몰려와서 용기 있게 이 선고를 받아들여 줘서 고맙다. 너는 탑에 비할 만하며 신전의 기둥 같은 다리로 성큼성큼 다닌다. 그건 내가 그날 밤 착각한 나머지 남자의 힘을 그만큼 힘차게 쏟아 부었기 때문이다. 아버지로부터 저주를 받은 아들아, 부디 잘 살거라!"

그리고는 입을 다물었다. 늙은 르우벤은 무리들에게로 돌아갔다. 얼굴 근육이 남김없이 일그러져 감히 누구도 범접하지 못할 듯했다. 지그시 눈을 내리까는 모습은 영락없는 어머니 레아였다. 그녀는 사시를 감추려고 항상 그렇게 눈썹을 내리깔곤 했었다.

"형제들아!"

야곱의 명령이 떨어졌다.

"하늘에서 떨어질 수 없는 쌍둥이 아들들아!"

그러자 시므온과 레위가 앞으로 나와 조아렸다. 그들의 나이도 이미 일흔일곱이고 여섯이었다(말만 쌍둥이이지 실제로는 아니었고, 항상 붙어다녀서 그렇게 불렸다). 그들은 거친 싸움꾼으로서의 명성을 지금껏 간직하고 있었다.

"오, 오. 대단히 힘센 자들이여. 똑같은 자들, 흉터투성이 몸뚱어리!"

아버지는 아들들이 다가오자 무섭다는 듯 뒤로 움칠 물러나는 시늉을 했다.

"이들은 폭력의 도구에 입을 맞춘다. 나는 이들에 대해 아무것도 알고 싶지 않다. 나는 사막의 거친 짓거리를 사랑하지 않는다. 내 영혼은 이들과 함께 의논하지 않으며 내 명예 또한 이들의 것과는 하나도 공통점이 없다. 그들의 분노는 남자를 때려죽였고, 그들의 만용은 황소가 몹쓸 짓을 당하게 했으며, 이에 모욕당한 자들이 저주를 내려 자신들도 몰락할 운명에 처한다. 내가 이들에게 뭐라고 말했느냐? 그들의 분노는 너무 격렬했고, 그들의 화는 어리석었으니 저주받을지어다! 내가 한 말은 그것이다. 저주받을지어다. 내 사랑하는 아들들아, 축복 아래에서 저주를 받을지어다. 너희는 서로 떨어져야 한다. 함께 있으면 못된 짓을 하니 서로 갈라져야 한다. 그러니 야곱 안에서 갈라지거라. 레위! 그래도 네게는 네 몫이 있으며 네 나라가 있을 것이다. 그러나 강한 시므온 너는 독립하지 못하겠으니 이스라엘로 들어가라. 축복을 내리는 자의 밝은 빛을 받았으니 이제 쌍둥이별은 뒷배경으로 가거라. 자, 둘 다 물러가거라!"

이들은 순순히 아버지의 말을 따랐다. 자신들에게 내려진 선고에도 별로 동요하지도 않았다. 아니, 끄떡 없었다. 이미 오래 전부터 예상했던 일이 아닌가. 이보다 나은 결과가 있으리라는 기대는 아예 하지도 않았다. 그리고 이미 알고 있던 선고가 사람들이 다 보는 앞에서 떨어지고, 이

렇게 다시 한번 확인되었다 해서 특별히 가슴 아플 이유도
없었다. 아무튼 '이스라엘'로 남는다니 그게 어딘가. 일단
전체적으로 축복을 내린 다음 그 안에서 저주를 받은 것일
뿐이다. 게다가 이들은 그 이야기를 듣는 모든 사람들과
마찬가지로 저주받음이 다른 것과 마찬가지로 하나의 역할
이며, 거기에도 나름대로 품위가 있다는 것을 잘 알고 있
었다. 어떤 지위든 영광스러운 지위였다. 이것은 그들의
의견일 뿐만 아니라 다른 모든 사람들도 그렇게 생각했다.
게다가 아버지의 이야기 중 일부는 그들 자신이 아니라 쌍
둥이별에 관한 것이 아니었던가. 그건 야곱의 타고난 기질
탓이었다. 그는 언제나 의미심장한 것으로 기울곤 했다.
또 지금 죽음을 눈앞에 두고 체력까지 쇠진하니 더욱더 의
미심장한 쪽으로 기울어 내친김에 쌍둥이 형제를 쌍둥이
별자리와 혼동해버리고 바빌론의 별자리 이야기를 끼어 넣
은 것이다. 이 이야기는 궤짝에 걸터앉은 소년들까지 포함
해서, 그 자리에 있던 사람들 모두 다 잘 아는 것이었다.
야곱은 고의적으로 쌍둥이 형제를 노래에 나오는 길가메쉬
와 에아바니와 혼동한 것이다. 이들은 누이 때문에 화가
나서 분을 삭이지 못하고 하늘의 황소를 토막내버렸고 이
만행 때문에 이쉬타르의 저주를 받았다. 야곱의 쌍둥이 형
제들은 시겜에서 난동을 부린 적은 있지만, 황소한테는 별
신경을 쓴 적이 없었다. 더군다나 황소를 쓰러뜨려 죽인
기억은 정말 없었다. 그저 야곱 혼자서 처음부터, 그리고
시겜 이야기를 할 때마다 번번이 황소 이야기를 꺼냈을 뿐
이다. 그러나 저주를 받는데, 이처럼 쌍둥이자리와 태양과

달로 혼동되니 이보다 더 영예로운 저주가 또 어디 있겠는가? 이처럼 관중을 의식하지 않아도 되는 저주는, 저주를 받는 당사자에게는 절반만 해당될 뿐이다. 그리고 나머지 절반은 임종을 맞은 자가 꿈을 꾸듯이 날개를 펼치는 생각의 유희일 뿐이다.

이왕 말이 나온 김에 이 자리에서 밝히고 넘어가는 것이 좋을 듯 싶다. 이런 별자리에 관한 중요한 지식과 암시는 이번뿐만 아니라 야곱이 아들들에게 내린 결정에 번번이 섞여 들어간다. 결과적으로 이렇게 아들들을 하늘의 존재로 높이 올려줌으로써 인간적인 면에서는 애매해진다. 이것은 야곱이 의도한 바였다. 그리고 힘이 부쳐서 이런 결과가 생긴 것이기도 하다. 그리고 힘이 부치다보니 이런 의도를 갖게 되었다고도 할 수 있다. 여하튼 처음 시작한 르우벤의 경우에도 이미 물병자리를 떠올릴 수 있었다. 이제 유다에게 축복을 내릴 차례였다. 노인은 이 결정적인 축복에 얼마나 힘을 많이 썼는지 나중에는 신께 도움을 청하기도 했다. 이러다 끝까지 해내지 못해 요셉에게 축복을 내리지 못하는 것은 아닌가 두려웠던 것이다.

여하튼 항상 '사자'로 불린 유다를 겨냥한 야곱의 유언은 이 명칭을 끝없이 붙들고 늘어짐으로써 고통스러운 여후다를 의도적으로 사자의 모습으로 만들었다. 그래서 사람들은 야곱이 황도십이궁에 빗대어 자식들에게 유언을 하고 있음을 대번 눈치 챘다. 잇사갈의 경우 게자리 이야기가 많이 비쳐졌다. 이 별자리에 서 있는 당나귀별은 우주와의 연관성을 근거로 일상적인 이름으로는 '뼈다귀가 굵은 나귀'

로 불렸다. 단에 이르자 모두들 천칭자리를 감지했다. 정의
와 심판의 비유인 별자리였다. 물론 독사도 그의 형상에 특
색을 부여하긴 했다. 그리고 사슴 같고 암사슴 같기도 한
납달리의 형상은 누구나 알아차릴 수 있을 정도로 양자리
와 혼동되었다. 요셉도 예외는 아니었다. 오히려 별자리 하
나가 아니라 한꺼번에 두 개로 올라가 곱절로 높아진다. 즉
처녀자리와 황소자리, 이렇게 두 별자리로 혼동한 것이다.
그리고 마지막으로 벤야민의 차례가 되자, 전갈자리의 영
향을 받는 것으로 보였던 착한 막내는 잡아뜯은 늑대로 칭
송되었다. 단지 이리자리가 남쪽 전갈자리의 가시꼬리에
가까이 있었다는 이유에서였다.

별에 관련된 신화를 가미함으로써 개성을 퇴색시키는,
즉 탈개인화의 현상이 가장 두드러진 부분이 바로 이곳이
다. 호전적인 쌍둥이 형제들이 자신들에게 내려진 선고를
편안하게 받아들일 수 있었던 것도 이 탈개인화 덕분이었
다. 이들은 이른 시간대를 살았으나 실은 그보다 앞선 시절
과 비교하면 후대 사람이기도 하다. 이 말은 앞서 먼저 살
다간 사람들의 여러 가지 경험이 축적되어 있다는 뜻이다.
임종을 맞아 앞날을 내다보며 들려주는, 무조건 다 믿을 수
는 없는 예언도 마찬가지다. 세상을 하직하는 자의 앞을 내
다보는 예견은 대단히 인상적이고 공경할 만하다. 여기에
는 큰 믿음을 선사해도 된다. 그러나 너무 많이 믿어서는
안 된다. 그것이 항상 옳은 것은 아니었으니까. 그리고 이
렇게 앞을 내다보는 시각을 생산하는 상태가 이미 세상을
벗어난 상태이기 때문에 이러한 오류를 처음부터 내포하고

있는 것으로 보아야 할 것이다.

야곱 또한 엄숙한 예언에서 오류를 범했다. 물론 정확하게 맞아떨어진 것도 있었다. 우선 르우벤의 후손은 실제로도 그리 많지 않았다. 그리고 시므온의 부족은 늘 다른 부족에게 기대야 했고 결국은 유다 안으로 흘러 들어갔다. 그러나 레위의 피가 시간이 흐르면서 가장 높은 영광을 얻고 사제직에 관한 한 영구적인 우선권을 갖게 될 줄은, 이야기속에도 있고 밖에도 있는 우리는 이러한 결과를 잘 알고 있지만, 세상을 하직하는 자의 눈에는 보이지 않았다. 그 앞에서는 베일로 가려진 것이다. 임종을 맞은 야곱의 예언은 이 부분에서, 영예로운 야곱에게 좌절을 안겨 주었다. 그리고 다른 곳에서도 그랬다. 스불룬에 대해 야곱은 그가 배가 있는 가장자리, 즉 바닷가에 살게 될 것이며 시돈이 경계선이 되리라고 했다. 이 아들이 바다와 역청 냄새를 사랑하는 줄 모르는 사람이 없었기 때문에 이런 예언이 나왔을 확률이 높다. 그러나 그의 종족이 살았던 지역은 초록 바다는커녕 시돈 근처에도 이르지 못했다. 그 지역은 바다와 갈릴레아 호수 사이였는데, 호수는 납달리가 막고 바다는 아셀이 가로막고 있었다.

이렇게 잘못된 야곱의 예견은 우리에게 중요한 의미가 있다. 야곱의 축복은 여호수아의 시대 이후에 집필된 것이므로 '이미 일어난 사건들로부터 예언해 낸 것이라고' 주장하는 영리한 자들이 있지 않은가? 이런 말에 대해서는 그저 어깨나 한번 들썩거려 주면 그만이다. 우리가 임종을 맞는 아버지의 침상을 지켜보면서 그의 말을 직접 듣고 있어서이기도 하지만, 또 다른 중요한 이유는, 이미 역사적으로 일어난 일을 보고 역으로 진실의 선언으로 건네줄 경우, 다 알고 한 예언이므로 여기에는 오류가 없을 확률이 크다. 그러나 바로 그런 까닭에, 한 예언이 실제로 있었음을 가장 확실하게 보여주는 증거는 바로 그 예언에 들어 있는 오류라고 할 수 있다.

이제 야곱은 유다를 불렀다. 이는 대단한 순간이었다. 장막 밖에 있는 사람들은 물론이고 우리처럼 장막 안에 있는 사람들까지도 숨을 멈춘 듯 주변이 깊은 정적에 휩싸였다. 사람이 이렇게 많은데, 이처럼 어떤 움직임도, 숨소리 하나도 들리지 않는 깊은 정적이 흐를 수 있다니 참으로 드문 일이다. 고령의 노인은 넷째 아들을 향해 창백한 손을 들어 올렸다. 일흔다섯 살인 아들은 깊은 수치심에서 일찌감치 머리부터 숙였다. 야곱은 손가락으로 그를 가리켰다.

"유다, 바로 너다!"

그랬다. 그였다. 늘 괴로움에 시달린 자, 자신의 감정대로 하자면 전혀 자격이 없는 자, 여주인의 종, 육체의 쾌락을 즐기려는 마음은 없으나, 그러나 이 쾌락은 유난스레 그와 즐기려 하여 어쩔 수 없이 쾌락에 끌려 다니느라 항상 양심의 가책을 느끼는 죄인. 어쩌면 이런 생각도 가능하리라. 나이가 일흔다섯인데 설마 계속 쾌락의 종으로 남겠느냐고. 하지만 그건 큰 오산이다. 이는 마지막 숨을 거둘 때까지 이어진다. 창이 조금 무뎌질 수는 있겠지만, 여주인이 종을 놓아주다니, 그런 일은 없다. 수치심에 몸을 떨면서 유다는 축복을 받으려고 고개를 푹 숙였다. 그러나 이 얼마나 묘한 일인가! 그의 머리 위로 높은 곳에서 뿔 주전자로부터 언약의 기름이 정수리 위로 흘러내리는 동안, 그의 감정은 단단해지면서 점점 위안의 성격을 띠게 되었고 마침내 자부심으로 커졌다.

'아무리 그랬어도, 일은 이렇게 되는 거잖아. 따지고 보면 그건 그렇게 심각한 문제가 아니었던 거야. 이렇게 축복을 얻는 데 장애가 되지는 않았던 거야. 그리고 어쩌면 그것은 그다지 심각하게 받아들여진 것이 아냐. 내가 그토록 얻고자 했던 순결이 구원을 얻는데 꼭 필요한 것은 아니었던 게야. 모든 게 다 거기에 속했던 거야. 그 지옥까지도. 세상에, 이렇게 되리라고는 누가 생각했겠어? 내 머리에 축복이 떨어질 줄이야! 바로 나한테!'

축복은 그저 방울방울 돋는 것이 아니었다. 흘러넘쳤다. 야곱은 유다에게 축복을 말 그대로 아낌없이 쏟아 부었다. 그 바람에 다음 차례인 여러 형제들에게는 힘이 다 빠져서 간신히 몇 마디 하고는 짤막하게 대충대충 넘어갔다.

"너다, 여후다! 너는 적의 멱살을 움켜쥐리라! 네 형제들이 너를 칭송하리라. 네 아버지의 아들들이 네게 고개를 숙이고 모든 아이들의 어머니들이 널 보며 기름 부은 자를 칭송하리라!"

다음은 사자 이야기가 나왔다. 한동안 오로지 사자 이야기만 하면서 강한 사자 모습을 그려주었다. 유다는 사자의 씨앗이었다, 암사자가 낳은 진짜 사자였다. 포획물을 잡아뜯던 사자는 드디어 몸을 일으켜 김을 내뿜으며 천둥처럼 울부짖는다. 그리고 사막의 산으로 되돌아가 갈기를 세운 사자 왕처럼, 무서운 암사자의 아들처럼 근엄하게 앉는다. 감히 그를 쫓으려 한 자가 있었겠느냐? 그런 자는 아무도 없었다!

아버지가 이렇게 자신이 축복을 내리려는 아들들을 잡아 뜯는 맹수로 칭송하는 것이 그저 기이할 뿐이었다. 그가 축복하려 하지 않았던 자들에게는 폭력의 도구와 친하다고 마구 야단을 친 그가 아니던가. 그 자신도 힘이 쇠진한 탓에 칼과 활을 든 용감한 전사로 여겼듯이 지금은 늘 괴로움을 겪고 지낸 유다를 시작으로 나중에는 어린 벤야민까지 아들들을 피를 좋아하는 맹수와 거친 전사로 칭송하고 있었다. 이렇게 부드러운 자, 정신적인 재능을 가진 자도 힘을 잃어 쇠약해지자 영웅들에게 약해지다니, 참으로 묘한 일이 아닐 수 없다.

그러나 야곱은 유다의 축복에서 도적질을 일삼는 영웅적인 행위로 끝내지 않았다. 그가 목표로 삼은 영웅은, 그리고 이미 오래 전부터 생각해온 영웅은, 그가 힘을 잃은 나머지 대단하게 그려 보인 무섭게 포효하는 맹수 같은 영웅이 아니었다. 이 영웅의 이름은 실로였다. 맹수인 사자로부터 이 실로라는 영웅에까지 이르려면 그 거리가 꽤 멀었다. 그래서 축복을 내리던 야곱은 비약도 서슴지 않았다. 그리고 위대한 왕의 얼굴을 끼어 넣었다. 옥좌에 앉은 왕의 지팡이가 다리 사이에 서 있다. 그 지배자의 지팡이는 거기서 비켜날 수도 없고 지팡이를 뺏기지도 않는다, '영웅' 실로가 오기까지는. 다리 사이에 명령을 내리는 자, 즉 왕홀을 끼고 있는 왕으로 그려진 유다에게 '실로'라는 언약의 이름은 낯설었다. 그리고 거기 모인 다른 사람들도 예외가 아니어서 모두 뜻밖의 이름에 두 눈을 동그랗게 뜨고 귀를 쫑긋 세웠다. 물론 그들 중 단 한 사람은 그를 알고 있었다. 이 사람이 오기만을 기다리고 있던 자였다. 이제 우리는 그녀의 그림자 윤곽으로 눈을 돌리지 않을 수 없다. 그녀는 꼿꼿하게 선 채 고개를 바짝 치켜들고 있었다. 야곱이 여자의 씨앗을 선포할 때, 그녀는 깊숙이 어두운 곳에 있는 모태를 생각하며 자긍심을 느꼈다. 유다로부터 축복은 비껴날 수 없다. 그는 죽어서는 안 되고 눈동자도 흘러내려서는 안 된다. 유다의 위대함이 엄청난 크기로 성장하여 드디어 만백성이 매달릴 자, 평화를 가져올 별의 남자가 등장하기까지는.

부끄러워하는 유다의 머리 위에서 벌어진 일은 어찌 되었든 모두의 예상을 뛰어넘는 것이었다. 유다 혹은 유다 족은 의도적이었든, 아니면 단순한 생각의 장난이었든, 또는 이 두 가지의 공동작업이든, 즉 높이 올려 주는 시문학을 위해 고의로 혼란을 이용한 것이든, 실로라는 인물과 섞여 버렸다. 그래서 이야기를 듣는 사람은 지금 유다 이야기를 하는지 아니면 축복과 은혜가 넘치는 그 언약된 인물 이야기를 하는 것인지 분간할 수가 없었다. 모든 것이 포도주 안에서 헤엄치고 있었다. 귀를 기울이는 사람들은 포도주의 광채 앞에서 눈이 빨개졌다. 이 왕이 다스리는 나라는, 사람들이 귀한 덩굴나무인 포도나무에 자신의 짐승을, 그러니까 새끼 나귀를 예사로 매어놓는 곳이었다. 그럼 이곳은 헤브론의 포도밭, 엔게디의 덩굴언덕이었을까? '그는'

자신의 도시로 나귀를 타고 들어갔다. 짐을 실을 수 있는 암나귀가 낳은 새끼 나귀다. 그 모습이 붉은 포도주를 마셔서 얼큰히 취한 것 같았다. 그리고 그 자신이 술에 취한 포도주 신과 흡사했다. 포도 압착장 안으로 들어가 잠방이를 걷어 올리고 신나게 포도를 으깨는 신. 포도의 피가 그의 잠방이를 적시고 붉은 포도즙이 겉옷까지 적셨다. 그렇게 포도를 밟으며 휘청거리며 포도 압착장에서 멋지게 춤을 추는 그는 아름다웠다. 정말 어떤 인간들보다도 아름다웠다. 눈처럼 하얗고 피처럼 빨갛고 흑단처럼 까맸다.

야곱의 목소리가 사라졌다. 머리가 아래로 꺾이더니 아래쪽에서 올려다보았다. 그는 이 축복에 너무 많은 힘을 쏟았다. 경제성은 거의 고려하지 않은 듯했다. 그래서 이제 다시 힘을 달라고 기도를 하는 것 같았다. 유다는 아버지의 축복이 끝났다고 생각하고 뒤로 물러났다. 순결하지 못하면서 이렇게 축복을 받았다는 것이 한편으로는 부끄러웠지만 한편으로는 놀랍고 묘했다. 이 축복에서 처음으로 공개된 새로운 비밀은 이 자리에 모인 사람들을 흥분의 도가니로 몰아갔다. 실로의 등장을 예고한 것은 특별한 복음 전파로 대단한 흥분을 가져왔다. 그리고 이 흥분은 가라앉을 줄 모르고 서로 소곤거리는 소리가 되어 사방으로 퍼져 나갔다. 장막 안이나 밖이나 마찬가지였다. 밖에서는 오히려 소리가 커져서 웅성거림으로 변해 실로라는 이름이 여기저기서 튀어나왔다. 그러나 야곱의 머리와 손이 다시 위로 올라가자 주변은 동시에 동작을 멈췄다. 야곱의 입술 밖으로 즈불룬의 이름이 흘러나왔다.

즈불룬은 아버지의 손 아래로 머리를 들이밀었다. 즈불룬이라는 그의 이름이 '집'이며 '집에 주거하는 것'을 뜻했으므로 야곱이 그에게 집과 주거지를 정해 주는 것에 대해서는 아무도 이상하게 생각하지 않았다. 너는 해안에, 배들이 있는 곳 가까이 살게 될 것이며, 경계가 시돈에 이를 것이다. 그것이면 충분할 것이다. 항상 바라던 바가 아니냐. 이렇게 기계적으로 무척 피곤한 듯 축복을 내린 후, 잇사갈을 불렀다.

잇사갈은 뼈대 굵은 나귀처럼 가축 사이에 누워 있게 되리라고 했다. 그러나 게자리의 나귀들이 그의 친척이라고 이야기하면서도 야곱은 그에게 별로 기대하는 것이 없는 듯했다. 야곱은 그에 관해 짤막하게 미래를 뜻하는 과거시제로 말했다. 잇사갈은 평안을 안다. 그리고 평안한 게 좋다는 것을 알고 나라가 아늑한 것을 안다. 그는 힘이 센 실용주의자다. 그래서 낙타를 타고 다니는 상인들이 자기를 끌고 다니면서 짐을 실을 때 자신의 굵은 뼈대를 이용해도 상관하지 않는다. 그는 섬기는 것이 가장 평안한 것이라 여긴다. 그래서 짐을 실으라고 어깨를 숙여 준 것이다. 잇사갈에 대해서는 이 정도다. 그는 요르단에 이른다. 야곱은 그렇게 보았다. 이만하면 잇사갈 이야기는 충분하니 이제 단 차례다.

단은 저울처럼 예리한 판단을 내린다. 그리고 정신과 혀가 그렇게 날카로워 독사와 흡사하다. 이 아들은 야곱으로 하여금 손가락으로 그 자리에 있는 사람들에게 동물 이야기를 가르칠 기회를 주었다. 처음에 신께서 만물을 창조하셨을 때 고슴도치를 다람쥐와 교배시켰더니 독사가 나왔다. 단은 독사다. 그는 길가에 있는 한 마리의 뱀이며, 오솔길의 독사로 모래 가운데 있어 잘 보이지 않는다. 그리고 계략에 능하다. 그래서 단에 이르러 영웅은 교활한 자의 형상을 띠게 된다. 적의 말 뒤꿈치를 물어서 말 타고 가던 자가 뒤로 쓰러진다. 빌하가 낳은 단 이야기는 여기까지.

"오, 영원한 분이시여! 도와주소서!"

여기가 야곱이 한숨과 함께 기도를 토해 내는 부분이다. 그는 너무 지쳐서 끝을 내지 못하면 어쩌나 두려웠다. 아들을 한둘 생산했어야 말이지, 워낙 숫자가 많으니 힘에 부칠 만도 했다. 하지만 주님이 도와주시면 해낼 수 있으리라 믿었다.

그는 청동 갑옷을 입은 땅딸보 가드를 불렀다.

"가디엘, 사람들이 네게로 들이닥친다. 하지만 결국엔 네가 이들을 몰아낸다. 많이 몰아내거라. 땅딸보 아들아! 자, 이제 아셀!"

"맛있는 것만 밝히는 아셀은 산으로부터 티루스에 이르기까지 비옥한 땅을 가진다. 낮은 저지대에 곡식이 넘치고 기름이 방울방울 흘러내려서 기름진 음식을 먹고 왕들이 서로 안부를 물으며 선물하는 고급 향고를 만든다. 그로부터 편안함이 나왔고 잘 돌본 육신의 쾌락이 나온다. 이것 또한 의미 있는 것이다. 아셀, 너도 뭔가 될 것이다. 그리고 너로부터 노래가 나올 것이며 달콤한 말씀이 전파될 것이다. 이제 네게 복을 빌어 주었으니, 네 형제 납달리를 내 손 아래로 부른다. 납달리는 구덩이를 뛰어넘는 암사슴이다.

그리고 여기저기 팔짝팔짝 뛰어다니는 암사슴이다. 조급함과 말발굽 소리가 그의 것이다. 그가 뿔을 내리고 달릴 때면 달려가는 숫염소다. 그리고 그의 혀 역시 조급하여 번개처럼 소식을 전한다. 그리고 게나사르 평원의 열매들은 빨리 익는다. 납달리, 네 나무들은 빨리 익는 열매들로 풍성할 것이며, 그다지 의미심장한 열매가 되지는 않더라도 여하튼 빨리는 자랄 것이다. 이것이 네게 내리는 선고이며 네 몫이다."

그리고 이 아들이 축복을 받고 뒤로 물러나자 노인은 눈을 감고 턱을 가슴에 묻고 잠깐 쉬었다. 깊은 정적이 감돌았다. 잠시 후 그는 미소를 지었다. 모두들 이 미소를 보았다. 그리고 가슴이 뭉클해졌다. 누구를 부를지 암시해 주는 그 미소는 행복해 보였다. 아니 조금은 교활한 미소였다. 한편 슬퍼 보인 것도 사실이다. 사실 교활한 미소라 한 이유도 사랑과 다정함이 이 슬픔과 단념을 덮었기 때문이다. "요셉!"

노인의 부름을 받고 축복을 내리는 창백한 손 아래로 쉰 여섯 살의 요셉이 고개를 숙였다. 이전에 서른 살 시절도 있었고, 그전에는 또 열일곱이기도 했으며, 아홉 살인 적도 있었고 어미 양의 어린양으로 흔들거리는 요람에 누워 있기도 했던 아이, 시간이 낳은 이 아이는 지금 아름다운 얼굴에 이집트의 하얀 옷을 입었다. 손에는 파라오가 하사한 하늘의 반지를 낀 그는 온갖 혜택을 다 누리고 있는 남자였다.

"요셉, 나의 이삭, 사랑스러운 처녀의 아들, 샘물 옆에 있는 과일나무의 아들, 열매가 주렁주렁 매달린 포도덩굴, 그

가지가 담장 너머까지 뻗었구나! 오, 봄의 아들! 처음 태어난 황소, 보석을 달고 있는 황소야, 그동안 잘 있었느냐!"

야곱은 여기까지는 모두 다 들을 수 있도록 큰소리로 말했다. 그런 다음 거의 속삭이듯이 목소리를 낮췄다. 관중을 모두 배제하려는 것은 아니지만, 다 듣지는 못하도록 제한하는 의미에서 일부러 그랬다. 결과적으로 가까이 서 있는 자들만 야곱이 따로 격리된 아들에게 내리는 작별인사를 들을 수 있었다. 멀리 서 있는 자들은 그저 몇 마디 주워들을 뿐이었고, 밖에 있는 자들에게는 아무것도 들리지 않았다. 그러나 나중에 모든 이야기가 입에서 입으로 전해져서 다들 알게 되었다.

"내가 제일 사랑한 아들."

고통스럽게 미소 짓는 입술에서 새어나온 말이다.

"용감한 가슴으로 너를 그토록 애지중지한 것은 내가 유일하게 사랑한 여인이 네 안에서 살고 있어서다. 네 눈 또한 우물가에서 나를 처음 바라보던 그녀의 눈과 꼭 닮았지. 그녀는 그때 라반의 양들을 이끌고 내 앞에 나타났다. 그래서 나는 그녀를 위해 우물의 돌뚜껑을 치웠다. 그녀에게 허락을 얻고 입을 맞췄을 때, 목동들은 재미있어 하며 '루, 루, 루' 하며 놀려댔었지. 전능한 분께서 그녀를 내 품에서 빼앗으셨을 때, 나는 네 안에 그녀를 간직했다. 사랑하는 내 아들, 네 우아함 속에 그녀가 살고 있다. 그리고 이렇게 이중적인 것보다, 이처럼 오락가락 뒤바뀌는 것보다 더 달콤한 것이 어디 있겠느냐? 물론 이중적인 것이 우리가 추구하는 정신에 부합되지 않는다는 것은 나도 잘 알고 있다.

그건 백성들의 어리석음일 뿐이지. 그러나 난 태초부터 막강한 힘을 가지고 있는 마법에 지고 말았다. 하지만 사람이 과연 평생 동안 온전히 정신의 사람으로 머무르며, 단 한순간도 어리석음에 빠지지 않을 수 있단 말이냐? 보아라, 나는 어찌 되었건 이중적이다. 나는 야곱이며 라헬이다. 나는 그녀이다. 저기 먼 나라의 부름을 받은 그녀가 네 곁을 떠날 때 얼마나 힘들었는지 모른다. 그 먼 나라에서 오늘은, 너로부터 나를 떼놓으려고 나를 오라고 부르고 있다. 이 나라는 우리 모두를 오라고 부른다. 너 역시 그렇다. 나의 기쁨이며 근심인 내 아들, 너 또한 이 나라를 향해 절반은 걸어왔다. 너도 어린 시절이 있었고 그 다음에 청춘기를 맞아 지극히 우아한 모습으로 자라났지. 그건 내 가슴이 생각하는 우아함의 극치였다. 내 가슴은 진지했지만 부드러운 나머지 너의 우아함 앞에서 마음이 약해졌던 것이다. 보다 높고 숭고한 것, 다이아몬드처럼 우뚝 솟은 산봉우리를 바라보라는 소명을 얻고도 남 몰래 언덕의 매력을 사랑한 셈이지."

야곱의 말은 몇 분 간 잠잠해졌다. 다문 입가에 미소가 번졌다. 요셉에게 축복을 내리던 중간에, 문득 머리에 떠오른 매력적인 언덕의 정경을 정신의 눈으로 두루 돌아보는 중이었다.

그는 다시 말을 시작하고도 요셉의 머리가 자기 손 아래 있다는 것을 잊은 듯했다. 그렇지 않다면 그를 삼인칭으로 묘사할 까닭이 없지 않은가.

"그는 17년을 내 곁에서 살았다. 그리고 주님의 은혜로

또 다른 17년 동안 내 곁에서 살았다. 그 중간은 내가 굳어 있던 시기였다. 그리고 다른 곳으로 격리된 특별한 자 또한 자신의 운명을 따라야 한 때였다. 그의 우아함 때문에 쫓아 다니는 자들이 있었다. 어리석다. 그의 우아함은 영리함과 한 몸을 이루고 있어서 그녀의 정욕은 좌절하고 말았다. 여자들은 그 어느 때보다도 유혹적이다. 그를 쳐다보려고 담과 탑으로 오르고 창문 밖으로 내다본다. 그러나 아무 소득도 얻지 못한다. 그러자 사람들은 그를 괘씸히 여겨 험담과 비난의 화살을 날렸다. 그러나 요셉의 활이 오히려 강하며, 그의 팔에 힘이 있었다. 영원한 분께서 그를 붙들어 주신 덕분이다. 그의 이름을 생각하면 너나없이 황홀해질 것이다. 그는 아주 적은 사람들에게만 주어지는 행운을 얻은 자가 아닌가. 그건 바로 주님과 인간의 호감을 동시에 얻는 것이다. 이는 아주 드문 축복이다. 대부분은 주님의 마음에 들거나, 아니면 세상의 마음에 들거나 둘 중의 하나이다. 그러나 정신은 그에게 우아한 중개의 특성을 선사했다. 그래서 주님과 세상 모두의 환심을 살 수 있었다. 그렇다 해서 교만해서는 안 된다. 아들아, 이렇게 경고할 필요가 있느냐? 아니다. 네 영리함이 교만을 막아준다는 건 나도 잘 안다. 이것은 귀여운 축복이지만 가장 지고하며 엄숙한 축복은 아니니까. 보아라, 너의 귀한 삶은 이렇게 죽어가는 자의 눈앞에 그 진실을 드러내고 있다. 그것은 하나의 놀이였고 연주의 시작이었다. 이는 특별히 따뜻한 사랑을 베풀어 구원을 연상시키지만, 진정한 구원의 길로 들어설 수 있도록 허락받은 것은 아니다. 그래서 유쾌함과 슬픔이 하나로 뒤엉켜 내

가슴을 사랑으로 사로잡는다. 아이야, 너를 이렇게 아버지처럼 사랑하는 자는 아무도 없다. 다른 사람들은 오로지 너의 삶의 광채만 볼 뿐, 나처럼 그 슬픔까지 보지는 못한다. 이제 네게 축복을 내린다, 축복을 받은 아이야. 너를 내게 주셨다가 빼앗아가셨고 다시 돌려주신 후, 이제 나를 너로부터 빼앗아가시는 영원한 분의 이름으로 나의 마음을 다해 네게 축복을 내리련다. 내 머리에 내려졌던 내 아버지들의 축복보다 네게 내리는 나의 축복은 한층 더 너를 높여 줄 것이다. 지금 네 모습 그대로 축복을 받을지어다. 네게는 위로부터의 축복과 아래의 심연에서 올라오는 축복이, 하늘의 가슴과 땅의 모태에서 솟아나는 축복이 함께 하노라! 축복을 내리노라, 요셉 네 머리 위에. 너로부터 나온 자들은 길이길이 요셉 네 이름을 자랑하리라. 그 노래가 온 사방으로 물결처럼 퍼져 나가리라. 그리고 네 삶의 유희를 들려주는 노래들은 매번 새롭게 흘러갈 것이다. 네 인생은 거룩한 놀이였고, 너는 고통을 받았으면서도 용서할 수 있었다. 그러니 이제 나도 나를 고통스럽게 했던 너를 용서한다. 그리고 주님께서는 우리 모두를 용서하신다!"

그는 말을 끝내고 머뭇거리며 요셉의 머리에서 손을 뗐다. 이렇게 한 생명은 다른 생명으로부터 떨어져 나와 멀리 떠나야 한다. 그러나 조금 더 지나면 남아 있던 자 또한 그곳으로 떠나리라.

요셉은 형제들이 있는 곳으로 물러났다. 장막 안에 들어오기 전 형제들에게, 아버지는 진실대로 형제들을 평가할 것이니 자신 또한 그에 합당한 몫을 받을 것이라 했던 요셉의 말은 틀리지 않았다. 그는 벤야민의 손을 잡고 아버지 쪽으로 인도했다. 노인은 막내를 부르지 않았던 것이다. 힘이 막바지에 이른 듯했다. 요셉은 아버지가 혼자 힘으로는 동생의 정수리 위로 손을 옮기지 못할 것 같아서 자신이 직접 올려 주었다. 축복을 기다리는 당사자가 막내라는 것은 노인도 잘 알고 있었다. 그러나 입술이 말을 듣지 않았다. 노인이 뭐라고 우물거린 내용을 어린 남자, 곧 막내는 도무지 무슨 의미인지 알아들을 수가 없었다. 하지만 그의 후손들에게는 의미가 전달될 수도 있었으리라. 사람들은 야곱이 이때 벤야민을 가리켜 잡아뜯는 늑대라 하는 말을 들었다. 아침에는 포획한 먹이를 잡아먹고 저녁에는 포획한 먹이를 나눠 줄 것이라 했다. 벤야민은 이 소리를 듣고 어처구니가 없었다.

야곱의 마지막 생각은 또다시 굴로 미끄러졌다. 그는 이중 굴, 조하르의 아들 에프론(혹은 에브론—옮긴이)한테서 사들인 밭에 있는 그 무덤에 조상들과 함께 묻히고 싶다고 했다.

"이건 내 명령이니,"

그는 헐떡거렸다.

"그곳은 이미 값을 치렀다. 아브람이 히타이트(헷 족—옮긴이) 자녀들에게 그곳 무게에 따라 은 400세겔을 주고."

이 순간 죽음이 그의 말을 막았다. 그는 발을 쭉 뻗고 침대에 쓰러졌다. 생명이 멈췄다.

이때 다른 모든 사람들의 생명도 잠시 멈췄다. 잠깐 동안 숨을 안 쉰 것이다. 그러자 의사이기도 한 요셉의 집사 마이-사흐메가 평온한 표정으로 침상으로 다가왔다. 그리고 조용히 멎어 있는 심장 위에 손을 얹어보고 벙어리가 되어버린 입술 위에 작은 깃털을 올려놓고 유심히 살폈다. 작고 진지하게 생긴 입이었다. 깃털이 전혀 움직이지 않자 이번에는 조그만 불꽃을 동공 앞에 흔들었다. 그러나 역시 아무런 반응이 없었다. 그러자 자신의 주인인 요셉을 바라보았다.

"운명하셨습니다."

그러나 요셉은 고개로 유다를 가리켰다. 자신이 아니라 유다에게 보고하라는 것이었다. 그리고 그 선량한 남자가 유다 앞으로 가서 "운명하셨습니다"라고 되풀이하는 동안, 요셉은 얼른 고인의 침대로 다가가 죽은 자의 눈을 감겨 드렸다. 마이를 유다에게 보낸 건 그래서였다. 그런 다음 아버지의 이마에 자신의 이마를 갖다대고 야곱을 생각하며 울었다.

상속자 유다는 필요한 절차를 지시했다. 곡을 하는 남자와 여자들, 노래 부르는 남녀들과 피리 부는 자들을 부르게 하고 시신을 씻겨 향유를 발라 붕대로 싸도록 했다. 다마섹-엘리에젤은 장막 안에서 향불을 피웠다. 홍해산 훈향제와 갈바눔 수지로 만든 풍자향(楓子香)과 유향을 소금과 혼합한 것이었다. 향기로운 구름이 죽은 자를 에워싸는 동안 임종을 지켜본 손님들은 밖으로 우르르 몰려나갔다. 그리고 밖에 서 있던 사람들과 한데 섞여 다들 흩어지면서 야곱이 열두 명에게 내린 축복의 선고에 관해 열심히 의견을 주고받느라 이러쿵저러쿵 말들이 많았다.

이제 야곱을 붕대로 감는다

이 이야기는 모래시계 안의 모래알처럼 하나하나 아래로 흘러내려 좁다란 유리관에 수북이 쌓였다. 위에 남은 알갱이는 얼마 되지 않는다. 이 이야기 안에서 일어난 사건 중에서 죽은 자와 관련하여 일어난 일 외에는 아무것도 남지 않았다. 그러나 이것은 작은 일이 아니었다. 이 마지막 알갱이들이 흘러내려 아래에 모여 있는 것들 위에 쌓이는 과정을 경건한 마음으로 지켜보는 것이 좋으리라. 야곱의 껍질을 둘러싸고 일어난 일들은 평범한 수준을 넘는 일로서 사자를 영광스럽게 해주는 대단한 사치였으니까. 아니 그건 거의 특별한 수준이었다. 어떤 왕도 이 엄숙한 자처럼 무덤으로 옮겨지지는 않았다. 이는 모두 그의 아들 요셉의 명령과 조처에 따른 것이었다.

요셉은 아버지가 세상을 하직한 후, 처음에는 축복의 상속자인 여후다 형에게 일 처리를 맡겼다. 그러나 곧 자기가 직접 챙기기 시작했다. 오로지 그만이 할 수 있는 일들이었던 것이다. 그래서 형들은 의견을 모아 모든 일을 그에게 위임할 수밖에 없었다. 그건 상황이 그랬기 때문이다. 그리고 야곱의 명령과 유언 때문이었다. 요셉은 형들이 자신이 알아서 하도록 위임해 준 것이 너무도 고마웠다. 이들과 따로 떼어진 자, 요셉은 장례를 이집트식으로 치를 생각이었다. 그래서 아버지의 몸을 가장 귀한, 최상의 것으로 싸드리고 싶었다. 장례절차를 준비하는 그의 생각은 자신도 모르는 사이에 이집트 사고방식을 따르고 있었던 것이다.

야곱은 죽은 신들의 나라에 묻히지 않으려고 아버지들이 묻혀 있는 굴로 가고 싶어했다. 그곳까지는 엄청나게 먼길이었다. 요셉은 이와 관련하여 큰 계획을 세웠다. 그러려면 시간이 많이 필요했다. 준비하는 시간도 그렇지만, 옮기는 데만도 적어도 열이레는 잡아야 했다. 이 먼길을 가려면 시신을 잘 보존해야 한다. 그러니까 이집트의 기술을 사용하여 소금에 절여야 했다. 고인이 만약 이를 거부할 생각이었다면, 자신을 고향으로 데려가라고 간청하지 않았어야 했다. 이렇게 이집트에 묻지 말라는 그의 요청이 이집트 방식으로 화려하게 채워 넣고 동여매어 오시리스-미라를 만들게 했던 것이다. 어떤 사람들에게는 이러한 조처가 모욕으로 여겨질 수도 있을 것이다. 그러나 우리는 요셉처럼 40년을 이집트에서 살면서 이 기이한 나라의 즙과 정서를 먹고 산 사람이 아니다. 요셉에게 이 일은 기쁨이었고 괴로운 중에서도 위안이 되었다. 아버지의 유언이 있어서 자신이 아버지의 귀한 몸을 이집트의 고상한 관습에 따라 그 나라에서 최고가는 재료로 싸드리고, 최상의 기술을 사용하여 영구히 보존되도록 만들 수 있다는 것이 기뻐 그나마 위안을 얻을 수 있었다. 거기에 경비가 얼마가 들든, 그건 상관없었다.

그래서 멘페의 집으로 돌아오자마자 그는 고센으로 남자들을 보냈다. 형제들은 이들을 그의 '의사'라 불렀지만 사실은 의사가 아니고, 미라를 만드는 기술자이며 영구화하는 예술가들이었다. 이들은 이 직종에 종사하는 자들 중에서 가장 탁월한 재주를 지닌 자들로서, 특별히 선정된 자들이었다. 그들이 붕대에 감긴 자의 도시에 사는 것은 우연이 아니었다. 그들과 함께 목수와 석공과 황금을 비롯한 보석 세공업자와 조각사들은 장막으로 된 고인의 집에 즉각 작업장을 만들었다. 그리고 이 '의사들'은 안에서 시신을 가지고 작업을 시작했다. 형제들은 이들의 일을 가리켜 '향유를 바른다'라고 말했다. 그러나 이는 옳은 단어가 아니었다. 이들은 휘어진 쇠꼬챙이를 콧구멍 속으로 집어넣어 그의 뇌를 꺼냈다. 그리고 두개(頭蓋)를 향신료로 채웠다. 이들이 사용하는 이디오피아산 작은 칼은 흑요석으로 만든 것인데 아주 예리했다. 이 칼을 이용하여 이들은 숙련된 손놀림으로 배의 왼쪽을 열어 내장을 끄집어내어 설화 석고로 만든 특별한 항아리에 담았다. 이 항아리 뚜껑에는 고인의 두상을 조각하여 보관했다. 이제 몸 안의 빈 공간을 일단 대추야자 포도주로 깨끗하게 헹궈 낸 다음, 꼬불꼬불한 내장 대신 최고의 것들을 집어넣었다. 몰약과 향기가 좋은 월계수의 만생근 껍질이었다. 이 수공업자들은 자신들이

하는 작업을 즐겼다. 죽음은 그들의 예술영역이었으므로 정말 기쁘게 일했다. 남자의 몸 안에 영혼이 들어 있을 때보다, 이렇게 맛있어 보이는 깨끗한 것들을 채워 넣으니 일한 보람도 느꼈다.

이제 절단한 부분을 조심스럽게 꿰맨 후, 시신을 잿물욕조에 70일 간 담가두었다. 이 기간 동안은 잔치를 벌여 먹고 마셨다. 그러나 놀면서도 한 시간도 빼지 않고 요셉으로부터 돈은 다 받아냈다. 마침내 목욕 기한이 끝나 고인이 제대로 절여지자 붕대를 감기 시작했다. 이 역시 의미 있는 작업이었다. 길이가 400엘레나 되는 얇은 아마포 붕대에 달라붙는 고무를 발라, 이 끝도 없이 긴 붕대의 제일 부드러운 부분이 몸에 직접 닿도록 야곱을 감았다. 빙빙 돌려가며 옆으로 감고 또 위로 겹쳐 감은 후, 꽁꽁 동여맨 목에 황금 깃을 걸고 가슴에도 장신구를 매달았다. 그건 납작하게 두드린 황금을 세공한 것으로 날개를 활짝 편 독수리 모양이었다.

그 사이 의사들과 함께 온 장인(匠人)들의 일에도 진전이 있어서 여기에 아름다움을 더해 주었다. 이들은 납작한 황금 띠에 죽은 자의 이름과 칭송을 새겨 붕대에 끼운 후 어깨와 몸 가운데 그리고 무릎에 감고 앞과 뒤쪽으로 세로로 감은 붕대와 묶었다. 이것으로도 충분하지 않았다. 이전에 야곱이었던 것, 지금은 부패할 가능성이 있는 것은 모두 제거하여 보석으로 치장한 이 영구 보존용 인형은 머리부터 발끝까지 잘 휘는 얇은 순금으로 감싸진 채로 아론, 곧 관에 넣어졌다. 가구를 만드는 목수들과 보석 세공사와 조각

사들이 정확히 치수대로 완성한 사람 모양의 관으로 귀금속과 오색 유리로 장식되어 있었다. 관 안에 인형을 넣으니 상 안에 또 다른 상이 누운 셈이었다. 머리 부분은 나무로 만들었고 그 위에 두꺼운 황금 마스크를 썼다. 턱에는 우시르의 수염을 달았다.

이렇게 작업이 끝나자 야곱은 화려하고 영예로운 모습으로 변했다. 이것은 그의 의도가 아니었다. 다른 곳으로 옮겨진 아들이 그렇게 한 것이다. 그러나 살아 있는 내장을 몸에 지닌 자의 감정을 배려하자면 그것은 잘한 일이었다. 죽은 자에게야 사실 무슨 상관이 있겠는가.

아버지의 장례를 최대한 엄숙하게 치르고, 아버지의 마지막 소원을, 아버지를 가장 영예롭게 받들 수 있는 절호의 기회로 삼으려는 것이 요셉의 간절한 바람이었으므로, 정성과 열성을 다해 준비했다. 그리고 시신이 여행 준비를 하는 동안, 높이 올려진 자 요셉은 이 여행을 온 세상 사람의 이목을 집중시킬 수 있는 대단한 사건으로, 흡사 승전행렬과 같은 거대한 행차로 만들기 위해 차근차근 준비하고 있었다. 그러려면 파라오의 승인이 필요했다. 그러나 상중이라 몇 주 동안 외모에 신경을 쓰지 않은 까닭에 직접 신 앞에 나설 수 없어서 토끼 주에 있는 지평선의 도시로 사람을 보냈다. 아톤의 아름다운 아이에게 요셉이 아버지의 시신을 국경을 넘어 묘지가 있는 곳으로 모셔갈 수 있도록 허락을 받으려고 보낸 사람은 바로 마이-사흐메였다. 집사를 선택한 이유는 이 이야기의 마지막까지 자신의 곁에 함께 있으면서 그의 역할을 할 수 있도록 기회를 주기 위해서였다.

또 다른 한편으로는 평안한 성격과 요셉 자신에 대한 신의로 보아 이 외교적인 임무를 가장 잘 해낼 수 있는 적임자였던 것이다. 그리고 파라오의 또 다른 명령도 얻어내야 했기 때문이다. 그 명령은 파라오로 하여금 자발적으로 명령을 내리도록 유도할 수는 있지만 직접 간청할 수는 없는 성격의 것이었다. 어떤 명령? 자신이 데리고 있는 제일가는 종의 아버지의 장례식을 거창한 의식으로, 한마디로 국장으로 치르라는, 이른바 '세력가의 어마어마한 행차'를 만들라는 지시가 필요했던 것이다.

라헬의 어린양의 생각이 얼마나 익숙하게 이집트의 길로 들어섰는지 우리는 또다시 확인하게 된다. '세력가의 어마어마한 행차'는 그야말로 이집트 특유의 표상으로 케메의 자녀들이 가장 좋아하는 축제 예식이었다. 그래서 요셉은 야곱의 유언을 듣자마자 최고의 경비를 들여 시신을 방부처리하는 동시에 곧장 '세력가의 어마어마한 행차'를 계획했던 것이다. 그건 유프라트(유프라테스—옮긴이) 강을 건너 바다의 섬까지 소문이 날 정도로 큰 행렬이어야 했다. 그는 바벨이나 미디안 땅, 혹은 하티 나라의 하투칠리 대왕에게 가는 유명한 외국 사절단의 행렬에 뒤지지 않게 하여 후세가 기릴 수 있는 제국의 기념비적 사건으로 만들고 싶었다. 파라오로부터 70일 간의 휴가를 얻어, 열한 명의 형제들과 아들들과 형제들의 아들들과 함께 국경을 넘어, 미리 생각해둔 길로 돌아서 아버지를 무덤으로 모셔가는 것은 첫번째이자 가장 사소한 계획이었다. 그것으로는 충분하지 않았다. 그 정도로는 세력가의 어마어마한 행차가 아니었다. 그건 왕의 행차가 아니었던 것이다. 세상의 아들은 아버지를 왕처럼 무덤으로 모셔가고 싶었다. 그것뿐이었다. 따라서 파라오로 하여금 이를 허락하게 만들어야 했다. 아니, 더 정확하게 말하면, 나라의 대신들과 대인들이 요셉과 동행하고 긴 사막 여행길을 군사들이 호위하라는 지시를 내리도록 유도해야 했다. 집사가 파라오를 찾아갔을 때, 그는 실제로 이런 생각에 이르러 그렇게 하도록 지시를 내렸다. 그건 자신을 진심으로 사랑하며 지성으로 섬기는 충신에게 사랑과 은혜를 베풀기 위해서였다. 또 일부는 요셉을 군사도 없이 이집트 밖으로, 그의 고국으로 보낼 경우 행여 안 돌아올까봐 걱정이 되어서였다. 메니가 정말로 이런 일이 생길까봐 두려워하고 있었다는 것은, 그리고 요셉 또한 왕의 심중을 벌써 헤아리고 있었음은, 요셉이 궁궐에 보낸 전갈을 보면 잘 알 수 있다. 기본적인 보고서의 기록은 이러하다.

"그러니 제가 올라가 제 아버지를 장사 지내고 **다시 오겠습니다**."(창세기 50장 5절―옮긴이)

물론 요셉이 먼저 알아서 이렇게 말했을 수도 있다. 그러나 한편으로는 파라오의 요구를 받고 그랬을 가능성도 있다. 요셉이 길을 떠난 참에 아예 돌아오지 않을 수도 있다는 발상은 여하튼 주인과 종 사이에 있었다. 그래서 파라오로서는 은혜를 베푸는 동시에 조심스럽게 앞일을 대비하는 의미에서 가장 무게 있는 이집트의 영광을 실어줌으로써 아무도 대신할 수 없는 자가 돌아오지 않는 불상사를 예방하는 쪽이 더 좋았던 것이다.

왕관의 주인님 또한 이제는 더 이상 젊은이가 아니었다. 그가 살아온 세월은 40년이 넘었다. 그의 삶은 유약하고 슬펐다. 이미 죽음도 겪었다. 딸 하나를 잃은 것이다. 그녀는 여섯 딸 중의 두번째 딸이었다. 메케트아톤 공주는 피가 적어 몹시 창백하여, 아홉 살에 죽었다. 그리고 아버지 에흔아톤은 왕비 네페르네프루아톤보다 더 많이 울었다. 그는 원래 눈물이 많았다. 누가 죽지 않았어도 잘 울었다. 눈물은 말 그대로 언제라도 흐를 준비가 되어 있었다. 그만큼 외롭고 불행했던 탓이다. 유연한 최고급 문화를 누리며 아무리 영화롭게 살아도 그는 여전히 고독했고, 그런 화려한 생활은 사람들로부터 이해받지 못하는 데서 오는 외로움을 덜어주기는커녕, 오히려 더 예민해지게 만들었다. 그는 힘든 사람은 편하기라도 해야 한다는 말을 즐겨했다. 하지만 그의 경우에는 눈물이 전제되어야 가능했다. 그는 힘들기에는 너무 편하게 살았다. 그래서 자신을 생각하고 많이 울었다. 그의 아침 구름은, 곧 황금을 둘러싼 왕비와 얼굴이 창백한 딸들은 고운 삼베 수건으로, 동안이긴 하나 이제 늙은 얼굴의 눈물을 닦아줘야 했다.

하늘 안에 계시는 자신의 아버지를 위해 유일한 수도 아헤트-아톤에 거룩한 신전을 세워 드리고, 그 화려한 뜰에서 자연을 사랑하는 온화한 친구이며, 자신과 마찬가지로 눈물이 많은 분으로 상상한 이 신에게, 찬송가를 부르며 아름다운 꽃으로 제물을 올리게 된 것은 그에게 큰 기쁨을 선사했다. 그러나 이 기쁨은 짜증을 낳기도 했다. 자신 덕분에 먹고 살며 그의 '교훈'을 받아들이는 신하들이 도무지 미덥지 않았기 때문이다. 자신이 시험해 본 결과 그들은 자신의 가르침을 제대로 이해하지도 못했고, 또 받아들일 능력도 없었던 것이다. 무한히 먼 곳에 계시면서도, 쥐새끼 한마리, 작은 벌레 한 마리까지도 따뜻한 마음으로 걱정해 주고 보살펴 주는 하늘 안에 계신 자신의 아버지에 대한 교훈을 수용할 수 있는 자는 어디에도 없었다. 태양 원반은 따지고 보면 하늘에 계시는 그분을 중개해 주는 하나의 비유였을 뿐이다. 자신의 아버지인 그분은 가장 사랑하는 아들인 '에흔아톤'에게 자신의 본질에 관한 진실을 속삭여 주셨으나, 그 가르침을 다른 사람들에게 전해 주어도 아무도 이해하지 못했고, 제대로 받아들일 수 있는 자도 없었다. 그러다 보니 백성들에게 낯선 존재가 된 그는 그들과의 접촉을 피했다. 또 자신이 다스리는 제국의 종교세력, 즉 신전과 사제들과도 갈등 관계에 있었다. 여기에는 비단 아문만이 아니라, 옛날부터 숭배해온 다른 태곳적 신들도 포함되었다. 예외가 있다면 기껏해야 온에 있는 태양 집뿐이었다. 그 외에 다른 신들과의 관계는 희망이라고는 전혀 없어서 끝없는 번민만 안겨 주었다. 고통을 참다 못한 그는 급기야 자신이 계시받은 신을 드러내고 싶은 열정에서 다른 신들을 억압하게 되어, 아문-레뿐만 아니라 서쪽의 주인님, 곧 저승의 주인님 오시리스와 어머니 에세트, 아눕, 크눔, 토트, 세테흐, 게다가 예술의 대가 프타흐까지 쓰러뜨리라고 명령했다. 이러한 파괴 조처는 옛것을 보존하고 숭배하는 보수성이 강한, 아니 그런 기질이 아예 뼛속 깊이 박혀 있는 백성과 더욱 멀어지게 해 사치스러운 왕궁에 고립된 이방인 신세가 되고 말았다.

그러니 꿈을 꾸는 듯 절반만 뜨고 있는 회색 눈이 거의 매일같이 눈물에 젖어 빨갛게 상기되어 있는 것도 당연하지 않겠는가? 요셉이 시키는 대로 마이-사흐메가 그의 앞에 나서서 자신의 주인이 야곱의 장례를 치르기 위해 휴가를 청한다고 전했을 때도 그는 대뜸 울었다. 언제라도 울 준비가 되어 있던 그였으니 눈물은 기회가 왔다 싶어 어느새 흘러내린 것이다.

"이런 슬픈 일이 있는가! 그 노인이 죽었단 말인가? 이는 짐에게 큰 충격이다. 그가 날 방문한 적이 있다. 이제 생각이 난다. 생시에 짐을 찾아온 그에게서 짐은 적잖은 인상을 받았다. 젊은 시절 그는 꾀 많은 장난꾸러기였다. 나도 조금은 알고 있다. 털가죽과 나무 지팡이 이야기이다. 지금도 그 생각을 하면 울면서도 한편으로는 웃게 된다. 이제 그의 삶이 하나의 목적지에 도달했구나. 그렇다면 짐의 숙부가, 하늘이 주는 모든 것을 관리하는 감독이 고아가 되었단 말인가? 오, 한없이 슬픈 일이로다! 네 주인이며 짐에게는 하나뿐인 그 친구가 지금 앉아서 울고 있느냐? 그에게도 눈물이 낯설지 않다는 것은 짐도 잘 안다. 그 역시 쉽게 울지. 짐의 가슴도 그에게로 날아가고 있다. 한 남자가 잘 운다는 것은 좋은 징조이며 사랑스러운 표식이기 때문이다. 짐이 알기로는 형제들에게 자신이 누구인지 밝히면서 '접니다'라고 말했을 때도 그는 울었다. 그런데 그가 짐에게 휴가를 청한다고? 70일 동안? 이것은 꽤 많은 날이다. 아버지를 묻는 데 필요한 날치곤 너무 많다. 그 아버지가 아무리 위대한 꾀보였다 하더라도 지나치게 많다. 그런데도 꼭 70일이어야 하는가? 짐에게 없어서는 안 되는 사람인데! 물론 살찐 암소와 여윈 암소가 나타났던 시절보다는 조금 낫겠지만, 균형이 잡힌 시절이라 하더라도 그 친구 없이는 견디기가 어려울 것이다. 그는 짐을 대신하여 검은 나라를 다스리는 사람이기 때문이다. 짐은 그 일에 대해 별로 아는 것이 없다. 짐의 일은 항상 위에 있는 빛이었으니까. 아, 사람들은 여기에 대해서는 별로 고마워할 줄도 모른다. 그들은 빛을 전파하는 자보다는 검은 땅을 보살피는 사람을 훨씬 알아보기가 수월하므로, 그를 더 확실하게 인정해 주지. 그렇다고 짐이 그대의 주인을 질투한다고 생각하지는 말라! 그는 생을 마감하는 날까지 나라들에서 파라오와 같을 것이다. 그는 이 가련한 짐을 도울 수 있는 데까지 최선을 다해 도와주어 얼마나 고마운지 모른다."

그는 또다시 울었다.

"그는 당연히 위엄이 넘치는 자신의 아버지를, 그 꾀 많은 노인을 위해 영예로운 장례식을 치러야 한다. 그리고 아들들과 형제들과 형제들의 아들들과 함께, 한마디로 그 남자의 모든 씨앗과 함께 아버지를 국외로 모셔가야 한다. 그 행렬이 워낙 커서 마치 이집트에서 자기 가솔들을 모두 이끌고 그가 태어난 곳으로 돌아가는 것처럼 보일 수도 있으므로 사람들이 그런 인상을 받지 않도록 조심해야 한다. 먹여 살려 주는 자가 나라를 떠난다고 생각하면 나라 전체가 동요할 수도 있으며, 백성도 가슴 아파할 것이다. 짐에게 고마워할 줄 모르는 백성이 섭섭한 나머지 짐이 나라를 버리고 떠나는 것보다 더 슬퍼할 수도 있다. 이제 짐이 하는 말을 잘 들어라. 오로지 자녀들과 자녀들의 자녀들만 고인을 따라간다면 그게 무슨 대단한 행차가 되겠는가? 여기서는 세력가의 어마어마한 행차로 만들어야 한다. 그 방법밖에 없을 것 같다. 그것은 지금까지 외국으로 나간 행차 중에서 가장 어마어마한 행차로 나갔다가 똑같은 행렬로 다시 돌아오게 하는 것이다. 먹여 살리는 자, 짐의 하나뿐인 친구의 청을 허락하는 것으로 그친다면 짐이 대체 뭐가 대단하겠는가? 짐은 그가 청한 것보다 더 많은 것을 허락하여 짐의 위력을 보여주겠다. 그러니 그에게 이렇게 전하라. '파라오는 그대에게 입을 맞추며 75일의 휴가를 허락한다. 그대가 아버지의 시신을 아시아로 모실 때에는 그대의 식구들과 가솔들만 따라가는 것이 아니라, 파라오는 이 장례 행렬을 세력가의 대단한 행차로 만들어 이집트의 상류사회가 동행하도록 명령하겠다. 에흔아톤의 궁궐에 있는 신하들 중에서 가장 고상한 자들과 온 나라의 귀족들과 국가의 대신들과 그 종들과 마차와 마차에 딸린 시종들이 그대를 수행하게 하겠다. 이들 모두 짐이 가장 사랑하는 총아 그대와 함께 갈 것이다! 이들로 하여금 수레를 따라 그대의 앞뒤와 양쪽 옆으로 따라가게 할 것이니, 그대는 귀한 운송품을 원하는 자리에 내려놓은 다음, 이들과 함께 짐에게 돌아오라.'"

세력가의 어마어마한 행차

마이-사흐메가 요셉에게 아헤트-아톤에서 가져온 파라오의 대답대로 여기에 필요한 조처가 이루어졌다. 거의 명령에 가까운 초대장이 발송되었다. 매일 아침 파라오에게 문안을 올리는, 자칭 '아침 알현실에서 비밀 결정을 전달받는 비밀고문'이라는 궁궐의 고위 관료는 온 사방으로 파발을 띄워 장례 행렬에 초대했다. 전국에서 몰려온 이들은 정해진 날짜에 멤페의 사막에 집결해야 했다. 이는 파라오의 종들, 파라오 집의 대인과 이집트 국가의 대인들에게 주어진 대단한 영광이었다. 물론 힘이 좀 드는 영광이었다. 그러나 어느 누구 하나 초대를 거절할 용기는 없었다. 그랬다. 초대 명단에 빠진 명예 호칭을 가진 자들은 초대받은 자들로부터 눈총을 받을 생각에 지레 걱정하느라 병이 날 정도였다. 권세가의 어마어마한 행차를 준비하고 대열의 구성원들을 사막의 골짜기로 집합시키는 것은 작은 일이 아니었다. 이 임무를 맡은 자는 평상시 '왕의 마차를 끄는 자, 군사 중에서 높은 자'라 불리는 대장이었는데, 이 일이 있은 후로는, '오시리스 야곱 벤 이사악, 왕의 그늘을 선사하는 자의 아버지를 옮기는 세력가의 어마어마한 장례 행렬을 정돈한 자'라 불리게 된다. 이 대장은 참가자 명단을 가지고 대열의 순서를 정했다. 그는 집결지에서 각각의 아름다움을 고려하여 마차와 가마와 짐 실은 가축들을 질서정연하게 줄을 세웠다. 그리고 함께 데려가는 병사들도 그의 지휘를 받았다.

대열의 순서를 살펴보자. 일개 대대 병사와 트럼펫을 부는 자들과 파우크를 연주하는 자들이 맨 앞에 서고, 그 다음은 누비아의 궁수부대와 낫처럼 생긴 무기를 든 리비아인들과 이집트의 방패부대가 선두를 장식했다. 그리고 파라오의 궁궐을 아름답게 꾸며 주는 자들이 뒤를 이었다. 신의 주변을 완전히 비우지 않는 한도 내에서 가능한 한 많은 인원을 동원했다. 이들은 왕의 친구들, 유일한 친구들, 오른쪽에서 부채를 들고 있는 자, 궁궐의 관료, 왕의 명령을 전하는 비밀의회의 최고위층 추밀원 관료들, 그리고 국왕에게 빵을 올리는 최고 감독관과 포도주를 따르는 마이스터, 지방 태수, 왕의 의상 감독관, '큰 집'의 최고가는 도공과 세탁공, 파라오의 샌들을 들고 다니는 자, 헤어스타일을 책임지는 감독관(그는 두 왕관의 추밀원 각료이기도 했다) 등등이었다.

이 아첨하는 신하들의 부대가 고센에 이르러 상여 행렬과 합쳐지면서 그 앞에 섰다. 번쩍이는 상여는 높은 곳에서 다른 대열을 아래로 내려다보았다. 황금 마스크를 쓰고 턱수염을 단 시신을 담은 석관은 황금 받침대 위에, 받침대는 바퀴 달린 마차 위에 올려졌고, 마차는 열두 마리의 하얀 황소가 끌었다. 이렇게 높이 올려진 운송품은 행진과 함께 흔들흔들 앞으로 나아갔다. 이따금 플롯 연주와 함께 진혼곡이 울려 퍼지면 직업적인 곡꾼들의 통곡이 이어졌다. 고인의 집 앞에 이르자 그의 친척들이 상여 뒤를 따랐다. 요셉은 아들들과 가솔들을 이끌고 대열에 합류했다. 가솔 중에서 제일 높은 자는 마이-사흐메, 곧 가장 늙은 종이었다. 그리고 요셉의 열한 명의 형제들과 그 아들들과 아들들의 아들들, 한마디로 이스라엘의 모든 남자들이 상여를 따랐다. 고인을 가장 가까운 곳에서 모셨던 시종들도 끼었다. 여기에는 그의 노복 엘리에젤과 몇몇 종들이 포함되었다. 이 가솔의 행렬도 길어서 수가 참으로 많았다. 그러나 이 뒤에 또 얼마나 많은 사람들이 합류했던가!

이 뒤로 두 나라의 높은 행정관들도 왔던 것이다. 상이집트와 하이집트의 베지르들과 요셉의 부하들인 식량보급청의 고위 행정관과 소떼의 총감독이며 나라의 모든 가축을 관리하는 감독(그는 '뿔과 갈퀴 발톱과 깃털을 관리하는 총감독'이라는 명칭도 가지고 있었다), 그리고 함선의 총사령관과 보석창고의 저울을 지키는, 명예직이 아닌 실제 내무대신과 모든 말을 돌보는 총감독과 수많은 실제 판관들과 고등서기관들이 이들이었다. 요셉 아버지의 미라를 국외로 모셔가는 행차에 따라가야 하는 부담을 영광으로 생각한 자들이 지닌 칭호와 관직을 어떻게 일일이 열거할 수 있겠는가! 나팔과 휘장을 든 군사들이 이 국가 대신의 행렬 뒤에 섰다. 그런 다음 마지막으로 수송부대가 뒤를 이었다. 짐들과 장막들, 말 몰이꾼들과 고삐를 잡는 자들과 식량을 실은 수레들이었다. 긴 사막여행에 오른 이 많은 사람들이 먹고 마셔야 하니 그 짐이 또 얼마나 많았겠는가!

그것은 굉장한 행렬이었다. 전래설화의 이 표현은 옳다. 기다랗게 늘어진 화려한 마차 행렬, 끝없이 이어진 짐수레, 오색 깃털과 번쩍이는 무기를 든 긴 대열, 헐떡이는 짐승, 굴러가는 바퀴소리, 사람들의 발자국소리, 히히힝거리는 나귀의 울음소리, 소의 울음소리, 나팔소리, 파우케 소리, 노련한 곡소리가 뒤섞여 있는 한가운데로 붕대를 감고 길을 떠나는 자가 통치자처럼 휘영청 높은 자리에 올라 있었다. 요셉은 만족할 수 있었다. 아버지는 한때 자신을 이 이집트 땅에 빼앗겼다. 이제 아들을 잃어버린 그의 슬픔에 전 이집트가 경의를 표해야 했다. 죽은 야곱을 어깨에 메고 무덤으로 옮기면서 말이다.

온 사방에 놀라움과 감탄을 불러일으킨 행렬이 동쪽 국경에 이르자 험난한 지역이 펼쳐졌다. 파라오의 동쪽 경계선에서 하피의 들판을 벗어나 하루와 에모르의 나라로 들어가려면 이 지역을 거쳐야 했다. 행렬은 시나이 사막의 위쪽 가장자리를 따라가다가 방향을 꺾어 목적지를 아는 자들을 의아하게 만들었다. 사람들이 흔히 이용하는 지름길이 아니었던 것이다. 즉 바닷가의 가자로 가서 블레셋 땅을 지나 브엘세바를 거쳐 헤브론으로 가는 단거리 코스를 밟지 않고, 카자티 항구의 남쪽에서 동쪽으로 나아가 아마렉을 지나 에돔을 향해 '소금-바다'의 남쪽 끝으로 이어지는 저지대를 택한 것이다. 이렇게 그 동쪽 해안을 따라 야르던 (요르단 혹은 요단―옮긴이) 어귀까지 가서 이 강의 계곡을 따라 조금 더 올라간 다음 길르앗에서, 그러니까 동쪽에서 강을 건너 케나나(가나안―옮긴이) 땅으로 들어간 것이다.

이 길은 야곱의 거창한 운구 행렬로서는 엄청난 우회로 였다. 이는 열이레 걸리는 여행을 곱절로 연장시켰다. 요셉 이 휴가를 무려 70일을 달라고 한 것도 그래서였다. 그는 그것으로도 충분치 않아서 파라오가 사랑으로 허락해 준 75일도 조금 넘겼다. 요셉은 미리부터 멀리 돌아갈 결심을 했던 터라 길을 안내하는 자, 바로 대열을 정비하고 인솔하 는 대장에게 처음부터 귀띔해 주었다. 대장은 무기를 든 병 사들까지 대거 이끌고 이집트의 군사가 가자에서 대로로 진입할 경우, 그 나라에 흥분과 엉뚱한 오해를 낳아 어려운 문제를 일으키면 어쩌나 은근히 걱정하고 있던 터라, 요셉 의 계획을 환영했다. 그대로만 한다면 외진 곳을 택하는 셈 이었으므로, 문제의 발생 소지를 막을 수 있었던 것이다. 그러나 요셉이 굳이 이 길로 가려 한 것은 다른 이유에서였 다. 그는 아버지를 영예롭게 하는 행차를 확대하고 싶었던 것이다. 아버지의 시신을 나르는 엄숙한 축제 행렬에 시간 이 얼마나 걸리든, 또 힘이 얼마나 들든, 그건 문제가 아니 었다. 그 길은 멀면 멀수록 좋았다. 교만한 이집트가 아버 지를 어깨에 메고 가는 길인데, 좀 멀면 어떤가. 그래서 그 는 길을 늘리기로 결심했고, 이를 행동으로 옮긴 것이다.

'소돔의 바다'를 돌아 야르던 강어귀를 향해 조금 올라간 행렬은 해안가 근처의 아닷이라는 곳에 이르렀다. 그곳은 옛날에는 타작 마당이었을 뿐인데, 지금은 사람들로 북적대는 장터로 변해 있었다. 강가의 선착장이 꽤 넓었다. 호기심이 발동한 사람들이 지켜보는 가운데 일행은 짐을 풀고 장막을 쳤다. 이곳에 7일 간 머무르며 하루도 빠지지 않고 곡꾼들로 하여금 통곡하고 비가(悲歌)를 부르게 했다. 가슴이 찢어질 듯 애절한 노래였다. 의도했던 대로 그 나라 사람들도 가슴 아파했다. 가축들까지 슬픈 기색을 드러내는데 사람들은 오죽했겠는가. 그래서 눈썹을 치켜뜨고 다들 이렇게 말했다.

"이집트에 아주 큰 초상이 났나봐." "정말 곡 한번 구성지군!"

그 이후로 이 선착장은 '아벨-미즈라임' 혹은 '이집트의 애도 초원'이라 불리게 된다.

이렇게 영광스러운 광경을 길게 연장한 후, 장례 행렬은 새롭게 대열을 정비하여 야르던 강을 건넜다. 그곳 사람들이 교역을 하기 위해 나무기둥을 박고 돌다리를 놓은 여울이 있어서 쉽게 건널 수 있었다. 야곱의 상여는 열두 명의 아들이 마차에서 내려 직접 메고 건넜다.

이제 육지에 이른 행렬은 습기가 많은 강 골짜기에서 공기가 맑은 고지대로 올라갔다. 산정의 번잡한 길로 접어든 지 사흘째 되던 날, 마침내 행렬은 헤브론 앞에 이르렀다. 호사스러운 행차가 가까이 다가오자 산비탈에 위치한 성곽도시 키르얏 아르바에서 구경꾼들이 아래로 몰려왔다. 거룩한 운구 행렬은 골짜기를 무대로 잡고, 입구를 벽으로 막은 돌무덤 앞에 멈춰 섰다. 태곳적 유산인 이중 굴 무덤은 천연동굴이긴 했지만, 사람 손으로 더 크게 넓힌 곳이기도 했다. 그리고 밖에서 보면 문이 두 개가 아니라 하나였다. 하지만 막아놓은 벽을 열면 뒤쪽으로 움푹 파인 둥근 굴이 나오고 거기서 오른쪽과 왼쪽으로 갈라지는 입구를 돌로 막아두었다. 지붕이 아치 모양인 작은 무덤 방이 이렇게 두 개였던 탓에 '이중' 굴이라 했던 것이다. 그러나 이 동굴 방을 영원한 집으로 삼고 있는 자가 누구인지 생각해 보면, 지금 문이 열린 굴 앞에 서 있는 형제들처럼 모두 하얗게 질리고 말 것이다. 이집트 사람들에게는 아무렇지 않았지만, 아니 그중 몇은 이처럼 평범한 무덤 앞에서 콧방귀를 꿰었지만, 이스라엘에 속하는 자들은 너나없이 얼굴이 창백해졌다.

갱도가 워낙 좁고 낮아서 두 사람이 드나들 공간밖에 없었다. 그래서 야곱의 가솔 중 가장 나이가 많은 종과 두번째 종이 하나는 앞에 서고 하나는 뒤에 서서 간신히 미라를 무덤 방 안으로 들여놓을 수 있었다. 오른쪽으로 가져갔는지 아니면 왼쪽으로 옮겼는지는 잊혀졌다. 먼지와 뼈들이 놀랄 수 있었다면, 아마도 동굴을 찾아온 새 식구를 보고, 어리석은 이방인들의 손을 거친 희한한 모습에 이게 뭔가 하고 의아해 했을 것이다. 그러나 이곳은 무조건적인 무관심이 지배하는 곳이라 아무 반응도 없었다. 짐을 지고 들어갔던 자들은 어깨를 구부리고 서둘러 곰팡이 길을 가로질러 생명이 숨쉬는 달콤한 공기를 찾아나왔다. 거기에는 손으로 일하는 노예들이 반죽한 모르타르와 삽을 들고 서 있었다. 그리고 눈 깜짝할 사이에 그 집은 다시 닫혔다. 그 이후 이 집은 단 한 명의 새 손님도 받지 않았다.

집의 문이 닫혔다. 아버지는 사라졌다. 열 명은 마지막 틈을 막은 벽돌을 바라보았다. 이제 자신들은 어떻게 되는 것인가? 얼굴빛이 흙빛으로 변했다. 열 명은 입술을 깨물었다. 그리고 열한번째 아들을 흘깃 훔쳐 보고는 모두 눈을 내리깔았다. 그들은 두려워하고 있는 게 분명했다. 모두 버림받은 느낌에 목이 조여왔다. 아버지는 떠났다. 이 70대 형제들의 백 살이 넘은 아버지는 사라졌다. 지금까지는 그들과 함께 있었다. 물론 붕대로 감긴 상태였지만, 여하튼 바로 곁에 있었다. 그런데 이제 담까지 막아버리자, 갑자기 가슴이 철렁 내려앉았다. 아버지야말로 지금까지 자신들을 보호해 준 유일한 방패였던 게 아닐까, 문득 그런 생각이 들었다. 그러나 이제는 아무것도 없었다. 자신들을 보복으로부터 지켜줄 사람은 어디에도 없었다.

이들은 날이 저물자 다들 뭐라고 중얼거리며 한자리에 모였다. 달이 떠올랐다. 하늘의 영원한 그림들이 모습을 드러냈다. 야곱의 영광스러운 장례 행렬을 따라온 수행원들의 장막 사이로 바닥에서 서늘하고 축축한 산 공기가 피어오를 즈음, 형제들은 열두번째를 불러들였다. 라헬의 자식 벤야민이었다.

"벤야민."

말문을 여는 입술이 굳어 있었다.

"우리가 하는 말을 잘 듣거라. 고인이 여호시프에게 전하라 하신 말이 있다. 그러니 네 형에게 이 말을 네가 전하는 게 제일 좋을 것 같다. 아버지는 돌아가시기 직전에, 그 마지막 날, 요셉이 오기 전에 우리들한테 이렇게 명령하셨다. '내가 죽거든 네 형제 요셉에게 다음과 같이 내 말을 전하거라. 네 형제들의 못된 짓을 용서해라. 그들이 네게 지은 죄를 용서하거라. 나는 살아서도 그랬듯이 죽어서도 너희 사이에 서 있을 것이니, 이것을 마지막 유언으로 받아들여, 내가 눈에 안 보이더라도 그들에게 나쁜 짓을 하거나 옛날 일로 복수하지 말아라. 그들로 하여금 자신들이 기르는 양의 털을 깎게 하고 대신, 그들의 털을 깎으려고 괴롭히지 말고 그냥 두거라!'"

그러자 벤야민은 의아해 했다.

"그게 정말인가요? 전 아버지가 그런 말씀을 하셨을 때, 그 자리에 없었습니다."

"넌 다른 때도 항상 없었다. 그러니 아무 말도 하지 마라! 너 같은 어린아이는 이런 자리, 저런 자리 다 있을 필요도 없다. 그렇다고 설마 네 형제 요셉에게 아버지의 마지막 유언을 전하지 않겠다고, 우리 부탁을 거절하는 건 아니겠지. 지금 당장 그에게 가거라! 우리도 곧 뒤따라갈 테니 결과를 말해다오."

벤야민은 높이 올려진 자의 장막으로 가서 황당하다는 듯 말문을 열었다.

"요셉-엘, 방해해서 미안합니다. 하지만 형제들이 제게 형님한테 아버지의 말씀을 전하라는군요. 아버지께서는 돌아가시기 직전, 그 성스러운 순간에 형님한테 청하신 게 있답니다. 아버지가 돌아가신 후에라도 이미 오래 전의 일로 다른 형님들을 해치지 말라고 하셨다는 겁니다. 돌아가신 후에도 형님들 사이에 서서 그들을 형님의 복수로부터 지켜주시겠다고 말입니다."

"그게 정말이야?"

물어보는 요셉의 눈이 어느새 젖어들었다.

"아마 그렇지는 않을 겁니다."

벤야민의 대답이었다.

"아닐 거야. 아버지는 그럴 필요가 없다는 사실을 알고 계셨으니까."

요셉이 말했다. 속눈썹에서 눈물 두 방울이 떨어졌다.

"아마 다들 너를 뒤따라 와 지금 집 앞에 있겠지?"

"와 있습니다."

동생이 대답했다.

"그렇다면 나가보자."

요셉은 밖으로 나갔다. 별이 반짝이는 하늘에 달빛이 수를 놓고 있었다. 형들은 그를 보자마자 땅에 엎드렸다.

"우리는 네 아버지가 섬기신 신의 종들이다. 그리고 너의 종이기도 하다. 그러니 우리가 저지른 못된 짓을 용서해다오. 네 동생이 말한 것처럼, 네가 지닌 권세로 우리에게 보복하지 말아다오! 아버지 야곱이 살아 있을 때, 우리를 용서했듯이 아버지가 죽은 후에도 용서해다오!"

"아, 형제들, 형님들!"

요셉은 양팔을 벌리고 형들에게 몸을 숙였다.

"도대체 무슨 말씀입니까! 마치 나를 두려워하는 것처럼, 왜 그런 말을 하십니까? 제가 여러분을 용서하기를 바란다니! 제가 어디 신과 같은 존재입니까? 물론 아래에서는 제가 파라오 같다고 합니다. 그리고 파라오는 신을 의미하지요. 하지만 그는 가련하고 사랑스러운 존재일 뿐입니다. 제게 용서해 달라고 하는 걸 보니, 여러분은 우리가 들어 있는 이 이야기를 제대로 이해하지 못한 것 같군요. 저는 여러분을 탓하는 게 아닙니다. 한 이야기 안에 들어 있으면서도 그 이야기를 이해하지 못하는 일도 있으니까요. 어쩌면 실은 그래야 하는지도 모릅니다. 저는 어떤 놀이가 벌어지는지 너무 많이 알았던 탓에 벌을 받았으니까요. 아버지의 입에서도 듣지 않았던가요? 아버지께서 절 축복하시면서 뭐라고 하셨습니까? 모든 건 그저 유희였을 뿐이며 제게 일어났던 일은 연주의 시작이었을 뿐이라고 하시지 않았습니까. 그분이 세상을 떠나면서 여러분을 생각했을까요? 여러분과 저 사이에 일어났던 몹쓸 일을 기억하셨을까요? 아닙니다. 그 이야기는 꺼내지도 않으셨습니다. 그분도 그 놀이 안에, 신께서 연출하신 그 연극 속에 계셨으니까요. 저는 철이 없어서 아버지를 방패 삼아 여러분으로 하여금 나쁜 일을 하도록 부추길 수밖에 없었습니다. 물론 신께서는 이 일로 좋은 결과를 만드셨지요. 제가 많은 백성들을 먹여 살릴 수 있고, 조금은 철이 들어 성숙해지도록 말입니다. 그러나 우리 인간들 사이에서 용서가 거론되어야 한다면, 용서는 오히려 제가 여러분께 청해야겠지요. 이런 결과가 있기까지 여러분은 악역을 해야 했으니까요. 그런데도 제가 파라오의 권세를 빌어, 그것이 제것이라 하여, 저를 훈계하려고 사흘간 우물에 빠뜨린 여러분에게 복수하라는 말씀인가요? 그렇게 하여 주님께서 선으로 만드신 것을 다시 악으로 바꾸라는 겁니까? 천만예요! 웃지 않는 게 다행이죠! 단지 권세를 가졌다고 해서, 정의와 이성을 거역하여 그 권세를 이용하는 남자는 웃음거리가 되니까요. 그리고 이 남자가 아직은 웃음거리가 되지 않았다 해도, 미래에는 분명히 그렇게 될 것입니다. 그러니 미래를 기약하고 참는 겁니다. 자, 다들 안심하고 주무십시오! 그리고 아침이 되면 신의 충고에 따라 우스꽝스러운 이집트로 돌아갑시다."

요셉은 형들에게 그렇게 말했다. 그러자 이들은 웃으면서 동시에 울기도 했다. 그리고 모두 손을 뻗어 그의 몸에 갖다댔다. 그 역시 이들을 어루만졌다. 이로써 신께서 창작하신 아름다운 이야기 **요셉과 그 형제들** 막이 내려간다.

- 토마스 만의 연보
- 주요 작품들

■ 토마스 만의 연보

1875년   6월 6일. 독일 북부 연안의 뤼베크 시에서 토마스
                요한 하인리히 만 Thomas Johann Heinrich
                Mann과 부인 율리아 Julia의 5남매 중 차남으로
                출생.
                형 루이츠 하인리히 Luiz Heinrich와 율리아
                Julia, 카를라 Carla, 빅토르 Viktor 등 세 명의
                동생들이 있다.

1877년   2세. 아버지가 뤼베크 시 참사회 의원이 됨.

1889년   '카타리노임 Katharineum' 김나지움 입학.

1891년   17세. 아버지 사망. 100년 이상 대대로 계속
                되었던 곡물회사는 문을 닫음.

1893년   18세. 어머니와 여동생들은 뮌헨으로 이주.
                동인지 「봄의 폭풍우 *Frühlingssturm*」 간행.

1894년   어머니를 따라 뮌헨으로 이주. 남부 독일의 화재
                보험 회사의 견습사원으로 입사했으나 가을에
                그만두고, 저널리스트가 되리라 마음먹고 뮌헨
                공과대학의 청강생으로 문학과 역사와 경제정치
                학 공부를 시작.
                10월. 첫 단편 『타락 *Gefallen*』을 「사회 *Die*
                Gesellschaft」에 발표.

1896년   21세. 단편소설 『행복에의 의지 *Der Wille zum*
                Glück』 발표.
                (풍자주간지 「짐플리치시무스 *Simplicissimus*」).

1896-98년	21세-23세. 이탈리아로 여행을 떠나 이탈리아에 체류하면서 『부덴브로크가의 사람들』 집필 시작.
1898년	23세. 단편집 『키 작은 프리데만 씨 *Der kleine Herr Friedemann*』 출간. 「짐플리치시무스」의 편집위원이 됨.
1900년	25세. 10월 1일. 병역 시작. 군복무에 부적격자로 인정되어 12월에 제대.
1901년	26세. 10월. 최초의 장편 소설 『부덴브로크가의 사람들 *Buddenbrooks*』(Berlin: S. Fischer) 출간.
1904년	29세. 10월 3일. 뮌헨 대학의 수학 교수 프링스하임의 딸 카탸 Katia Pringsheim와 약혼.
1905년	30세. 2월 11일. 카탸와 결혼. 11월 9일. 딸 에리카 율리아 헤드비히 Erika Julia Hedwig 출생.
1906년	31세. 11월 18일. 아들 클라우스 하인리히 Klaus Heinrich 출생.
1909년	34세. 3월 27일. 아들 안겔루스 고트프리드 토마스 Angelus Gottfried Thomas 출생. 10월. 장편 『대공전하 *Königliche Hoheit*』 발표.
1910년	35세. 6월 7일. 딸 모니카 Monika 출생.
1910년	7월 30일. 누이 카를라 음독 자살.

1914년	39세. 1월. 뮌헨 포싱어 가 1번지에 최초로 자신의 저택 구입.
1918년	43세. 4월 24일. 딸 엘리자베트 베로니카 Elisabeth Veronika 출생. 10월. 논집『한 비정치적 인간의 고찰 *Betrachtungen eines Unpolitischen*』발표. 이 논집으로 인해 진보적 민주주의를 추구하는 형 하인리히 만(작가, 1950년 사망)과의 불화 시작.
1919년	44세. 4월 21일. 아들 미하엘 토마스 Michael Thomas 출생. 8월. 본 대학으로부터 명예 박사학위를 받음.
1921년	46세. 3월 11일. 어머니 사망.
1922년	47세. 3월.《괴테와 톨스토이 *Goethe und Tolstoi*》로 강연. 11월. 에세이『독일 공화국에 대해서 *Von Deutscher Republik*』에서 파시즘에 대항하여 민주주의의 입장을 밝힘.
1924년	49세. 장편『마의 산 *Der Zauberberg*』출간.
1925년	50세. 지중해 여행 (막연하게나마『요셉과 그 형제들 *Joseph und seine Brüder*』의 집필 구상) 6월 6일. 뮌헨과 비인에서 50회 생일 축하 행사.
1926년	구약성서의「창세기」에 근거한 4부작『요셉과 그 형제들』집필에 착수.
1927년	52세. 누이 율리아 자살.

| 1928년 | 4월. 에세이『문화와 사회주의 *Kultur und Sozialismus*』발표. |

1929년   54세. 12월 10일 노벨 문학상 수상.

1930년   55세. 10월.《이성에 호소한다 *Deutsche Ansprache—Ein Appell an die Vernunft*》를 강연하여 독일 시민에게 사회민주당과 손을 잡고 나치에 대항할 것을 호소함.
단편『마리오와 마술사 *Mario und der Zauberer*』를 써서 파시즘의 정체를 폭로하고 그 최후까지를 예언함.
이집트와 팔레스타인으로 여행(이 지역은『요셉과 그 형제들』의 배경이 되는 곳으로 토마스 만은 당시 이미 제2권「청년 요셉」을 집필 중이었다).
『마리오와 마술사』가 무솔리니에 의해 이탈리아에서 금서가 됨.

1933년   58세. 2월 국외로 강연 여행을 떠남. 히틀러 정권의 체포령과 재산 압류로 귀국하지 못하고 프랑스에 머물다 초가을에 당초 강연 계획이 잡혀 있던 스위스로 가서 취리히 근교의 퀸스나흐트에 정착함으로써 사실상의 망명길에 들어감.
『요셉과 그 형제들』제1권「야곱 이야기 *Die Geschichten Jaakobs*」발표.

1934년   59세. 『요셉과 그 형제들』제2권「청년 요셉 *Der junge Joseph*」발표.
이 해 여름『요셉과 그 형제들』제1, 2권의 영어판 발행이 계기가 되어 미국으로 여행(5-6월).

1935년   60세. 두번째 미국 여행(6-7월). 루즈벨트
        대통령의 초대로 백악관 방문.

1936년   61세. 10월. 『요셉과 그 형제들』제3권 「이집트에
        서의 요셉 *Joseph in Ägypten*」 발표.
        자신이 망명작가임을 인정하고, 체코슬로바키아
        국적을 취득, 히틀러 정권에 의해 독일 국적을
        뺏기고, 본 대학 명예박사 학위도 박탈당함.

1937년   62세. 4월 세번째 미국 여행.
        9월까지 망명잡지 「척도와 가치 *Mass und Wert*」
        를 간행, 자유로운 독일 문화를 옹호함.

1938년   63세. 6월. 미국의 콜롬비아 대학으로부터
        명예박사 학위를 받음.
        9월. 미국으로 건너가 프린스턴 대학에서
        객원교수로 강의.
        정치 평론집 『유럽에 고함 *Achtung Europa!
        Aufsätze zur Zeit*』을 출판, 파시즘의 타도를
        위해 휴머니즘은 전투적인 자세를 취해야 한다고
        설파.

1939년   64세. 장편 『바이마르에서의 로테 *Lotte in
        Weimar*』 발표.

1940년   65세. 캘리포니아로 이주. 10월부터 매달 한번씩
        (1945년까지) 독일인을 대상으로 "독일의 청취자
        여러분!"이라는 라디오 방송을 시작.

1941년   66세. 로스엔젤레스 근교에 자택을 건축, 1942년
        부터 1952년까지 여기서 거주.

1942년	67세.『독일의 청취자 여러분! 25회의 대독(對獨) 라디오 방송 연설문집 *Deutsche Hörer! 25 Radiosendungen nach Deutschland*』출간.
1943년	68세.『요셉과 그 형제들』제4권「먹여 살리는 자, 요셉 *Joseph, der Ernährer*」을 출간함으로써 4부작『요셉과 그 형제들』을 완간.
1944년	69세. 미국 시민권을 획득.
1947년	72세. 전후 첫 유럽 여행(4-9월). 10월. 장편『파우스트 박사. 한 친구가 들려주는 독일의 작곡가 아드리안 레버퀸의 생애 *Doktor Faustus. Das Leben des deutschen Tonsetzers Adrian Leverkühn, erzählt von einem Freunde*』발표.
1949년	74세. 4월.『파우스트 박사의 탄생. 소설의 소설 *Die Entstehung des Doktor Faustus. Roman eines Romans*』발표. 동생 빅토르 사망. 두번째 유럽 여행. 미국 시민으로서 17년 만에 독일 방문. 프랑크푸르트와 바이마르에서 괴테 탄생 200주년 기념 연설. 옥스포드 대학으로부터 명예박사 학위를 받음. 아들 클라우스의 자살. 8월 괴테 문학상 수상.
1950년	75세. 형 하인리히 만 사망. 세번째 유럽 여행.
1951년	76세. 장편『선택된 인간 *Der Erwählte*』발표.

네번째 유럽 여행(7-9월).

1952년   77세. 스위스로 이주.

1953년   78세. 6월. 케임브리지 대학으로부터 명예박사
학위를 받음.
9월 단편『기만당한 여자 *Die Betrogene*』발표.

1954년   79세. 장편『고등사기꾼 펠릭스 크룰의 고백
Bekenntnisse des Hochstaplers Felix Krull』
출간.
취리히 근교의 킬히베르그의 저택으로 이사.

1955년   80세. 2월에 금혼식. 뤼베크 시 명예시민 칭호
수여식에서 기념 연설.
슈투트가르트에서 쉴러 사망 150주년 기념 강연.
『쉴러 시론(時論) *Versuch über Schiller*』에서
세계 평화와 독일의 통일을 염원.
8월12일. 혈전증으로 취리히 주립병원에서 사망,
킬히베르그에 묻힘.

■ 주요 작품들

장편

1901	*Buddenbrooks. Verfall einer Familie*
1909	*Königliche Hoheit*
1924	*Der Zauberberg*
1933-43	*Joseph und seine Brüder*
	Die Geschichten Jaakobs (1933)
	Der junge Joseph (1934)
	Joseph in Äypten (1936)
	Joseph, der Ernährer (1943)
1939	*Lotte in Weimar*
1947	*Doktor Faustus. Das Leben des deutschen Tonsetzers Adrian Leverkuhn, erzählt von einem Freunde*
1951	*Der Erwählte*
1954	*Bekenntnisse des Hochstaplers Felix Krull. Der Memoiren erster Teil*

단편

1893	*Vision (unter dem Pseudonym Paul Thomas)*
1894	*Gefallen*
1896	*Der Wille zum Glück*
1897	*Der kleine Herr Friedemann*
1897	*Der Tod*
1897	*Der Bajazzo*
1898	*Enttäuschung*
1898	*Tobias Mindernickel*
1899	*Der Kleiderschrank. Eine Geschichte voller*

	Rätsel
1900	*Luischen*
1900	*Der Weg zum Friedhof*
1902	*Gladius Dei*
1903	*Tristan*
1903	*Die Hungernden*
1903	*Tonio Kröger*
1903	*Das Wunderkind*
1904	*Ein Glück*
1905	*Schwere Stunde*
1908	*Anekdote*
1909	*Das Eisenbahnunglück*
1912	*Der Tod in Venedig*
1914	*Beim Propheten*
1919	*Herr und Hund. Ein Idyll*
1925	*Unordnung und frühes Leid*
1930	*Mario und der Zauberer. Ein tragisches Reiseerlebnis*
1934	*Der Knabe Henoch (Frgm.)*
1943	*Das Gesetz (Forts. des Joseph-Romans; in engl. Sprache; dt., 1944)*
1953	*Die Betrogene*

단편집

1898	*Der kleine Herr Friedemann. Novellen*
1903	*Tristan. Sechs Novellen*
1909	*Der kleine Herr Friedemann und andere Novellen*
1914	*Das Wunderkind. Novellen*

시

1919   *Gesang vom Kindchen (Hexameter-Idylle)*

드라마

1905   *Fiorenza*
1954   *Luthers Hochzeit (Frgm.)*

비평

1906   *Bilse und ich*
1915   *Friedrich und die große Koalition*
1918   *Betrachtungen eines Unpolitischen*
1922   *Rede und Antwort. Gesammelte Abhandlungen und kleine Aufsätze*
1924   *Okkulte Erlebnisse*
1925   *Bemühungen. Neue Folge der Gesammelten Abhandlungen und kleinen Aufsätze*
1926   *Pariser Rechenschaft*
1930   *Die Forderung des Tages. Reden und Aufsätze aus den Jahren 1925-1929*
1935   *Leiden und Größe der Meister. Neue Aufsatze*
1937   *Ein Briefwechsel*
1938   *Achtung Europa! Aufsätze zur Zeit*
1938   *Dieser Friede*
1938   *Schopenhauer*
1940   *Dieser Krieg!*
1945   *Adel des Geistes. Sechzehn Versuche zum Problem der Humanitat*
1948   *Neue Studien*

1949	*Goethe und die Demokratie*
1949	*Die Entstehung des Doktor Faustus. Roman eines Romans*
1950	*Michelangelo in seinen Dichtungen*
1953	*Altes und Neues. Kleine Prosa aus fünf Jahrzehnten*
1955	*Versuch Über Schiller*
1956	*Nachlese. Prosa*

강연

1922	*Goethe und Tolstoi*
1923	*Von deutscher Republik*
1926	*Lübeck als geistige Lebensform*
1928	*Hundert Jahre Reclam. Festrede*
1929	*Theodor Fontane*
1930	*Platen - Tristan - Don Quijote*
1930	*Deutsche Ansprache. Ein Appell an die Vernunft*
1930	*Die Forderung des Tages. Reden und Aufsätze aus den Jahren 1925-1929*
1932	*Goethe als Repräsentant des bürgerlichen Zeitalters. Rede zum 100. Todestag Goethes*
1933	*Goethes Laufbahn als Schriftsteller*
1936	*Freud und die Zukunft*
1938	*Vom zukunftigen Sieg der Demokratie*
1939	*Das Problem der Freiheit*
1942	*Deutsche Hörer! 25 Radiosendungen nach Deutschland*
1947	*Deutschland und die Deutschen*

요셉과 그 형제들 6

펴낸날	**초판 1쇄 2001년 11월 20일**
	초판 3쇄 2024년 1월 30일

지은이	**토마스 만**
옮긴이	**장지연**
펴낸이	**심만수**
펴낸곳	**(주)살림출판사**
출판등록	**1989년 11월 1일 제9-210호**

주소	**경기도 파주시 광인사길 30**
전화	**031-955-1350** 팩스 **031-624-1356**
홈페이지	http://www.sallimbooks.com
이메일	book@sallimbooks.com

ISBN	978-89-522-0070-9 04850
	978-89-522-0064-0 (세트)

※ 값은 뒤표지에 있습니다.
※ 잘못 만들어진 책은 구입하신 서점에서 바꾸어 드립니다.